Blauwe maan

Van Lee Child zijn verschenen:

DE JACK REACHER-THRILLERS

1 Jachtveld
2 Lokaas
3 Tegendraads
4 De bezoeker
5 Brandpunt
6 Buitenwacht
7 Spervuur
8 De vijand
9 Voltreffer
10 Bloedgeld
11 De rekening
12 Niets te verliezen
13 Sluipschutter
14 61 uur
15 Tegenspel
16 De affaire
17 Achtervolging
18 Ga nooit terug
19 Persoonlijk
20 Daag me uit
21 Onder de radar
22 Nachthandel
23 Verleden tijd
24 Blauwe maan

DE JACK REACHER-VERHALEN

Op doorreis *(bundel)*

Lee Child

Blauwe maan

vertaald door Jan Pott

UITGEVERIJ LUITINGH-SIJTHOFF

MIX
Papier van verantwoorde herkomst
FSC® C014496

Oorspronkelijke titel: *Blue Moon*
Vertaling: Jan Pott
Omslagontwerp: DPS Design & Prepress Studio, Davy van der Elsken
Opmaak binnenwerk: Crius Group, Hulshout

ISBN 978 90 245 8616 5
ISBN 978 90 245 8617 2 (e-book)
ISBN 978 90 245 8650 9 (luisterboek)
NUR 332

www.leechild.com
www.lsamsterdam.nl
www.boekenwereld.com

Voor Jane en Ruth,
mijn stam

I

Op een kaart van Amerika leek het maar een kleine stad. Het was niet meer dan een bescheiden stip, aan een weg die als een rode meanderende lijn door een paar vierkante centimeter leeg papier liep. Maar van dichtbij en op ooghoogte bekeken bleken er een half miljoen mensen te wonen. De stad besloeg een oppervlak van meer dan tweehonderdvijftig vierkante kilometer en bestond uit bijna honderdvijftigduizend huishoudens. Er was achthonderd hectare parklandschap. De stad spendeerde meer dan een half miljard dollar per jaar en incasseerde bijna evenveel aan belastingen, heffingen en boetes. Het politiekorps was twaalfhonderd man sterk.

De stad was ook zo groot dat de georganiseerde misdaad haar in tweeën had gedeeld. De westelijke helft van de stad werd gerund door Oekraïners, de oostelijke helft door Albanezen. De demarcatielijn was door beide partijen met evenveel gevoel voor eigenbelang getrokken als de grenzen van kiesdistricten. In grote lijnen liep de grens door Center Street, de hoofdstraat die van noord naar zuid liep en de stad in tweeën deelde, maar net als de snelweg op de kaart meanderde hij, pakte nu eens een blok huizen of een wijk voor de ene partij mee en dan weer voor de andere, al naar gelang aanspraken uit het verleden een dergelijke keuze rechtvaardigden. De onderhandelingen hadden onder spanning gestaan. Er waren kleine oorlogjes uitgevochten. Zo nu en dan was het ronduit onvriendelijk geworden, maar uiteindelijk waren ze tot overeenstemming gekomen. Het akkoord leek te werken. Beide partijen zorgden ervoor dat ze de andere partij niet voor de voeten liepen. Al geruime tijd hadden ze geen contact met elkaar gehad.

Tot een ochtend in mei. De baas van de Oekraïners parkeerde zijn auto in een garage in Center Street en liep naar het oosten, het territorium van de Albanezen in. Alleen. Hij was vijftig en had de bouw van een in brons gegoten held uit de oudheid, lang, gespierd en massief. Hij liet zich Gregory noemen, want dichter in de buurt dan dat konden Amerikanen niet komen als ze probeerden de naam uit te spreken die hij bij zijn geboorte had meegekregen. Hij was ongewapend en droeg een strakke broek en een strak T-shirt om dat te tonen. Hij had niets in zijn zakken, nergens iets verstopt. Hij sloeg links af, rechts af, steeds dieper het territorium van de Albanezen in, op weg naar een straatje achteraf. Daar runden de Albanezen hun zaken vanuit een paar kantoren achter een houthandel.

Vanaf zijn eerste stap over de lijn werd hij in de gaten gehouden. Er werd gebeld om zijn komst aan te kondigen, zodat hij, toen hij er arriveerde, werd opgewacht door zes zwijgende mannen, die roerloos een halve kring vormden op het trottoir voor de poort van de houthandel, als schaakstukken in een verdedigende stelling. Hij bleef staan en hield zijn armen iets los van zijn lichaam. Hij draaide langzaam een keer helemaal om zijn as, de armen steeds licht gespreid. Een strakke broek, een strak T-shirt, geen bobbels, geen bulten, geen mes, geen pistool. Ongewapend tegenover zes mannen die ongetwijfeld wel gewapend waren. Maar hij maakte zich geen zorgen. De Albanezen zouden hem niet zonder provocatie aanvallen. Dat wist hij. Je diende je te houden aan bepaalde normen. Omgangsvormen waren omgangsvormen.

Een van de zes zwijgende mannen deed een stap naar voren. Deels om de doorgang te blokkeren, deels om zich op te werpen als aanspreekpunt.

'Ik moet Dino spreken,' zei Gregory.

Dino was de baas van de Albanezen.

'Waarom?' vroeg de man.

'Ik heb informatie.'

'Waarover?'

'Over iets wat hij moet weten.'

'Ik kan je een telefoonnummer geven.'

'Dit moet ik hem rechtstreeks vertellen.'

'En moet dat nu meteen?'

'Ja.'

De man zei even niets, draaide zich om en stapte door een kleine deur in een groot rolluik dat de werkplaats van de houthandel afsloot. De andere vijf gingen iets dichter bij elkaar staan om het gat in het kordon op te vullen. Gregory wachtte. De vijf zwijgende mannen keken naar hem, zowel op hun hoede als gefascineerd. Dit was een unieke gebeurtenis. Iets wat je maar eens in je leven zou meemaken. De baas van de andere partij. Pal voor je neus. In het verleden hadden alle onderhandelingen plaatsgevonden op neutraal terrein, op een golfbaan, een heel eind buiten de stad, aan de andere kant van de snelweg.

Gregory wachtte. Vijf lange minuten later stapte de woordvoerder weer naar buiten door de deur in het rolluik. Hij liet de deur openstaan. Hij wenkte. Gregory kwam in beweging, boog zijn hoofd en stapte over de drempel. Hij rook de geur van vers gezaagd grenenhout en hoorde het janken van een cirkelzaag.

'We moeten je fouilleren op afluisterapparatuur.'

Gregory knikte en trok zijn T-shirt uit. Zijn bovenlichaam was gespierd en zwaar behaard. Geen microfoontjes, geen draden. De man controleerde de naden van het T-shirt en gaf het shirt terug. Gregory trok het weer aan en haalde zijn vingers door zijn haar.

'Deze kant op,' zei de man.

Hij liep met Gregory door een werkplaats in een romneyloods van ijzeren golfplaten. De andere vijf volgden. Ze kwamen bij een gladde stalen deur. Erachter lag een vertrek zonder ramen dat was ingericht als vergaderruimte. Vier tafels met een formicablad waren op een rij tegen elkaar aan geschoven als een barrière. Op een stoel midden achter de rij tafels zat Dino. Hij was een jaar of twee jonger dan Gregory, vijf centimeter kleiner, maar zwaarder gebouwd. Hij had donker haar, het litteken van een snee met een mes op de linkerkant van zijn gezicht, verticaal, kort boven de wenkbrauw en langer van zijn jukbeen tot zijn kin, als een omgekeerd uitroepteken.

De man die tot nu toe het woord had gevoerd, trok voor Gregory een stoel bij tegenover Dino, liep om de tafels heen en ging rechts naast Dino zitten, als een trouwe vazal. Nog eens twee gingen daar weer naast zitten, terwijl de overige drie aan de andere kant van Dino plaatsnamen. Gregory bleef in zijn eentje achter aan zijn kant van de vergadertafel tegenover zeven mannen die hem onbewogen aanstaarden. Doodse stilte. Uiteindelijk nam Dino het woord. 'Waaraan heb ik de eer te danken?'

Omgangsvormen waren omgangsvormen.

'De politie krijgt een nieuwe korpschef,' zei Gregory.

'Dat weten we,' zei Dino.

'Na een interne procedure.'

'Dat weten we,' zei Dino opnieuw.

'Hij heeft aangekondigd dat hij hard zal optreden, tegen ons allebei.'

'Dat weten we,' zei Dino voor de derde keer.

'Wij hebben een mol in zijn omgeving.'

Dino zei niets. Dat wist hij niet.

'Onze mol heeft een geheim bestand gevonden op een losse harde schijf, verborgen in een la.'

'Wat voor bestand?'

'Zijn actieplan voor het harde optreden.'

'En dat is?'

'Het is niet erg gedetailleerd,' zei Gregory. 'Voor een deel is het heel schetsmatig. Maar dat is geen reden tot zorg, want van dag tot dag, week na week, vult hij delen van de puzzel in. Omdat hij een constante stroom van informatie heeft van binnenuit.'

'Waarvandaan?'

'Onze mol heeft lang en hard gezocht en uiteindelijk een tweede geheime bestand gevonden.'

'Wat stond daarin?'

'Het was een lijst.'

'Een lijst? Met wat?'

'Een lijst met de namen van informanten die de politie het meest vertrouwt,' zei Gregory.

'En?'

'Er staan vier namen op die lijst.'

'En?'

'Twee ervan zijn mannen van mij,' zei Gregory.

Niemand zei iets.

'Wat heb je met ze gedaan?' vroeg Dino toen.

'Dat kun je vast zelf wel bedenken.'

Weer zei niemand iets.

'Waarom vertel je me dit?' vroeg Dino uiteindelijk. 'Wat heb ik ermee te maken?'

'De andere twee zijn mannen van jou.'

Stilte.

'We zitten in hetzelfde schuitje,' zei Gregory.

'Wie zijn het?' vroeg Dino.

Gregory noemde de namen.

'Waarom vertel je me dit?' vroeg Dino.

'Omdat we een akkoord hebben,' zei Gregory. 'Ik ben een man van mijn woord.'

'Jij profiteert enorm als ik van het toneel verdwijn. Dan heb je de hele stad voor jezelf.'

'Alleen op papier,' zei Gregory. 'Plotseling besef ik dat ik gelukkig moet zijn met de status quo. Waar zou ik genoeg betrouwbare mensen vandaan moeten halen om jouw zaken te runnen? Blijkbaar kan ik niet eens genoeg betrouwbare mensen vinden om mijn eigen zaken te runnen.'

'Dat geldt kennelijk ook voor mij.'

'Dus gaan we morgen met elkaar op de vuist en respecteren we vandaag het akkoord. Het spijt me dat ik je met dit bericht in verlegenheid heb gebracht. Maar ik heb mezelf tegenover jou ook in verlegenheid gebracht. Hopelijk heeft dat enige betekenis. We zitten in hetzelfde schuitje.'

Dino knikte. Hij zei niets.

'Ik heb een vraag,' zei Gregory.

'Dan moet je hem stellen,' zei Dino.

'Zou jij het mij hebben verteld, als het jouw mol was geweest in plaats van de mijne?'

Dino zweeg geruime tijd.

'Ja,' zei hij toen. 'Ja, om dezelfde redenen. We hebben een akkoord. En als er op die lijst namen van beide partijen staan, is dit niet het moment om rare dingen te gaan doen.'

Gregory knikte en stond op.

De rechterhand van Dino stond ook op, om hem te begeleiden naar de straat.

'Zijn we nu veilig?' vroeg Dino.

'Van mijn kant wel,' zei Gregory. 'Dat kan ik je garanderen. Sinds zes uur vanochtend. We hebben een mannetje bij het crematorium. We krijgen nog geld van hem. Hij wilde het vuur vanochtend wel een beetje vroeger opstoken.'

Dino knikte en zei niets.

'Zijn we aan jouw kant ook veilig?' vroeg Gregory.

'Dat komt,' zei Dino. 'Tegen de avond. Wij hebben iemand bij de autopers.'

De rechterhand begeleidde Gregory naar buiten, door de werkplaats naar de lage deur in het rolluik, de straat op met het heldere zonlicht van de maand mei.

Op datzelfde moment zat Jack Reacher honderd kilometer daarvandaan in een Greyhound-bus op de snelweg. Hij zat links achterin aan het raam, boven de wielkast. Er zat niemand naast hem. Alles bij elkaar waren er nog negenentwintig passagiers. De gebruikelijke mengelmoes. Niets bijzonders. Zij het dat er één situatie was die in zekere zin interessant was. Aan de andere kant van het gangpad, in de rij voor Reacher, zat een man te slapen. Zijn hoofd hing scheefgezakt omlaag. Hij had grijs haar en moest nodig een keer naar de kapper. Zijn vel hing slap alsof hij veel gewicht had verloren. Hij was een jaar of zeventig. Hij droeg een kort blauw jack van een zware katoensoort. Misschien was het jack wel waterdicht. Een deel van een dikke envelop stak uit de zak.

Het was een envelop van een soort die Reacher goed kende. Hij had vaak genoeg dergelijke enveloppen gezien. Soms liep hij, als een pinautomaat stuk was, de bank binnen om bij het loket geld op te nemen met zijn pinpas. De lokettist vroeg hem dan hoeveel geld hij wilde opnemen. Op zo'n moment dacht hij na en redeneerde hij dat hij gezien de onbetrouwbaarheid van de pinautomaat, maar beter twee of drie keer zoveel kon opnemen als normaal. Veel geld. Waarop de lokettist hem steevast vroeg of hij dat geld in een envelop wilde. Soms zei Reacher dan ja, domweg omdat je nu eenmaal ja en nee kon zeggen, en dan kreeg hij zijn geld in precies zo'n envelop als de envelop die nu uit de zak van de slapende man stak. Hetzelfde dikke papier, net zo groot, zelfde proporties, net zo dik, net zo zwaar. Een paar honderd dollar of een paar duizend, afhankelijk van de biljetten die erin zaten.

Reacher was niet de enige wie het was opgevallen. De man die pal voor Reacher zat, had het ook gezien. Dat was duidelijk. Hij was enorm geïnteresseerd. Hij keek opzij over het gangpad en omlaag, en nog eens. Het was een schrale jonge kerel met vettig haar en een klein sikje. In de twintig, spijkerjasje. Amper uit de kinderschoenen. Opzij en omlaag gluren, peinzen, plannen. Hij likte zijn lippen.

De bus reed verder. Reacher keek nu eens een tijdje naar buiten, dan weer naar de envelop en dan weer een tijdje naar de man die naar de envelop gluurde.

Gregory reed de garage in Center Street uit en het veilige territorium van de Oekraïners in. Zijn eigen hoofdkwartier lag achter een taxibedrijf tegenover een pandjeshuis, naast een bedrijfje dat leningen verstrekte voor borgstellingen, stuk voor stuk ondernemingen waarvan hij de eigenaar was. Hij parkeerde zijn auto en ging naar binnen. Zijn luitenants wachtten hem op. Vier man die op elkaar leken en ook op hem. Geen verwanten in de gebruikelijke zin, maar wel afkomstig uit dezelfde steden, dorpen en gevangenissen in het land van oorsprong, en dat was misschien nog wel een veel betere soort van verwantschap.

Ze keken hem aan. Vier gezichten, de ogen wijd open, slechts één vraag.

Een vraag die hij beantwoordde.

'Honderd procent geslaagd,' zei hij. 'Dino trapte er volledig in. Man, wat is dat een stomme ezel. Ik had hem Brooklyn Bridge kunnen verkopen. Met die twee jongens van hem die ik heb genoemd, is het afgelopen. Het kost hem een dag om te reorganiseren. De deur staat wagenwijd open, vrienden. We hebben vierentwintig uur.'

'Zo zijn de Albanezen,' zei zijn rechterhand.

'Waar heb je die twee van ons gelaten?'

'Naar de Bahama's gestuurd. Daar staat een casino van een man die ons geld schuldig is, met een aangenaam hotel.'

De groene federale borden langs de snelweg kondigden een stad aan. De eerste halte van vandaag. Reacher zag de man met de sik plannen. Er waren twee onbekende factoren. Was de man met het geld van plan uit te stappen in de stad die eraan kwam? En zo niet, zou hij dan wel wakker worden door het afremmen en het draaien en keren door de straten?

Reacher bleef kijken. De bus nam de afrit en reed over een vierbaansweg naar het zuiden door vlak akkerland, dat nat was omdat het onlangs had geregend. Een rit zonder gehobbel, de banden maakten sissend geluid op het asfalt. De man met het geld sliep door. De man met de sik bleef opzij en omlaag gluren. Reacher vermoedde dat hij zijn plan klaar had. Hij vroeg zich af hoe goed het plan was. Het zou het slimste zijn om niet te lang te wachten met het jatten van de envelop, om die daarna goed te verstoppen en vervolgens uit te stappen zodra de bus stil bleef staan. Zelfs als de oude man vlak voordat de bus stopte wakker zou worden, zou hij in eerste instantie nog in de war zijn. Misschien zou hij niet eens merken dat de envelop weg was. Niet meteen. En als dat wel het geval was, zou hij waarschijnlijk denken dat de envelop uit zijn zak gevallen was. Hij zou minstens een minuut bezig zijn om onder zijn stoel te zoeken, en onder de stoel voor zich, in de veronderstelling dat hij de envelop in zijn slaap misschien weg had getrapt. Pas als dat allemaal niets had opgeleverd, zou hij om zich heen kijken, met een vragende blik in de ogen. Tegen die tijd was de bus allang gestopt en zouden er mensen uitstappen en instappen. Drukte in het gangpad. Geen enkel probleem om weg te glippen. Dat zou het slimste zijn.

Zou de man met de sik het ook zo bedacht hebben?

Reacher kreeg nooit antwoord op die vraag.

De man met het geld werd te vroeg wakker.

De bus remde af en bleef voor een stoplicht staan met sissende remmen. Het hoofd van de man schoot omhoog, hij knipperde met zijn ogen en klopte op zijn zak, schoof de envelop er dieper in, zodat niemand hem nog kon zien.

Reacher ontspande.

De man met de sik ontspande.

De bus reed verder. Aan beide zijden van de weg waren akkers met een groen waas van ontkiemend gewas. De akkers maakten plaats voor de eerste bedrijventerreinen met zaken die landbouwmachines verkochten, en personenauto's. Grote bedrijfsterreinen met honderden glanzende machines, versierd met vlaggen en wimpels. Daarna kwamen de kantoren en een enorme supermarkt, en vervolgens de stad zelf. De vierbaansweg werd een tweebaansweg. Verderop stonden torens, maar de bus sloeg links af, reed met een gepaste boog om de duurdere wijken heen en stopte een kilometer verder bij het busstation, de eerste halte van vandaag. Reacher bleef zitten, hij had een kaartje gekocht tot de eindhalte.

De man met het geld stond op.

Hij knikte alsof hij zichzelf toesprak, hees zijn broek op en trok zijn jack strak. Allemaal dingen die een oude man doet die op het punt staat uit te stappen.

Hij stapte het gangpad op en schuifelde naar voren. Geen tas.

Alleen de man, grijs haar, blauw jack, één opbollende jaszak en een lege.

De man met de sik had een nieuw plan bedacht.

Het kwam zomaar bij hem op. Reacher kon bijna de raderen zien draaien in zijn achterhoofd. Als een fruitmachine, plotseling drie kersen naast elkaar. Een reeks conclusies op basis van nieuwe aannames. Busstations lagen nooit in de beste wijken van een stad. Ze lagen aan armoedige straten met de achtergevels van andere gebouwen, misschien braakliggende terreinen of onbewaakte parkeerterreinen. Straathoeken waarachter je je kon verbergen, verlaten trottoirs. Een kwestie van iemand van twintig tegen iemand van zeventig. Een klap op het achterhoofd. Een eenvoudige beroving. Dat gebeurde aan de lopende band, dus zo moeilijk kon het niet zijn.

De man met de sik sprong overeind en haastte zich door het gangpad, twee meter achter de man met het geld.

Reacher kwam ook overeind en volgde beiden.

2

De man met het geld wist waar hij naartoe moest. Dat was duidelijk. Hij keek niet om zich heen om de omgeving te verkennen. Hij liep door de uitgang van het busstation weg in oostelijke richting. Zonder te aarzelen, maar niet gehaast. Hij sjokte langzaam verder, een beetje onzeker. Hij had afhangende schouders. Hij zag er oud, vermoeid, afgetobd en verslagen uit. Geen spoor van enthousiasme, alsof hij op weg was van de ene plek die hem niets boeiends te bieden had, naar een volgende.

De man met de sik liep een zestal passen achter hem. Hij liep ook langzaam, hield zich in, beheerste zich. Dat kostte hem kennelijk moeite. Hij was slungelig, had lange benen. Hij was opgewonden en gespannen. Hij wilde toeslaan, maar dit was geen geschikte plek. Te vlak en te open. Brede trottoirs. Verderop was een stoplicht waarvoor drie auto's stonden te wachten. Drie verveelde chauffeurs die om zich heen zaten te kijken. Misschien ook nog passagiers. Allemaal potentiële getuigen. Hij kon beter nog even wachten.

De man met het geld bleef bij de stoeprand stilstaan en wachtte tot hij kon oversteken. Rechtdoor, in de richting van oudere gebouwen en smallere straten. Breder dan stegen, maar het zonlicht drong er niet meer in door en links en rechts rezen de gevels drie, vier verdiepingen hoog op.

Een betere plek.

Het stoplicht versprong. De man met het geld sjokte de straat over, plichtsgetrouw, een gebroken man. De man met de sik kwam zes passen achter hem aan. Reacher verkleinde de afstand iets omdat hij voelde dat het moment dichterbij kwam. Die jongen zou niet tot sint-juttemis wachten. De omstandigheden hoefden niet perfect te zijn. Nog twee straten verder was goed genoeg.

Ze liepen verder als een treintje, op enige afstand van elkaar, zich niet van elkaar bewust. Het stuk naar de eerstvolgende zijstraat voldeed links en rechts in alle opzichten, maar was naar achteren toe nog te open, dus hield de man met de sik zich in tot de man met het geld de volgende zijstraat was overgestoken. Het stuk van de straat dat hij nu inliep, was somber genoeg. Begin en eind in de schaduwen. Er waren een paar dichtgetimmerde panden. Een failliete diner en een administratiekantoor met een dikke laag stof op de ramen.

Perfect.

Tijd om een beslissing te nemen.

Reacher schatte in dat de jongen het daar zou proberen en dat hij voordat hij tot de aanval overging schichtig om zich heen zou kijken, dus hield hij zich schuil om de hoek van de zijstraat. Hij telde tot drie en besloot dat de man met de sik nu wel genoeg om zich heen had gekeken. Toen stapte hij de hoek om en zag hij de man met de sik met zes grote, haastige stappen de afstand naar de man met het geld overbruggen. Reacher had een hekel aan rennen, maar in dit geval zat er niets anders op.

Hij kwam te laat. De man met de sik gaf de man met het geld een duw. Die struikelde en viel hard op zijn knieën, handen en gezicht. De man met de sik liet zijn hand met een vloeiende beweging in de jaszak glijden en griste de envelop met geld eruit. Dat was het moment waarop Reacher in een soort onhandige galop aan kwam rennen. Een meter vijfennegentig botten en spieren, een massa met een totaalgewicht van meer dan honderdtien kilo tegen een slungelige jongen die net weer overeind kwam. Reacher knalde met een zwiep van zijn heup en schouder tegen hem aan. De jongen vloog als de pop in een crashtest door de lucht, kwakte met gespreide ledematen half op het trottoir, half in de goot, en bleef roerloos liggen.

Reacher liep naar hem toe en pakte de envelop. Hij was niet dichtgeplakt. Ze plakten ze nooit dicht. Hij keek in de envelop. Een pak bankbiljetten van zo'n twee centimeter dik. Het bovenste en het onderste biljet waren allebei biljetten van honderd dollar. Hij liet zijn duim langs het pak glijden. Tussen het eerste en het laatste biljet niets dan biljetten van honderd dollar. Duizenden dollars. Misschien wel vijftienduizend. Misschien wel twintig.

Hij keek achter zich. De oude man had zijn hoofd opgetild en keek in paniek om zich heen. Hij had een snee in zijn gezicht, veroorzaakt door de val. Of misschien had hij een bloedneus. Reacher hield de envelop voor hem op. De oude man staarde ernaar. Hij probeerde overeind te krabbelen, maar slaagde daar niet in.

Reacher liep terug.

'Iets gebroken?' vroeg hij.
'Wat is er gebeurd?' vroeg de oude man.
'Kun je je bewegen?'
'Ik geloof het wel.'
'Oké, rol eens om.'
'Hier?'
'Op je rug,' zei Reacher. 'Dan kan ik je overeind zetten.'
'Wat is er gebeurd?'
'Ik moet je eerst even nakijken. Misschien moet ik wel een ambulance bellen. Heb je een telefoon?'
'Geen ambulance,' zei de man. 'Geen dokters.'
Hij haalde diep adem, klemde zijn kaken op elkaar en wurmde en trappelde tot hij op zijn rug lag. Het zag eruit als een man die worstelt met een nachtmerrie.
Hij liet de lucht uit zijn longen ontsnappen.
'Waar doet het pijn?' vroeg Reacher.
'Overal.'
'Gewoon pijn? Of erger?'
'Gewoon pijn, denk ik.'
Reacher schoof zijn vlakke hand onder de rug van de man, tussen de schouderbladen, en tilde hem op tot hij zat. Hij draaide de man om en schoof hem naar de stoeprand, zodat hij met zijn voeten in de goot kon zitten. Dat leek Reacher comfortabeler.
'Mijn moeder zei altijd dat ik niet in de goot mocht spelen,' zei de man.
'Die van mij ook,' zei Reacher. 'Maar dit is geen spelletje.'
Hij gaf de man de envelop. De man pakte hem aan en kneep erin, een aantal malen op verschillende plekken, met zijn duim en vingers, alsof hij zeker wilde weten dat het echt was. Reacher ging naast hem op de stoeprand zitten. De man keek in de envelop.
'Wat is er gebeurd?' vroeg hij opnieuw. Hij wees. 'Heeft die kerel me overvallen?'
Zes meter verderop lag de man met de sik roerloos half op de stoep, half in de goot.
'Hij is je gevolgd uit de bus,' zei Reacher. 'Hij had de envelop in je jaszak gezien.'
'Zat jij ook in de bus?'
Reacher knikte.

'Ik ben vlak achter je het busstation uitgelopen.'

De man stopte de envelop in zijn zak.

'Ik dank je vanuit de grond van mijn hart. Je moest eens weten. Ik heb er gewoon geen woorden voor.'

'Graag gedaan,' zei Reacher.

'Je hebt mijn leven gered.'

'Graag gedaan.'

'Ik vind dat ik je een beloning moet geven.'

'Dat hoeft niet.'

'Ik kan het sowieso niet,' zei de man. Hij klopte op zijn jaszak. 'Dit is geld dat ik moet terugbetalen. Het is heel belangrijk. Ik heb het allemaal nodig. Het spijt me. Ik bied je mijn excuses aan. Ik voel me een slecht mens.'

'Dat is nergens voor nodig,' zei Reacher.

Zes meter verderop duwde de man met de sik zich omhoog tot hij op handen en knieën zat.

'Geen politie,' zei de man met het geld.

De jongen gluurde over zijn schouder. Hij was verdoofd en voelde zich slap, maar hij had al een voorsprong van zes meter. Zou hij het proberen?

'Waarom geen politie?' vroeg Reacher.

'Die stellen vragen als ze veel contant geld zien.'

'Vragen waarop je geen antwoord wilt geven?'

'Dat kan ik niet eens,' zei de man met het geld.

De man met de sik ging ervandoor. Hij kwam wankelend overeind en zette het op een lopen, zwak, gekneusd, wiebelig en ongecoördineerd, maar toch nog redelijk snel. Reacher liet hem gaan. Hij had vandaag wel genoeg hardgelopen.

'Ik moet verder,' zei de man met het geld.

Hij had schaafwonden op zijn wang en zijn voorhoofd. Er zat bloed op zijn bovenlip en er liep bloed uit zijn neus, die een behoorlijke opdonder had gekregen.

'Weet je zeker dat het gaat?' vroeg Reacher.

'Het moet maar,' zei de man. 'Ik heb haast.'

'Laat eens zien dat je kunt staan.'

De man kon niet staan. Hij was aan het eind van zijn krachten, of hij had slappe knieën, of allebei. Moeilijk te zeggen. Reacher hielp hem overeind. Voorovergebogen stond de man in de goot met zijn gezicht naar de overkant. Moeizaam keerde hij zich om met kleine, schuifelende pasjes.

Het lukte hem niet de stoep op te komen. Hij zette één voet op de rand, maar de kracht die nodig was om zijn lichaam vijftien centimeter op te tillen, vormde een te zware belasting voor zijn knie. Die was waarschijnlijk gekneusd en deed pijn. Er zat een gat in zijn broek, precies ter hoogte van de knieschijf.

Reacher ging achter de man staan, nam diens ellebogen in zijn handen en tilde hem op. De man stapte gewichtloos van de straat op de stoep, alsof hij op de maan liep.

'Kun je lopen?' vroeg Reacher.

De man probeerde het. Hij deed een paar stapjes, heel voorzichtig en afgemeten, maar hij kromp in elkaar en snakte naar adem, steeds als hij het gewicht naar zijn rechterbeen verplaatste.

'Hoe ver moet je nog?' vroeg Reacher.

De man keek om zich heen, oriënteerde zich.

'Drie straten,' zei hij. 'Aan de overkant.'

'Dat zijn een heleboel stoepranden,' zei Reacher. 'Dan moet je nog vaak omhoog en omlaag.'

'Als ik eenmaal loop, gaat het wel beter.'

'Laat eens zien,' zei Reacher.

De man begon weer te lopen, verder naar het oosten, langzaam voortschuifelend, zijn handen een beetje van zijn lichaam, alsof hij bang was om te vallen. Hij kromp steeds even in elkaar en snakte luid en duidelijk naar adem als hij zijn gewicht naar zijn rechterbeen verplaatste. Misschien was het alleen maar erger geworden.

'Je hebt een stok nodig,' zei Reacher.

'Ik heb een heleboel nodig,' zei de man.

Reacher ging rechts van hem staan en pakte hem bij de elleboog, zodat het rechterbeen werd ontlast. In feite hetzelfde effect dat een stok of een kruk zou hebben. Een opwaarts gerichte kracht via de schouder van de man. Klassieke mechanica. Newton.

'Probeer het nu nog eens,' zei Reacher.

'Je kunt niet met me mee,' zei de man.

'Waarom niet?'

'Je hebt al genoeg voor me gedaan.'

'Dat is niet de echte reden. Dan had je wel gezegd dat je dat niet van me kon verlangen, of zoiets. Iets vaags en beleefds. Maar je zei heel nadrukkelijk dat ik niet met je mee kon. Waarom? Waar ga je naartoe?'

'Dat kan ik je niet vertellen.'

'Zonder mij kom je er niet.'

De man haalde diep adem en liet de lucht weer uit zijn longen ontsnappen. Zijn lippen bewogen, alsof hij oefende wat hij moest zeggen. Hij stak zijn hand op en raakte eerst de schaafwond op zijn voorhoofd aan, toen die op zijn wang. Hij voelde voorzichtig aan zijn neus en kromp opnieuw in elkaar.

'Je kunt me op weg helpen tot en met de laatste keer dat ik moet oversteken, dan moet je omkeren en naar huis gaan. Meer kun je echt niet voor me doen. Dat meen ik. Ik zou je heel dankbaar zijn. Dat ben ik nu al. Ik hoop dat je het begrijpt.'

'Nee, ik begrijp het niet,' zei Reacher.

'Ik mag niemand meenemen.'

'Wie zegt dat?'

'Dat kan ik je niet vertellen.'

'Veronderstel eens dat ik toevallig dezelfde kant op moest. Dan zou je naar binnen gaan waar je moest zijn, en liep ik door.'

'Dan zou jij weten waar ik naartoe moet.'

'Dat weet ik al.'

'Hoe kan dat?'

Reacher had ontelbaar veel steden gezien, in heel Amerika, in het oosten, het westen, het zuiden en het noorden. Kleine steden, grote steden, oude en nieuwe. Hij kende het ritme en de lay-out. Hij kende de geschiedenis die in de bakstenen was gebrand. Het huizenblok waar ze nu waren leek als twee druppels water op honderdduizend andere huizenblokken ten oosten van de Mississippi. Kantoren van groothandels in non-food, een paar gespecialiseerde detailhandelszaken, wat lichte industrie, een paar advocaten, een paar scheepsbevrachters, een paar makelaars en een paar reisbureautjes. Misschien hier en daar appartementen aan binnenplaatsen. Een en al bedrijvigheid aan het einde van de negentiende en het begin van de twintigste eeuw, maar nu vervallen, verweerd, verroest en aangetast door de tand des tijds. Vandaar de dichtgetimmerde panden en de failliete diner. Maar sommige vormen van bedrijvigheid houden langer stand dan andere. En er zijn vormen van bedrijvigheid die het het langst van alles volhouden. Sommige gewoonten en sommige vormen van gedrag zijn onuitroeibaar.

'Drie straten verderop aan de overkant,' zei Reacher, 'is een kroeg en jij bent op weg naar die kroeg.'

De man zei niets.

'Om een betaling te doen,' zei Reacher. 'In die kroeg, voor het middaguur. Dat betekent dat het om de een of andere plaatselijke woekeraar gaat. Dat denk ik. Vijftien- of twintigduizend. Je zit in de nesten. Ik denk dat je je auto hebt verkocht. Ergens buiten de stad kon je er het meeste voor krijgen. Misschien van een verzamelaar. Een doorsnee man zoals jij kan best in een heel oude auto rijden. Je bent ernaartoe gereden en hebt terug de bus genomen, na een omweg langs de bank van de koper, waar de lokettist het geld voor je in een envelop heeft gedaan.'

'Wie ben jij?'

'Kroegen zijn openbaar. Ik krijg soms dorst, net als iedereen. Misschien hebben ze daar koffie. Ik ga aan een ander tafeltje zitten, dan kun jij net doen of je me niet kent. Je zult naderhand ook weer hulp nodig hebben, want die knie wordt stijf.'

'Wie ben jij?' vroeg de man nog een keer.

'Ik heet Jack Reacher. Ik heb bij de militaire politie gezeten. Ze hebben me daar geleerd om goed te kijken.'

'Het was een Chevrolet Caprice. Het oude type. Alles nog origineel en in prima staat. Weinig kilometers op de teller.'

'Ik weet niets van auto's.'

'Mensen vinden de oude Caprice tegenwoordig mooi.'

'Hoeveel heb je ervoor gekregen?'

'Tweeëntwintig en een half.'

Reacher knikte. Meer dan hij dacht. Splinternieuwe bankbiljetten, in een dik pak.

'Ben je dat allemaal schuldig?' vroeg hij.

'Tot twaalf uur,' zei de man. 'Daarna gaat het omhoog.'

'Dan moeten we opschieten. Want die wandeling kan nog wel eens een tijdje duren.'

'Dank je,' zei de man. 'Ik ben Aaron Shevick. Ik sta voor altijd bij je in het krijt.'

'Dankzij de goedheid van vreemden,' zei Reacher, 'blijft de wereld draaien. Daar heeft iemand ooit een toneelstuk over geschreven.'

'Tennessee Williams,' zei Shevick. '*A Streetcar Named Desire.*'

'Een tram zou ons nu goed uitkomen. Een paar straten verder voor een stuiver is een koopje.'

Ze begonnen te lopen. Reacher met kleine korte pasjes, Shevick een beetje hinkend en schokkerig en scheef. Klassieke mechanica. Newton.

3

De kroeg was op de begane grond in een oud en kaal bakstenen pand midden in het huizenblok. In het midden van de gevel was de ingang met een haveloze bruine deur, aan weerszijden geflankeerd door een smerig raam. Boven de deur sputterde een groene neonreclame met een Ierse naam. Achter de ramen hingen nog amper functionerende neonbuizen in de vorm van harpen, groene klaver en andere stoffige objecten, die stuk voor stuk biermerken aanprezen. Sommige daarvan herkende Reacher, andere niet. Hij hielp Shevick van de stoeprand afstappen en aan de overkant het trottoir weer op in de richting van de ingang. De klok in zijn hoofd stond op twintig voor twaalf.

'Ik ga eerst naar binnen,' zei hij, 'en dan kom jij. Op die manier werkt het beter. Alsof we elkaar nog nooit hebben gezien. Oké?'

'Hoelang moet ik wachten?' vroeg Shevick.

'Een paar minuten,' zei Reacher. 'Kom maar even weer op adem.'

'Oké.'

Reacher trok de deur open en liep naar binnen. Het was schemerig en het stonk naar verschaald bier en een of ander schoonmaakmiddel. Het was redelijk groot. Geen spelonkachtig hol, maar ook niet slechts een omgebouwd winkelpandje. Aan weerszijden van een uitgesleten middenpad stonden lange rijen tafels voor vier. Aan het einde van dat pad was de bar, een rechthoekig blok in de hoek links achterin. Achter de bar stond een dikzak met een baard van vier dagen. Over zijn schouder lag een handdoek als een soort waarmerk van zijn functie. Er waren vier klanten, die stuk voor stuk alleen aan een tafel voor vier zaten en allemaal een beetje voorovergebogen voor zich uit staarden. Ze zagen er even oud en vermoeid en afgetobd en verslagen uit als Shevick. Twee van hen hadden een fles bier met een lange hals in hun hand, de andere twee hielden ieder met beide handen een halfleeg glas vast, alsof ze bang waren dat het elk moment kon worden afgepakt.

Ze zagen er geen van vieren uit als een woekeraar. Misschien deed de kroegbaas de zaken. Als agent, tussenpersoon, stroman. Reacher liep naar de bar en bestelde een kop koffie. De man zei dat hij geen koffie had. Een teleurstelling, maar geen verrassing.

De man gedroeg zich weliswaar beleefd, maar Reacher vermoedde dat hij een heel andere toon aan zou slaan als er iemand tegenover hem stond die niet het formaat van Reacher had en niet diens onverzettelijkheid uitstraalde. Een minder uitgesproken figuur zou misschien onthaald zijn op een sarcastische sneer.

In plaats van koffie nam Reacher een fles bier van een lokale brouwerij. Koud, met een waas van condens op de fles, en een vulkaanuitbarsting van schuim dat uit de fles kolkte. Hij liet een dollar van het wisselgeld op de bar liggen en liep naar de dichtstbijzijnde tafel voor vier. Toevallig was dat de tafel in de hoek rechts achterin. Een uitstekende plek omdat hij er met zijn rug naar de muur kon zitten en in één oogopslag de hele ruimte kon overzien.

'Niet daar,' riep de kroegbaas.

'Waarom niet?' riep Reacher terug.

'Gereserveerd.'

De andere vier klanten keken even op en toen weer weg.

Reacher liep terug naar de bar en pakte de dollar die hij had laten liggen. Geen alsjeblieft, geen dank je, dan ook geen fooi. Hij liep schuin door de ruimte naar de eerste tafel aan de andere kant, bij het smerige raam. Eenzelfde positie, maar dan honderdtachtig graden gedraaid. Hij zat in een hoek, met een muur achter zich en hij kon de hele ruimte overzien. Hij nam een slok bier die meer uit schuim bestond dan iets anders op het moment dat Shevick hinkend binnenkwam. Shevick tuurde naar de lege tafel rechts achterin en bleef verbaasd stilstaan. Hij keek de hele ruimte door. Naar de kroegbaas, de vier eenzame klanten, Reacher, en uiteindelijk weer naar de tafel in de hoek. Daar zat nog steeds niemand.

Shevick hinkte ernaartoe, maar bleef halverwege stilstaan. Hij veranderde van koers en hinkte naar de bar. Hij sprak de kroegbaas aan. Reacher zat te ver weg om te verstaan wat hij zei, maar waarschijnlijk was het een vraag. Zoiets als 'Waar is die-en-die?' Wat Shevick zei ging in ieder geval gepaard met een blik in de richting van de lege tafel. Het had er alle schijn van dat hij een sarcastisch antwoord kreeg. Zoiets als 'Hoe moet ik dat weten? Ben ik helderziend of zo?' Shevick dook in elkaar en deed een stap achteruit, niemandsland in, waar hij kon nadenken over wat hem nu te doen stond.

De klok in Reachers hoofd stond op kwart voor twaalf.

Shevick hinkte naar de lege tafel, bleef even staan, onzeker. Toen ging hij zitten, tegenover de plek in de hoek, alsof hij plaats had genomen op de bezoekersstoel voor een bureau, niet op de stoel van de manager. Hij zat op het randje van de stoel, kaarsrecht, half naar de deur gedraaid, alsof hij van plan was meteen beleefd overeind te schieten op het moment dat de man met wie hij een afspraak had, zou binnenkomen.

Er kwam niemand binnen. Het bleef stil in de kroeg. Je hoorde zo nu en dan iemand gretig slikken, geslurp, het piepen van de theedoek van de kroegbaas in een glas. Shevick staarde naar de deur. De klok tikte onverbiddelijk door.

Reacher stond op en liep naar de bar. Naar het deel van de bar het dichtst bij de tafel waaraan Shevick was gaan zitten. Hij legde zijn ellebogen op de bar en keek verwachtingsvol, alsof hij nog iets wilde bestellen. De kroegbaas keerde zich om en moest plotseling iets heel belangrijks doen aan de andere kant van de bar. De boodschap was: geen fooi, dan ook geen bediening. Precies wat Reacher had verwacht. Precies wat hij wilde, voor een beetje privacy.

'Wat is er?' fluisterde hij.

'Hij is er niet,' fluisterde Shevick terug.

'Normaal wel?'

'Altijd,' fluisterde Shevick. 'Hij zit de hele dag aan deze tafel.'

'Hoe vaak heb je dit al gedaan?'

'Drie keer.'

De kroegbaas had het nog steeds druk, ver weg.

'Over vijf minuten ben ik hem drieëntwintig en een half schuldig in plaats van tweeëntwintig en een half,' fluisterde Shevick.

'Is de boete bij te laat betalen duizend dollar?'

'Per dag.'

'Het is niet jouw schuld als die kerel niet komt opdagen,' fluisterde Reacher.

'Dit zijn geen redelijke mensen.'

Shevick keek naar de deur. De kroegbaas was klaar met zijn denkbeeldige werk en waggelde achter de bar naar Reacher toe, de kin vooruitgestoken, vijandig, alsof hij best van plan was een verzoek aan te horen, maar ook vastbesloten om er geen gehoor aan te geven.

Op een meter afstand van Reacher bleef hij staan.

'Wat?' vroeg Reacher.

'Wil je iets?' vroeg de man.

'Nu niet meer. Het was mijn bedoeling dat je naar achteren zou lopen en weer terug. Zo te zien kun je wel een beetje beweging gebruiken. Maar nu heb je dat gedaan, dus ben ik helemaal tevreden. Hartstikke bedankt.'

De man staarde hem aan en probeerde zijn positie te beoordelen. Die was niet ideaal. Misschien had hij een honkbalknuppel of een pistool onder de bar, maar daar zou hij nooit bij kunnen. Reacher stond op niet meer dan een armlengte. Hij zou Reacher verbaal van repliek moeten dienen. Dat zou hem veel moeite kosten, dat was duidelijk. Uiteindelijk werd hij gered door de telefoon aan de muur. Een ouderwetse telefoon met een rinkelende bel. Een lang en klagelijk rinkelen, en toen het weer stil was geworden nog een keer.

De kroegbaas draaide zich om en nam op. De telefoon was er een van het klassieke model. De hoorn zat aan een gedraaid koord dat zo slap was geworden dat het tot op de vloer hing. De kroegbaas luisterde en hing op. Hij priemde zijn kin in de richting van Shevick, die nog altijd aan de tafel in de hoek zat.

'Je moet om zes uur vanavond terugkomen,' riep hij.

'Wat?' zei Shevick.

'Je hebt me gehoord.'

De kroegbaas liep weg om een nieuwe denkbeeldige klus uit te voeren.

Reacher ging bij Shevick aan tafel zitten.

'Wat bedoelt hij dat ik om zes uur moet terugkomen?' vroeg Shevick.

'Ik denk dat de man op wie jij zit te wachten, is opgehouden. Hij belde om jou te laten weten hoe de vlag erbij hangt.'

'Maar dat weet ik dus niet,' zei Shevick. 'Hoe zit het nu met de deadline van twaalf uur?'

'Dat is niet jouw schuld,' zei Reacher voor de tweede keer. 'De man heeft de deadline niet gehaald, jij wel.'

'Hij zal zeggen dat ik hem nog een keer duizend dollar extra moet betalen.'

'Niet als hij niet is komen opdagen. En dat weet iedereen. De kroegbaas had hem aan de telefoon. Die is getuige. Jij was hier wel, maar die kerel niet.'

'Ik kan met geen mogelijkheid aan nog eens duizend dollar komen,' zei Shevick. 'Dat heb ik gewoon niet.'

'Ik zou zeggen dat het uitstel jou van die verplichting ontslaat. Dat is impliciet wel duidelijk. Als een niet-expliciete clausule in een contract. Je hebt hem een wettig betaalmiddel aangeboden op de juiste plek op het juiste tijdstip. Hij is niet komen opdagen om het in ontvangst te nemen. Dat is een soort juridisch grondbeginsel. Een advocaat zou wel kunnen uitleggen hoe dat werkt.'

'Geen advocaten,' zei Shevick.

'Maak je je daar ook zorgen over?'

'Ik kan me geen advocaat veroorloven. Helemaal niet als ik nog eens ergens duizend dollar vandaan moet halen.'

'Dat hoef je niet. Ze kunnen niet van twee walletjes eten. Jij was hier op tijd, zij niet.'

'Dit zijn geen redelijke mensen.'

De kroegbaas keek kwaad in hun richting.

De klok in Reachers hoofd stond precies op twaalf uur.

'We kunnen hier geen zes uur wachten,' zei hij.

'Mijn vrouw zal bezorgd zijn,' zei Shevick. 'Ik moet naar huis om haar bij te praten, en dan weer hiernaartoe terug.'

'Waar woon je?'

'Ongeveer anderhalve kilometer hiervandaan.'

'Als je dat wilt, loop ik met je mee.'

Shevick dacht lang na.

'Nee,' zei hij. 'Dat kan ik niet van je verlangen. Je hebt al genoeg voor me gedaan.'

'Dat was nog eens beleefd en vaag. Zeker weten.'

'Ik bedoel, ik wil je niet langer ophouden. Je hebt vast andere dingen te doen.'

'Over het algemeen vermijd ik dingen die gedaan moeten worden. Dat is duidelijk een reactie op een streng regime in mijn jeugd. Het gevolg is wel dat ik nergens naartoe hoef en dat ik geen enkele haast heb om daar te komen. Anderhalve kilometer omweg maakt mij niets uit.'

'Nee, dat kan ik niet van je verlangen.'

'Dat strenge regime dat ik net noemde, was mijn tijd bij de militaire politie, waar ik, zoals ik al zei, ook heb leren kijken. Niet alleen naar fysieke zaken, maar ook naar hoe mensen zijn.

Hoe ze zich gedragen en wat ze geloven. De menselijke natuur en zo, vooral heel veel flauwekul, maar soms sneed het hout. Op dit moment sta jij op het punt een tocht van anderhalve kilometer te ondernemen door een achterbuurt met meer dan twintigduizend dollar in je zak. Daar voel je je niet lekker bij, omdat het niet de bedoeling was dat je het nu nog in je zak zou hebben en omdat het een totale ramp zou zijn als je het nu kwijtraakte. Je bent vandaag al een keer overvallen, dus alles bij elkaar kijk je behoorlijk op tegen die wandeling. Je weet dat ik die angst kan wegnemen, je hebt pijn overgehouden aan die overval, je kunt niet goed meer lopen en je weet dat ik je daarmee ook kan helpen, dus kortom, je zou me eigenlijk moeten smeken je naar huis te brengen.'

Shevick zei niets.

'Maar je bent een heer,' zei Reacher. 'Je wilde me een beloning geven. Als ik nu met je meeloop naar huis en je vrouw ontmoet, vind je dat je me op zijn minst moet uitnodigen voor de lunch. Maar er is geen lunch. Je schaamt je, terwijl je dat niet zou moeten doen. Ik snap het wel. Je hebt een schuld bij een woekeraar. Je hebt al een paar maanden geen lunch meer gehad. Je ziet eruit alsof je minstens tien kilo bent kwijtgeraakt. Je vel hangt als een zak om je lichaam. Dus halen we onderweg een paar broodjes, op kosten van Uncle Sam. Die zorgt namelijk voor het geld dat ik in mijn zak heb. Jouw belastingcenten. We praten een tijdje over koetjes en kalfjes en dan loop ik hier weer naartoe met jou. Jij betaalt die kerel en ik ga weer op weg.'

'Dank je,' zei Shevick. 'Dat meen ik echt.'

'Graag gedaan,' zei Reacher. 'Dat meen ik.'

'Waar ga jij naartoe?'

'Ergens anders. Meestal hangt dat af van het weer. Ik hou van de warmte. Scheelt het kopen van een jas.'

De kroegbaas keek opnieuw kwaad, nog steeds van grote afstand.

'Kom op,' zei Reacher. 'We gaan. Je kunt hier wel van de dorst omkomen.'

4

De man die Aaron Shevick aan de tafel achter in de hoek van de kroeg had zullen ontmoeten, was een veertigjarige Albanees die Fisnik heette. Hij was een van de twee mannen die de Oekraïense gangsterbaas Gregory die ochtend had genoemd. Dino had hem thuis opgebeld met het verzoek om voordat hij aan het werk ging even langs te komen bij de houthandel. De toon waarmee Dino hem had aangesproken had niets verontrustends gehad. Integendeel, Dino had opgewekt en enthousiast geklonken, alsof hem, Fisnik, prijzende woorden en loftuitingen te wachten stonden. Misschien nieuwe zakelijke mogelijkheden of een bonus, of beide. Misschien promotie of meer status in de organisatie.

Het pakte anders uit. Fisnik bukte zich door het lage deurtje in het rolluik, rook de geur van vers gezaagd grenenhout, hoorde het janken van een cirkelzaag en ging met een goed gevoel over wat er komen zou op weg naar het kantoor achterin. Een minuut later zat hij met ducttape vastgeplakt aan een houten stoel, rook het vers gezaagde grenenhout plotseling naar doodskisten en klonk de cirkelzaag naar pijn. Ze boorden hem eerst door zijn knieën met een accuboormachine van DeWalt en een zesmillimetersteenboor. Daarna kwamen andere delen van zijn lichaam aan de beurt. Hij vertelde hun niets omdat er niets te vertellen viel. Zijn zwijgen werd gezien als een stoïcijnse bekentenis. Zo werkte dat in hun cultuur. Zijn volharding wekte wel enige bewondering, maar dat was niet genoeg om de boor ook tot zwijgen te brengen. Hij stierf ongeveer op hetzelfde tijdstip dat Shevick en Reacher de kroeg verlieten.

De eerste helft van de anderhalve kilometer voerde door straten even verlaten als die waarin de kroeg gevestigd was, maar daarna kwamen ze in een wijk die was gebouwd op wat ooit vier hectare weidegrond kon zijn geweest, maar aan het einde van de Tweede Wereldoorlog was omgeploegd en bouwrijp was gemaakt voor rechte rijtjes kleine huizen voor de GI's die uit Europa terugkeerden. Alle huizen zonder bovenverdieping, maar een aantal wel split level. Het was maar net hoe de grond zich plooide. Zeventig jaar later waren ze allemaal al ettelijke keren van een nieuw dak voorzien. Er waren geen twee huizen identiek. Sommige hadden een aanbouw om het huis groter te maken. Bij andere waren de muren met vinyl bekleed. Voor sommige huizen lag een keurig gazonnetje, terwijl in andere tuinen het onkruid welig tierde. Maar de geest van naoorlogse uniformiteit waarde nog steeds rond over de kleine perceeltjes en door de smalle straatjes met smalle trottoirs en haakse bochten, allemaal aangelegd op een schaal die hoge eisen stelde aan de wendbaarheid van de Fords, Chevrolets, Studebakers en Plymouths uit 1948.

Reacher en Shevick stopten onderweg bij een tankstation waar ze drie broodjes gezond met kip, drie zakken chips en drie blikjes frisdrank kochten. Reacher droeg de zak in zijn ene hand terwijl hij met zijn andere Shevick ondersteunde. Zo goed en zo kwaad als het ging zochten ze hun weg door de doolhof van straatjes. Het huis van Shevick bevond zich diep in de doolhof, in een doodlopende straat met aan het einde een plek om te keren die amper breder was dan de straat zelf. Zo ongeveer als de bol onder aan een ouderwetse thermometer. Het huis stond aan de linkerkant achter een wit tuinhekje waardoorheen ontluikende rozen piepten. Het was een laag, vrijstaand huis, met dezelfde constructie en hetzelfde vierkante grondplan als de andere huizen, met helderwitte gevels en een dak van bitumen. Het zag er goed onderhouden uit, hoewel de ramen zo te zien al een tijdje niet gelapt waren en het gras van het gazon lang niet was gemaaid.

Reacher en Shevick hobbelden een betonpad naar de voordeur op dat amper breed genoeg was voor hen beiden naast elkaar. Shevick haalde een sleutel tevoorschijn, maar voordat hij die in het slot kon steken ging de deur al open. In de deuropening stond een vrouw. Ongetwijfeld mevrouw Shevick. Ze was grijs, stond een beetje krom en was sterk vermagerd, net als hij. Ze was ook een jaar of zeventig, maar hield haar hoofd fier rechtop en keek helder uit haar ogen. Het vuur daarachter was nog niet gedoofd. Ze staarde naar het gezicht van haar man. Een schaafwond op zijn voorhoofd, een schaafwond op zijn wang en een korst geronnen bloed op zijn bovenlip.

‘Ik ben gevallen,’ zei Shevick. ‘Ik struikelde over een stoeprand.

Ik heb mijn knie bezeerd, dat is het ergste. Deze meneer was zo vriendelijk om me te helpen.'

De blik van de vrouw ging even naar Reacher, een beetje verbaasd, en toen weer terug naar haar man.

'We moeten je eerst maar eens verzorgen.'

Ze deed een stap achteruit. Shevick liep het halletje in.

Zijn vrouw begon aan een vraag, 'Heb je...', maar maakte haar zin niet af. Misschien was het te gênant met een vreemde erbij. Ongetwijfeld had ze willen vragen of haar man de schuld had afbetaald, maar sommige zaken waren niet voor ieders oren bestemd.

'Het is ingewikkeld,' zei Shevick.

Even bleef het stil.

Reacher hield de zak van het tankstation omhoog.

'We hebben iets voor de lunch gekocht,' zei hij. 'We dachten dat het onder de omstandigheden misschien lastig zou zijn om naar de winkel te gaan.'

Mevrouw Shevick keek hem opnieuw aan, nog steeds verbaasd, toen een beetje gepikeerd. In verlegenheid gebracht. Beschaamd.

'Hij weet het, Maria,' zei Shevick. 'Hij is rechercheur geweest in het leger en hij keek dwars door me heen.'

'Heb je het hem verteld?'

'Hij had het zelf uitgedokterd. Hij is ervoor opgeleid.'

'Wat is er ingewikkeld?' vroeg ze. 'Wat is er gebeurd? Wie heeft je geslagen? Heeft hij dat gedaan?'

'Wie?'

Ze keek Reacher strak aan.

'Hij, met zijn lunch,' zei ze. 'Hoort hij bij hen?'

'Nee,' zei Shevick. 'Absoluut niet. Hij heeft niets met ze te maken.'

'Waarom loopt hij dan met je mee? Moet hij je begeleiden? Hij lijkt wel een gevangenbewaarder.'

'Toen ik werd...' zei Shevick. 'Toen ik was gestruikeld en gevallen, kwam hij net langs en hij heeft me overeind geholpen. Toen ik erachter kwam dat ik niet goed kon lopen ging hij met me mee. Hij begeleidt me niet en hij is ook geen gevangenbewaarder. Hij is hier omdat ik hier ben. Als hij er niet was, was ik hier ook niet. Zo simpel is het, vanwege die kapotte knie.'

'Je zei dat het ingewikkeld was, niet simpel.'

'We moesten eerst maar eens naar binnen gaan,' zei Shevick.

Zijn vrouw bleef even roerloos staan, draaide zich toen om en liep naar binnen. Het huis was binnen net zoals buiten. Oud, goed onderhouden, maar de laatste tijd een beetje verwaarloosd. De kamers waren klein en de gang nauw. In de woonkamer stonden twee leunstoelen en een kleine bank. Er waren stopcontacten en er hingen coaxkabels, maar er stond geen tv.

'Wat is er ingewikkeld?' vroeg Maria Shevick.

'Fisnik kwam niet opdagen,' zei Shevick. 'Anders zit hij daar de hele dag, maar vandaag niet. Er werd alleen gebeld dat we om zes uur moesten terugkomen.'

'En waar is het geld dan nu?'

'Dat heb ik nog.'

'Waar?'

'In mijn zak.'

'Fisnik zal zeggen dat we hem nog duizend dollar extra moeten betalen.'

'Deze meneer denkt van niet.'

De vrouw keek Reacher aan, keerde zich weer naar haar man en zei: 'We moeten je opkalefateren.' Ze wendde zich opnieuw naar Reacher en zei: 'Zet het eten maar in de koelkast, alsjeblieft.'

De koelkast bleek min of meer leeg. Reacher trok de deur open en trof niet meer aan dan een keurig schoongeschrobde ruimte waarin alleen een paar vrijwel lege flessen stonden met spul dat misschien al een halfjaar oud was. Hij legde de zak in het midden en liep terug naar de woonkamer. Aan de muren hingen gezinsfoto's, in groepjes zoals in een tijdschrift. Centraal hingen drie in sierlijsten gevatte zwart-witfoto's die vergeeld waren door ouderdom. Op de eerste daarvan stond een Amerikaanse soldaat voor het huis, geflankeerd door wat ongetwijfeld zijn kersverse bruid was. De man droeg een onberispelijk uniform. Soldaat eerste klas. Waarschijnlijk te jong om in de Tweede Wereldoorlog te hebben gevochten. Misschien had hij drie jaar gediend in West-Duitsland. Waarschijnlijk was hij opnieuw opgeroepen voor Korea. De vrouw droeg een gebloemde jurk die uitwaaierde tot op haar kuiten. Ze lachten allebei. De gevel achter hen glansde in het zonlicht. Ze stonden in het zand.

Op de tweede foto was het zand aan hun voeten veranderd in

het jonge gras van een gazon van een jaar oud. Ze hielden een baby in hun armen. Dezelfde brede lach, hetzelfde glanzende hout achter hen. De jonge vader droeg niet langer een uniform, maar een broek die hoog om zijn middel sloot, gemaakt van de destijds wonderbaarlijke, nieuwe kunststofvezels, en een wit overhemd met korte mouwen. De jonge moeder had haar gebloemde jurk vervangen door een dun truitje en een nauwsluitende driekwart broek. De baby was in een sjaal gewikkeld, waar alleen het gezichtje uitstak, bleekjes en onduidelijk.

Op de derde foto stonden ze alle drie een jaar of acht later. Achter hen ging het onderste deel van de gevel schuil achter planten en struiken. Onder hun voeten lag een dik, weelderig gazon. In acht jaar was de man minder knokig, iets gevulder om zijn middel en een beetje zwaarder bij de schouders geworden. Hij had zijn haar glad achterover gestreken. Hij werd een beetje kaal. De vrouw was mooier dan op de oudere foto's, maar ze zag er vermoeid uit, zoals vrouwen er op foto's uit de jaren vijftig vermoeid uit kunnen zien.

Het meisje van acht dat voor hen stond, was ongetwijfeld Maria Shevick, te oordelen naar de vorm van haar gezicht en de directe oogopslag. Ze was volwassen geworden, zij waren oud geworden, zij waren overleden en Maria had het huis geërfd, dacht Reacher. Een tweede reeks foto's bevestigde die conclusie. Foto's in verschoten kleuren, genomen op dezelfde plek. Een stukje van het gazon. Hetzelfde stukje gevel erachter. Een soort traditie. Op de eerste foto stond Maria Shevick toen ze een jaar of twintig was, naast meneer Shevick, die nog kaarsrecht stond en veel slanker was. Hun gezichten waren strak en jong met harde schaduwlijnen, ze lachten allebei breed en gelukkig.

Op de tweede foto van de tweede reeks stond hetzelfde paar met een baby in de armen. Op de rij foto's daaronder waren de groeispurten van de baby te volgen. Van peuter naar kleuter, kind van zes, en daarna acht, terwijl boven haar de Shevicks alle haarstijlen van de jaren zeventig doorliepen met flinke, weelderige bossen, en gekleed in strakke tanktops en bloesjes met wijde mouwen. Op de rij daaronder werd het kind een tiener, ze kreeg haar highschooldiploma en werd een jonge vrouw. De vrouw werd ouder terwijl de kleurenfoto's nieuwer werden. Ze zou nu een jaar of vijftig zijn, schatte Reacher. Een vrouw van een generatie die vast een mooie naam had. De vroege kinderen van de vroege babyboomers of zo. Iets dergelijks moest het wel zijn. Iedereen hoorde wel ergens bij.

'Daar ben je,' zei Maria Shevick achter hem.

'Ik bewonder jullie foto's,' zei hij.

'Ja,' zei ze.

'Jullie hebben een dochter.'

'Ja,' zei ze opnieuw.

Toen kwam Shevick zelf de kamer binnen. Zijn lip was schoongemaakt. Op de schaafwonden glansde gele zalf. Hij had zijn haar gekamd.

'Laten we gaan eten,' zei hij.

In de keuken stond een tafeltje met een geribbelde aluminium lijst om het formicablad dat dof geworden was door jarenlang afnemen met een vaatdoek, maar ooit glanzend en fris was geweest. Er stonden drie plastic stoelen omheen, misschien lang geleden gekocht toen Maria nog klein was. In de tijd dat ze voor het eerst op een eigen stoel aan tafel mocht zitten tijdens het eten. Met mes en vork eten en netjes alstublieft en dank u zeggen. En nu, vele jaren later, nodigde ze Reacher en haar man uit te gaan zitten. Ze legde de broodjes van het tankstation op porseleinen borden, deed de chips in porseleinen schaaltjes en schonk de frisdrank in grote glazen. Ze legde bij elk bord een katoenen servet en ging uiteindelijk zelf ook zitten. Ze keek Reacher aan.

'Je moet wel denken dat wij heel onnozel zijn,' zei ze. 'Omdat we onszelf in deze situatie hebben gemanoeuvreerd.'

'Niet echt,' zei Reacher. 'Onfortuinlijk, denk ik. Of heel wanhopig. Ik ben ervan overtuigd dat dit een laatste strohalm is. Jullie hebben de tv verkocht, en ongetwijfeld nog een heleboel andere dingen. Ik neem aan dat jullie een hypotheek op het huis hebben genomen, maar dat het allemaal niet genoeg was. Jullie moesten op zoek naar iets anders.'

'Ja,' zei ze.

'Ik weet zeker dat het heel belangrijk was.'

'Ja,' zei ze opnieuw.

Verder zei ze niets. Zij en haar man aten langzaam, steeds een klein hapje, dan één chip en één slokje frisdrank. Alsof ze genoten van iets nieuws. Maar het kon ook dat ze bang waren om last van hun maag te krijgen. Het was stil in de keuken. Er kwam geen verkeer langs, er klonken geen geluiden van de straat, geen reuring. Op de muren zaten oude witte tegeltjes. Daarboven gebloemd behang. Dezelfde soort bloemen als op de jurk van Maria Shevicks moeder op de allereerste foto, maar verbleekt en in dik aangezette contourlijnen gevat. Op de vloer lag zeil, in het verleden tot een pokdalig landschap veranderd door de naaldhakken, maar nu langzamerhand weer vlak gesleten. De apparatuur was al eens vernieuwd, zo ongeveer in de tijd dat Nixon president was, dacht Reacher. Maar het aanrechtblad leek hem origineel, lichtgele kunststof met dunne golvende lijntjes die wel wat weg hadden van de lijnen op een hartmonitor in een ziekenhuis.

Maria Shevick was klaar met haar broodje en dronk haar glas frisdrank leeg. Ze depte de laatste kruimels chips op met een natgemaakte wijsvinger, drukte haar servet tegen haar lippen en keek Reacher aan.

'Dank je,' zei ze.

'Graag gedaan,' zei hij.

'Jij denkt dat Fisnik niet nog eens duizend dollar extra kan vragen?'

'Ik bedoel dat hij dat niet kan maken, maar dat betekent natuurlijk niet dat hij het niet doet.'

'Ik ben bang dat we gewoon moeten betalen.'

'Ik wil het graag bespreken met de man. Namens jullie, als jullie dat willen. Ik kan wel een paar goede argumenten bedenken.'

'En die kun je vast ook heel overtuigend brengen, maar mijn man zei dat je op doorreis bent. Morgen ben je er niet meer, wij wel. Waarschijnlijk is het veiliger om maar gewoon te betalen.'

'We hebben het geld niet,' zei Aaron Shevick.

Zijn vrouw reageerde niet. Ze draaide de ringen om haar vinger, misschien zonder dat ze het zelf wist. Ze droeg een dunne gouden trouwring en daarnaast een ring met een klein diamantje. Waarschijnlijk zat ze te denken aan het pandjeshuis, dacht Reacher. Waarschijnlijk in de buurt van het busstation, in een armoedige straat. Maar ze zou meer nodig hebben dan een trouwring en een ring met een klein diamantje om duizend dollar te incasseren. Misschien had ze het spul van haar moeder nog, in een la boven. Misschien hadden ze iets geërfd van oude ooms of tantes, spelden of broches of horloges die waren uitgereikt bij de pensionering.

'We zullen wel zien,' zei ze. 'Misschien is hij redelijk, misschien vraagt hij geen extra geld.'

'Dit zijn geen redelijke mensen,' zei haar man.

'Heb je daar directe aanwijzingen voor?' vroeg Reacher.

'Alleen indirect,' zei Shevick. 'Fisnik heeft me uitgelegd hoe het boetesysteem werkt, meteen in het begin. Hij had foto's op zijn telefoon, en een videofilmpje. Die moest ik bekijken. Daarna zijn we altijd op tijd geweest met betalen. Tot nu.'

'Heb je overwogen om naar de politie te gaan?'

'Natuurlijk hebben we daaraan gedacht. Maar het gaat om een contract dat we vrijwillig zijn aangegaan. We hebben geld van ze geleend. We hebben hun voorwaarden geaccepteerd. Een van die voorwaarden was: geen politie. Ik heb gezien welke boete erop stond, op de telefoon van Fisnik. We vonden het risico domweg te groot.'

'Waarschijnlijk verstandig,' zei Reacher, al meende hij dat niet. Wat hem betrof verdiende Fisnik een klap tegen zijn strot in plaats van respect voor het contract. En misschien moest daarna zijn gezicht met een nog hardere klap op het blad van de tafel voor vier terechtkomen, daar achter in de kroeg. Maar goed, Reacher was geen zeventig jaar oud, liep niet krom en leed geen honger. Dus waarschijnlijk heel verstandig.

'Om zes uur weten we hoe de vlag erbij hangt,' zei Maria Shevick.

De rest van de middag vermeden ze het onderwerp. Een soort stilzwijgende afspraak. Ze wisselden levensverhalen uit, zoals dat gaat tijdens een beleefde conversatie. Maria Shevick had inderdaad het huis van haar ouders geërfd, die het op hun beurt ongezien hadden gekocht in het kader van de huisvesting voor terugkerende soldaten, in de knotsgekke tijd na de Tweede Wereldoorlog toen Jan en alleman moest doorstoten tot de middenklasse en dat vooral ook moest laten zien. Zij was een jaar later geboren, zoals op de foto te zien was geweest aan het nog magere gazonnetje, en ze was in het huis opgegroeid. Haar ouders waren overleden in hetzelfde jaar waarin ze haar man had leren kennen. Hij was machinebankwerker, een vakman, in de buurt opgegroeid. Hij had een onmisbaar beroep en werd dus niet opgeroepen voor Vietnam.

Net als haar ouders kreeg Maria binnen een jaar een dochter, en de dochter groeide ook op in dit huis, de tweede generatie die er opgroeide. Ze deed het goed op school en kreeg een baan. Ze trouwde niet, er kwamen geen kleinkinderen, maar ja. Reacher hoorde dat de toon veranderde naarmate het verhaal dichter bij het nu kwam. Vlakker en verkrampt, alsof er dingen waren die niet gezegd konden worden.

De klok in zijn hoofd sloeg vijf uur. Reacher kon anderhalve kilometer in een kwartier doen, de meeste mensen lukte het in twintig minuten, maar in het tempo van Shevick zou het bijna een uur kosten.

'Het is tijd,' zei hij. 'We moeten gaan.'

5

Voor de zoveelste keer hielp Reacher Shevick van de stoeprand de straat op en aan de overkant de stoep weer op. Hij liep met hem over het trottoir tot aan de deur van de kroeg. Weer ging Reacher als eerste naar binnen, om dezelfde reden. Een vreemde die meteen voor het slachtoffer binnenkomt, werd onbewust tien keer minder snel in verband met het slachtoffer gebracht dan een vreemde die meteen na hem binnenkwam. De menselijke natuur en zo, vooral heel veel flauwekul, maar soms sneed het hout.

Dezelfde dikzak stond achter de bar. Er zaten nu negen klanten. Twee stellen en vijf mensen die in hun eentje aan een tafel zaten. Een van hen zat zes uur eerder op precies dezelfde plek als nu. Een van de andere klanten was een vrouw van tachtig die haar handen om een glas met een heldere vloeistof had geslagen. Waarschijnlijk was het geen water.

Er zat iemand aan de tafel voor vier rechts achterin.

Het was een grote, zware kerel van een jaar of veertig, zo bleek dat hij bijna licht gaf in de schemer. Hij had bleke ogen, bleke wimpers en bleke wenkbrauwen. Zijn haar had de kleur van maispluimen en was zo kort geschoren dat het schitterde. Zijn dikke, bleke polsen rustten op de rand van de tafel en zijn grote, bleke handen lagen op een groot zwart kasboek. Hij droeg een zwart pak, een wit overhemd en een zwarte zijden stropdas. Een tatoeage kroop uit de boord van zijn overhemd omhoog langs zijn hals. Een tekst in een andere schriftsoort. Niet Russisch, iets anders.

Reacher ging zitten zonder iets te bestellen. Een minuut later hinkte Shevick naar binnen. Net als de vorige keer gluurde hij naar de tafel in de hoek achterin en evenals de vorige keer bleef hij verbaasd stilstaan. Hij schuifelde een beetje opzij en ging aan de tafel naast die van Reacher zitten.

'Dat is Fisnik niet,' fluisterde hij.

'Weet je dat zeker?'

'Fisnik is donker en heeft zwart haar.'

'Heb je deze kerel wel eens eerder gezien?'

'Nee, Fisnik zat daar altijd.'

'Misschien voelt hij zich niet lekker en ging dat telefoontje daarover. Hij had een vervanger nodig, maar die kon pas om zes uur.'

'Misschien.'

Reacher zei niets.

'Wat is er?' fluisterde Shevick.

'Weet je zeker dat je deze man nog nooit hebt gezien?'

'Waarom?'

'Omdat hij jou dan ook nog nooit heeft gezien. Het enige wat hij heeft, is een aantekening in een boek.'

'Wat wil je daarmee zeggen?'

'Dat ik in jouw plaats die man kan gaan betalen en tegelijkertijd alle hobbels glad kan strijken.'

'Je bedoelt als hij meer wil hebben?'

'Ik kan proberen hem te overtuigen. De meeste mensen doen uiteindelijk wel wat verstandig is. Dat is mijn ervaring.'

Nu zei Shevick niets.

'Er is één ding dat ik zeker moet weten,' zei Reacher. 'Anders sla ik een figuur.'

'En wat is dat?'

'Dit is de laatste betaling? Tweeëntwintig en een half en dan is het klaar?'

'Meer zijn we ze niet schuldig.'

'Geef mij die envelop maar,' zei Reacher.

'Dit is waanzin.'

'Je hebt al genoeg voor je kiezen gehad vandaag. Zak maar even onderuit.'

'Wat Maria zei klopt. Morgen ben jij hier niet meer.'

'Maar ik laat jullie hier niet achter met een probleem. Hij gaat ermee akkoord of niet. Als hij er niet mee akkoord gaat, zijn jullie er niet beroerder aan toe. Maar jij moet het zeggen. Ik vind alles best. Ik zoek geen moeilijkheden. Ik hou van een rustig leventje. Maar goed, je zou jezelf de wandeling heen en weer naar zijn tafel kunnen besparen. Die knie lijkt me nog lang niet in orde.'

Shevick zat roerloos voor zich uit te staren en zei lange tijd niets. Toen haalde hij de envelop uit zijn zak en schoof hem zo onopvallend mogelijk over tafel naar Reacher. Reacher pakte de envelop aan. Twee centimeter dik. Zwaar. Hij stopte hem in zijn zak.

'Blijf zitten waar je zit,' zei hij.

Hij stond op en liep naar de hoek rechts achterin. Hij beschouwde zichzelf als een modern mens, geboren in de twintigste eeuw en met beide benen in de eenentwintigste eeuw, maar hij wist ook dat er in zijn brein altijd een deur wagenwijd openstond, een wormgat naar het primitieve verleden van de mensheid, waar miljoenen jaren lang alles wat leefde roofdier was, of mogelijk een concurrent, en dus gewogen moest worden en beoordeeld. Meteen en feilloos. Wie van beiden was de bovenliggende partij? Wie van de twee zou zich overgeven?

Wat hij aan die tafel zag, zou een uitdaging zijn. Als het erop aan zou komen. Als de zaken zouden escaleren van een verbaal gevecht naar een fysieke strijd. Geen enorme uitdaging, maar toch, iets tussen enorm en onbeduidend in. De man was technisch minder goed geschoold, dat was wel vrijwel zeker tenzij hij ook in het Amerikaanse leger had gediend, want daar leerde je op de smerigste manier van de hele wereld vechten, al zouden ze dat in het openbaar nooit toegeven. Maar daar stond tegenover dat de man groot was en een aantal jaren jonger dan Reacher, en zo te zien al een paar jaar meedraaide in het circuit. Hij wekte de indruk dat hij zich niet zo gemakkelijk bang zou laten maken. Hij zag eruit als iemand die gewend was om te winnen. Het primitieve deel van Reachers brein woog al deze informatie en gaf een code oranje af, maar dat weerhield Reacher er niet van door te lopen. De man aan de tafel hield Reacher onafgebroken in de gaten en maakte kennelijk zijn eigen atavistische berekeningen. Wie van beiden was de bovenliggende partij? De man die op hem af kwam straalde zelfvertrouwen uit. Alsof hij onbekende risico's niet schuwde.

Reacher ging op de stoel zitten waarop Shevick zes uur eerder op het randje had plaatsgenomen. De bezoekersstoel. Van dichtbij leek de man op de stoel van de manager toch wel iets ouder dan Reacher op het eerste gezicht had ingeschat. Veertig plus. Misschien halverwege de veertig. Een man met een redelijke status. Een man van gewicht, kwestie van anciënniteit, maar aan die indruk werd afbreuk gedaan door zijn spookachtig bleke verschijning. Dat was het opvallendste aan hem, samen met die tatoeage. Die was amateuristisch gezet, onbeholpen. Gevangenisinkt, en waarschijnlijk geen inkt uit een Amerikaanse gevangenis.

De man pakte het kasboek, hield het rechtop, sloeg het open

en zette het op de rand van de tafel. Met gefronste wenkbrauwen tuurde hij naar de bladzij, als een pokeraar die zijn kaarten stevig tegen de borst houdt.

'Hoe heet je?' vroeg hij.

'Hoe heet jij?' vroeg Reacher.

'Mijn naam is niet belangrijk.'

'Waar is Fisnik?'

'Fisnik is vervangen. De zaken die je met hem hebt gedaan, doe je vanaf nu met mij.'

'Dat is niet genoeg,' zei Reacher. 'Dit is een belangrijke transactie. Dit is een serieuze financiële aangelegenheid. Fisnik heeft me geld geleend en ik moet hem terugbetalen.'

'Ik heb je net verteld dat ik de zaken die je met Fisnik hebt gedaan van hem heb overgenomen. De cliënten van Fisnik zijn nu mijn cliënten. Als jij een schuld bij Fisnik had, heb je nu een schuld bij mij. Dat is geen hogere wiskunde. Hoe heet je?'

'Aaron Shevick,' zei Reacher.

De man tuurde naar de bladzij in het boek voor hem.

Hij knikte.

'Is dit de laatste betaling?' vroeg hij.

'Krijg ik een bon?' vroeg Reacher.

'Kreeg je bonnen van Fisnik?'

'Jij bent Fisnik niet. Ik weet niet eens hoe je heet.'

'Mijn naam is niet belangrijk.'

'Voor mij wel. Ik moet weten aan wie ik betaal.'

De man tikte met zijn lijkwitte vinger tegen de zijkant van zijn glimmende hoofd.

'Je bon zit hier,' zei hij. 'Meer hoef je niet te weten.'

'Voor hetzelfde geld zit Fisnik morgen achter me aan.'

'Ik heb je al twee keer verteld dat je gisteren van Fisnik was, maar nu van mij. Morgen ben je ook van mij. Fisnik is verleden tijd. De wereld draait door. Hoe groot is je schuld?'

'Dat weet ik niet,' zei Reacher. 'Dat moest Fisnik me vertellen. Hij had daar een formule voor.'

'Wat voor formule?'

'Een formule voor de overdrachtskosten en de boetes en de extra's. Afgerond naar boven op honderd, en dan nog eens opgehoogd met vijfhonderd administratiekosten. Zo ging dat. Ik heb het nooit allemaal kunnen volgen, maar ik wilde hem niet de indruk geven dat ik hem probeerde af te zetten, dus ik heb altijd betaald wat hij vroeg. Dat leek me veiliger.'

'Hoeveel denk jij dat het moet zijn?'

'Deze keer?'

'Als laatste termijn.'

'Ik zou jou ook niet de indruk willen geven dat ik probeer je af te zetten. Niet als jij de zaken van Fisnik hebt overgenomen. Ik neem aan dat dezelfde voorwaarden nog altijd van kracht zijn.'

'Laat me allebei de opties maar eens horen,' zei de man. 'Wat jij zelf denkt dat het moet zijn en waar het op uit zou komen volgens de formule van Fisnik. Misschien kan ik het voor je afronden. Misschien delen we het verschil, als een soort van kennismakingsaanbieding.'

'Ik dacht zelf achthonderd dollar,' zei Reacher. 'Maar volgens Fisnik zou het waarschijnlijk veertienhonderd zijn. Dat zei ik al, naar boven afgerond plus vijfhonderd.'

De man tuurde naar de bladzij in het boek.

Hij knikte, langzaam, nadenkend, en was het er kennelijk helemaal mee eens.

'Maar geen korting,' zei hij. 'Dat vind ik geen goed idee. Ik ga voor de volle veertienhonderd.'

Hij sloot het boek en legde het plat op tafel.

Reacher stak zijn hand in zijn zak en pelde met duim en wijsvinger veertien briefjes van honderd van het pak bankbiljetten van Shevick. Hij gaf ze aan de bleke man. Die telde het geld met snelle, geoefende vingers, vouwde het pakje een keer dubbel en stak het in zijn eigen zak.

'Zijn we nu klaar?' vroeg Reacher.

'Voldaan,' zei de man.

'Bon?'

De man tikte opnieuw tegen zijn slaap.

'En nu oprotten,' zei hij. 'Tot de volgende keer.'

'De volgende keer?'

'Als je weer geld nodig hebt.'

'Dat hoop ik niet.'

'Losers zoals jij hebben altijd geld nodig. Je weet waar je me kunt vinden.'

Reacher bleef even stil.

'Ja,' zei hij. 'Ja, ik weet waar ik je kan vinden. Reken daar maar op.'

Hij bleef nog heel even zitten, stond toen op van de bezoekersstoel en liep langzaam, met zijn blik strak voor zich uit naar buiten.

Een minuut later voegde Shevick zich hinkend bij hem.

'We moeten praten,' zei Reacher.

6

Shevick had zijn mobiele telefoon nog. Hij zei dat hij die niet had verkocht omdat het een oud geval was dat geen cent meer waard was, en hij gebruikte de telefoon ook nog steeds omdat het meer zou kosten om het abonnement op te zeggen dan om het aan te houden. Bovendien had hij het toestel soms gewoon nodig. Reacher zei dat dit zo'n moment was omdat hij een taxi moest bellen en dat Shevicks argument dat hij zich dat niet kon veroorloven voor deze ene keer niet opging.

De taxi die voorreed was een oude, aftandse Crown Vic die onder een dikke laag knaloranje verf zat. Aan de bestuurderskant zat op het dak een schijnwerper zoals op politiewagens. Een taxilicht werd met een spanriem op zijn plaats gehouden. Visueel een weinig aantrekkelijk vervoermiddel, maar het functioneerde. Hotsend en steunend volbracht het de tocht van anderhalve kilometer naar het huis van Shevick. Reacher hielp Shevick over het betonpad naar de voordeur. Weer ging de voordeur open voordat Shevick zijn sleutel in het slot had kunnen steken. Maria Shevick staarde haar man aan. De onuitgesproken vragen waren te lezen in haar ogen. Een taxi? Voor je knie? En waarom is hij dan ook weer mee teruggekomen?

Maar vooral: moeten we duizend dollar extra betalen?

'Het is weer ingewikkeld,' zei Shevick.

Ze gingen naar de keuken. Het fornuis was koud. Er stond geen avondeten klaar. Ze hadden die dag al een keer gegeten. Alle drie namen ze plaats rond de tafel. Shevick vertelde zijn deel van het verhaal. Geen Fisnik. Een vervanger. Een ongure, bleke vreemdeling met een groot zwart boek. Het aanbod van Reacher om Shevicks plaats in te nemen.

Maria Shevick keek van haar man naar Reacher.

'Ik weet bijna zeker dat hij Oekraïens was,' zei Reacher. 'Hij had een gevangenistatoeage in zijn nek, in cyrillisch schrift volgens mij.'

'Volgens mij is Fisnik niet Oekraïens,' zei Maria Shevick. 'Fisnik is een Albanese naam. Ik heb het opgezocht in de bibliotheek.'

'Hij zei dat Fisnik was vervangen en dat de zaken van Fisnik nu door hem waren overgenomen. Fisniks cliënten waren nu zijn cliënten en een schuld bij Fisnik was nu een schuld bij hem. Dat heeft hij wel een paar keer duidelijk gemaakt. Het was geen hogere wiskunde, zei hij.'

'Wilde hij die extra duizend dollar ook?'

'Hij zette dat boek van hem rechtop, heel dicht tegen zijn borst. Raar. In eerste instantie begreep ik niet zo goed waarom. Ik dacht dat hij wilde voorkomen dat ik zou zien wat erin stond. Hij vroeg hoe ik heette. Toen heb ik Aaron Shevick gezegd. Hij keek in het boek en knikte. Dat vond ik vreemd.'

'Waarom?'

'Hoe groot is de kans dat hij het boek precies op de bladzij met de S had opengeslagen? Dat is een kans van één op zesentwintig. Het kan, maar het is niet erg waarschijnlijk. Dus toen kwam het bij me op dat hij dat boek niet zo pal voor zich hield om te voorkomen dat ik zou zien wat erin stond, maar om te voorkomen dat ik zou zien wat er niet in stond. Omdat er niets in stond. Alleen maar lege bladzijden. Dat dacht ik, en vervolgens bewees hij het zelf. Hij vroeg hoeveel ik hem schuldig was. Dat wist hij niet. Hij beschikte niet over de gegevens van Fisnik. Dat boek was niet het oude kasboek van Fisnik. Het was een nieuw, leeg kasboek.'

'En wat betekent dat allemaal?'

'Dat betekent dat het geen kwestie was van een normale reorganisatie. Fisnik was niet even op de bank geparkeerd om plaats te maken voor een pinch-hitter. Het was een vijandige overname van buitenaf. De zaken worden nu door een andere organisatie gerund. Ik herhaalde in gedachten wat hij allemaal had gezegd, het soort woorden dat hij had gebruikt, en toen was het me volstrekt duidelijk. Een andere bende had de zaken overgenomen.'

'Wacht,' zei Maria Shevick. 'Ik heb iets op de radio gehoord. Vorige week, geloof ik. We krijgen een nieuwe korpschef bij de politie en die beweert dat er rivaliserende Oekraïense en Albanese bendes actief zijn in de stad.'

Reacher knikte.

'Kijk,' zei hij. 'Daar heb je het al. De Oekraïners nemen een deel van de zaken van de Albanezen over. Je hebt nu met nieuwe mensen te maken.'

'Wilde hij ook die extra duizend dollar?'

'Ze kijken vooruit, niet naar het verleden. Ze zijn bereid om de oude leningen van Fisnik af te schrijven. Geheel of gedeeltelijk. Dat moeten ze wel, ze hebben geen keus. Ze weten niet wie een schuld heeft en hoe groot de schulden zijn. Bovendien kost het ze niets om dat geld af te schrijven, want ze hebben het zelf immers niet uitgeleend. Wat ze willen, zijn de oude cliënten, meer niet. Voor de toekomst. De komende jaren willen zij de diensten verlenen.'

'Heb je de man betaald?'

'Hij vroeg hoe groot de schuld was en toen heb ik een gokje gewaagd, en gezegd dat het veertienhonderd dollar was. Hij keek weer naar die lege bladzij en knikte plechtig dat hij het ermee eens was. Ik heb hem die veertienhonderd dollar betaald. Daar nam hij genoegen mee. Hij bevestigde dat de schuld nu helemaal was afbetaald.'

'Waar is de rest van het geld?'

'Hier,' zei Reacher. Hij haalde de envelop die amper dunner was geworden uit zijn zak. Er zaten nog altijd tweehonderdelf bankbiljetten in. Eenentwintigduizend en honderd dollar. Hij legde de envelop op de tafel, in het midden, even ver verwijderd van alle drie. Shevick en zijn vrouw staarden ernaar, niet in staat iets te zeggen.

'Het universum wordt gedreven door willekeur,' zei Reacher. 'Dat alles zo op zijn plaats valt is net zo zeldzaam als een blauwe maan. Zoals nu. Iemand heeft een oorlog ontketend en jullie zijn precies het tegenovergestelde van collateral damage.'

'Maar niet als Fisnik volgende week weer opduikt en al dit geld opeist, met nog eens zevenduizend boete erbovenop.'

'Dat zal niet gebeuren,' zei Reacher. 'Fisnik is vervangen. Als die boodschap uit de mond van een Oekraïense gangster komt die een gevangenistatoeage in zijn nek heeft, betekent het zonder meer dat Fisnik dood is. Of op zijn minst op een andere manier buitenspel gezet. Die komt volgende week niet, en ook niet in de weken daarna. Die komt nooit meer terug. Ondertussen staan jullie quitte met de nieuwe machthebbers. Dat hebben ze gezegd. Het gevaar is geweken.'

Het bleef een hele tijd stil.

Maria Shevick keek Reacher aan.

'Dank je,' zei ze.

Op dat moment ging Shevicks telefoon. Hij hinkte naar de gang en nam het gesprek aan. Reacher hoorde vervormde geluiden en schatte het in als een mannenstem. Hij kon niet verstaan wat er werd gezegd. Een lange stroom informatie. Hij hoorde Shevick reageren. Luid en duidelijk, drie meter verderop. Hij hoorde Shevick bevestigend mompelen. Het klonk vermoeid en niet verrast, maar toch teleurgesteld. Daarna stelde hij de onvermijdelijke vraag.

'Hoeveel?'

Het zwakke vervormde geluid gaf antwoord.

Shevick klapte zijn telefoon dicht. Hij bleef even staan waar hij stond, toen hinkte hij de keuken weer in en ging hij aan tafel zitten. Hij legde zijn gevouwen handen voor zich op tafel en keek naar de envelop. Het was geen staren. Het was slechts een weemoedige blik. De envelop lag midden op tafel, even ver verwijderd van alle drie.

'Ze willen nog veertigduizend dollar hebben,' zei hij.

Zijn vrouw sloot haar ogen en sloeg haar handen voor haar gezicht.

'Wie wil dat hebben?' vroeg Reacher.

'Fisnik niet,' zei Shevick. 'En de Oekraïners ook niet. Niemand van al die lui. Dit is de andere kant van de hele toestand. Dit is de reden waarom we al dat geld moesten lenen.'

'Worden jullie gechanteerd?'

'Nee, dat is het niet. Was het maar zo eenvoudig. Ik kan alleen maar zeggen dat er rekeningen zijn die we moeten betalen. Daar is net een nieuwe bij gekomen. Nu moeten we nog eens ergens veertigduizend dollar vandaan halen.' Hij keek opnieuw naar de envelop. 'Dankzij jou hebben we gelukkig al een deel.' Hij rekende het uit in zijn hoofd. 'We hebben in feite nog achttienduizend negenhonderd dollar nodig.'

'Wanneer?'

'Morgenvroeg.'

'Lukt dat?'

'We krijgen nog geen achttien cent bij elkaar.'

'Waarom zo snel?'

'Sommige dingen kun je niet uitstellen.'

'Wat gaan jullie doen?'

Shevick gaf geen antwoord.

Zijn vrouw haalde haar handen van haar gezicht.

'Dat lenen we,' zei ze. 'Wat moeten we anders?'

'Van wie?'

'Van die man met zijn gevangenistatoeage,' zei ze. 'We hebben immers geen keus? Alle andere mogelijkheden zijn uitgeput.'

'Kunnen jullie dat terugbetalen?'

'Wie dan leeft, wie dan zorgt.'

Niemand zei iets.

'Het spijt me dat ik jullie niet verder kan helpen,' zei Reacher.

Maria Shevick keek hem aan.

'Dat kun je wel,' zei ze.

'Ja?'

'Je zult wel moeten.'

'O?'

'Die man met zijn gevangenistatoeage denkt dat jij Aaron Shevick bent. Jij moet dat geld voor ons gaan lenen.'

7

Ze discussieerden er een halfuur over, Reacher en Aaron en Maria Shevick. Ze bekeken het van alle kanten. Sommige feiten waren meteen duidelijk. De vaste punten waar ze niet omheen konden. De Shevicks hadden het geld absoluut nodig. Geen twijfel mogelijk. Onbespreekbaar. Ze hadden het bovendien de volgende ochtend nodig. Geen enkel respijt, geen speelruimte.

Ze wilden onder geen enkel beding vertellen waarvoor ze het nodig hadden.

Al hun spaargeld was op. Het huis was van de bank. Ze hadden onlangs een seniorenhypotheek afgesloten, waarin was vastgelegd dat ze de rest van hun leven in het huis mochten blijven wonen, dat ondertussen al wel op naam van de bank stond. Het geld van die hypotheek was al op. In die richting viel niets meer te halen. Nadat ze hun creditcards tot aan de limiet hadden gebruikt, waren die geannuleerd. Ze hadden geld geleend met hun pensioen als onderpand. Ze hadden het opgebouwde kapitaal van hun levensverzekering laten uitkeren en het abonnement van de vaste telefoonlijn opgezegd. Nu ze ook hun auto hadden verkocht, hadden ze niets meer van waarde. Het enige wat restte waren persoonlijke kleinoden. Als je wat ze zelf hadden optelde bij de erfstukken, kwam je tot een totaal van vijf negenkaraats trouwringen, drie dunne ringen met een diamantje en een verguld polshorloge met een barst in het glas. Reacher schatte in dat een filantropische pandjesbaas die de dag van zijn leven had en zich de gelukkigste man op aarde prees, er misschien tweehonderd dollar voor zou geven. Meer niet. Op een slechte dag misschien niet eens honderd dollar. Nog geen druppel op een gloeiende plaat.

Ze vertelden dat ze voor het eerst vijf weken geleden gebruik hadden gemaakt van de diensten van Fisnik. Een buurvrouw had zijn naam genoemd. Al roddelend, niet als aanbeveling. Een schandaaltje, een sensationeel verhaal over de vrouw van de neef van een andere buurvrouw, die geld had geleend van een gangster in een kroeg. Fisnik heette die gangster, moet je nagaan. Shevick had aan de hand van geruchten en details in het sensationele verhaal uitgevogeld in welke buurt die kroeg te vinden moest zijn, en had ze allemaal aangedaan, blozend, beschaamd en aangestaard, en had alle kroegbazen gevraagd of ze een zekere Fisnik kenden, tot bij zijn vierde poging een nogal sarcastische dikzak achter de bar met zijn duim een gebaar in de richting van een tafel in de hoek had gemaakt.

'Hoe ging het in zijn werk?'

'Heel makkelijk,' zei Shevick. 'Ik liep naar zijn tafel en bleef daar staan terwijl hij mij beoordeelde. Toen gebaarde hij dat ik moest gaan zitten, dus dat heb ik gedaan. Eerst heb ik een beetje om de hete brij heen gedraaid, maar toen heb ik het maar ronduit gevraagd. Luister, ik heb geld nodig en ik heb begrepen dat jij dat uitleent. Hij vroeg hoeveel en dat heb ik gezegd. Toen heeft hij me de voorwaarden van het contract uitgelegd. Hij liet me foto's zien. Ik heb die video gezien. Ik heb hem mijn rekeningnummer gegeven en twintig minuten later stond het geld op mijn rekening. Overgemaakt van een niet te traceren rekening van een bedrijf ergens in Delaware.'

'Ik zat aan een grote zak geld te denken,' zei Reacher.

'We moesten de termijnen contant afrekenen.'

Reacher knikte.

'Twee vliegen in één klap,' zei hij. 'Woekeren en witwassen. Ze maken vuile elektronen naar jouw rekening over en in ruil daarvoor krijgen ze geld terug waar geen vlekje op zit. Tegen een interessante rente. Meestal gaat er bij het witwassen geld verloren, en wordt er geen winst gemaakt, maar hier is het andersom. Die jongens zijn niet dom.'

'Dat idee hadden wij ook,' zei Shevick.

'Denk je dat het met de Oekraïners beter wordt of juist nog erger?'

'Erger, denk ik. De wet van de jungle lijkt nu al van kracht.'

'Dus hoe gaan jullie ze terugbetalen?' vroeg Reacher.

'Dat zien we dan wel weer.'

'Jullie hebben niets meer wat je nog kunt verkopen.'

'Misschien komt er vanzelf een oplossing.'

'Dat had je gedroomd.'

'Nee, echt waar,' zei Shevick. 'We wachten ergens op. We hebben reden om te geloven dat het niet lang meer zal duren. Tot dan moeten we volhouden.'

Ze wilden onder geen enkel beding vertellen waarop ze wachtten.

Twintig minuten later stapte Reacher ongehinderd door een hinkende metgezel van de stoeprand, stak in vier grote passen de straat over, stapte aan de overkant de stoep weer op en trok de deur van de kroeg open. Binnen leek het wat lichter dan eerder, omdat het buiten donkerder was. Het was er ook net iets lawaaiiger omdat er meer mensen waren. Aan een van de tafels zat een groep van vijf mannen herinneringen op te halen aan het een of ander.

De bleke man zat nog altijd in de hoek.

Reacher liep op hem af. De bleke man hield hem onafgebroken in de gaten. Reacher leefde zich een beetje in zijn rol in. De situatie vereiste een bepaald gedrag. Man met en man zonder geld. Hij probeerde tijdens het lopen iets van vriendelijkheid uit te stralen, te bewegen omwille van de beweging, geen bedreiging voor wie dan ook. Hij ging op dezelfde stoel zitten waarop hij een paar uur eerder had gezeten.

'Aaron Shevick, toch?' zei de bleke man.

'Ja,' zei Reacher.

'Wat brengt jou hier zo snel al weer terug?'

'Ik heb geld nodig.'

'Nu al weer? Je hebt me net afbetaald.'

'Er is iets gebeurd.'

'Ik zei het al,' zei de man. 'Losers zoals jij komen altijd terug.'

'Dat herinner ik me nog,' zei Reacher.

'Hoeveel wil je hebben?'

'Achttienduizend negenhonderd dollar,' zei Reacher.

De bleke man schudde zijn hoofd.

'Dat gaat niet,' zei hij.

'Waarom niet?'

'Het is nogal een grote stap, van achthonderd de vorige keer.'

'Veertienhonderd.'

'Waarvan zeshonderd voor de kosten. De hoofdsom was achthonderd.'

'Dat was toen. Nu is het anders. Dit is wat ik nodig heb.'

'Kun je het terugbetalen?'

'Het is me altijd gelukt,' zei Reacher. 'Vraag maar aan Fisnik.'

'Fisnik is verleden tijd,' zei de bleke man.

Er viel een stilte.

Reacher wachtte.

'Misschien is er toch een manier waarop ik je kan helpen,' zei de bleke man. 'Maar je moet goed begrijpen dat ik daarmee een groot risico loop, dat in de kosten tot uitdrukking zal worden gebracht. Kun je daarmee leven?'

'Dat lijkt me wel,' zei Reacher.

'En ik moet je ook vertellen dat ik van afgeronde bedragen houd. Achttienduizend negenhonderd gaat niet. Dat wordt twintigduizend. Daarvan neem ik elfhonderd voor administratiekosten en dan krijg jij precies het bedrag dat je nodig hebt. Wil je weten wat het rentetarief is?'

'Dat lijkt me wel,' zei Reacher.

'De wereld ziet er tegenwoordig anders uit dan in de tijd van Fisnik. We leven in een tijdperk van innovatie. Wij werken met iets wat dynamische prijsstelling heet. Het rentetarief gaat op en neer, afhankelijk van vraag en aanbod en dat soort dingen, maar is ook gebaseerd op hoe we de cliënt inschatten. Is de man betrouwbaar? Kunnen we op hem rekenen? Dat soort vragen.'

'En voor mij?' vroeg Reacher. 'Gaat het tarief voor mij omhoog of omlaag?'

'Ik zet jou helemaal boven in de tabel, in de categorie van de grootste risico's. Om je de waarheid te vertellen, mag ik jou niet zo, Shevick. Je geeft me geen goed gevoel. Je krijgt vanavond twintig, maar dan breng je me vandaag over een week vijfentwintig. Daarna geldt een rentetarief van vijfentwintig procent per week of per deel van een week, plus een boete van duizend dollar per dag of deel van een dag. Na de eerste deadline kan de hoofdsom, aangevuld met alle betalingen, op elk gewenst moment worden opgeëist, waarna onmiddellijke betaling dient plaats te vinden. Weigering te betalen bij opeising of insolventie kunnen leiden tot onverkwikkelijke situaties van allerlei aard. Dat moet je van tevoren goed tot je door laten dringen. Ik wil uit jouw eigen mond horen dat je je dat realiseert. Dat zijn geen dingen die je op schrift kunt zetten met een handtekening eronder. Ik zal je foto's laten zien.'

'Fantastisch,' zei Reacher.

De man prikte met een stompe vingertop op het scherm van zijn telefoon. Menu's, albums, diavoorstellingen. Hij kantelde het toestel, zodat de beelden in liggend formaat werden weergegeven. Heel toepasselijk want de mensen die werden afgebeeld, lagen ook allemaal. Op de meeste foto's waren ze met ducttape geketend aan de spijlen van een ijzeren ledikant, in een kamer waarvan de witgekalkte muren grijs waren geworden van ouderdom en vocht. Bij sommige slachtoffers waren de ogen met een lepel uit de kassen gewipt, anderen waren bewerkt met een kettingzaag. Weer anderen waren bewerkt met een strijkijzer. Nog weer anderen met een accuboormachine die eveneens werd afgebeeld, als om aan te tonen dat het echt was. Geel met zwart, topzwaar wiebelend op een zesmillimeterboor die voor twee derde in een lichaam stak.

Nogal afschuwelijk.

Maar niet echt het ergste wat Reacher ooit onder ogen had gekregen.

Al was het misschien wel het ergste wat hij ooit verzameld op één telefoon had gezien.

Hij gaf de telefoon terug. De man prikte zich met zijn stompe vingertop weer door de menu's, nu naar serieuze zaken.

'Begrijp je de voorwaarden voor het contract?' vroeg hij.

'Ja,' zei Reacher.

'Ga je ermee akkoord?'

'Ja,' zei Reacher.

'Rekeningnummer?'

Reacher gaf hem het bankrekeningnummer van de Shevicks. De man voerde naam en nummer in op zijn telefoon en prikte toen naar een grote groene rechthoek onder in het scherm. De knop OK.

'Het geld staat over twintig minuten op je bankrekening,' zei hij.

Hij begon zich opnieuw al prikkend een weg te banen door de menu's, hield toen plotseling de telefoon als een camera omhoog, op Reacher gericht, en nam een foto.

'Hartelijk dank, meneer Shevick,' zei hij. 'Het was me een genoegen zaken met je te doen. We zien elkaar over precies een week weer.'

Hij tikte met zijn lijkbleke vinger tegen zijn stekelige hoofd, net zoals hij dat eerder had gedaan. Het had iets met het geheugen te maken en er ging iets dreigends van uit.

Het zal wel, dacht Reacher.

Hij stond op en liep de kroeg uit, de donkere nacht in. Er stond een auto langs de stoeprand. Een zwarte Lincoln met een stationair draaiende motor en een chauffeur in de pauzestand achter het stuur. Hij zat onderuitgezakt met zijn hoofd tegen de hoofdsteun, zijn ellebogen breeduit, de knieën breeduit zoals chauffeurs overal op de wereld in de pauzestand.

Er was een tweede man, die buiten de auto tegen de kofferbak geleund stond. Hij was net zo gekleed als de chauffeur. En net zoals de bleke man in de kroeg. Een zwart pak, een wit overhemd en een zwarte zijden stropdas. Het leek wel een soort uniform. Hij had zijn ene been voor het andere gekruist en zijn armen over elkaar geslagen. Hij stond te wachten. Hij zag eruit zoals de bleke man achter in de kroeg eruit zou zien als hij een maand in de zon had gezeten, bleekwit, maar niet lichtgevend. Zijn lichte haar was met een tondeuse gemillimeterd. Hij had een neus die gebroken was geweest en zijn wenkbrauwen werden ontsierd door littekenweefsel. Niet echt een vechtersbaas, dacht Reacher. Het was duidelijk dat hij vaak rake klappen kreeg.

'Ben jij Shevick?' vroeg de man.

'Wie wil dat weten?' vroeg Reacher.

'De mensen van wie jij net geld hebt geleend.'

'Het heeft er alle schijn van dat jij al weet wie ik ben.'

'Wij geven je een lift naar huis.'

'En als ik nou eens geen lift wil?' zei Reacher.

'Het hoort bij de deal,' zei de man.

'Welke deal?'

'We moeten weten waar je woont.'

'Waarom?'

'Garantie.'

'Zoek maar op waar ik woon.'

'Dat hebben we gedaan.'

'En?'

'Je staat niet in het telefoonboek en je hebt geen eigen huis.'

Reacher knikte. De Shevicks hadden het abonnement van de vaste telefoon opgezegd en het huis was ondertussen eigendom van de bank.

'En dus gaan we zelf even kijken,' zei de man.

Reacher zei niets.

'Is er ook een mevrouw Shevick?' vroeg de man.

'Waarom?'

'Misschien moeten we ook even met haar kennismaken als we bij jou thuis rondkijken. We houden de lijntjes naar de klanten graag kort. We leren ze graag allemaal goed kennen. Dat helpt. En nu in de auto.'

Reacher schudde zijn hoofd.

'Je begrijpt het verkeerd,' zei de man. 'Er valt niets te kiezen, dit is onderdeel van de deal. Jij hebt geld van ons geleend.'

'Die bleekscheet van een vriend van jou daarbinnen heeft alles uitgelegd. Hij heeft alle voorwaarden behoorlijk gedetailleerd op een rijtje gezet. De administratiekosten, het dynamische tarief en de boetes. Bij dat laatste liet hij zelfs plaatjes zien. Daarna vroeg hij of ik de voorwaarden accepteerde. Toen heb ik ja gezegd en dat betekent dat de deal op dat moment gesloten was. Je kunt niet achteraf extra voorwaarden toevoegen, zoals een rit naar mijn huis en kennismaken met de familie. Daar zou ik vooraf eerst mee ingestemd moeten hebben. Een contract is tweerichtingsverkeer. Je kunt erover onderhandelen en dan kun je het afsluiten. Dat kan niet eenzijdig. Dat is een basisprincipe.'

'Je kunt lekker lullen.'

'Dat hoop ik wel,' zei Reacher. 'Soms denk ik wel eens dat ik alleen maar pedant ben.'

'Wat?'

'Jullie kunnen me wel een lift aanbieden, maar je kunt niet van me eisen dat ik dat aanbod aanneem.'

'Wat?'

'Je hebt me wel gehoord.'

'Oké, ik bied je een lift aan. Laatste kans. Stap in.'

'Zeg eens alsjeblieft.'

Het duurde even voor de man reageerde.

'Stap alsjeblieft in,' zei hij toen.

'Oké,' zei Reacher, 'omdat je het zo vriendelijk vraagt.'

8

Zo ongeveer de veiligste manier om een onwillige gijzelaar te vervoeren in een personenauto is om hem aan het stuur te zetten en hem te verbieden zijn gordel om te doen. Dat deden de mannen in de Lincoln niet. Ze kozen voor de meer gebruikelijke tweede keus. Ze zetten Reacher op de achterbank, achter de lege passagiersstoel, zodat er pal voor hem niemand zat die hij zou kunnen aanvallen. De man die steeds het woord had gevoerd, kwam ook achterin zitten, bij het andere portier, achter de chauffeur, een beetje schuin, alert.

'Waar moeten we heen?' vroeg hij.

'Je moet omkeren,' zei Reacher.

De chauffeur gebruikte de volle breedte van de straat om de auto te keren, bonkte met zijn rechtervoorwiel de stoeprand aan de overkant op en weer af.

'Rechtdoor tot de vijfde zijstraat,' zei Reacher.

De chauffeur gaf gas. Hij was een kleinere uitvoering van de man die naast Reacher zat. Minder bleek. Zonder meer wit, maar geen prachtexemplaar. Ook hij had gemillimeterd haar, goudkleurig en een beetje glanzend. Hij had een litteken op zijn linkerhand waar hij was bewerkt met een mes, waarschijnlijk terwijl hij zich verdedigde. Een vervagende tatoeage in de vorm van een spinnenweb kroop uit zijn rechtermouw. Hij had grote roze flaporen.

De banden klapperden over het slechte asfalt en de stukken wegdek waar alleen keitjes lagen. Bij het vijfde kruispunt stonden de verkeerslichten van de vierbaansweg. Daar waar Shevick had staan wachten om over te kunnen steken. Daar reden ze de oude wereld uit, de nieuwe wereld in, vlak en open terrein, beton en grind. Brede voetpaden. Het zag er allemaal heel anders uit in het donker. Voor hen was het busstation.

'Rechtdoor,' zei Reacher.

Toen het licht op groen sprong, reed de chauffeur verder. Ze passeerden het busstation. Ze reden met een gepaste boog om de duurdere wijken heen en kwamen een kilometer verder bij het punt waar de bus de hoofdstraat had verlaten.

'Rechtsaf,' zei Reacher. 'In de richting van de snelweg. Hij zag dat de tweebaansweg die de stad in voerde Center Street heette. Toen de tweebaansweg weer een vierbaansweg werd, veranderde de naam in een nummer van een door de staat beheerde weg. De enorme supermarkt kwam in zicht. Verderop was het kantorenpark.

'Waar gaan we verdomme heen?' vroeg de man naast Reacher. 'Hier woont niemand.'

'Dat vind ik juist fijn,' zei Reacher.

Het wegdek was goed. De banden suisden. Voor hen reed niemand. Misschien achter hen. Reacher had geen idee en hij kon het risico niet lopen om te kijken.

'Vertel me nog eens waarom je graag wilt kennismaken met mijn vrouw,' zei hij.

'Dat helpt,' zei de man naast hem.

'Hoe dan?'

'Je betaalt een lening terug omdat je je bekommert om je kredietwaardigheid en je goede naam en je reputatie in de gemeenschap. Maar dat is voor jou allemaal verleden tijd. Jij bent in de goot beland. Waar bekommer jij je nog om? Wat zorgt ervoor dat je het geleende geld terugbetaalt?'

Ze passeerden de kantoren. Nog altijd geen andere auto's. Verderop kwam de autodealer in zicht. Een hoog hek, rijen donkere contouren, vlaggen en wimpels die grijs glansden in het maanlicht.

'Dat klinkt als een dreigement,' zei Reacher.

'Dochters zijn ook prima.'

Nog steeds geen andere auto's.

Reacher sloeg de man in zijn gezicht. Vanuit het niets, een plotselinge explosie van spiergeweld. Zonder enige waarschuwing. Een dreun, uitgedeeld met alle kracht die hij er maar aan mee kon geven in de kleine ruimte die hem ter beschikking stond. Het hoofd van de man klapte tegen de rand van het raam in het portier. Een nevel van bloed spoot uit zijn neus over het glas.

Reacher trok zijn arm terug en sloeg de chauffeur. Met evenveel kracht en met hetzelfde resultaat. Hij boog zich naar voren, maaide met zijn arm als een molenwiek en ramde zijn vuist op het oor van de man. Diens hoofd sloeg opzij, kaatste terug van het glas en Reachers vuist kwam onmiddellijk een tweede keer in aanraking met het oor. Toen dat voor de derde keer gebeurde, ging het licht bij de man uit. Hij zakte voorover in elkaar op het stuur.

Reacher rolde zich op tussen de achterbank en de passagiersstoel.

Een seconde later boorde de auto zich met een snelheid van vijfenzestig kilometer per uur in het hek van de autodealer. Reacher hoorde een enorme knal en een spookachtig gekrijs. De airbags explodeerden. Hij werd met geweld tegen de passagiersstoel gesmeten. De stoel begaf het en boorde zich in de airbag voor het dashboard, precies op het moment dat de Lincoln de eerste van de te koop aangeboden auto's ramde. Hij stond aan het eind van een rij met auto's onder de vlaggen en de wimpels. De neus van de Lincoln probeerde zich in de flank van de andere auto te boren. De voorruit van de Lincoln spatte uit elkaar. De achterkant van de wagen steigerde en kwam met een klap weer terug op de grond, de motor sloeg af en de auto kwam tot stilstand. De stilte die neerdaalde op het tafereel werd alleen doorbroken door een luid en woest sissen van stoom onder de verfrommelde motorkap.

Reacher krabbelde weer op de achterbank. Hij had alle klappen met zijn rug opgevangen. Hij voelde zich net zoals Shevick zich moest hebben gevoeld toen die languit op het trottoir lag na de overval. Geradbraakt. Alles deed pijn. *Gewoon pijn? Of erger?* Gewoon pijn, zo leek het. Hij bewoog zijn hoofd, zijn nek, zijn schouders en zijn benen. Er was niets gebroken, niets gescheurd. Het viel mee.

Dat kon niet gezegd worden van de beide andere mannen. De chauffeur was opgevangen door de airbag, maar de man die achter hem had gezeten, was min of meer gelanceerd en als een speer door de auto gevlogen. Eerst was hij met zijn hoofd op het achterhoofd van de chauffeur geklapt, daarna was hij dwars door de verbrijzelde voorruit uit de auto geslingerd. Nu lag hij dubbelgevouwen op de motorkap met zijn gezicht omlaag. Zijn voeten staken nog door de voorruit naar binnen. Hij bewoog evenmin als de chauffeur.

Reacher duwde moeizaam het portier aan zijn kant open. Het ging gepaard met gekraak van protesterend staal. Hij kroop de auto uit en duwde even moeizaam het portier weer achter zich dicht. Achter zich zag hij geen auto's op de weg. Van de andere kant kwamen in de verte twee vaag schitterende speldenprikken.

Nog meer dan een kilometer verwijderd, maar ze kwamen zijn kant op. Grofweg een minuut bij zestig kilometer per uur. De Lincoln was tot stilstand gekomen tegen een bestelbusje. Een Ford. Aan één kant was hij helemaal ingedeukt. Hij was zo krom als een banaan. Achter de voorruit hing een plakkaat waarop SCHADEVRIJ stond. De Lincoln zelf was total loss. Hij was in elkaar gekreukeld als een trekharmonica, van de voorbumper tot aan de achterruit. Ideaal voor een foto bij een advertentiecampagne in de krant voor verkeersveiligheid, afgezien van de man die over de motorkap gedrapeerd lag.

De koplampen kwamen dichterbij. En verder weg in de richting van de stad kwamen meer auto's aanrijden. Er zat een gat in het hek van de autodealer zoals je dat alleen in cartoons ziet. Verwrongen stukken gaas krulden keurig weg van de opening die de Lincoln had gemaakt. Alsof ze opzij waren geblazen door de slipstream. Het gat was zo'n tweeënhalve meter breed, in feite een hele sectie tussen twee staanders. Reacher vroeg zich af of er bewegingsmelders in het hek zaten, verbonden met een stil alarm, met een lijntje naar het politiebureau, of misschien een verzekeringsmaatschappij. Er stond genoeg achter het hek wat de moeite van het stelen waard was.

Tijd om te vertrekken.

Reacher stapte stijf en gehavend door het gat in het hek. Hij was bont en blauw, maar hij functioneerde nog. Hij volgde de weg op een afstand van een meter of vijftien door akkers en braakliggend terrein, zodat hij buiten de lichtbundel van de koplampen van passerende auto's bleef. Sommige van die auto's reden langzaam, andere harder. Misschien waren sommige politiewagens, misschien ook niet. Hij liep achter het eerste kantorencomplex langs en achter het tweede, en boog toen af naar het parkeerterrein van de enorme supermarkt. Hij was van plan om het schuin over te steken en daarna verder te lopen over de hoofdstraat.

Het nieuws bereikte Gregory bijna meteen. Hij werd op de hoogte gebracht door een schoonmaker op de spoedeisende hulp, die deel uitmaakte van het Oekraïense netwerk. De schoonmaker laste onmiddellijk een rookpauze in om te kunnen bellen. Twee van Gregory's mannen waren net gearriveerd op brancards. Zwaailicht en sirenes. De een was er slecht aan toe, de ander nog slechter. Waarschijnlijk zouden ze het geen van beiden redden. Er was sprake van een ongeluk bij de Ford-dealer.

Gregory riep zijn luitenants bij elkaar. Tien minuten later zaten ze rond een tafel in het kantoor achter het taxibedrijf. 'Het enige wat we weten,' zei zijn rechterhand, 'is dat eerder deze avond twee van onze jongens naar de kroeg zijn gestuurd om het adres na te trekken van een vroegere cliënt van de Albanese kredietverstrekkers.'

'Hoelang hebben ze nodig om een adres na te trekken?' vroeg Gregory. 'Daar moeten ze allang mee klaar zijn geweest. Dit moet iets heel anders zijn. Het lijkt me duidelijk dat dit op zichzelf staat. Het kan niet met die adrescontrole te maken hebben, want wie woont er nu goddomme helemaal bij die Ford-dealer? Helemaal niemand. Dus ze hebben die kerel bij zijn huis laten uitstappen en het adres genoteerd. Misschien hebben ze nog een foto gemaakt, maar daarna zijn ze naar de Ford-dealer vertrokken. Waarom? Daar moet een reden voor zijn geweest. En hoe komt het dat ze verongelukt zijn?'

'Misschien werden ze achtervolgd en kwamen ze daar toevallig terecht. Of werden ze opgewacht en zijn ze met een zetje van de weg af gejaagd. Het is daar verdomd stil 's avonds.'

'Denk je dat Dino erachter zit?'

'Je moet je afvragen waarom het uitgerekend die twee is overkomen. Misschien zijn ze gevolgd vanaf de kroeg. Dat zou heel goed kunnen, want misschien wil Dino hiermee wel iets aan ons duidelijk maken. Wij hebben zijn zaken overgenomen, dus kunnen we ook een reactie van hem verwachten.'

'Pas als hij het in de gaten had gekregen.'

'Misschien snapt hij het nu.'

'Wat denk je dat hij nog meer zal doen om iets duidelijk te maken?'

'Misschien blijft het hierbij,' zei de rechterhand. 'Twee man van ons voor twee van hem. Wij houden de kredietverstrekking. Op deze manier lijdt hij geen gezichtsverlies. Dino is een realist. Hij heeft niet veel keus. Hij kan moeilijk een oorlog beginnen nu de smerissen in onze nek hijgen.'

Gregory zei niets. Het werd stil in de kantoorruimte. Het enige wat je hoorde, was de gedempte communicatie via de taxiradio in het kantoor aan de straatkant, door een dichte deur. Achtergrondlawaai, niemand besteedde er aandacht aan. Had iemand dat wel gedaan dan zou hij de melding van een taxichauffeur hebben opgevangen die zojuist bij de supermarkt een oud dametje had laten uitstappen en de tijd die hij op haar moest wachten, besteedde aan een extra ritje om een man naar huis te brengen in de wijk met oude rijtjeshuizen aan de oostkant van de stad. De man was te voet, maar hij maakte een redelijk beschaafde indruk en betaalde contant. Misschien had zijn auto het begeven. Het was zes kilometer heen en zes terug. Hij zou al terug zijn voordat de oude dame klaar was bij de bakkersafdeling. Wat niet weet, wat niet deert.

Op datzelfde moment kreeg Dino een fragmentarisch rapport van gebeurtenissen die zich veel eerder hadden afgespeeld. Het had een uur geduurd voordat het rapport de gelederen was gepasseerd en bij hem terechtkwam. Er werd geen melding gemaakt van een auto-ongeluk. Dino was het grootste deel van de dag bezig geweest met het opruimen van Fisnik en degene die als zijn handlanger was genoemd. Pas daarna was er aan de reorganisatie gewerkt. Alsof het een bijkomstigheid was. Hij had een vervanger naar de kroeg gestuurd om de zaken van Fisnik over te nemen. De man in kwestie was daar rond een uur of acht gearriveerd en de Oekraïense spierballen die de wacht hielden bij de kroeg, waren hem meteen opgevallen. Een Town Car en twee mannen. De vervanger was om het huizenblok naar de achterdeur van de kroeg geslopen en had naar binnen gegluurd. Aan de tafel van Fisnik zat een Oekraïner te praten met een grote kerel, die slordig in de kleren stak en er armoedig uitzag. Ongetwijfeld een cliënt.

De vervanger had zich teruggetrokken en zijn bevindingen doorgebeld. De man die hij had opgebeld, belde op zijn beurt weer iemand anders. Die ook weer iemand anders belde, enzovoort, want slecht nieuws verspreidt zich maar traag. Het bereikte Dino een uur later. Hij riep zijn luitenants bij elkaar, achter de houthandel.

'Er zijn twee mogelijke scenario's. Het kan zijn dat het verhaal over die lijst van de nieuwe korpschef waar is en dat ze heel opportunistisch en achterbaks misbruik hebben gemaakt van de situatie om onze geldzaken over te nemen. Maar het kan ook zijn dat het verhaal niet waar was en dat ze deze actie hebben gepland en ons om de tuin hebben geleid om de weg voor hen vrij te maken.'

'Ik denk dat we moeten hopen dat het het eerste was,' zei zijn rechterhand.

Dino bleef lange tijd stil.

'Ik ben bang,' zei hij vervolgens, 'dat we ervan uit moeten gaan dat het eerste scenario het juiste is. We hebben geen keus. We kunnen geen oorlog beginnen. Niet op dit moment. We moeten hun de kredietverstrekking gunnen. We kunnen die niet op een fatsoenlijke manier weer terugkrijgen. Maar we hoeven geen gezichtsverlies te lijden. Twee om twee. We kunnen niet achterblijven en die eerste twee over onze kant laten gaan. Dat is het minste. Maak twee van hun mannen af, dan zeggen we dat we quitte staan.'

'Welke twee?' vroeg zijn rechterhand.

'Maakt me niet uit,' zei Dino, maar onmiddellijk bedacht hij zich. 'Of wel, maak een zorgvuldige keuze. Laten we maar proberen er voordeel uit te halen.'

9

Reacher stapte voor het huis van de Shevicks uit de taxi en liep het smalle betonpad op. De deur ging open voordat hij kon aanbellen. Shevick stond op de drempel met zijn telefoon in zijn hand.

'Het geld is een uur geleden overgemaakt,' zei hij. 'Bedankt.'

'Graag gedaan,' zei Reacher.

'Je bent laat. We dachten al dat je helemaal niet meer zou terugkomen.'

'Ik moest even een omweg maken.'

'Waar moest je heen?'

'Laten we naar binnen gaan,' zei Reacher. 'We moeten praten.'

Dit keer kozen ze voor de woonkamer, waar de foto's aan de muur hingen, waar de tv ontbrak. Aaron en Maria Shevick gingen in de leunstoelen zitten, Reacher nam plaats op het bankje.

'Het ging ongeveer net zoals bij jou en Fisnik,' zei hij. 'Alleen nam de man een foto van me. Dat pakt misschien nog wel heel goed uit. Jouw naam bij mijn gezicht. Een beetje verwarring kan nooit kwaad. Maar als ik een echte cliënt was geweest, zou ik er niet zo blij mee zijn. Absoluut niet. Het zou voelen alsof een knokige vinger op mijn schouder werd gelegd. Ik zou me kwetsbaar voelen. En er gebeurde nog meer toen ik weer buitenkwam. Ik werd opgewacht door twee mannen die me naar huis wilden brengen. Ze wilden zien waar ik woonde en met wie. Ze wilden kennismaken met mijn vrouw, als ik die had. Een tweede knokige vinger op mijn schouder, misschien wel een hele knokige hand.'

'En toen?'

'We hebben met z'n drieën een andere regeling getroffen, waarbij jullie naam en adres helemaal buiten schot is gebleven. In feite is het nogal verwarrend wat er precies is gebeurd. Het was ook mijn bedoeling dat het een heleboel vragen zou opwerpen. Hun baas zal vermoeden dat er een boodschap wordt afgegeven, maar ze weten niet door wie. Het zullen de Albanezen wel zijn, zullen ze waarschijnlijk denken. In ieder geval niet jullie.'

'Wat is er met die mannen gebeurd?'

'Die vormen een deel van de boodschap, zoiets als: dit is Amerika, je moet geen stomme onderknuppels op ons afsturen die bij de laatste kooigevechten in Kiev nog niet eens het voorprogramma haalden. Neem de zaak serieus, een beetje respect, alsjeblieft.'

'Ze hebben je gezicht gezien.'

'Maar dat herinneren ze zich niet meer. Ze hebben een ongeluk gehad en liggen helemaal in de kreukels. Ze zijn een uur of twee van hun geheugen kwijtgeraakt. Retrograde amnesie noemen ze dat. Het komt vrij vaak voor bij een fysiek trauma. Vooropgesteld dat ze blijven leven natuurlijk.'

'Dus alles is in orde?'

'Niet echt,' zei Reacher.

'Wat dan?'

'Dit zijn geen redelijke mensen.'

'Dat weten we.'

'Hoe gaan jullie ze terugbetalen?'

Aaron en Maria Shevick gaven geen antwoord.

'Jullie hebben vandaag over een week vijfentwintigduizend dollar nodig. Uitstel is niet mogelijk. Ze hebben mij ook foto's laten zien. Die van Fisnik kunnen niet erger zijn geweest. Jullie moeten iets bedenken.'

'Een week duurt heel lang,' zei Aaron Shevick.

'Niet echt,' zei Reacher.

'Misschien gebeurt er wel iets goeds,' zei Maria Shevick.

Verder zeiden ze niets.

'Jullie moeten me echt vertellen waarop jullie wachten,' zei Reacher.

Het ging uiteindelijk natuurlijk om hun dochter. De blik van Maria Shevick zwierf langs de foto's aan de muur terwijl ze het verhaal vertelde. Hun dochter was Margaret gedoopt, maar werd al van jongs af aan Meg genoemd. Ze was een schrander, gelukkig kind geweest, lief en energiek. Ze hield van andere kinderen. Ze was dol op de kleuterschool. Ze ging graag naar de basisschool. Ze hield van lezen, schrijven en tekenen. Ze glimlachte en keuvelde aan één stuk door. Ze kon alles van iedereen gedaan krijgen. Ze had Eskimo's ijs kunnen verkopen, zei haar moeder.

Ze bleef al die jaren met evenveel plezier naar school gaan. Ze was populair, iedereen mocht haar. Ze speelde in toneelstukken op school en zong in het koor. Ze blonk uit in hardlopen en zwemmen. Ze haalde haar diploma, maar ging niet naar de universiteit. Ze kon goed leren, maar het was niet wat haar in wezen interesseerde. Ze was een mensen-mens. Ze moest onder de mensen zijn, lachen en kletsen en mensen voor zich winnen. Ze voor haar karretje spannen, eerlijk gezegd. Ze hield ervan haar doel te bereiken.

Ze kon aan de slag als beginnend woordvoerder en werkte in de stad voor het ene na het andere pr-bedrijf om alles te promoten waarvoor maar een budget beschikbaar werd gesteld. Ze werkte hard, bouwde een reputatie op, maakte carrière, en tegen de tijd dat ze dertig was verdiende ze meer dan haar vader ooit als machinebankwerker had verdiend. Tien jaar later, toen ze veertig was, ging het haar nog steeds voor de wind, maar ze voelde dat de vaart eruit was. De bomen groeiden niet langer tot in de hemel. Ze zag een plafond opdoemen. Ze kon aan haar bureau zitten en denken: is dit alles?

Nee, besloot ze. Ze wilde nog één keer een grote slag slaan. Nog één keer scoren. Ze wist dat ze op de verkeerde plek zat. Ze zou moeten verkassen. Naar San Francisco bijvoorbeeld, waar al het technologiegeld binnenstroomde, waar gecompliceerde zaken moesten worden uitgelegd. Vroeg of laat zou ze die kant op moeten. New York kon ook. Maar ze aarzelde en de tijd verstreek, tot San Francisco zich bij wijze van spreken zelf aandiende. Later kwam ze erachter dat er continu een koortsachtig spel werd gespeeld, aangemoedigd door vastgoedondernemers en accountants in de technologiesector, waarin de hoofdprijs werd gewonnen door degene die correct voorspelde waar de volgende of de daaropvolgende Silicon Valley-bubbel gestalte zou krijgen. Wie het eerst komt, wie het eerst maalt. Om de een of andere reden scoorde de stad waar Meg Shevick al haar hele leven actief was, positief op alle geheime vragen. Een stad met toekomst, het juiste personeel, de juiste werkruimte, genoeg energie, ruimschoots voldoende internetcapaciteit. De eerste vooruitgeschoven posten voerden al voorzichtige verkenningen uit.

Meg kwam via de vriend van een vriend in contact met een man die weer iemand anders kende die een gesprek regelde met een jonge ondernemer van een start-up. Ze spraken elkaar in een koffiebarretje in het centrum. Haar gesprekspartner was een jongeman van vijfentwintig die net met het vliegtuig vanuit Californië was aangekomen. Hij was een computergenie van buitenlandse afkomst. Hij ging iets revolutionairs doen met medische software en apps op mobiele telefoons. Maria Shevick gaf eerlijk toe dat ze nooit helemaal had begrepen wat precies de bedoeling was, maar dat het wel ging om iets wat mensen enorm rijk maakte.

Meg werd de functie van Senior Manager Communicatie en Lokale Zaken aangeboden. De start-up kwam net van de grond, de inkt van het businessplan was nog niet droog en dus was het salaris niet om over naar huis te schrijven, amper meer dan wat ze tot dan toe had verdiend. Maar er was een heel pakket extra's en bonussen aan gekoppeld. Aandelenopties, een geweldig pensioenplan, een goudomrande ziektekostenverzekering, een leaseauto van Europese makelij. Bovendien nog maffe San Francisco-fratsen als gratis pizza en snoep en massages. Ze vond het allemaal even mooi, al spanden die aandelenopties de kroon. Op een goede dag kon ze zomaar miljonair zijn, letterlijk. Zo ging dat nu eenmaal in die wereld.

In het begon verliep alles voorspoedig. Meg slaagde er bijzonder goed in om de tamtam gaande te houden en twee, drie keer in dat eerste jaar leek het erop dat ze in razend tempo de top van de heuvel zouden bereiken. Het gebeurde alleen niet. Niet echt. Het tweede jaar idem dito. Het was nog steeds aan de buitenkant een en al glans en glamour en het nieuwste van het nieuwste, maar in werkelijkheid gebeurde er niets. Het derde jaar was erger. Investeerders werden nerveus. De geldkraan werd dichtgedraaid, maar ze hielden vol, spaarzaam en zuinig opererend. Ze verhuurden twee verdiepingen van hun bedrijfspand. Er kwam een einde aan gratis pizza en snoep. De massagetafels werden dubbelgeklapt en weggeborgen. Ze werkten harder dan ooit, zij aan zij, in een benauwde kantoorruimte, nog steeds vastberaden, nog altijd vol vertrouwen in de toekomst.

Toen kreeg Meg kanker.

Of, om precies te zijn, ze kwam erachter dat ze de afgelopen zes maanden al aan kanker had geleden. Ze had het te druk gehad om naar de dokter te gaan. Ze dacht dat ze afviel omdat ze zo hard werkte, maar dat was het niet. De diagnose was ongunstig. De tumor was kwaadaardig en in een behoorlijk vergevorderd stadium. Haar enige hoop was een nieuwe behandelmethode. Een ongewone en dure behandeling, maar de inmiddels behaalde resultaten waren hoopgevend. De behandeling leek te werken. Ze had geen andere keus, zeiden de artsen. Er werd ruimte vrijgemaakt in agenda's en Meg werd meteen voor de volgende ochtend geboekt voor een eerste behandelsessie.

Op dat moment begonnen de problemen.

'Er ging iets fout met haar verzekering,' zei Maria Shevick. 'Haar klantnummer werd geweigerd door het systeem. Ze waren bezig haar voor te bereiden voor de chemo, en intussen kwam er steeds iemand binnen om te informeren naar haar volledige naam, haar geboortedatum en haar social security-nummer. Het was een nachtmerrie. Ze hadden de verzekeringsmaatschappij aan de telefoon en niemand leek te weten wat er precies aan schortte. Ze konden haar dossier inzien en het was duidelijk dat ze een klant was, maar haar klantnummer werd niettemin geweigerd. Steeds opnieuw verscheen dezelfde foutmelding. Gewoon een fout in de software, zeiden ze, niets om je druk over te maken. De volgende dag zou het wel hersteld zijn, zeiden ze. Maar het ziekenhuis zei dat we niet konden wachten. Ze lieten ons een formulier ondertekenen. Daarin stond dat wij de rekening zouden betalen als de verzekeringsmaatschappij het zou laten afweten. Een formaliteit, zeiden ze. Er gaat voortdurend iets fout met computers, en dat wordt steeds weer opgelost.'

'Maar dat gebeurde niet, denk ik,' zei Reacher.

'Het werd weekend, met nog twee sessies, en op maandag kwamen we erachter wat er fout ging.'

'Wat ging er fout?' vroeg Reacher, al had hij een sterk vermoeden dat hij het al wist.

Maria Shevick schudde haar hoofd, zuchtte en wapperde met haar hand voor haar gezicht, alsof ze moeite had de juiste woorden te vinden, niet meer kon praten. Haar man boog voorover, zette zijn ellebogen op zijn knieën en vervolgde het verhaal.

'Dat derde jaar van het bedrijf,' zei hij, 'toen de investeerders nerveus werden, was nog veel erger dan ze wisten. Veel erger dan wie dan ook wist. De baas hield dingen verborgen voor iedereen, ook voor Meg. Achter de schermen viel de hele zaak uit elkaar. Hij betaalde geen rekeningen meer. Niemand kreeg nog een cent. Ook de ziektekostenverzekering niet, hij betaalde de premies niet meer. Hij legde de facturen gewoon aan de kant. Het klantnummer van Meg werd geweigerd omdat haar polis was geannuleerd. Op de vierde dag van haar behandeling kwamen we erachter dat ze niet verzekerd was.'

'Maar buiten haar schuld,' zei Reacher. 'Er was toch zeker sprake van zoiets als fraude of contractbreuk? Daar moet toch een oplossing voor zijn?'

'Twee,' zei Shevick. 'Er is een garantiefonds van de overheid en er is een garantiefonds van de branche van verzekeraars. Die zijn allebei speciaal voor dit soort gevallen in het leven geroepen. Natuurlijk hebben we die onmiddellijk benaderd. Ze gingen meteen aan de slag om uit te zoeken in welke mate ze allebei moesten bijdragen en zodra ze daaruit zijn, vergoeden ze alles wat we tot nu toe hebben uitgegeven en nemen ze de bekostiging van nog komende behandelingen voor hun rekening. De uitslag daarvan kan elk moment komen.'

'Maar jullie kunnen Megs behandeling niet onderbreken.'

'Ze heeft heel veel nodig. Twee tot drie sessies per dag. Chemo, bestraling, voeding, allerlei soorten scans, laboratoriumtests. Ze kan geen uitkering krijgen want officieel is ze nog steeds in dienst, met in theorie een heel behoorlijk salaris. De pers is niet geïnteresseerd. Ze zien er geen verhaal in. Het kind heeft iets nodig en de ouders zijn bereid te betalen. Dat verkoopt niet. Misschien hadden we dat formulier niet moeten ondertekenen. Misschien waren er dan andere deuren opengegaan. Maar we hebben getekend en nu is het te laat. Vanzelfsprekend wil het ziekenhuis geld zien. Dit is geen behandeling op de spoedeisende hulp die ze kunnen afschrijven. De apparaten die worden gebruikt, kosten miljoenen. Ze moeten kristallen van een of ander radioactief goedje kopen. Ze willen het geld bij vooruitbetaling. Zo werkt het bij dit soort zaken. Boter bij de vis. Zolang er niet betaald is, gebeurt er niets. Daar kunnen we niets aan doen. We kunnen alleen maar volhouden tot iemand anders het van ons overneemt. Misschien morgen wel. Zeven dagen, zeven kansen voor het einde van de week.'

'Jullie hebben een advocaat nodig.'

'Die kunnen we ons niet veroorloven.'

'Ongetwijfeld speelt er een of ander belangrijk principe. Waarschijnlijk hebben jullie recht op een pro-Deoadvocaat.'

'Daar hebben we er al drie van,' zei Shevick. 'Die werken aan het garantiefonds van de overheid. Een paar jonge jongens. Ze zijn nog armer dan wij.'

'Zeven kansen voor het einde van de week,' zei Reacher. 'Dat klinkt als een smartlap.'

'Meer hebben we niet.'

'Dat zou je bijna een plan kunnen noemen.'

'Dank je.'

'Hebben jullie ook een plan B?'

'Nee.'

'Je zou kunnen onderduiken. Ik ben over een week allang vertrokken. Aan die foto hebben ze niets.'

'Jij bent er dan niet meer?'

'Ik blijf nergens een hele week.'

'Ze weten hoe we heten. Ik weet zeker dat ze ons kunnen opsporen. We staan vast nog wel ergens anders dan in het telefoonboek geregistreerd.'

'Vertel me nog eens wat meer over die advocaten.'

'Wat ze doen is gratis,' zei Shevick. 'Dus hoe goed kunnen ze zijn?'

'Nog een smartlap.'

Shevick reageerde niet. Maria Shevick keek op.

'Ze zijn met z'n drieën,' zei ze. 'Drie aardige jongemannen in een door de overheid opgezette rechtswinkel. Daar werken ze om hun studieschuld af te betalen. Ze bedoelen het vast heel goed, daar ben ik van overtuigd, maar gerechtelijke molens malen langzaam.'

'Plan B zou de politie kunnen zijn. Als dat geld over een week nog niet vrijkomt, zouden jullie naar de politie kunnen gaan en ze het hele verhaal opdissen.'

'Hoe goed zouden die ons kunnen beschermen?' vroeg Shevick.

'Waarschijnlijk niet zo heel goed,' zei Reacher.

'En hoelang?'

'Niet heel erg lang.'

'Dat betekent dat we onze schepen achter ons zouden verbranden,' zei Maria Shevick. 'Als dat geld niet vrijkomt, hebben we die lui meer dan ooit nodig. Waar moeten we anders heen als de volgende factuur op de mat ligt? Als we naar de politie gaan, kunnen we daarna geen kant meer op.'

'Oké,' zei Reacher. 'Geen politie. Zeven kansen. Ik vind het heel erg voor Meg. Echt. Ik hoop dat ze het haalt.'

Hij stond op en voelde zich te groot voor de kleine benauwde ruimte.

'Ga je weg?' vroeg Shevick.

Reacher knikte.

'Ik zoek een hotel in de stad,' zei hij. 'Misschien kom ik morgenvroeg nog even langs om afscheid te nemen voordat ik weer verder trek. Als dat niet gebeurt, dan was het me een genoegen om jullie te leren kennen. Ik wens jullie het allerbeste met alle problemen.'

Hij liet hen achter in de halflege woonkamer, trok de voordeur achter zich dicht, liep over het smalle betonpad naar de straat, langs geparkeerde auto's en donkere stille huizen. Toen hij bij de hoofdstraat kwam, sloeg hij af in de richting van de stad.

10

Er was een blok huizen aan de westkant van Center Street met twee restaurants naast elkaar. In de zijstraat aan de noordkant van het blok zat een derde restaurant, in de zijstraat aan de zuidkant een vierde en aan de achterkant van het blok een vijfde, met de ingang in de straat parallel aan Center Street. Alle vijf deden goede zaken. Het was er altijd druk. Er werd veel over gesproken. Ze vormden het culinaire hart van de stad. De leveranciers en de wasserijen vonden het fantastisch. Eén keer rijden, vijf klanten. Goederen bezorgen was een fluitje van een cent.

Geld innen ook. Omdat het blok aan de westkant van Center Street lag, maakte het deel uit van het Oekraïense territorium. De Oekraïners kwamen met de regelmaat van de klok langs om het protectiegeld te innen. Eén enkele rit, vijf klanten. Ze vonden het fantastisch. Ze kwamen 's avonds laat als de kassa vol zat, voordat het personeel betaald kreeg. Ze liepen naar binnen, altijd met zijn tweeën, altijd samen, zwarte pakken en zwarte zijden stropdassen en bleke, uitdrukkingloze gezichten. Er werd nooit iets gezegd. Juridisch zou het zelfs moeilijk zijn om afpersing te bewijzen. In feite was er nooit iets gezegd, er was van meet af aan nauwelijks een woord gevallen. Destijds, vele jaren geleden, was er hoogstens een waarderende, ietwat bezorgde opmerking gemaakt, in de trant van: *Leuk restaurant, het zou eeuwig zonde zijn als hier iets zou gebeuren.* Een beleefd gesprekje waarna honderd dollar was aangeboden, wat hoofdschuddend was geweigerd. Toen er een tweede biljet van honderd aan was toegevoegd, was dat met instemmend hoofdknikken begroet. Na de eerste ontmoeting lag het geld meestal klaar in een envelop bij het bureautje van de gerant. Meestal werd de envelop zonder woorden overhandigd. In zekere zin een vrijwillige handeling. Er was geen enkele eis uitgesproken. Er was niet gezinspeeld op de verplichting een bijdrage te leveren. Een blokje om om duizend dollar op te halen. Bijna legaal. Een aardig baantje als je het kon krijgen. Vanzelfsprekend waren er genoeg gegadigden en vanzelfsprekend was het voorbehouden aan de grote jongens. De hogere luitenants die het graag een beetje kalmer aan wilden doen.

Die avond was hun dat niet gegund.

Ze hadden hun auto langs de stoeprand van Center Street geparkeerd en hadden om te beginnen de beide etablissementen in Center Street bezocht. Daarna waren ze tegen de wijzers van de klok in begonnen aan het rondje om het blok. Ze bezochten het restaurant in de zijstraat aan de noordkant als derde, het restaurant aan de achterkant als vierde en het restaurant in de zijstraat aan de zuidkant als laatste. Daarna liepen ze door met de bedoeling nog eens links af te slaan, Center Street weer in, op weg naar hun auto.

Terwijl ze dat deden viel hun de sleepwagen niet op die voorbij de zijstraat aan de noordkant stond te wachten met draaiende motor en brandende achteruitrijlichten, de neus de andere kant op. Ongeveer ter hoogte van de sleepwagen liep aan de overkant een man in een zwarte regenjas snel in hun richting. Ze vroegen zich niet af wat dat te betekenen had. Zij waren hogere luitenants die het graag wat kalmer aan deden.

Bij de motorkap van hun auto liep de ene man naar de kant van de passagier en de andere naar de kant van de chauffeur. Ze trokken de portieren open, niet helemaal synchroon, maar bijna. Ze bleven nog even staan en keken met geheven kin om zich heen, als om duidelijk te maken wie er hier de scepter zwaaide.

Het viel hun niet op dat de sleepwagen langzaam begon te rijden, achteruit, recht op hen af. De man in de zwarte regenjas stapte van het trottoir op de straat en stak schuin over, recht op hen af. Dit viel hun evenmin op.

Ze lieten zich op hun stoelen zakken, eerst hun achterwerk, knieën gebogen, voeten opgetild, maar voordat ze de portieren konden dichttrekken, maakte zich aan de ene kant een gedaante los uit de schaduwen terwijl de man in de zwarte regenjas aan de andere kant was gearriveerd. Allebei hadden ze een kleine halfautomaat, .22-kaliber, in hun hand. Op de loop van beide pistolen was een lange, dikke geluiddemper geschroefd die een dof geluid produceerde toen vanuit de heup meerdere kogels van dichtbij in de hoofden van de net ingestapte luitenants werden geschoten. Beide mannen zakten opzij en voorover. Hun hoofden knalden tegen elkaar in de buurt van het klokje in het dashboard alsof ze elkaar de beschikbare ruimte bevochten.

Pas toen werden de portieren met een klap dichtgegooid. De sleepwagen kwam dichterbij. De gedaante uit de schaduwen en de man in de zwarte regenjas renden ernaartoe. De bestuurder sprong uit de cabine. Met zijn drieën hingen ze de auto in de takel en daarna reden ze kalm en beheerst weg. Een alledaags beeld. Een auto met pech die, van al zijn waardigheid ontdaan, achteruit met de kont opgehesen en alleen nog de voorwielen op het wegdek, wordt afgevoerd. Er kwam niets boven de onderkant van de ramen uit, daar zorgde de zwaartekracht wel voor. Beide luitenants lagen tegen die tijd als zakken zand op de vloer van de auto, slapjes heen en weer schuddend. Het zou nog een paar uur duren voordat de rigor zou inzetten.

De sleepwagen reed linea recta naar de autopers. Ze haakten de auto los op een stukje van het terrein waar de grond doordrenkt was met olie. Een enorme shovel kwam aanrijden. In de hefarm waren twee gigantische palletvorken gehangen in plaats van de graafbak. Hij tilde de auto op, reed hem naar de autopers en zette hem op de stalen vloer tussen drie stalen wanden die net genoeg ruimte voor de auto boden. De shovel reed achteruit weg. De vierde stalen wand van de pers kantelde omhoog en het dak van de pers kantelde omlaag.

Motoren begonnen te brullen, hydraulische componenten kwamen luid protesterend in beweging en de vier wanden bewogen naar elkaar toe, meedogenloos, knarsend, schrapend, scheurend, honderdvijftig ton achter elke wand. Even later kwamen ze tot stilstand om daarna hijgend en sissend terug te keren naar hun uitgangspositie. Een zuiger duwde een kubus in elkaar geperst staal van ongeveer een meter langs de zijden uit de pers. De kubus bleef een tijdje op een zwaar stalen rooster staan om lekkende vloeistoffen weg te laten lopen. Benzine, motorolie en de vloeistof uit de airconditioning. En in dit geval ook andere vloeistoffen. Een tweede shovel, uitgerust met een grijper in plaats van palletvorken, pakte de kubus op en reed ermee weg om hem toe te voegen aan een muur die werd gevormd door honderden vergelijkbare kubussen.

Pas toen dat was gebeurd, belde de man in de zwarte regenjas Dino. Honderd procent succes. Twee om twee. Geen gezichtsverlies. Ze waren erin geslaagd om de protectiesector over te nemen in ruil voor de kredietsector. Op korte termijn misschien een verlies, maar op lange termijn wellicht winst. Het was een voet tussen de deur. Het was een bruggenhoofd dat aanvankelijk natuurlijk verdedigd moest worden, maar in de toekomst misschien kon worden uitgebreid. Het was bovenal een teken dat de grenzen op de kaart langs andere lijnen getrokken konden worden.

Reacher was blij geweest met de taxi die hij had getroffen op de parkeerplaats van de supermarkt. Voor een deel omdat het hem tijd had bespaard. Hij vermoedde dat de Shevicks zich zorgen hadden gemaakt. Maar ook voor een deel om de inspanningen die hem zo bespaard waren gebleven, gebutst en gehavend als hij was. De taxirit had hem alleen geen goed gedaan. Hij was nog stijver geworden. Teruglopen naar de stad was pijnlijk.

Afgaande op zijn richtingsgevoel koos hij de weg die hij al kende. Terug langs de kroeg, langs het busstation, richting Center Street. Daar verwachtte hij hotels te vinden, misschien iets verder naar het zuiden, allemaal dicht bij elkaar in de buurt. Hij wist hoe steden in elkaar zaten. Hij liep sneller dan hij wilde en lette op zijn houding. Het hoofd geheven, de schouders recht, de armen losjes, de rug recht, zich bewust van alle pijnen en pijntjes die hij manmoedig verdroeg. Hij gaf geen krimp.

Er was niemand op straat bij de kroeg. Geen geparkeerde auto, geen arrogante vechtersbaas. Reacher liep naar de voordeur en keek door het vuile raam naar binnen, langs de stoffige harpen en groene klaver. De bleke man zat nog steeds aan zijn tafel in de hoek. Hij gaf nog steeds bijna licht. Er zat niemand bij hem. Geen ongelukkige, aan lagerwal geraakte klant.

Reacher liep verder, zijn spieren werden losser, het lopen ging gemakkelijker. Hij verliet de oude buurten bij het kruispunt met de stoplichten, liep voorbij het busstation en keek in de verte of hij het schijnsel van neonreclames zag. Torens met bedrijfsnamen. Dat zouden dan banken zijn, of verzekeringsmaatschappijen, of misschien een lokaal tv-station. Of hotels. Of een verzameling daarvan in één gebouw. Hij zag zes van dergelijke torens, trots oprijzen in het centrum van de stad.

De gloed was vooral links, in het zuidwestelijke deel van de stad, te zien. Hij besloot de weg af te snijden en rechtstreeks in die richting te lopen. Hij stak Center Street over en sloeg een zijstraat in, die in wezen niet beter was dan de straat met de kroeg, maar er was veel geld in gestoken om de boel op te knappen. De straatlantaarns werkten. Bakstenen gevels waren schoon. Er waren geen panden dichtgetimmerd. In de meeste panden waren zo te zien kantoren gevestigd, niet zozeer van commerciële bedrijven, maar vooral kantoren van maatschappelijke instanties. Gemeentelijke diensten en dergelijke. Een instantie voor gezinshulp. Het plaatselijke hoofdkwartier van een politieke partij. Nergens brandde licht, alleen achter de ramen van één pand aan de overkant, aan het einde van de straat. Het was een gerenoveerde, ouderwetse winkelpui. Er hing een glazen plaat achter de etalageruit waarop grote letters stonden in een ouderwets lettertype zoals dat in vroeger tijden door schrijfmachines werd geproduceerd. *Rechtswinkel.*

Ze zijn met z'n drieën, had Maria Shevick gezegd.

Een door de overheid opgezet project.

Drie aardige jongemannen.

Achter het raam was een kantoor met lichtbruin houten meubilair en overal stapels witte en gele formulieren. Aan drie bureaus zaten drie mannen. Jong, dat zeker. Het was vanbuiten niet te zien of ze aardig waren. Reacher was ook niet van plan aan deze eerste indruk conclusies te verbinden. Ze waren alle drie hetzelfde gekleed: een bruine katoenen broek en een blauw buttondownshirt.

Reacher stak de straat over. Dichterbij kon hij hun namen lezen op het glas van de deur. Hetzelfde ouderwetse lettertype, maar kleiner. Julian Harvey Wood, Gino Vettoretto en Isaac Mehay-Byford. Een heleboel namen, vond Reacher, voor slechts drie mannen. Achter hun namen stonden tal van afkortingen. Allerlei academische graden. Een van Stanford Law, een van Harvard en een van Yale.

Hij trok de deur open en stapte naar binnen.

11

Ze keken alle drie verbaasd op. Een had donkerblond haar, de tweede was blond en de derde zat er ergens tussenin. Alle drie liepen tegen de dertig. Ze waren moe. Hard werken tot laat op de avond, pizza en koffie. Alsof ze nog studeerden en tentamen moesten doen.

'Kan ik u ergens mee helpen?' vroeg de donkerblonde.

'Wie ben jij?' vroeg Reacher. 'Julian, Gino of Isaac?'

'Ik ben Gino.'

'Aangenaam kennis te maken, Gino,' zei Reacher. 'Ken jij toevallig een ouder echtpaar dat Shevick heet?'

'Hoezo?'

'Ik heb net een tijdje met hen doorgebracht en ben op de hoogte van hun problemen. Ze vertelden me dat ze drie advocaten uit een rechtswinkel hadden. Ik vroeg me af of ze jullie bedoelden. Eigenlijk ga ik ervan uit dat ze jullie bedoelden, want een stad van deze grootte zal niet zo heel veel rechtswinkels hebben.'

'Als zij onze cliënten zijn, kunnen we hun zaak natuurlijk niet met u bespreken,' zei de blonde.

'Wie ben jij?'

'Ik ben Julian.'

'En ik ben Isaac,' zei de man er ergens tussenin.

'Ik ben Reacher. Aangenaam kennis te maken. Zijn de Shevicks jullie cliënt?'

'Dat zijn ze,' zei Gino. 'Dus we kunnen hun zaak niet met u bespreken.'

'Laten we het dan eens over een hypothetisch geval hebben. Valt het te verwachten dat een van beide garantiefondsen in een zaak zoals die van hen in de komende zeven dagen over de brug komt?'

'We kunnen er echt niet over praten,' zei Isaac.

'Puur theoretisch,' zei Reacher. 'Een soort casestudy.'

'Het ligt gecompliceerd,' zei Julian.

'Hoezo?'

'Ik bedoel, louter theoretisch is zo'n zaak in beginsel heel eenvoudig, maar het wordt uiterst gecompliceerd als verwanten garant gaan staan voor de betalingen. Zo'n stap zou de urgentie van de zaak negatief beïnvloeden. Zonder meer. De garantiefondsen hebben te maken met tienduizenden verzoeken tot bijstand. Misschien wel honderdduizenden. Als bekend wordt dat een patiënt de zorg toch wel krijgt, krijgt het dossier een andere code, een lager cijfer op een prioriteitenlijst. Hij komt net niet onder op de stapel, maar de zaak wordt op een laag pitje gezet. Andere zaken die urgenter zijn, gaan voor.'

'Dus de Shevicks hebben een fout begaan door dat papier te tekenen.'

'We kunnen het niet over de Shevicks hebben,' zei Gino. 'Dat is vertrouwelijk.'

'In theorie,' zei Reacher. 'Hypothetisch. Zou het fout zijn als de hypothetische ouders hun handtekeningen zetten?'

'Natuurlijk,' zei Isaac. 'Bekijk het eens vanuit het perspectief van een bureaucraat. De patiënt krijgt zorg, het maakt de bureaucraat niet uit hoe. Hij weet alleen dat hij zelf niet bang hoeft te zijn voor negatieve publiciteit. Dus kan hij het kalm aan doen. De hypothetische ouders hadden de rug recht moeten houden en nee moeten zeggen. Ze hadden moeten weigeren om te tekenen.'

'Ik vermoed dat ze dat niet konden opbrengen.'

'Dat denk ik ook. Gezien de omstandigheden zou het heel zwaar voor hen zijn geweest, maar het zou wel hebben gewerkt. De bureaucraat zou gedwongen zijn geweest een cheque uit te schrijven. Domweg diezelfde dag, zonder uitstel. Geen keus.'

'Het is een kwestie van voorlichting,' zei Gino. 'Mensen moeten van tevoren op de hoogte zijn van hun rechten. Je kunt niet op het moment zelf een beslissing nemen. Het gaat om jouw kind dat daar op de brancard ligt. Daar komen te veel emoties bij los.'

'Zal er iets gebeuren in de komende zeven dagen?' vroeg Reacher.

Niemand zei iets, wat Reacher als een antwoord op zich beschouwde.

'Het probleem is dat de diverse instanties nu tijd hebben om ruzie te maken,' zei Julian. 'Het garantiefonds van de overheid wordt gefinancierd met belastinggeld. Uiterst impopulaire wetgeving en dus zal de overheid erop aansturen dat het garantiefonds van de verzekeringsmaatschappij voor de kosten opdraait. Maar het fonds van de verzekeraar is geld van aandeelhouders. Daar zitten bonussen aan vast en dus zal de verzekeraar de bal terugkaatsen naar de overheid. En zo lang als nodig is, gaat het op die manier door.'

'Zo lang als nodig is?'

'Tot de patiënt is overleden,' zei Isaac. 'Dat is de hoofdprijs voor de verzekeringsmaatschappij, want het overlijden van de patiënt zet de hele discussie op z'n kop. Voor de verzekeringsmaatschappij zijn de bijstandsclausules een zaak tussen het garantiefonds en de patiënt. Maar wat valt er nog te vergoeden als de patiënt is overleden? De overledene heeft geen cent uitgegeven. Haar zorg werd mogelijk gemaakt door de edelmoedigheid van verwanten. Dat gebeurt aan de lopende band. Giften voor medische doeleinden van het ene familielid aan het andere, is iets wat zoveel voorkomt dat de belastingdienst er een aparte categorie voor in het leven heeft geroepen. Maar het is heel iets anders dan aandelen kopen in een bedrijf. Het levert je geen profijt op als de zaken ten goede keren. Het gaat om donaties, giften uit vrije wil. Die worden niet vergoed. Zeker niet aan partijen die niet bij de oorspronkelijke, maar nu door de ontwikkelingen ontbonden overeenkomst betrokken waren. Het gaat om een juridisch principe en de jurisprudentie biedt geen duidelijk beeld. Een zaak kan maar zo tot aan de Hoge Raad worden uitgevochten.'

'Dus in de komende zeven dagen valt niets te verwachten?'

'Het zou al mooi zijn als er iets in de komende zeven jaar gebeurt.'

'Ze zitten klem in de klauwen van woekeraars.'

'Dat interesseert de bureaucraat hoegenaamd niets.'

'Interesseert het jou wel?'

'Onze cliënten bieden ons geen toegang tot hun financiële zaken,' zei Julian.

Reacher knikte.

'Ze willen niet dat jullie hun schepen verbranden,' zei hij.

'Dat is precies zoals zij het zeiden,' zei Gino. 'Ze zijn bang dat het aanpakken van de woekeraars een eind zal maken aan hun mogelijkheden om in de toekomst geld te lenen, mocht dat nodig zijn. De ervaring heeft ze geleerd dat ze waarschijnlijk wel weer opnieuw bij die woekeraars moeten aankloppen.'

'Is er nog ergens iets wat juridisch soelaas biedt?' vroeg Reacher.

'In theorie,' zei Julian. 'Het zou voor de hand liggen om een civiele procedure aan te spannen tegen de frauderende werkgever. Die win je altijd. Maar natuurlijk gebeurt dat in zaken als deze nooit, want de loop van de gebeurtenissen heeft al aangetoond dat de gedaagde fraudeert, wat hem ruïneert, zodat de rechter aan de eiser wel een vordering kan toewijzen, maar er niets meer te vorderen valt.'

'Geen andere mogelijkheden?'

'We hebben de zaak aanhangig gemaakt bij de rechter,' zei Gino, 'maar die houdt op te lezen als hij ziet dat ze toch wel wordt behandeld.'

'Oké,' zei Reacher. 'We moeten er het beste van hopen. Ik heb net iemand horen zeggen dat een week lang duurt. Bedankt voor jullie hulp. Ik stel het heel erg op prijs.'

Hij liep naar de voordeur, duwde hem open en stapte naar buiten. Op de hoek van de straat bleef hij staan om zich te oriënteren. Eerst naar rechts en dan naar links, dacht hij.

Achter zich hoorde hij de deur van de rechtswinkel opnieuw opengaan en vervolgens voetstappen op het trottoir. Hij draaide zich om en zag Isaac op zich afkomen, de advocaat die niet blond en niet donkerblond was. Hij was een meter vijfenzeventig lang en had de gedrongen bouw van een zeehond. Hij droeg een broek met omgeslagen pijpen.

'Ik ben Isaac, weet u nog?' zei hij.

'Isaac Mehay-Byford,' zei Reacher. 'Afgestudeerd aan Stanford Law. Dat is pittig. Gefeliciteerd, maar ik denk dat je oorspronkelijk van de oostkust komt.'

'Boston,' zei Isaac. 'Mijn vader werkte daar bij de politie. U doet me een beetje aan hem denken. Hem vielen ook altijd dingen op.'

'Ik ga me ineens oud voelen.'

'Bent u politieman?'

'Geweest,' zei Reacher. 'Ooit, lang geleden, in het leger. Telt dat ook?'

'Misschien,' zei Isaac. 'Misschien kunt u me advies geven.'

'Waarover?'

'Hoe hebt u de Shevicks leren kennen?'

'Ik heb hem vanochtend geholpen met een probleem. Hij was

op zijn knie gevallen en ik heb hem naar huis gebracht. Ze hebben me het hele verhaal verteld.'

'Zijn vrouw belt me zo nu en dan. Ze hebben niet zoveel vrienden. Ik weet wat ze doen om aan geld te komen. Vroeg of laat is het afgelopen.'

'Ik denk dat het nu al zover is,' zei Reacher. 'Of in ieder geval over zeven dagen.'

'Ik heb een eigen idiote theorie,' zei Isaac.

'Waarover?'

'Maar misschien houd ik mezelf voor de gek.'

'Waarover?' vroeg Reacher opnieuw.

'Dat laatste wat Julian zei, over een civiele procedure tegen de werkgever. Dat het geen zin heeft om die aan te spannen omdat alles wat de man had in het faillissement verdwijnt. Meestal is dat een realistisch advies. Waarschijnlijk in deze zaak ook. Maar ik weet het niet zeker.'

'Waarom niet?'

'De man is hier een tijdje beroemd geweest. Iedereen praatte over hem. Ironisch genoeg deed Meg Shevick het heel goed met de pr. Mooie verhalen over de wonderbaarlijke wereld van de technologie, heel veel over deze jonge dynamische ondernemer, veel over positieve immigratiestromen, over hoe de man naar de Verenigde Staten was gekomen zonder een cent op zak en het hier helemaal gemaakt had. Maar ik heb zo nu en dan ook negatieve dingen gehoord. Geruchten, roddel, een opmerking hier en daar, allemaal zonder samenhang. Allemaal uit de tweede hand en nooit bevestigd, maar wel van mensen die het kunnen weten. Ik raakte geobsedeerd in mijn pogingen om alles in elkaar te passen. Het leek vooral om drie zaken te gaan. Hij was helemaal eigen baas, hij was ethisch niet onomstreden en hij leek over veel meer geld te beschikken dan zou moeten kunnen. Mijn eigen idiote theorie is dat er maar één uitkomst was als je alle puzzelstukjes op de juiste manier in elkaar paste, en dat was dat hij geld achteroverdrukte. Dat was niet zo moeilijk in die tijd voor iemand die het ethisch niet zo nauw nam. Er was een vloedgolf aan liquide middelen, het was waanzinnig. Ik denk dat het onweerstaanbaar was. Ik denk dat hij miljoenen dollars aan investeerderskapitaal onder zijn eigen matras heeft geschoven.'

'Dat zou verklaren waarom het bedrijf zo snel ten onder ging,' zei Reacher. 'Er waren geen reserves. Het bedrijf was bestolen. De balans deugde van geen kant.'

'Het punt is dat dat geld er misschien nog steeds is,' zei Isaac. 'Of het grootste deel ervan, of een klein deel. Nog steeds onder zijn matras. In dat geval zou een civiele procedure wel zin hebben, niet tegen het bedrijf, maar tegen hem persoonlijk.'

Reacher zei niets.

'De advocaat in mij zegt dat het een kans van honderd tegen één is, maar ik zou het niet kunnen verdragen om de Shevicks het loodje te zien leggen zonder het te hebben uitgezocht. Ik weet alleen niet hoe ik dat moet aanpakken. Daar heb ik advies voor nodig. Een echt advocatenkantoor zou een privédetective in de arm nemen. Die zou de man opsporen en hem natrekken. Twee dagen later zouden we precies weten hoe de vork in de steel steekt. Maar bij de rechtswinkel hebben we geen budget voor zoiets. En we krijgen te weinig betaald om dat op eigen houtje te organiseren.'

'Waarom zouden ze de man moeten opsporen? Is hij verdwenen?'

'We weten dat hij nog steeds in de stad is, maar hij is ondergedoken. Ik betwijfel of ik hem zelf zou kunnen vinden. Hij is ongelofelijk slim, en als ik gelijk heb is hij ook ongelofelijk rijk. Dat is een slechte combinatie. Dat verkleint de kans op succes.'

'Hoe heet hij?'

'Maxim Trulenko,' zei Isaac. 'Hij komt uit Oekraïne.'

12

De eerste berichten over wat zich in het culinaire hart van de stad had afgespeeld, bereikten Gregory een uur later. Zijn boekhouder belde hem met de mededeling dat zijn dagelijkse rapport die avond later zou komen omdat hij zat te wachten op twee geldophalers die zich nog niet hadden gemeld. Gregory vroeg om welke twee het ging en de boekhouder zei dat het om de twee ging die de vijf restaurants deden. In eerste instantie maakte Gregory zich geen zorgen. Het waren volwassen kerels.

Toen belde zijn rechterhand met de mededeling dat de twee geldophalers al een tijdje de telefoon niet hadden opgenomen en dat hun auto niet op de plek stond waar hij zou moeten staan. De taxivloot had de beschrijving van de auto gekregen en tegen de gewoonte in had dat nu eens meteen een reactie opgeleverd. Twee chauffeurs vertelden onafhankelijk van elkaar hetzelfde verhaal. Ze hadden niet al te lang daarvoor gezien dat precies zo'n auto was weggesleept. De achterwielen omhoog achter een middelgrote sleepwagen. Drie man in de cabine van de sleepwagen. In eerste instantie haalde Gregory zijn schouders op. Er waren altijd auto's met pech. Toen vroeg hij: 'Maar waarom zouden ze dan hun telefoon niet meer opnemen?'

Plotseling hoorde hij het Dino weer zeggen: 'Wij hebben iemand bij de autopers die ons geld schuldig is.' Gregory zei: 'Hij maakt er vier tegen twee van, in plaats van dat hij het bij twee tegen twee houdt. Hij is gek geworden.'

'Die restaurants zijn minder waard dan de kredietsector. Misschien is dat de boodschap.'

'Is hij plotseling accountant geworden?'

'Hij kan zich niet permitteren om zwak te lijken.'

'En ik evenmin. Vier tegen twee is onacceptabel. Zet de jongens maar aan het werk. Ik wil dat er voor de ochtend nog twee gepakt worden. En zorg dat het er deze keer decoratief uitziet.'

Reacher sloeg eerst rechts af en daarna links af en zag voor zich een driehoek van drie hoteltorens, alle drie onderdeel van nationale ketens in het middensegment. Twee stonden ten oosten van

Center Street, de derde aan de westkant. Hij koos er willekeurig een uit en besteedde vijf hele minuten van zijn leven voor de balie met zijn paspoort ter identificatie en pinpas als voorkeur voor betaling en zette om twee verschillende redenen twee keer zijn handtekening op twee verschillende plekken. Het had hem destijds minder moeite gekost om het Pentagon in te komen.

Hij nam een plattegrond van de stad mee de lift in, omhoog naar zijn kamer. Dat was een saaie, kale ruimte die niets aantrekkelijks had, maar er stond een bed en er was een badkamer. Meer had hij niet nodig. Hij ging op het bed zitten en bestudeerde de plattegrond. De stad was peervormig met een rechthoekig patroon van straten en lanen dat naar de punt van de peer liep, in de richting van de snelweg. Helemaal aan de rand van de stad, daar waar de steel in de peer stak, lagen de terreinen van de Ford-dealer en het bedrijf dat landbouwmachines verkocht. De hotels stonden zo ongeveer in het klokhuis van de peer, het zakendistrict. Er was een galerie en een museum. De wijk waar de Shevicks woonden lag ongeveer halverwege de oostgrens van de stad. Op de plattegrond zag de wijk eruit als een kleine, vierkant bijgesneden vingerafdruk.

Waar zou een ongelofelijk slimme, ongelofelijk rijke man onderduiken?

Nergens, concludeerde Reacher. De stad was relatief groot, maar niet groot genoeg. De man was een tijdje beroemd geweest. Hij had een werknemer met de welluidend klinkende functie Senior Manager Communicatie en Lokale Zaken gehad. Iedereen praatte toen over hem. Je mocht aannemen dat zijn foto keer op keer in de kranten had gestaan. Kon zo iemand van het ene moment op het andere een metamorfose ondergaan en kluizenaar worden? Onmogelijk. De man moest op zijn minst de deur uit om te eten, of hij moest het laten bezorgen. Dus zouden mensen hem zien. Ze zouden hem herkennen en ze zouden over hem praten. Binnen een week zouden er busladingen toeristen langs zijn huis stromen.

Tenzij degenen die zijn eten bezorgden hun mond hielden.

In Oekraïne leefden ongeveer vijfenveertig miljoen mensen. Een paar daarvan waren naar Amerika getrokken. Er was geen enkele reden om aan te nemen dat ze elkaar allemaal kenden. Geen enkele reden om aan te nemen dat er een verband was. Maar in een stad zo groot als deze kon iemand zich alleen met hulp van connecties verborgen houden. Het kon alleen als er een loyale, waakzame groep mensen was die zorgde voor onderdak, bescherming en catering. De man moest ergens als een geheim agent in een safehouse zitten en verlangend uit het raam staren, terwijl koeriers zo onopvallend mogelijk kwamen en weer vertrokken.

Zeven kansen voor het einde van de week, dacht Reacher.

Hij vouwde de plattegrond op en stopte hem in zijn achterzak. Hij nam de lift naar beneden en liep het hotel uit. Hij had honger. Sinds de lunch bij de Shevicks had hij niets meer gegeten. Een broodje gezond met kip, een zak chips en een blikje frisdrank. Niet veel en al een flinke tijd geleden. Hij liep Center Street in en na tweehonderd meter concludeerde hij dat de meeste etablissementen die zich toelegden op voedselvoorziening al waren gesloten. Het was al te laat op de avond.

Dat deerde hem niet. Hij vond de meeste etablissementen niet aantrekkelijk.

Hij liep door Center Street naar het noorden, zo ongeveer naar de plek waar het bolle deel van de peer overging in het slanke deel. Toen liep hij weer terug naar het zuiden. Hij ging op een bankje bij een bushalte zitten en keek naar de magere verkeersstroom die hem passeerde. Het was een oefening in geduld. Er was vooral heel vaak geen verkeer. Het duurde regelmatig een hele tijd voordat er een volgend voertuig langskwam. Voetgangers kwamen voorbij, vaak in groepen van vier of vijf man. Afgaand op uiterlijk en leeftijd waren het nu eens late restaurantgangers op weg naar huis, dan weer vroege, hippe bezoekers van uitgaansgelegenheden die op dat moment populair waren. Die lagen zo te zien gelijkelijk verdeeld zowel westelijk als oostelijk van Center Street. Bezoekers die er zin in hadden, ze hadden iets energieks. Misschien waren ze op weg naar iets bijzonders.

Zo nu en dan passeerden ook mensen die in hun eentje waren. Altijd mannen, die naar het trottoir keken of strak voor zich uit, alsof ze zich schaamden om daar te lopen. Stuk voor stuk hadden ze haast om hun bestemming te bereiken.

Reacher stond op en liep naar het oosten. Verderop zag hij een hip viertal door een deur naar binnen gaan. Toen hij er vlakbij was, zag hij dat het een bar was, ingericht als een federale gevangenis. De barkeepers droegen oranje overalls. De enige van het personeel die geen apenpakje droeg was een zwaargebouwde man op een kruk bij de ingang. Hij droeg een zwarte broek en een zwart shirt. Hij had zwart haar. Vrijwel zeker een Albanees. Reacher kende dat deel van de wereld wel. Hij was er geweest. De man wekte de indruk dat hij nog niet zo lang geleden was komen aanwaaien. Hij had een zelfgenoegzame uitdrukking op zijn gezicht. Hij had macht en genoot ervan.

Reacher slenterde verder. Hij volgde een man die schichtig maar vastbesloten een hoek om sloeg en zag hem door een onopvallende deur ergens naar binnen gaan, op het moment dat een andere man met een rood en voldaan hoofd naar buiten kwam. Gokken, dacht Reacher, geen prostitutie. Hij kon het verschil zien. Hij was dertien jaar MP geweest. Hij schatte in dat de man die naar binnen ging, van plan was terug te verdienen wat hij gisteren verloren had en dat de man die naar buiten kwam, net genoeg had gewonnen om zijn schulden af te betalen, een bos bloemen te kopen en een etentje voor twee te betalen. Al had hij wel een moeilijk besluit moeten nemen, want misschien moest hij toch proberen er nog meer uit te slepen nu hij aan de winnende hand was. Een moeilijke beslissing, bijna een morele kwestie. Wat moest hij doen?

Reacher keek toe.

De man koos voor bloemen en een etentje.

Reacher slenterde verder.

De Albanese geldophalers gingen over het algemeen later aan het werk, omdat de wereld waarin ze actief waren later op gang kwam, zodat de kassa's ook later op de avond volliepen. Hun werkwijze verschilde enorm van die van de andere kant van Center Street. Ze gingen niet naar binnen. Geen dreigende aanwezigheid. Geen zwarte pakken. Geen zwarte zijden stropdassen. Ze bleven in de auto zitten. Er was hun gevraagd de clientèle van de diverse etablissementen die ze bescherming boden te ontzien. Men zou hen gemakkelijk kunnen verwarren met politieagenten of ordebewakers in particuliere dienst. Dat kwam de zaken niet ten goede. Daar had niemand belang bij. Dus bracht een koerier de envelop. Hij gaf hem door een op een kier geopend raam aan de geldophaler in de auto en verdween weer naar binnen. Duizenden dollars verdiend met een stukje rondrijden. Een aardig baantje als je het kon krijgen.

Twee straten verder naar het oosten en één naar het noorden van de gokclub had Reacher een drietal etablissementen gezien die alle drie eigendom waren van dezelfde familie. Eerst een bar, daarnaast een avondwinkel die de hele nacht geopend was en daar weer naast een slijter. Hun bijdragen werden geïnd door een tweetal veteranen in de misdaad, beiden voormalige bottenbrekers, maar beiden zeer gerespecteerd. Ze reden van het ene naar het andere etablissement in een ingestudeerd ritme. Tien meter. De ene man reed, de andere zat achter hem. Zo deden ze het bij voorkeur. Het raam in het achterportier aan de trottoirkant stond vijf centimeter open. De envelop werd door de kier naar binnen geschoven. Er was geen contact. Niets heel dichtbij. De man voorin gaf een beetje gas, de auto schoof tien meter vooruit en stond weer stil. Opnieuw werd een envelop door de kier naar binnen geschoven. Enzovoort, zij het dat die avond bij het derde etablissement, de slijter, geen envelop naar binnen werd geschoven, maar een zwarte geluiddemper.

13

De geluiddemper was gemonteerd op een Heckler & Koch MP5 machinepistool, dat kennelijk was ingesteld op het afvuren van salvo's van drie, want dat was wat de man achter in de auto te verwerken kreeg, blind maar vakkundig afgeschoten van laag naar iets hoger, met de bedoeling iets van benen, armen en een borst te raken. Ondertussen onderging de chauffeur vrijwel eenzelfde lot. Hij werd in het hoofd geraakt, dwars door het verbrijzelende glas van het portierraam, door kogels uit een tweede H&K in de handen van iemand die van de overkant kwam aanrennen.

Bijna synchroon werden daarna twee portieren opengerukt. De man van de overkant schoof de chauffeur naar de lege passagiersstoel en nam zelf plaats aan het stuur, terwijl de man van de slijterij achter instapte. Ze trokken de portieren dicht en reden weg, alle zitplaatsen bezet, twee groepen van twee, diagonaal gepositioneerd. Twee mannen die in een juichstemming waren, één man die dood was en één die stervende was.

Tegen die tijd bevond Reacher zich twee straten verderop aan de andere kant van Center Street. Hij had een idee gekregen van de bestandslijn tussen de territoria van de Oekraïners en de Albanezen en precies gevonden wat hij zocht. Hij zat in een bar met ronde tafeltjes en een podium achterin. Op het podium zat een trio muzikanten, een gitarist, een bassist en een drummer. Op de tafeltjes lagen menukaarten voor kleine hapjes laat op de avond. Achter de bar stond een espressomachine. Op een kruk bij de ingang zat een man. Zwart pak, wit overhemd, zwarte stropdas, bleke huid, blond haar. Zonder twijfel een Oekraïner.

Prima, dacht Reacher, alles wat hij nodig had en niets wat hij kon missen.

Hij koos een tafeltje aan de zijkant, ongeveer halverwege de ruimte, en ging met zijn rug naar de muur zitten. Vanuit een ooghoek kon hij links de man op de kruk zien en rechts de band. Die was vrij goed. Ze speelden blues in de jazzstijl van de jaren vijftig. Zachte ronde klanken van de gitaar, niet te hard, een vol, donker geluid van de bas en brushes die over de snaredrum ruisten.

Geen zang. De meeste mensen in de bar dronken wijn. Sommigen deden zich tegoed aan een pizza zo groot als een schoteltje. Reacher bekeek het menu. De pizza's werden aangeprezen als eenpersoonshapjes. Gewoon of peperoni. Negen dollar.

Er meldde zich een serveerster. Ze paste precies bij de muziek uit de jaren vijftig. Ze was fijngebouwd en had een ondeugend jongensachtig uiterlijk. Ze was achter in de twintig, tenger en helemaal in het zwart gekleed. Ze had kort donker haar, levendige ogen en een verlegen, maar aanstekelijke glimlach. Ze had zo een rol in een oude zwart-witfilm kunnen spelen met een soundtrack vol jazz, als iemands pittige jonge zus, vrijpostig en onconventioneel, die het belachelijk vond dat je naar kantoor geen broek mocht dragen.

Reacher vond haar meteen aardig.

'Kan ik je iets brengen?' vroeg ze.

Reacher bestelde twee glazen kraanwater, twee dubbele espresso's en twee peperonipizza's.

'Verwacht je nog iemand?' vroeg ze.

'Ik ben bang voor ondervoeding,' zei Reacher.

Ze glimlachte en liep weg. De band begon aan een gevoelige vertolking van het oude 'Killing Floor' van Howlin' Wolf. De gitaar nam de zanglijn voor zijn rekening met een waterval van parelende noten die uitlegden waarom hij haar na de tweede keer in de steek had moeten laten om naar Mexico te vertrekken. Er druppelden voortdurend mensen de bar binnen, steeds stelletjes, nooit iemand alleen. Bij de deur bleven ze allemaal even staan, net als Reacher had gedaan, om zich te laten keuren door de uitsmijter. Hij bestudeerde iedereen, van top tot teen, keek ze in de ogen en maakte met een minieme hoofdbeweging duidelijk dat ze verder konden lopen, dat ze mee mochten doen aan het plezier achter zijn schouders. Ze liepen hem voorbij, hij sloeg de armen over elkaar en zakte een beetje onderuit op zijn kruk.

Twee nummers van de band later bracht de serveerster zijn bestelling. Ze stalde alles voor hem uit. Hij bedankte haar.

'Tot je dienst,' zei ze.

'Houdt de man bij de deur wel eens iemand tegen?' vroeg hij.

'Hangt ervan af wie het zijn,' zei ze.

'Wie houdt hij tegen?'

'Politie, al hebben we hier al jaren geen politie meer gezien.'

'Waarom politie?'

'Politie is altijd slecht nieuws. Wat er ook gebeurt, als de wind uit een andere hoek waait, is het plotseling omkoping of corruptie of uitlokking of wat dan ook. Daarom hebben ze bij de politie zo hun eigen kroegen.'

'Dus hij heeft al jarenlang niemand meer tegengehouden. Dan vraag ik me af waarom hij daar eigenlijk zit.'

'Waarom wil je dat weten?'

'Ik ben nieuwsgierig,' zei Reacher.

'Werk jij bij de politie?'

'Nog even en je zegt dat ik op je vader lijk.'

Ze glimlachte.

'Die is veel kleiner dan jij.'

Ze draaide zich om en wierp hem nog een blik toe over haar schouder. Het was geen knipoog, maar het kwam er wel dichtbij. Toen verdween ze weer. De band speelde verder. De man bij de deur telde, dacht Reacher. Hij was de koekoek in het nest. De protectiebijdrage was waarschijnlijk een percentage van de omzet. De man telde de bezoekers zodat de eigenaar van de bar niet kon sjoemelen. Bovendien hield hij misschien de schijn op dat er werkelijk iets of iemand werd beschermd, om het leed een beetje te verzachten, zodat iedereen zich iets minder beroerd hoefde te voelen.

De serveerster kwam terug naar zijn tafeltje voordat hij klaar was met eten en drinken. Ze bracht hem de rekening in een zwarte kunstleren portefeuille. Haar dienst zat er bijna op. Hij rondde het bedrag af, telde er tien dollar bij op en betaalde contant. Ze vertrok. Hij nam de laatste hap van zijn avondmaaltijd, maar bleef nog even zitten kijken naar de man bij de deur. Toen stond hij op en liep naar hem toe. Het was de enige weg naar buiten. Je kwam door de deur naar binnen en ging er weer door naar buiten.

Reacher bleef bij de kruk staan.

'Ik heb een belangrijke boodschap voor Maxim Trulenko,' zei hij. 'Ik wil dat jij uitzoekt hoe ik hem die boodschap kan geven. Ik kom hier morgenavond terug, zelfde tijd.'

Toen liep hij door, de deur uit, naar de straat. Zes meter rechts van hem kwam de serveerster door een personeelsingang naar buiten. Op precies hetzelfde moment. Dat had hij niet verwacht.

Ze bleef op het trottoir staan.

Fijngebouwd en ondeugend, jongensachtig.

'Hai,' zei ze.

'Nogmaals bedankt voor je goede zorgen,' zei hij. 'Ik wens je nog een plezierige avond verder.'

In gedachten hield hij de tijd bij.

'Jij ook,' zei ze, 'en bedankt voor die aardige fooi.'

Ze bleef een meter of twee van hem vandaan staan, een beetje gespannen, een beetje op haar tenen. Allemaal lichaamstaal om het een of ander duidelijk te maken.

'Ik probeer altijd te bedenken wat ik een aardige fooi zou vinden als ik serveerster was,' zei hij.

'Dat is een beeld dat ik nu niet meer kwijtraak.'

Hij hield de tijd bij omdat er misschien iets te gebeuren stond, maar misschien ook niet. Misschien gebeurde er niets omdat de naam Maxim Trulenko geen enkele betekenis voor hen had, maar misschien stond er wel iets te gebeuren omdat de naam Maxim Trulenko hoog op de lijst met vips stond.

De tijd zou het leren.

'Als jij geen politieman bent, wat ben je dan wel?' vroeg de serveerster.

'Ik heb op het moment geen werk.'

Als de naam Trulenko op de vip-lijst stond, was de kans groot dat de uitsmijter het incident meteen conform een of ander protocol telefonisch of met een sms zou melden. Vervolgens zou hij omdat dat nu eenmaal ook in het protocol was opgenomen, maar misschien ook wel omdat er meteen een specifieke opdracht werd gegeven, naar buiten komen om Reacher zo lang mogelijk op te houden, om tijd te rekken en op zijn minst een snelle foto te maken met zijn mobiel, maar het liefst om te voorkomen dat Reacher verdween voordat een paar rondrijdende handlangers zouden komen opdagen. Of een team ordebewakers dat voor noodgevallen standby was. Ongetwijfeld beschikten ze over genoeg auto's, terwijl ze maar een beperkt territorium hoefden te patrouilleren. De helft van een peervormige stad.

'Wat vervelend voor je,' zei de serveerster. 'Ik hoop dat je snel iets vindt.'

'Dank je,' zei Reacher.

De man binnen zou iets meer dan een halve minuut nodig hebben om het incident te melden, telefonisch, of met een sms over en weer, van zijn kruk te komen, een keer diep adem te halen en naar buiten te gaan, achter Reacher aan. Dat betekende dat hij nu zo ongeveer zou moeten verschijnen.

Als er iets zou gebeuren.

Misschien gebeurde er niets.

'Wat voor soort werk doe je het liefst?' vroeg de serveerster.

De man kwam achter Reachers rug naar buiten.

Reacher liep naar de stoeprand en draaide zich om zodat er een driehoek ontstond met de serveerster links, de uitsmijter rechts en een lege ruimte achter zich.

De man keek Reacher aan, maar richtte zich tot de serveerster. 'Tijd om te vertrekken, meisje.'

Reacher keek naar haar vanuit een ooghoek.

Haar lippen vormden woorden, geluidloos aan hem gericht. Misschien zoiets als *kijk goed waar ik naartoe ga*. Toen zette ze zich in beweging. Ze draaide zich om en stak in een pittig tempo de straat over. Reacher keek twee keer snel over zijn schouder, alsof zijn ogen een videocamera waren die twee frames na elkaar vastlegden. In het eerste frame was ze nog te zien op het trottoir aan de overkant. In het tweede frame was ze verdwenen. Ergens naar binnen gegaan, kon niet anders. Aan het einde van de straat.

'Ik moet weten wie je bent voordat ik je in contact kan brengen met Max Trulenko,' zei de uitsmijter. 'En misschien moeten jij en ik het eerst eens even hebben over waarvan jij hem kent, zodat ik hem gerust kan stellen.'

'Wanneer zouden we dat kunnen doen?' vroeg Reacher.

'Nu bijvoorbeeld,' zei de man. 'Kom maar mee naar binnen, dan trakteer ik je op een kop koffie.'

Traineren en vertragen, dacht Reacher, tot het team dat standby staat is gearriveerd. Hij keek links en rechts door de straat. Geen koplampen. Er kwam niemand aan. Nog niet.

'Dank je,' zei hij, 'maar ik heb net gegeten. Ik zit helemaal vol. Ik kom morgen terug, rond dezelfde tijd.'

De man haalde zijn telefoon tevoorschijn.

'Ik kan hem een foto van je sturen,' zei hij. 'Een eerste stap. Dan gaat het sneller.'

'Nee, dank je,' zei Reacher.

'Je moet me echt vertellen waarvan je Max kent.'

'Iedereen kent Max. Hij is hier een tijdje heel beroemd geweest.'

'Vertel me eens welke boodschap je voor hem hebt.'

'Die is alleen voor zijn oren bestemd,' zei Reacher.

De uitsmijter reageerde niet. Reacher keek in beide richtingen door de straat. Er kwam niemand aan. Nog niet.

'We moeten geen valse start maken. Wie een vriend is van Max is ook mijn vriend. Maar als jij Max kent, weet je dat ik wel even moet kijken wat voor vlees we in de kuip hebben. Dat zou je zelf ook doen.'

Reacher keek in beide richtingen door de straat. Nu kwam er wel iets aan. Een paar op en neer springende bundels licht van koplampen kwam de hoek om aan het einde van de straat, met meer geweld dan de schokbrekers van de voorwielen aankonden. De koplampen wipten op en neer, schenen even recht vooruit, maar schoten meteen schuin omhoog toen de auto hard accelereerde.

En recht op hen af schoot.

'Ik spreek je nog wel,' zei Reacher. 'Hoop ik.'

Hij draaide zich om, stak de straat over en liep weg van de auto. Op dat moment kwam een tweede auto de hoek om. Opnieuw op en neer springende bundels licht, maar nu van de andere kant. Een hard accelererende auto die recht op Reacher af kwam. In beide auto's zaten waarschijnlijk twee mannen. Een redelijk aantal, en een snelle reactie. Hoogste staat van paraatheid. Dat betekende dat Trulenko belangrijk was. Het betekende ook dat ze bij een probleem zo ongeveer alles zouden mogen doen wat nodig was om het op te lossen.

Reacher zat als het plakje vlees in een sandwich gevangen tussen twee bundels licht uit koplampen.

Kijk goed waar ik naartoe ga.

Een deur in de buurt van de zijstraat.

Hij draaide zich om, weg van de koplampen en zag allerlei deuren in de gevels waarover een grillig spel van licht en donker speelde. De meeste waren glazen winkeldeuren, waarachter niets te zien was dan een stoffig schemerduister, zoals overal bij winkels later op de avond. Sommige deuren waren helemaal van hout, waarschijnlijk huisdeuren van boven winkels gelegen appartementen. Maar niet een van die deuren stond open, zelfs niet op een uitnodigende kier. Bij geen enkele deur kierde licht om de randen. Hij liep in de richting waarin de serveerster was gelopen. Hij zag nog meer deuren, allemaal dicht en als er iets achter te zien was, was het grijs en schemerig.

De auto's kwamen dichterbij. Het schijnsel van de koplampen werd feller. Reacher liet het idee van een reddende deur schieten. Misschien had hij het verkeerd begrepen. Misschien verstond hij de kunst van het liplezen minder dan hij dacht. Hij begon in gedachten scenario's te ontwikkelen waarbij twee man uit noordelijke richting en twee uit zuidelijke richting betrokken waren, ongetwijfeld alle vier gewapend, al zouden ze waarschijnlijk geen shotguns hebben, zo dicht in de buurt van het centrum. Dus waarschijnlijk alleen handwapens, misschien met geluiddempers, afhankelijk van de stilzwijgende afspraken met de plaatselijke wetshandhavers. Zoiets als *maak de kiezers niet bang*. Maar ook al hielden ze zich in, de baas niet teleurstellen telde natuurlijk zwaarder.

De auto's stopten. Reacher stond er midden tussenin.

Zijn allerbelangrijkste vuistregel, al in steen gebeiteld toen hij als klein jochie besefte dat hij de keus had om zelf bang te worden of anderen bang te maken, was dat je op het gevaar af moest gaan, niet ervan weg. Dit was ook zo'n moment om die keuze te maken. Vooruit of achteruit. Hij koos vooruit, naar het noorden, want hij ging toch al die kant op. Zo hoefde hij niet in te houden. Hij ging sneller lopen. Fel schijnsel voor zich en fel schijnsel achter zich. Hij bleef doorlopen, instinctief maar ook tactisch verantwoord. Zo tactisch verantwoord als maar mogelijk was onder dergelijke ongunstige omstandigheden, in de zin van het maximale halen uit een slechte hand met kaarten. Op zijn minst verstoorde hij de symmetrie van het beeld. Zijn leermeesters destijds zouden zoiets het verstoren van de linies op het slagveld noemen. Voor de mannen die hij tegemoetliep zou de spanning stijgen naarmate hij dichterbij kwam. Voor de mannen achter hem werd de schootsafstand steeds groter. In beide gevallen ging dat ten koste van de effectiviteit. Met een beetje geluk zou die afnemen tot minder dan vijftig procent omdat de mannen achter hem het vuur niet meer zouden durven te openen op een doelwit zo dicht bij de eigen maten.

De mannen achter hem zouden wellicht geheel vrijwillig de strijd staken.

Het maximale halen uit een slechte hand met kaarten.

Reacher versnelde zijn pas.

Hij hoorde autoportieren opengaan.

Links van hem werden de winkeldeuren kortstondig verlicht door het schijnsel van koplampen, maar ze waren stuk voor stuk dicht en op slot. Op die ene na, ineens, tussen alle andere, die niet dicht was, omdat het geen deur was maar een steegje. Het trottoir werd niet onderbroken, de stoeprand liep gewoon door, maar links doemde een tweeënhalve meter breed donker gat op tussen de gevels, op dezelfde manier geplaveid als het trottoir. Een steeg alleen bedoeld voor voetgangers. Openbaar. Het kon hem niet schelen waarnaartoe. Het was donker in de steeg en hij leidde ongetwijfeld naar een plek waar het veel aangenamer toeven zou zijn dan in deze straat, gevangen in het licht van vier koplampen van twee tegenover elkaar staande auto's.

Hij dook de steeg in.

Achter zich hoorde hij de eerste haastige voetstappen.

Hij draafde verder.

Toen hij het eerste pand voorbij was, werd de steeg een smalle straat, nog steeds heel donker. Hij hoorde nog steeds de voetstappen achter zich. Hij bleef zo dicht mogelijk bij de gevels waar de donkerste schaduwen waren.

Er ging een deur open.

Een hand greep zijn arm en trok hem naar binnen.

14

De deur ging zacht achter hem dicht. Drie seconden later klonken buiten de voetstappen van een trage, vermoeide draf. Daarna werd het stil. De hand op zijn arm trok hem dieper de duisternis in. Ranke, maar sterke vingers namen hem mee een tweede ruimte in. Dat was te horen aan de veranderende akoestiek. Het was te ruiken. Hij hoorde het krabbelen van vingernagels op een muur, op zoek naar een lichtknopje.

Het licht ging aan.

Hij knipperde met zijn ogen.

De serveerster.

Kijk goed waar ik naartoe ga.

Een steeg, geen deur. Of nu ja, een steeg die naar een deur leidde. Een steeg naar een deur die uitnodigend op een kier stond.

'Woon je hier?' vroeg hij.

'Ja,' zei ze.

Ze had nog dezelfde kleren aan als tijdens haar werk. Een zwarte denim broek en een zwart buttonupshirt. Fijngebouwd, ondeugend en jongensachtig, tenger, kort haar, levendige ogen.

'Dank je wel,' zei Reacher. 'Dat je me hebt gevraagd binnen te komen.'

'Ik probeerde te bedenken wat ik een aardige fooi zou vinden,' zei ze, 'als ik een vreemdeling was die vanuit een ooghoek door de uitsmijter in de gaten werd gehouden.'

'Deed hij dat?'

'Je hebt kennelijk iets opgerakeld.'

Hij reageerde niet op de opmerking. Ze waren in een warm ingerichte kamer met gedempte kleuren en versleten, maar comfortabel meubilair, deels waarschijnlijk uit de kringloopwinkel, schoongemaakt en opgelapt, maar ook deels in elkaar geknutseld met behulp van oude industriële onderdelen. De salontafel rustte op het frame van een of andere oude machine. Een boekenplank was op dezelfde manier geconstrueerd. En meer dingen. Hij had er iets over gelezen in een tijdschrift. Herbestemming noemden ze dat. Een aantrekkelijke stijl. Wat hij daar nu van zag, beviel hem wel. Het was een aangename kamer. Plotseling hoorde hij in gedachten een stem die zei: *het zou eeuwig zonde zijn als hier iets zou gebeuren.*

'Je werkt voor ze,' zei hij. 'Je zou mij helemaal geen schuilplaats moeten bieden.'

'Ik werk niet voor hen,' zei ze. 'Ik werk voor een stel mensen van wie die bar is. Zonder die uitsmijter bij de deur worden er geen zaken gedaan. Overal waar ik zou werken, zou het hetzelfde zijn.'

'Hij leek te denken dat hij jou een beetje kon commanderen.'

'Dat doen ze allemaal. Ik haal jou ook naar binnen om ze terug te pakken.'

'Dank je,' zei hij nog een keer.

'Graag gedaan.'

'Ik ben Jack Reacher,' zei hij. 'En ik ben blij dat ik je heb ontmoet.'

'Abigail Gibson,' zei ze. 'Iedereen zegt Abby.'

'Mij noemen ze Reacher.'

'Aangenaam kennis te maken, Reacher,' zei ze.

Ze schudden elkaar de hand, nogal formeel. Ranke, sterke vingers.

'Ik heb met opzet met een stok in hun wespennest gepord. Ik wilde zien hoe snel en hoe hard ze ergens op zouden reageren,' zei Reacher.

'Waarop?'

'Op de naam Maxim Trulenko. Heb je ooit van hem gehoord?'

'Jazeker,' zei Abby. 'Die is net failliet gegaan. Een of ander internetbedrijf. Hij is hier een tijdje een beroemdheid geweest.'

'Ik zoek hem.'

'Waarom?'

'Hij is mensen nog geld schuldig.'

'Run jij een incassobureau? Ik dacht dat je geen werk had.'

'Pro Deo,' zei Reacher. 'Tijdelijk, voor een oud stel dat ik ben tegengekomen. Voorlopig eerst maar eens de boel verkennen. Even met een teen voelen hoe koud het water is.'

'Het maakt niet uit of hij mensen geld schuldig is, want hij heeft niets meer. Hij is failliet.'

'Iemand heeft bedacht dat hij misschien geld heeft verstopt onder zijn matras.'

'Dergelijke theorieën duiken altijd op bij faillissementen.'

'Dat zou in dit geval best waar kunnen zijn. Gewoon omdat het logisch is. Als hij echt blut was, was hij allang gevonden. Maar niemand heeft hem tot nu toe gevonden, dus kan hij niet blut zijn. Want hij kan alleen onvindbaar blijven als hij de Oekraïners betaalt om hem verborgen te houden. Dat kost geld, dus heeft hij nog steeds geld. Als ik hem snel kan vinden is er misschien nog iets van over.'

'Voor dat oude stel.'

'Hopelijk zoveel dat zij er genoeg aan hebben.'

'Slechts wie niet blut is, kan onvindbaar blijven,' zei ze. 'Dat klinkt als een spreuk uit een fortunecookie, maar ze hebben vanavond laten zien dat het wel waar is, denk ik.'

Reacher knikte.

'Twee auto's,' zei hij. 'Vier man. Hij krijgt waar voor zijn geld.'

'Je kunt die lui beter niet tegen je in het harnas jagen,' zei Abby. 'Ik heb ze van dichtbij meegemaakt.'

'Jij hebt ze tegen je in het harnas gejaagd door de deur voor me open te doen.'

'Dat is wat anders. Daar komen ze nooit achter. Er zijn zoveel deuren.'

'Waarom heb je opengedaan?' vroeg hij.

'Dat weet je best,' zei ze.

'Misschien wilden ze alleen even gezellig met me kletsen.'

'Dat denk ik niet.'

'Misschien hadden ze me alleen streng toegesproken.'

Ze reageerde niet.

'Jij wist dat ze iets anders van plan waren,' zei hij. 'En daarom heb je je deur opengedaan.'

'Ik heb ze van dichtbij meegemaakt,' zei ze nog een keer.

'Wat zouden ze hebben gedaan?'

'Ze houden er niet van als mensen zich met hun zaken bemoeien,' zei ze. 'Ik denk dat ze je een behoorlijk pak slaag hadden gegeven.'

'Heb je dat al eerder meegemaakt?'

Ze reageerde opnieuw niet.

'Hoe dan ook,' zei Reacher, 'nogmaals bedankt.'

'Heb je iets nodig?'

'Ik moest er maar weer eens vandoor. Je hebt al genoeg voor me gedaan. Ik heb een kamer in een hotel.'

‘Waar?’

Hij legde het uit. Ze schudde haar hoofd.

‘Dat is aan de westkant van Center Street,’ zei ze. ‘Daar hebben ze verklikkers. Ze hebben ondertussen allang een sms’je met een signalement van jou de deur uitgedaan.’

‘Het lijkt wel of ze dit soort dingen echt serieus nemen.’

‘Ik heb het je gezegd,’ zei ze. ‘Ze houden er niet van als mensen zich met hun zaken bemoeien.’

‘Met hoeveel man zijn ze?’

‘Genoeg,’ zei ze. ‘Ik stond op het punt om koffie te zetten. Wil je ook?’

‘Graag,’ zei Reacher.

Ze ging hem voor naar de keuken. Die was klein en viel uit de toon bij de rest van haar woning, maar hij was schoon en opgeruimd. Je kon je er thuis voelen. Ze klopte oude drab uit een filter, spoelde een koffiepot om, deed alles wat er moest gebeuren en schakelde het apparaat in. Het apparaat slurpte en boerde en vulde de keuken met een rijk aroma.

‘Koffie houdt jou kennelijk niet uit je slaap,’ zei Reacher.

‘Dit is mijn avond,’ zei ze. ‘Ik ga naar bed als de zon opkomt en dan slaap ik de hele dag.’

‘Dat klinkt zinnig.’

Ze haalde twee witte bekers uit een keukenkastje boven het aanrecht.

‘Ik ga douchen,’ zei ze. ‘Schenk jezelf maar in als de koffie klaar is voordat ik terug ben.’

Een minuut later hoorde hij water stromen en later het zachte janken van een föhn. Het koffiezetapparaat sputterde en tikte. Abby liep de keuken weer in op het moment dat het apparaat met een zucht aankondigde dat de koffie klaar was. Haar wangen waren roze en vochtig. Ze geurde naar zeep. Ze droeg een soort jurk tot op haar knieën, die eruitzag als een mannenoverhemd, maar dan langer en smaller. Waarschijnlijk droeg ze er niet heel veel onder. Ze liep in ieder geval op blote voeten. Vrijetijdskleding. Een ontspannen avondje thuis. Ze schonk koffie in en ze namen hun beker mee naar de woonkamer.

‘Jij hebt mijn vraag nog niet beantwoord,’ zei ze. ‘Maar daar kreeg je ook eigenlijk de kans niet voor.’

'Welke vraag?'

'Wat voor soort werk doe je het liefst?'

Bij wijze van antwoord vertelde hij haar zijn levensverhaal in telegramstijl. In het begin makkelijk te volgen, maar later moeilijker te begrijpen. De zoon van een marinier, opgegroeid op vijftig verschillende plaatsen verspreid over de hele wereld, daarna West Point, bij de militaire politie gestationeerd op honderd verschillende plaatsen, verspreid over de hele wereld, de troepenreducties na afloop van de Koude Oorlog waardoor hij voor het eerst kennismaakte met het burgerleven. Een verhaal met een duidelijke lijn. Daarna ging het over zijn zwervende bestaan, met een minder duidelijke lijn. Geen baan, geen thuis, altijd rusteloos. Altijd onderweg, altijd op doorreis. Alleen met de kleren die hij aanhad. Geen doel en alle tijd van de wereld om daar te komen. Sommige mensen konden het maar moeilijk begrijpen, maar Abby leek het wel te snappen. Ze stelde niet één van de gebruikelijke domme vragen.

Haar eigen verhaal was veel korter omdat ze jonger was. Ze was ergens in een voorstad in Michigan geboren en ergens in een voorstad in Californië opgegroeid. Ze was geïnteresseerd in filosofie, hield van boeken, theater, muziek, dans en experimentele en performancekunst. Ze was hier als studente naartoe gekomen en ze was blijven hangen. Een tijdelijk baantje als serveerster had ze nu al tien jaar volgehouden. Ze was tweeëndertig, ouder dan ze eruitzag. Ze zei dat ze gelukkig was.

Meerdere keren liep ze naar de keuken om nog eens koffie in te schenken en uiteindelijk bevonden ze zich beiden aan een uiteinde van de bank. Reacher languit met de benen gestrekt, Abby in kleermakerszit met de punten van haar jurk zedig tussen haar blote knieën ingestopt. Reacher wist niet zoveel van filosofie, theater, dans, experimentele en performancekunst, maar hij las boeken en luisterde naar muziek als hij de kans kreeg, zodat hij een beetje bij bleef. Een paar keer bleken ze hetzelfde boek te hebben gelezen. Hetzelfde gold voor muziek. Ze noemde het haar retrofase. Hij zei dat het hem aan gisteren deed denken. Ze lachten erom.

Het werd twee uur 's nachts. Reacher dacht dat het hem wel zou lukken om een kamer in een Albanees hotel te vinden. Nog even een straat verderop naar het oosten. Net zo goed als ten westen van Center Street. Hij kon zich het verlies van wat hij al had betaald wel permitteren. De vijf minuten van zijn leven die hij had verspild aan de balie bij dat andere hotel zaten hem meer dwars. Die kreeg hij nooit meer terug.

'Als je wilt, kun je ook hier blijven slapen,' zei Abby.

Hij was er vrij zeker van dat er een extra knoopje van haar jurk los was. Wat dat betrof kon hij wel op zijn beoordelingsvermogen vertrouwen. Hij was een goed observator. Hij had het decolleté inmiddels al enige malen nauwkeurig bestudeerd en er zijn goedkeuring aan gehecht. De huidige staat van het decolleté was echter nog veel beter.

'Ik heb geen logeerkamer gezien,' zei hij.

'Die heb ik ook niet,' zei ze.

'Zou je dit een experiment in levensstijl moeten noemen?'

'Vergeleken met wat?'

'Gebruikelijke redenen.'

'Ik zou zeggen, een mengeling.'

'Vind ik prima,' zei Reacher.

15

De twee man van Dino waren de hele nacht nergens te vinden. Het spoor liep dood bij de slijterij. Hun telefoons deden het niet meer. Niemand had hun auto gezien. Ze waren in rook opgegaan. Dat kon natuurlijk helemaal niet. Toch maakte niemand Dino wakker. In plaats daarvan organiseerden ze op kleine schaal een zoekoperatie in alle buurten waar ze mogelijkerwijs zouden kunnen zijn. Zonder resultaat, beide mannen bleven zoek. Ze werden pas gevonden toen iemand de volgende ochtend om zeven uur op een zijterrein van de houthandel met een vorkheftruck een stapel balken verplaatste.

Ze maakten Dino wakker.

Het zijterrein was van het eigenlijke terrein van de houthandel afgescheiden door een tweeënhalve meter hoog hek. Beide mannen hingen ondersteboven aan de stalen draad die boven langs het hek liep. Ze waren opengesneden. De zwaartekracht had ervoor gezorgd dat hun ingewanden uit hun buik waren gegleden, langs hun borst, over hun gezicht, op de grond. Na hun dood, godzijdank. Ze hadden allebei korstige schotwonden. Het hoofd van de een was voor het grootste deel weggeslagen.

Geen spoor van hun auto. Ook nergens bandensporen. Helemaal niets.

Dino riep zijn luitenants bij elkaar in het kantoor achter de houthandel, nog geen vijftig meter van de plaats waar die gruwelijke vondst was gedaan, alsof hij een generaal was op het slagveld die de situatie ter plaatse in ogenschouw wilde nemen.

‘Gregory moet helemaal gek zijn geworden,’ zei hij. ‘Wij waren de eerste slachtoffers, we hebben steeds aan het kortste eind getrokken en nu wil hij het er ook nog eens fijntjes inwrijven door er vier tegen twee van te maken? Hij kan doodvallen. Hoe scheef moet de boel groeien? Wat denkt die man wel?’

‘Waarom zo akelig?’ vroeg zijn rechterhand. ‘Waarom zo overdreven met ingewanden die eruit hangen? Dat moet een boodschap zijn.’

‘O?’

‘Vast. Het was op zich al overbodig, maar dat was onnodig. Alsof ze boos op ons zijn. Alsof ze ergens wraak voor willen nemen. Alsof we ze op de een of andere manier een loer hebben gedraaid.'

'Nou, dat hebben we niet.'

'Misschien speelt er iets waarvan wij niets weten. Misschien hebben we ze wel een loer gedraaid, maar hebben we het alleen zelf nog niet door.'

'Wat hebben we nog niet door?'

'Dat weten we nog niet. Dat is het 'm juist.'

'Het enige wat we van ze hebben, zijn de restaurants.'

'Dus misschien is daar wel iets bijzonders mee. Misschien levert het veel op. Misschien biedt het meer toegang tot mensen. Alle hoge heren van de stad eten daar natuurlijk, met hun vrouwen en zo. Waar moeten die anders heen?'

Dino zei niets.

'Waarom zouden ze anders zo boos zijn?' vroeg zijn rechterhand.

Nog steeds zei Dino niets.

'Misschien heb je gelijk,' zei hij uiteindelijk. 'Misschien hebben die restaurants meer waarde dan de kredietsector. Dat hoop ik dan maar. Wij hebben geluk gehad en zij zijn wraakzuchtig geworden. Maar hoe dan ook, vier tegen twee is onacceptabel. Dat kunnen we niet over onze kant laten gaan. Geef maar opdracht om de score recht te trekken voor zonsondergang.'

Reacher werd om acht uur 's ochtends wakker. Warm, relaxed, vredig, half verstrengeld met Abby, die onverstoorbaar doorsliep. Naast hem was ze een dreumes. Ze was meer dan dertig centimeter kleiner en woog nog niet de helft van zijn honderdtien kilo. Zo slapend was ze zacht en ontspannen, alsof ze geen botten in haar lichaam had. In actie was ze gespierd, lenig en sterk geweest. En heel experimenteel. Performancekunst van de bovenste plank. Dat was verdomd zeker. Hij was een geluksvogel. Hij haalde diep adem en staarde naar het hem onbekende plafond. Er liepen barsten in het pleisterwerk als een stelsel van rivieren, vele malen opnieuw geverfd, als geheelde littekens.

Hij bevrijdde zich voorzichtig, gleed uit bed, liep op blote voeten naar de badkamer en vervolgens naar de keuken waar hij het koffiezetapparaat inschakelde. Hij liep terug naar de badkamer en ging onder de douche. Hij zocht zijn kleren bij elkaar die overal verspreid in de woonkamer lagen en kleedde zich aan. Hij haalde een derde witte beker uit het keukenkastje boven het aanrecht en schonk zijn eerste kop koffie in. Hij ging aan een klein tafeltje bij het raam zitten. De lucht was blauw en de zon scheen, het was een prachtige ochtend. Vage geluiden dreven naar binnen. Verkeer en stemmen, mensen die bedrijvig in de weer waren, op weg naar hun werk, en aan een nieuwe dag begonnen.

Hij stond op, schonk nog een keer koffie in en ging weer zitten. Even later liep Abby de keuken in, naakt. Ze geeuwde, rekte zich uit en glimlachte. Ze schonk een beker koffie in, liep de keuken door en ging bij hem op schoot zitten. Naakt, zacht, warm en geurend. Wat moest je daarmee aan als man? Een minuut later lagen ze weer in bed. Het was de tweede keer zelfs nog beter dan de eerste keer. Opnieuw in alle opzichten experimenteel. Twintig minuten lang van het voor- tot en met het nagerecht. Naderhand lagen ze allebei op hun rug te hijgen. Niet gek voor een oude kerel, dacht hij. Ze nestelde zich tegen zijn borst, uitgeput en hijgend. Hij voelde hoe ze ontspande. Een soort dierlijke tevredenheid die tot diep in haar botten doordrong, maar ook iets anders. Meer. Ze voelde zich veilig. Ze voelde zich veilig, warm en beschermd. Ze genoot er met volle teugen van. Ze vierde het feit dat ze zich zo voelde.

'Gisteravond,' zei hij. 'In de bar. Toen ik je naar die uitsmijter vroeg, vroeg jij me of ik een politieman was.'

'Je bent een politieman,' mompelde ze.

'Dat was ik,' zei hij.

'Je ziet het meteen. Ik wil wedden dat je die uitstraling nooit meer kwijtraakt.'

'Wilde je graag dat ik bij de politie zat? Hoopte je daarop?'

'Waarom zou ik?'

'Vanwege die uitsmijter. Misschien dacht je dat ik daar iets aan zou kunnen doen.'

'Nee,' zei ze. 'Hopen zou een verspilling van tijd zijn. De politie doet helemaal niets aan dergelijke lui. Nooit. Veel te veel gedoe. Er gaat te veel geld om in die wereld. Die lui hoeven zich echt geen zorgen te maken over de politie, geloof mij maar.'

Oude teleurstellingen klonken door in haar stem.

'Zou je het fijn gevonden hebben als ik wel iets aan hem had kunnen doen?' vroeg hij bij wijze van gedachte-experiment.

Ze kroop dichter tegen hem aan. Onbewust, dacht Reacher, dus dat moest ook iets betekenen.

'Die ene kerel die daar zat?' vroeg ze.

'Die bedoel ik.'

Ze dacht even na.

'Ja,' zei ze. 'Dat zou ik fijn gevonden hebben.'

'Wat had ik met hem moeten doen?'

Hij voelde dat ze verstijfde.

'Dan zou ik willen dat je hem te grazen had genomen.'

'Heel erg?'

'Heel erg.'

'Wat heb je op hem tegen?'

Ze gaf geen antwoord.

'Je had het ook nog over iets anders gisteravond,' zei hij na een tijdje. 'Je zei dat er sms'jes de deur uit waren gegaan met mijn signalement.'

'Op het moment dat ze beseften dat ze je kwijt waren.'

'Naar hotels en zo.'

'Naar iedereen. Zo doen ze dat tegenwoordig. Ze hebben geautomatiseerde systemen. Ze zijn heel goed in technologie, heel geavanceerd op het gebied van computers. Ze bedenken steeds nieuwe manieren om mensen op te lichten. Een automatisch opsporingsbevel de wereld in sturen is een eitje voor ze.'

'En dan krijgt iedereen dezelfde boodschap?'

'Denk je aan iemand in het bijzonder?'

'Misschien wel, maar dat is iemand op een andere afdeling. Die zit bij kredietverstrekking.'

'En levert dat een probleem op?'

'Hij heeft een foto van me. Een portret. Als hij dat signalement leest, stuurt hij ze mijn portret terug.'

Ze kroop dichter tegen hem aan. Ontspannen, zoals eerder.

'Dat geeft niet,' zei ze. 'Ze zijn toch al allemaal naar je op zoek. Aan het signalement hebben ze al genoeg, daar voegt een foto met jouw gezicht erop niet zoveel aan toe. Niet van een afstandje.'

'Dat is het probleem niet.'

'Wat dan wel?'

'Die man van de kredietverstrekking denkt dat ik Aaron Shevick heet.'

'Waarom?'

'De Shevicks zijn een oud stel. Ik heb een paar zaken voor ze geregeld. Dat leek op dat moment een goed idee. Maar nu is het tuig op jacht naar de verkeerde naam. Ze kunnen proberen achter het adres te komen. Ik wil niet dat ze straks bij de Shevicks op de stoep staan, op zoek naar mij. Dat zou tot heel vervelende dingen kunnen leiden. De Shevicks hebben al genoeg op hun bordje.'

'Waar wonen ze?'

'Aan de oostkant, een eindje in de richting van de stadsgrens, in een naoorlogse woonwijk.'

'Dat is het territorium van de Albanezen. Er moet wel heel veel aan de hand zijn voordat de Oekraïners zich daar wagen.'

'Ze hebben de kroeg waar de kredieten worden verstrekt al van de Albanezen overgenomen,' zei Reacher. 'Dat is een heel eind naar het oosten vanaf Center Street. De demarcatielijn lijkt op het moment niet erg vast te liggen.'

Abby knikte slaperig met haar hoofd op zijn borst.

'Ik weet het,' zei ze. 'Ze vinden allemaal dat het niet het goede moment is voor een oorlog, vanwege de nieuwe korpschef, maar toch gebeurt er van alles.'

Ze haalde diep adem, hield de adem in, ging overeind zitten en schudde haar hoofd om de slaap te verjagen. 'We moeten ervandoor,' zei ze.

'Waarnaartoe?' vroeg Reacher.

'We moeten gaan kijken of alles in orde is met dat oude stel.'

Abby had een auto. Hij stond geparkeerd in een garage, één straat verderop. Een kleine witte Toyota personenauto, handgeschakeld en zonder wieldoppen. De voorbumper werd aan één kant op zijn plaats gehouden met elektriciteitssnoer. Door de voorruit liep een barst die je het gevoel gaf dat je naar twee elkaar overlappende werelden keek. Maar de motor deed het; als je aan het stuur draaide, draaiden de wielen mee en als je op de rem trapte, remde de auto af. Het glas in de ramen was transparant, niet getint, en Reacher had het gevoel dat hij zo dicht met zijn neus tegen de voorruit zat dat iedereen buiten de auto hem uitstekend kon zien.

Hij zat verkrampt rechtop op de passagiersstoel. Hij keek uit naar Town Cars van het type dat hij had laten verongelukken bij de Ford-dealer, en de auto's die hij de vorige avond had gezien, die van twee kanten op hem af reden, maar hij zag ze niet. Hij zag ook geen bleke mannen in donkere pakken die stonden te lanterfanten op de hoek van de straat, op de uitkijk.

Ze reden dezelfde route die hij had gelopen, langs het busstation, het kruispunt met de stoplichten over, de smallere straten door, voorbij de kroeg en weer ruimere straten in. Voor hen lag het tankstation waar ze broodjes verkochten.

'Stop daar even,' zei Reacher. 'We moeten eten voor ze kopen.'

'Willen ze dat?'

'Maakt dat wat uit? Ze moeten eten.'

Ze stopte. Het menu was niet veranderd. Een broodje gezond met kip of tonijn. Hij kocht twee broodjes van elk, chips en frisdrank. En een blik koffie. Het was tot daaraan toe om niet meer te eten, maar leven zonder koffie was heel iets anders.

Ze reden de wijk van de Shevicks in, manoeuvreerden door de nauwe bochten tot ze bij de doodlopende straat van de Shevicks kwamen, midden in het wijkje. Ze parkeerden bij het tuinhekje, waar de rozenknoppen doorheen staken.

'Is dit het?' vroeg Abby.

'Het is nu van de bank,' zei Reacher.

'Vanwege Maxim Trulenko?'

'En een paar goedbedoelde fouten.'

'Kunnen ze het weer terugkrijgen van de bank?'

'Ik weet niet zoveel over dat soort zaken, maar ik zou niet weten waarom niet. Het is allemaal een kwestie van geld en goederen die heen en weer worden geschoven. Koop en verkoop. Ik zie niet in waarom een bank dat zou willen tegenhouden. Ik ben ervan overtuigd dat ze wel een of andere manier zouden verzinnen om er winst uit te halen.'

Ze liepen het smalle betonpad op. De deur ging open voordat ze die hadden bereikt. Shevick stond op de drempel met een bezorgde blik in de ogen.

'Maria is weg,' zei hij. 'Ik kan haar nergens vinden.'

16

Aaron Shevick mocht dan in zijn tijd een uitstekende machinebankwerker zijn geweest, op zijn oude dag was hij niet veel waard als getuige. Hij zei dat hij geen auto's had gehoord op straat en hij had ze ook niet gezien. Ze waren om zeven uur opgestaan en hadden om acht uur een klein ontbijtje gegeten. Daarna was hij naar de winkel gelopen om een liter melk te kopen, voor toekomstige kleine ontbijtjes. Toen hij weer thuiskwam, kon hij Maria nergens vinden.

'Hoelang ben je weggeweest?' vroeg Reacher.

'Twintig minuten,' zei Shevick. 'Misschien iets langer. Ik loop nog steeds langzaam.'

'Heb je overal in huis gezocht?'

'Ik dacht dat ze misschien was gevallen, maar dat was niet zo. Ook niet in de achtertuin. Ze moet dus ergens naartoe zijn. Of iemand heeft haar meegenomen.'

'Laten we maar beginnen met dat ze ergens naartoe is gegaan. Heeft ze haar jas meegenomen?'

'Ze had geen jas nodig,' zei Abby. 'Het is warm genoeg buiten. Je kunt beter vragen of ze haar tasje heeft meegenomen.'

Shevick zocht op alle gebruikelijke plaatsen, zoals hij dat noemde. Dat waren er vier. Een hoekje op het aanrecht in de keuken, een hoekje van een bankje in de gang tegenover de voordeur, een haak in de garderobekast waar ze ook hun paraplu's ophingen, en ten slotte op de vloer naast haar leunstoel in de kamer.

Geen tasje.

'Oké,' zei Reacher. 'Dat is een goed teken. Dat betekent hoogstwaarschijnlijk dat ze vrijwillig, op eigen kracht, in alle rust en zonder paniek, zonder dwang de deur uit is gegaan.'

'Misschien heeft ze haar tasje ergens anders neergezet,' zei Shevick. Hij keek hulpeloos om zich heen. Het was maar een klein huis, maar niettemin waren er wel honderd plekjes waar je iets zou kunnen verstoppen.

'Laten we het van de zonnige kant bekijken,' zei Reacher. 'Ze heeft haar tasje gepakt, aan haar arm gehangen en is het betonpad voor de voordeur afgelopen.'

'Of ze hebben haar in een auto gegooid. Misschien hebben ze haar wel gedwongen haar tasje mee te nemen. Misschien hadden ze wel door hoe dat bij ons zou overkomen. Ze proberen ons op een dwaalspoor te brengen.'

'Ik denk dat ze naar de pandjesbaas is gegaan,' zei Reacher.

Shevick dacht lang na. Toen stak hij een vinger op om aan te geven dat hij zo terug zou zijn en hinkte door de gang naar de slaapkamer. Even later kwam hij terug met een oude schoenendoos, versierd met een patroon van verbleekte roze en witte zuurstokstrepen. Op de korte kant was een zwart-wit etiket geplakt met de naam van de fabrikant en de contouren van een damesschoen, een kordate veterschoen, maat vijfendertig, prijs drie dollar vijfennegentig. Misschien wel de schoenen die Maria Shevick op haar bruiloft had gedragen.

'De familiejuwelen,' zei Shevick.

Hij tilde het deksel op. De doos was leeg. Geen negenkaraats trouwringen, geen verlovingsringen met een diamantje, geen verguld horloge met een barst in het glas.

'We moeten haar ophalen,' zei Abby. 'Want ze zal vast heel verdrietig zijn als ze weer naar huis loopt.'

De georganiseerde misdaad verdiende het geld traditioneel op de terreinen van woekerleningen, narcotica, prostitutie, gokken en beschermingsconstructies. In hun helft van de stad runden de Oekraïners al die zaken heel deskundig en zelfverzekerd. In de narcotica ging het beter dan ooit. Wiet was grotendeels verleden tijd omdat een proces van legalisering zich als een trage vlek over het land verspreidde, maar dat werd ruimschoots goedgemaakt door de explosieve groei van de vraag naar meth en oxy. De winsten waren torenhoog. Winsten die nog werden opgestuwd door een percentage van de omzet van Mexicaanse heroïne die in de westelijke helft van de stad werd verkocht. Winst op elke gram. Het grootste succes van Gregory. Hij had er zelf over onderhandeld. De Mexicaanse bendes waren berucht om hun barbaarse optreden en je moest goed voor de dag komen om indruk op ze te maken, maar Gregory had volgehouden. Twee van hun straathoekdealers die ondersteboven, met de ingewanden uit hun buik hingen, waren uiteindelijk overtuigend genoeg geweest. Ze waren levend opengesneden. Op dat moment waren de Mexicanen bang geworden dat het in de toekomst wel eens moeilijk kon worden om nieuw personeel te werven. Straathoekdealers verdienden niet zoveel. Misschien genoeg om het risico te nemen overhoop te worden geschoten, maar zeker niet genoeg om je bloot te stellen aan het risico ondersteboven te worden gehangen en van kruis tot strot te worden opengesneden, nog voordat je de kans kreeg om te sterven. Vandaar dat percentage, royalty's. Daar werd iedereen blij van.

Met de prostitutie ging het ook goed, vooral vanwege iets wat Gregory een ingebouwd pluspunt noemde. Oekraïense vrouwen waren erg mooi. Ze waren vaak lang, slank en heel erg blond. Ze hadden geen van allen kans op een beter leven thuis. In hun land van herkomst was het enige vooruitzicht een leven vol modder en ploeteren. Geen chique kleren, geen fraaie appartementen in hoge woontorens, geen Mercedes. Dat wisten ze en dus kwamen ze graag naar Amerika. Ze begrepen dat er een hele papierwinkel aan te pas kwam en een dure, gecompliceerde procedure. Ze wisten dat ze hun begeleiders moesten terugbetalen voor al het voorbereidende werk, het liefst zo snel mogelijk. In ieder geval voordat ze verder zouden trekken naar wat er dan ook maar nog meer te ontdekken viel, waar hopelijk ook chique kleren en fraaie appartementen in hoge woontorens en een Mercedes aan te pas zouden komen. Dat zou allemaal niet zo lang duren, werd hun verteld. Eerst zouden ze een tijdje moeten werken en pas daarna zouden de deuren naar die schitterende toekomst opengaan. Maar er was niets om je zorgen over te maken. Er was een fantastisch systeem met een geweldige organisatie. Plezierig werk met een grote sociale component. Je kwam veelvuldig onder de mensen. Het was een soort pr-werk. Ze zouden het leuk vinden om te doen. Misschien liepen ze tijdens het werk zelfs wel tegen de ware jakob aan.

Bij aankomst werden ze beoordeeld. Niet dat er ook maar één onaantrekkelijke vrouw tussen liep, want Gregory kon kiezen uit een groot aanbod. Ze stonden in rijen klaar om op het vliegtuig te stappen, allemaal frisse, gave, lekker ruikende vrouwen. Verrassend genoeg waren het niet de jongste vrouwen die het meest gewaardeerd werden. Natuurlijk waren er genoeg viezeriken die zich graag lieten pijpen door een meisje dat jonger was dan hun eigen kleindochter, maar de ervaring leerde dat het echte geld zat bij mannen die dergelijk extreem gedrag een beetje eng vonden. De ervaring leerde dat zo'n man de voorkeur gaf aan een iets oudere vrouw, een vrouw van zevenentwintig, achtentwintig, die iets verfijnds en werelds uitstraalde, die iets volwassens over zich had, misschien al een paar lachrimpeltjes. Zulke vrouwen gaven hem minder het gevoel dat er sprake was van misbruik, alsof hij omging met een jonge collega, een rijzende ster binnen het bedrijf, die misschien zijn advies nodig had of een beetje aanmoediging, wat ze natuurlijk allemaal van hem gedaan kon krijgen als ze het goed aanpakte.

Zo'n vrouw kon die rol een jaar of vijf volhouden. Op de een of andere manier kwamen die chique kleren, dat appartement en die Mercedes nooit in zicht. Om de een of andere reden raakte die schuld nooit afbetaald. Niemand had ooit aan de rente gedacht. Als ze weinig aan slijtage onderhevig was, deed zo'n vrouw er zo nu en dan nog vijf jaar bij op de pagina van de website met rijpere vrouwen. Als dat niet ging, werd de prijs een paar honderd dollar per uur omlaaggegooid en ploeterde ze voort, zo goed en zo kwaad als het ging, zo lang als ze het kon volhouden. Daarna werd ze helemaal van de website gehaald en naar een van de massagesalons in de achterbuurten gestuurd, waar al een behandeling te boeken viel van twintig minuten en waar haar werkkleding bestond uit een ingekort verpleegstersuniform, waar ze rubberen handschoenen kreeg en zestien uur per dag moest werken.

Al die massagesalons werden gerund door een manager die werd ondersteund door een assistent-manager. Evenmin als de vrouwen die voor hen werkten, waren zij het neusje van de zalm, maar daar stond tegenover dat hun werk duidelijk en ongecompliceerd was. Het bestond uit drie taken. Ze moesten elke week een bepaalde omzet ophoesten, ze moesten het personeel enthousiast houden en ze moesten ervoor zorgen dat de cliënten zich ordelijk gedroegen. Dat was alles. Een dergelijke functieomschrijving trok een bepaald soort kandidaten aan. Gemeen genoeg om de omzet te halen, hardhandig genoeg om de cliënten in toom te houden en pervers genoeg om te genieten van het personeel.

In één zo'n salon, een paar straten westelijk van Center Street, heetten ze Bohdan en Artem. Bohdan was de manager, Artem was de assistent-manager. Voorlopig verliep de dag voorspoedig.

Ze hadden een sms'je ontvangen dat ze moesten uitkijken naar iemand. Er was een beknopt signalement gegeven, met nadruk op gewicht en lengte, beide indrukwekkend. Ze hadden hun oog over de stroom cliënten laten gaan en geconstateerd dat hij er niet tussen zat. Wel allerlei andere mannen, die zich tot dan toe keurig hadden gedragen en geheel tevreden huns weegs gingen. Evenmin problemen met het personeel, afgezien van een dingetje die ochtend, toen een van de oudere vrouwen te laat was komen opdagen en daar niet afdoende haar verontschuldigingen voor had aangeboden. Ze hadden haar een keuze uit diverse genoegdoeningen aangeboden. Ze had gekozen voor de lederen peddel, meteen na haar dienst. Bohdan zou de peddel hanteren en Artem zou de video-opname maken. Een uur later zou die op hun pornosite te zien zijn. Tegen de volgende ochtend zou hij misschien al een paar dollar hebben opgeleverd. Een win-winsituatie. Prima. Voorlopig verliep de dag voorspoedig.

Toen kwamen er twee klanten binnen die er anders uitzagen. Donker haar, een getinte huidskleur, zonnebrillen. Een korte donkergekleurde regenjas. Zwarte broek. Bijna een uniform. Dat zag je vaker. Vooral vanwege de universiteit. De mensen kwamen overal vandaan en kleedden zich meestal in de stijl van waar ze vandaan kwamen. Zo ook deze twee. Misschien waren het geleerden uit het buitenland die op bezoek waren. Misschien keurden ze de illegale geneugten van het gastland, louter en alleen voor wetenschappelijk onderzoek. Louter en alleen voor een beter wederzijds begrip.

Of niet natuurlijk.

Ze trokken twee identieke machinepistolen onder hun identieke jassen vandaan. Twee H&K MP5's met ingebouwde geluiddempers. Heel toevallig hetzelfde merk en hetzelfde type dat de Oekraïners de vorige avond hadden gebruikt bij de slijterij. Het was een kleine wereld. De twee mannen gebaarden dat Bohdan en Artem naast elkaar moesten gaan staan, schouder aan schouder. Ze vuurden allebei een schot af in de vloer om te laten horen dat de machinepistolen waren uitgerust met geluiddempers. Twee droge knallen. Luid, maar niet zo luid dat er iemand gealarmeerd zou toeschieten.

In krakkemikkig Oekraïens, uitgesproken met een zwaar Albanees accent, zeiden ze dat ze een keuze aanboden. Bohdan en Artem konden instappen in een auto die buiten stond te wachten, maar ze konden ook kiezen voor een schot in de onderbuik, meteen, met die machinepistolen waarvan zojuist was aangetoond dat ze niet zoveel lawaai maakten dat er meteen iemand zou toeschieten. Dan mochten ze een kwartiertje doodbloeden hier op de vloer, terwijl ze kronkelden van de pijn, al werden ze misschien ook wel aan de hakken naar buiten gesleept en alsnog in die auto gesmeten.

Ze mochten kiezen.

Bohdan antwoordde niet meteen, Artem evenmin. Ze wisten het niet. Ze hadden de verhalen gehoord over Albanese martelmethoden. Misschien was een schot in de onderbuik te verkiezen. Ze zeiden niets. De spanning bouwde zich op. Het was doodstil. De massagehokjes lagen allemaal op een rij aan een lange gang achter een gesloten binnendeur. Het voorhuis had net zo goed de wachtkamer kunnen zijn van een advocatenkantoor. Een soort stilzwijgende afspraak met de gemeente: als het niet te zien is, weten we van niets. Maak de kiezers niet bang. Gregory had dit voor elkaar gekregen.

Toen werd de stilte verbroken. Er klonk geluid, het zwakke tikken van hakken in de gang achter de binnendeur. Tik, tik, tik. Tien centimeter hoge naaldhakken die alle dames verplicht droegen. Soms van transparant plastic. Stripperschoenen. De Amerikanen hadden overal een woord voor. Tik, tik, tik. Een van de vrouwen was in beweging. Misschien ging ze van de wc terug naar haar hok, of van het ene hok naar het andere. Van de ene cliënt naar de andere. Sommige vrouwen waren zo populair dat de mannen speciaal naar ze vroegen.

De hakken kwamen dichterbij. Tik, tik, tik. Misschien was ze op weg naar een van de hokjes helemaal aan het begin van de gang.

Tik, tik, tik.

De binnendeur ging open, een vrouw stapte over de drempel. Bohdan zag dat het een van de oudere vrouwen was, de vrouw die er na haar werk vandaag met de peddel van langs zou krijgen. Net als de andere vrouwen droeg ze een witte latexversie van een ultrakort verpleegstersuniform, inclusief een wit, met spelden op het hoofd vastgezet kapje. Het jurkje eindigde vijftien centimeter boven de rand van haar kousen. Ze stak haar hand op, met een ongeveer gestrekte wijsvinger, zoals mensen dat doen die een vraag willen stellen en zich tegelijkertijd willen verontschuldigen voor het feit dat ze storen.

Zover kwam ze niet. Welke alledaagse kwestie ze dan ook aan de orde had willen stellen, de zaak bleef onbesproken. Meer handdoeken, meer lotion, nieuwe rubberen handschoenen, wat dan ook. De man die links stond zag vanuit een ooghoek de deur openzwaaien en vuurde in een reflex een salvo van drie kogels in haar borst. Zonder reden. Misschien uit nervositeit. Een spastische samentrekking van een spier, een stuip van de vinger aan de trekker. Er klonk geen echo. Alleen een mengeling van ritselend plastic en de zachte bons van een lichaam dat op de vloer viel.

'Jezus christus,' zei Bohdan.

Het incident legde nieuw gewicht in de schaal. Een schot in de onderbuik was niet langer iets theoretisch, er waren aanschouwelijke argumenten opgevoerd. Een oeroud menselijk instinct begon op te spelen, dat dicteerde: zorg in ieder geval dat je de volgende minuut haalt. En daarna zien we wel weer. Ze stapten vrijwillig in de auto. Heel toevallig staken ze Center Street over en reden ze het Albanese territorium binnen op hetzelfde moment dat de vrouw in haar verpleegstersuniform de laatste adem uitblies. Ze lag moederziel alleen op de drempel, half in de gang. Alle cliënten waren gevlucht. Ze waren over haar heen gesprongen en er razendsnel vandoor gegaan, evenals haar collega's. Ze hadden allemaal aan één gedachte gehoor gegeven: wegwezen. Ze stierf alleen, een pijnlijke dood, door niemand getroost. Ze heette Anna Ulyana Dorozhkin. Ze was eenenveertig. Ze was vijftien jaar geleden naar de stad gekomen toen ze zesentwintig was, opgewonden omdat er een schitterende carrière in de pr voor haar in het verschiet lag.

17

Aaron Shevick wist niet precies waar de pandjeshuizen zaten. Reacher vermoedde dat ze in dezelfde wijk als het busstation te vinden zouden zijn, op discrete afstand van de duurdere wijken. Hij wist hoe steden in elkaar zaten. In de wijken waar de huren laag waren, zouden zich tal van onderneminkjes hebben gevestigd. Bedrijfjes gespecialiseerd in het blinderen van autoruiten, wasserettes, stoffige winkeltjes in huishoudelijke artikelen en bedrijven die goedkope auto-onderdelen verkochten. En pandjeshuizen. Het probleem was het plannen van een route. Ze wilden Maria Shevick kunnen oppikken als ze haar zaken had afgehandeld en onderweg was naar huis. Dat ze niet wisten waar ze naartoe was gegaan, maakte het plannen van een route lastig. Ze reden dan ook in grote cirkels rond, op zoek naar pandjeshuizen. Als ze er een vonden, tuurden ze door het raam naar binnen om te constateren dat ze daar niet meer was. Dan reden ze terug naar huis en zagen haar evenmin onderweg. Daarna begon het rondrijden opnieuw tot ze het volgende pandjeshuis zagen.

Uiteindelijk vonden ze haar een heel eind ten westen van Center Street, net op het moment dat ze uit een groezelig pandjeshuis kwam, in een smalle straat tegenover een taxibedrijf en een bedrijfje dat leningen verstrekte voor borgstellingen. Maria Shevick, levensgroot, het hoofd fier geheven en haar tasje aan haar arm. Abby parkeerde de auto, Aaron draaide zijn raampje omlaag en riep haar. Ze was hogelijk verbaasd hem te zien, maar herstelde zich snel. Ze stapte in. Alles bij elkaar had het nog geen tien seconden geduurd. Alsof ze hadden afgesproken dat ze zou worden opgehaald.

In eerste instantie schaamde ze zich voor Abby. Een vreemde. Wat moest die er wel niet van denken. Aaron vroeg hoeveel ze had gekregen voor de ringen en het horloge. Ze schudde alleen haar hoofd en wilde het niet zeggen.

'Tachtig dollar,' zei ze even later toch.

Niemand zei iets. Ze reden terug naar het oosten, voorbij het busstation, over het kruispunt met de stoplichten.

Op dat moment bereikte het nieuws over de massagesalon Gregory. Toevallig was een van zijn handlangers langs de salon gekomen in verband met heel andere zaken. Hij had onraad geroken. Te stil. Hij was naar binnen gegaan en had de salon volledig verlaten aangetroffen, op een oude hoer na die doodgeschoten op de vloer lag in een grote plas bloed. Verder niemand. Kennelijk waren alle cliënten en alle andere hoeren ervandoor gegaan. Van Bohdan en Artem ontbrak elk spoor. De telefoon van Artem lag op zijn bureau en Bohdans jack hing over de rugleuning van zijn stoel. Dat voorspelde weinig goeds. Het betekende dat ze het pand niet uit vrije wil hadden verlaten. Het betekende dat er dwang aan te pas was gekomen.

Gregory riep zijn luitenants bij elkaar. Hij vertelde hun de feiten en droeg hun op zestig seconden lang diep na te denken, en dan op de proppen te komen met een analyse van de gebeurtenissen en een suggestie wat ze er goddomme aan moesten doen.

Zijn rechterhand nam als eerste het woord.

'Dit is het werk van Dino,' zei hij. 'Dat weten we allemaal. Hij heeft een missie. Wij hebben twee van zijn mannen gepakt met die truc van die mol in het politiebureau, dus heeft hij er twee van ons gepakt bij de Ford-dealer. Dat was eerlijk. Daar valt niets tegen in te brengen. Wie kaatst moet de bal verwachten. Behalve dan dat hij het kennelijk niet leuk vond dat hij de kredietsector kwijtraakte en dus nog twee van ons te grazen nam, bij de restaurants. Dus hebben wij er gisteravond weer twee van hem gepakt bij de slijterij. Toen was het weer vier tegen vier. Gelijk oversteken. Einde verhaal. Maar daar is Dino het blijkbaar niet mee eens. Kennelijk vindt hij dat hij iets duidelijk moet maken. Misschien voelt hij zich in zijn eer aangetast. Misschien wil hij steeds twee man voor blijven omdat hij zich dan beter voelt. Dus nu heeft hij er zes tegen vier van gemaakt.'

'Wat moeten we eraan doen?' vroeg Gregory.

Zijn rechterhand zweeg geruime tijd.

'We hebben niet bereikt wat we hebben bereikt, omdat we stomme klootzakken waren. Als wij er zes tegen zes van maken, maakt hij er acht tegen zes van. En ga zo maar door. Een oorlog in slow motion. We kunnen ons geen oorlog permitteren op het moment.'

'Wat moeten we dan doen?'

'Slikken. We staan twee man achter en we zijn de restaurants kwijt, maar we hebben er de kredieten voor teruggekregen. Een positief saldo onder de streep.'

'Dat maakt een zwakke indruk,' zei Gregory.

'Nee,' zei zijn rechterhand. 'Dat maakt een volwassen indruk, mensen die op lange termijn plannen, die een doel voor ogen hebben.'

'We staan twee man achter, dat is vernederend.'

'Als Dino ons een week geleden zijn kredietsector had aangeboden in ruil voor twee man en de restaurants, hadden we niet geweten hoe snel we hadden moeten toehappen. We staan ruim voor op het moment. Dino is vernederd, wij niet.'

'Het voelt niet goed om het er zomaar bij te laten zitten.'

'Nee, dat is juist slim,' zei zijn rechterhand. 'Dit is een partijtje schaak en op dit moment zijn wij aan de winnende hand.'

'Wat gaan ze met die jongens van ons doen?'

'Iets onplezierigs, lijkt me.'

Een minuut lang bleef het doodstil.

'We moeten de hoeren zoeken,' zei Gregory toen. 'We kunnen niet toestaan dat die er zomaar vandoor gaan. Dat is slecht voor de discipline.'

'Doen we,' zei iemand.

Opnieuw werd het stil.

Toen ging Gregory's telefoon. Hij nam op, luisterde, verbrak de verbinding en keek zijn rechterhand recht in de ogen. Hij glimlachte.

'Misschien heb je gelijk,' zei hij. 'Misschien zijn de leningen toch wel heel voordelig.'

'Hoezo?' vroeg zijn rechterhand.

'We hebben nu een naam,' zei Gregory. 'En een foto. De man die gisteravond naar Maxim Trulenko vroeg, heet Aaron Shevick. Het is een klant die ons op dit moment vijfentwintigduizend dollar schuldig is. Aan zijn adres wordt gewerkt. Blijkbaar is het een kolossale klootzak van een kerel.'

Abby parkeerde langs het trottoir bij het tuinhekje. Ze stapten allemaal uit en liepen over het smalle betonpad naar het huis. Maria Shevick haalde haar sleutels uit het tasje dat ze aan haar arm droeg en maakte de deur open. Ze gingen naar binnen. Maria zag het blik koffie op het aanrecht.

'Dank je,' zei ze.

'Louter eigenbelang,' zei Reacher.

'Wil je koffie?'

'Ik dacht al dat je het nooit zou vragen.'

Maria maakte het blik open en zette koffie. Ze liep naar de woonkamer. Abby stond naar de foto's aan de muur te kijken.

'Wat is het laatste nieuws over Meg?' vroeg ze zacht.

'Het is een loodzware behandeling,' zei Maria. 'Ze ligt op een speciale afdeling en ze is helemaal van de wereld door de pijnstillers of ze slaapt heel diep door de kalmerende middelen die ze haar geven. We kunnen niet bij haar op bezoek. We kunnen zelfs niet met haar bellen.'

'Dat is vreselijk.'

'Maar de artsen zijn optimistisch,' zei Maria. 'Tot nu toe in ieder geval. Binnenkort wordt er meer duidelijk. Ze gaan weer een scan doen.'

'Als wij er eerst voor betalen,' zei haar man.

Zes kansen voor het einde van de week, dacht Reacher.

'We denken dat Megs oude werkgever nog altijd in de stad is en dat hij geld heeft. Jullie advocaten vinden dat jullie het beste direct een zaak tegen hem kunnen aanspannen. Dat kan niet fout gaan, zeggen ze.'

'Waar is hij?' vroeg Shevick.

'Dat weten we nog niet.'

'Kun je hem vinden?'

'Waarschijnlijk wel,' zei Reacher. 'Dat soort dingen hoorde vroeger bij mijn werk.'

'Gerechtelijke molens malen langzaam,' zei Maria.

Ze aten de broodjes die ze bij het tankstation hadden gekocht in de woonkamer omdat er in de keuken maar drie stoelen stonden. Abby zat in kleermakerszit op de vloer, op de plek waar de tv had gestaan, en at haar broodje uit de hand. Maria vroeg haar naar haar werk. Abby vertelde wat ze deed voor de kost. Aaron vertelde over de goeie ouwe tijd voordat computers de machinebankwerker overbodig maakten. De tijd dat je nog sneed en draaide op het oog en op gevoel, tot op een duizendste millimeter nauwkeurig. Alles konden ze maken, de machinebankwerkers van Amerika. Ooit de trots der natie en moest je nu eens kijken wat er van geworden was. Het was een schandaal.

Reacher hoorde een auto op straat. Het zachte suizen en piepen van de banden van een grote personenwagen. Hij stond op, liep de gang in en keek door het raam. Een zwarte Lincoln Town Car met twee mannen. Bleke gezichten, blond haar, spierwitte nekken. Ze probeerden de auto te keren. Vooruit, achteruit, vooruit, achteruit in de smalle straat. Ze wilden met de neus de goede kant op staan. Misschien om verzekerd te zijn van een snelle aftocht. Het ging maar moeizaam en de Toyota van Abby stond ook nog in de weg.

Reacher liep terug naar de woonkamer.

'Ze zijn achter het adres van Aaron Shevick gekomen,' zei hij.

Aaron stond op.

'Zijn ze hier?' vroeg Maria.

'Omdat iemand ze heeft gestuurd,' zei Reacher. 'Daar gaat het om, dat moeten we niet vergeten. We hebben een halve minuut om iets te bedenken. Degene die ze heeft gestuurd weet waar ze zijn. Als hun iets overkomt, wordt dit huis het doelwit van wraakacties. We moeten proberen om dat te voorkomen. Als we ergens anders zouden zijn, was er niets aan de hand, maar hier mag niets gebeuren.'

'Wat moeten we dan doen?' vroeg Shevick.

'Zorgen dat ze weer weggaan.'

'Ik?'

'Een van jullie drieën, maar niet ik, want ze denken dat ik Aaron Shevick ben.'

Er werd op de voordeur geklopt.

18

Voor de tweede keer werd er op de deur geklopt. Niemand reageerde tot Abby een stap in de richting van de deur deed. Maria hield Abby tegen met een hand op haar arm en Shevick ging in haar plaats. Reacher liep naar de keuken en ging daar zitten luisteren. Hij hoorde de voordeur opengaan en daarna niets, alleen stilte, alsof de beide mannen die op de stoep stonden even moesten wennen aan het idee dat de man die de deur had opengemaakt niet de man was die ze zochten.

'We willen meneer Aaron Shevick spreken,' zei een van de twee.

'Wie?' vroeg Aaron Shevick.

'Aaron Shevick.'

'Volgens mij was dat de vorige huurder.'

'Huren jullie dit huis?'

'Ik ben met pensioen. Iets kopen is te duur.'

'Wie is je huisbaas?'

'De bank.'

'Hoe heet jij?'

'Ik weet niet zo zeker of ik dat wel wil zeggen voordat je me hebt verteld wat je komt doen.'

'Onze zaken zijn persoonlijk, een privéaangelegenheid met meneer Shevick. Het ligt nogal gevoelig.'

'Wacht even,' zei Shevick. 'Zijn jullie van de overheid?'

Geen reactie.

'Of van de verzekering?'

'Hoe heet jij, opa?' vroeg een van de twee. Zijn stem klonk dreigend.

'Jack Reacher,' zei Shevick.

'Hoe weten wij dat je niet de vader bent van Aaron Shevick?'

'Dan zouden we dezelfde achternaam hebben.'

'Of zijn schoonvader. Hoe weten wij dat hij niet gewoon binnen zit? Misschien heb jij de huur wel overgenomen en huurt hij een kamer bij jou. We weten dat hij niet bepaald zwemt in het geld op het moment.'

Shevick zei niets.

'We komen even binnen kijken,' zei dezelfde stem.

Er klonken geluiden alsof Shevick opzijgeschoven werd, en daarna voetstappen in de gang. Reacher stond op en ging achter de keukendeur staan. Hij trok een la open, en nog een, en een derde, tot hij een keukenmes had gevonden. Beter dan niets. Hij hoorde Abby en Maria de kamer uit lopen, de gang in.

De voetstappen kwamen dichterbij.

'Wie zijn jullie?' hoorde hij Abby vragen.

'We zijn op zoek naar Aaron Shevick,' zei een van de twee.

'Wie?'

'Hoe heet jij?'

'Abigail,' zei Abby.

'Abigail hoe?'

'Reacher,' zei ze. 'Dit zijn mijn grootouders Jack en Joanna.'

'Waar is Shevick?'

'Dat was de vorige huurder. Hij is verhuisd.'

'Waarnaartoe?'

'Hij heeft geen adres achtergelaten. Hij wekte de indruk dat hij grote financiële problemen had. Hij is als een dief in de nacht vertrokken, op de vlucht geslagen.'

'Zeker weten?'

'Ik weet wie hier woont, vriend. Dit is een huis met twee slaapkamers. Een van mijn opa en oma en een van mij als ik hier ben. En als ik er niet ben, is dat de logeerkamer. Niemand huurt hier iets. Ik denk dat dat me wel zou zijn opgevallen.'

'Heb je hem ooit ontmoet?'

'Wie?'

'Aaron Shevick.'

'Nee.'

'Ik wel,' zei Maria Shevick. 'Toen we de eerste keer naar het huis kwamen kijken.'

'Hoe zag hij eruit?'

'Ik herinner me hem als een grote, krachtig gebouwde man.'

'Dat is hem,' zei de stem. 'Wanneer is hij verhuisd?'

'Ongeveer een jaar geleden.'

Geen reactie. De voetstappen klonken opnieuw, in de gang, in de richting van de woonkamer.

'Jullie wonen hier al een jaar en je hebt nog geen tv?' vroeg de stem.

'Wij zijn met pensioen,' zei Maria. 'Die dingen zijn duur.'

'Hm,' zei de stem.

Reacher hoorde een zachte, metalige klik, gevolgd door voetstappen, door de gang naar de voordeur, buiten op de stoep en wegstervend op het betonpad. Hij hoorde het starten van een auto en het wegrijden. Het zachte suizen en piepen van de banden van een grote personenwagen.

De stilte keerde terug.

Hij legde het mes weer in de la en liep de keuken uit.

'Goed gedaan,' zei hij.

Aaron trilde. Maria was bleek.

'Ze hebben nog een foto genomen,' zei Abby. 'Als een soort kiekje bij het afscheid.'

Reacher knikte. Dat was de zachte, metalige klik geweest. Een telefoon die het geluid van een camera maakte.

'Een foto waarvan?' vroeg hij.

'Van ons drieën. Voor hun rapport natuurlijk, maar ook voor de database, en vooral om te intimideren. Zo werkt dat. Mensen gaan zich kwetsbaar voelen.'

Reacher knikte opnieuw. Hij herinnerde zich de man met de bijna lichtgevende huid in de kroeg die zijn telefoon omhooghield. De zachte klik. *Als ik een echte cliënt was geweest, zou ik er niet zo blij mee zijn.*

De Shevicks liepen naar de keuken, om koffie bij te zetten, Reacher en Abby gingen naar de woonkamer om erop te wachten.

'Intimidatie is niet het enige probleem met die foto.'

'Wat nog meer?' vroeg Reacher.

'Ze sturen die foto rond in eigen kring. Om te kijken of iemand anders misschien een puzzelstukje op de juiste plaats kan leggen. Vroeg of laat krijgt iedereen hem te zien, ook die uitsmijter in de bar waar ik werk. Hij weet dat ik niet Abigail Reacher ben. Hij weet dat ik Abby Gibson ben, net zoals een heleboel andere uitsmijters van andere bars, want ik heb in veel bars gewerkt. Die gaan vragen stellen, want ze mogen me sowieso niet.'

'Weten ze waar je woont?'

'Ik weet zeker dat ze mijn baas zover kunnen krijgen dat hij het ze vertelt.'

'Wanneer sturen ze die foto rond?'

'Dat hebben ze vast al gedaan.'

'Is er een andere plek waar je naartoe kunt?'

Ze knikte.

'Ik heb een vriend,' zei ze. 'Aan de oostkant van Center Street. Gelukkig in het territorium van de Albanezen.'

'Kun je daar werk vinden?'

'Ik heb er al eerder gewerkt.'

'Het spijt me echt dat ik je in moeilijkheden heb gebracht,' zei Reacher.

'Ik beschouw het als een experiment,' zei ze. 'Iemand heeft me ooit verteld dat je als vrouw iedere dag iets moet doen waar je bang voor bent.'

'Ze zou in het leger kunnen gaan.'

'Jij moet ook naar de oostkant van de stad. We kunnen samen blijven, in ieder geval vannacht.'

'Vindt je vriend dat goed?'

'Dat hoop ik,' zei ze. 'Komt het goed met de Shevicks?'

Reacher knikte. 'Mensen geloven hun ogen,' zei hij. 'In dit geval gaat het om de ogen van de man in de kroeg die me vijfentwintigduizend dollar leende. Die heeft mij gesproken en hij heeft met zijn telefoon een foto van me genomen. Ik ben Aaron Shevick. Dat staat zo vast als een huis. Zij weten niet beter of Shevick is een grote kerel van een jongere generatie dan Aaron en Maria. Dat kon je horen in wat ze zeiden. Ze dachten dat Aaron mijn vader was, of mijn schoonvader, maar het is niet bij ze opgekomen dat hijzelf Aaron Shevick was. Dus lopen ze geen gevaar. Voor die lui zijn ze niet meer dan een bejaard echtpaar dat Reacher heet.'

Maria riep dat de koffie klaar was.

De baas van het groezelige pandjeshuis in de smalle straat tegenover het taxibedrijf en het bedrijfje dat leningen verstrekte voor borgstelling, kwam naar buiten, ontweek een vrachtauto en liep bij het taxibedrijf naar binnen. Hij negeerde de vermoeide man die het radioverkeer met de taxi's onderhield en liep naar de ruimte achter het kantoor. Naar het kantoor van de rechterhand van Gregory. Die keek op en vroeg hem waarvoor hij kwam. De man zei dat er iets was gebeurd. Dat het minder tijd kostte om even de straat over te steken dan het in een sms te melden.

‘Om wat in een sms te melden?’ vroeg de rechterhand.

‘Vanochtend kreeg ik een melding en een foto van een man die Shevick heet. Een grote, zware kerel.’

‘Heb je hem gezien?’

‘Komt de naam Shevick veel voor in Amerika?’

‘Waarom?’

‘Omdat ik vanochtend een klant had die ook Shevick heette. Een klein oud vrouwtje.’

‘Dat zal dan wel familie zijn. Een oude tante of een nicht.’

De man knikte.

‘Dat dacht ik ook,’ zei hij. ‘Maar ik heb net een nieuwe melding gekregen met een foto. Op die foto staat dezelfde oude vrouw, alleen heet ze nu anders. In die nieuwe melding staat dat ze Joanna Reacher heet, terwijl ze vanochtend met Shevick tekende.’

19

Reacher en Abby lieten de Shevicks achter in hun keuken bij de koffiepot en gingen op weg naar de Toyota. Reacher had al gepakt. Hij had zijn tandenborstel in zijn zak. Maar Abby wilde nog even langs huis om wat spullen op te halen, een alleszins redelijke wens. Op zijn beurt had Reacher bedacht dat hij nog even naar de rechtswinkel wilde om een vraag beantwoord te krijgen. Beide bestemmingen lagen in het territorium van de Oekraïners, maar ze liepen geen groot gevaar, dacht hij. Waarschijnlijk. Er waren natuurlijk wel twee foto's in omloop, en misschien ook nog een beschrijving van de Toyota, en het kenteken, maar het was klaarlichte dag en ze zouden daar zo weer weg zijn.

Veilig genoeg, dacht hij. Waarschijnlijk.

Ze reden door de wat oudere wijken naar de rechtswinkel, in de buurt van de hotels, net ten westen van Center Street, aan het einde van de opgeknapte straat. Een straat die overdag een heel andere uitstraling had dan 's avonds. Alle andere kantoren en bedrijfspanden waren nu ook geopend. Er liepen mensen naar binnen en er kwamen mensen naar buiten. Aan beide zijden van de straat stonden auto's geparkeerd. Maar geen zwarte Lincoln Town Cars en er waren evenmin bleke mannen in pakken te zien.

Veilig genoeg, waarschijnlijk.

Abby parkeerde de auto tussen twee andere. Zij en Reacher stapten uit en liepen naar de deur van de rechtswinkel. Slechts twee van de drie advocaten waren aanwezig. Isaac Mehay-Byford was in geen velden of wegen te bekennen, alleen Julian Harvey Wood en Gino Vettoretto zaten achter hun bureau. Harvard en Yale. Goed genoeg. Ze groetten Reacher, schudden Abby de hand en zeiden dat het aangenaam was om met haar kennis te maken.

'Hoe staan de zaken ervoor als Maxim Trulenko ergens geld heeft verstopt?' vroeg Reacher.

'Dat is Isaacs theorie,' zei Gino.

'Er gaan altijd dergelijke geruchten rond bij dit soort zaken,' zei Julian.

'Volgens mij is het dit keer waar,' zei Reacher. 'Gisteravond liet ik de naam Trulenko vallen tegenover de uitsmijter van de bar waar Abby werkt. Drie minuten later kwamen vier mannen opdagen in twee auto's. Een indrukwekkend snelle reactie. Bescherming met een platina randje. Voor die lui geldt boter bij de vis. Dat betekent dat Trulenko ze betaalt. De hoofdprijs, anders zijn ze er niet met vier man binnen drie minuten, en dat betekent dat hij nog steeds geld heeft.'

'Wat is er met die vier mannen gebeurd?' vroeg Gino.

'Ze zijn me kwijtgeraakt,' zei Reacher. 'Maar ondertussen denk ik dat ze hebben aangetoond dat Isaac gelijk heeft.'

'Weet u waar Trulenko is?' vroeg Julian.

'Niet precies.'

'We hebben een adres nodig voor de dagvaarding en het bevriezen van banktegoeden. Hoeveel geld zou hij hebben, denkt u?'

'Ik heb geen idee,' zei Reacher. 'Vast meer dan ik en ook meer dan de Shevicks. Dat weet ik zeker.'

'Ik denk dat we hem zouden moeten dagvaarden voor honderdduizend dollar en genoegen nemen met wat hij nog overheeft. Met een beetje geluk is dat genoeg.'

Reacher knikte en stelde de vraag waarvoor hij in feite was gekomen. 'Hoelang duurt zoiets?'

'Zoiets komt helemaal nooit voor de rechter. Dat kunnen ze zich niet permitteren, want ze weten dat ze dat verliezen. Ze schikken voor die tijd. Daar zullen ze om smeken. Het wordt een kwestie van de ene advocaat tegen de andere, vooral via e-mail. Het enige wat nog ter discussie zou staan, is welk percentage Trulenko zou mogen houden om niet de rest van zijn leven onder een brug te hoeven slapen.'

'En hoelang duurt zoiets?' vroeg Reacher.

'Een halfjaar,' zei Julian. 'Zeker niet langer.'

Gerechtelijke molens malen langzaam, had Maria Shevick gezegd, meer dan eens.

'Kan dat niet sneller?'

'Een halfjaar is al snel.'

'Oké,' zei Reacher. 'Doe Isaac de groeten van me.'

Ze haastten zich terug naar de Toyota, die nog altijd onopvallend, onbewaakt, niet door verdachte bleke mannen omgeven en niet voorzien van parkeerboetes langs de stoeprand stond. Ze stapten in. 'Het is net of de ene film in slow motion wordt gedraaid en de andere in een versneld tempo,' zei Abby.

Reacher zei niets.

Abby woonde hemelsbreed niet ver daarvandaan, maar vanwege alle straten met eenrichtingverkeer moesten ze omrijden. Ze reden vanuit het noorden de straat in.

Er stond een auto pal voor de deur geparkeerd. Met twee wielen op het trottoir. Een zwarte Lincoln met de neus de andere kant op. Geblindeerde ramen in het achterste deel. Van een afstand was het niet te zien of er iemand achterin zat.

'Blijf hier staan,' zei Reacher.

Abby parkeerde dertig meter achter de Lincoln.

'In het ongunstigste geval zitten ze er met z'n tweeën in met de deuren op slot.'

'Hoe zouden ze dat in het leger aanpakken?'

'Ze zouden een zootje pantserdoorborende granaten afschieten om korte metten te maken met elke vorm van verzet, en vervolgens voldoende lichtspoorpatronen op de benzinetank om sporen uit te wissen.'

'Dat kunnen wij niet doen.'

'Jammer genoeg niet, maar we moeten wel iets doen, want dat is jouw huis. Ze steken hun neus in zaken waarmee ze niets te maken hebben.'

'Maar waarschijnlijk is het veiliger om ze maar te negeren.'

'Alleen op korte termijn,' zei Reacher. 'We kunnen ze onmogelijk in alles hun zin geven. We moeten ze een boodschap sturen. Ze gaan te ver. Ze hebben een onschuldig stel oude mensen die het fatsoen hadden om jou en die band in te huren, zo zwaar onder druk gezet dat ze jouw adres hebben prijsgegeven. We moeten ze duidelijk maken dat er bepaalde dingen zijn die ze niet kunnen maken. En ze moeten weten dat ze de verkeerde mensen tegen de haren in strijken. We moeten ze een beetje bang maken.'

Abby bleef even stil.

'Jij bent gek,' zei ze. 'Je bent in je eentje. Alleen kun je niet tegen ze op.'

'Iemand moet het doen. Ik ben het gewend. Ik heb bij de militaire politie gezeten. Ze schoven mij alle rotklussen in de schoenen.'

Abby bleef opnieuw even stil.

'Je maakt je zorgen dat die deuren op slot zitten,' zei ze. 'Want dan kun je ze niet bereiken.'

'Precies,' zei Reacher.

'Ik kan een blokje omlopen en door de achterdeur naar binnen gaan. Dan kan ik alle lichten aandoen. Misschien komen ze dan uit de auto.'

'Nee,' zei Reacher.

'Oké, dan doe ik het licht niet aan, maar haal ik alleen mijn spullen op.'

'Nee,' zei Reacher nog een keer. 'Om dezelfde reden. Misschien zitten ze binnen te wachten. Misschien zit er niemand in die auto, of zit er eentje in de auto en de andere binnen.'

'Dat is eng.'

'Ik zei het al, er zijn bepaalde dingen die ze niet kunnen maken.'

'Ik kan me ook wel redden zonder mijn spullen. Ik bedoel, dat doe jij ook. Kennelijk kan dat. Dat zou ik in het experiment kunnen opnemen.'

'Nee,' zei Reacher. 'Dit is een vrij land. Als jij je spullen wilt, moet je erbij kunnen. En als zij een boodschap moeten krijgen, moeten ze die krijgen.'

'Oké, prima. Maar hoe wil je dat doen?'

'Dat hangt ervan af hoever je wilt gaan met je experimenten.'

'Wat moet ik doen?'

'Het gaat vast heel goed.'

'Wat gaat vast heel goed?'

'Maar je zult je van tevoren wel een beetje zorgen maken.'

'Vertel op.'

'Eigenlijk zou ik willen dat je langzaam naar die Lincoln toe rijdt en tegen de achterbumper botst.'

'Waarom?'

'Dan springen de sloten open. Voor de hulpdiensten. De auto zal denken dat het een kleine aanrijding is. Er zit ergens een dingetje in die auto, een veiligheidsmechanisme.'

'Zodat jij van buitenaf de portieren kunt openen.'

'Dat zou de eerste tactische doelstelling zijn. De rest vloeit daaruit voort.'

'Misschien zijn ze gewapend.'

'Heel even, daarna heb ik die wapens.'

'En als die lui in huis zijn?'

'We zouden natuurlijk die auto in de fik kunnen steken. Dat is al een boodschap.'

'Dat is idioot.'

'Laten we het maar stap voor stap doen.'

'Kost het mij mijn auto?'

'Er zitten bumpers op die federaal zijn goedgekeurd, dus ze zouden op zijn minst vijf kilometer per uur moeten aankunnen. Misschien heb je straks nog een extra stuk elektriciteitssnoer nodig.'

'Oké,' zei ze.

'Vergeet niet om de koppeling in te trappen. Je moet meteen weer achteruit weg kunnen rijden.'

'En dan?'

'Je parkeert en haalt je spullen op, terwijl ik de jongens in die auto vertel wat ze moeten doen.'

'En dat is?'

'Achter jou aanrijden naar een bedenkelijk buurtje ergens ten oosten van Center Street. Daarna moeten ze het zelf verder maar uitzoeken.'

Abby bleef een hele tijd stil. Toen knikte ze, even een korte beweging met dat donkere kortgeknipte haar. Een glinstering in haar ogen. Een glimlach om haar lippen, een beetje opgewonden, bijna een grijns.

'Oké,' zei ze nog een keer. 'Dat doen we.'

Op dat moment deed Gregory's rechterhand uit de doeken wat hij wist. Dat was niet veel. Hij zat achter zijn eigen kantoor in het kantoor van zijn baas, tegenover Gregory. Dat was een plek waar je gemakkelijk geïntimideerd kon raken. Het bureau was een enorm gevaarte van rijkelijk versierd karamelkleurig hout. De stoel waarop Gregory troonde was gigantisch, bekleed met doorgestikt groen leer. Achter de stoel stond een hoge, zware boekenkast, in dezelfde stijl als het bureau. Alles bij elkaar heel indrukwekkend. Het was niet prettig om daartegenaan te moeten kijken als je een verwarrend verhaal te vertellen had.

'Gisteravond om zes uur was Aaron Shevick een grote, afzichtelijke loser die een lening afbetaalde. Om acht uur was hij een grote, afzichtelijke loser die een nieuwe lening afsloot. Maar om tien uur was het heel anders. Toen was hij een man van de wereld die zat te genieten van een bandje, met de serveerster flirtte, eenhapspizza's zat te eten en kopjes koffie van zes dollar achteroversloeg. En toen hij die tent uit ging was hij weer iemand anders, iemand met wie niet te spotten valt, die naar Max Trulenko vroeg. Drie verschillende kerels ineen. We hebben geen idee wat en wie hij nu werkelijk is.'

'Wat denk jij?' vroeg Gregory.

Zijn rechterhand gaf geen antwoord. Hij zei in plaats daarvan: 'Ondertussen hebben we zijn laatst bekende adres opgezocht. Daar was hij niet. Hij is een jaar geleden verhuisd. De nieuwe huurders zijn een bejaard stel dat Jack en Joanna Reacher heet. Hun kleindochter was op bezoek. Die heet Abigail Reacher. Alleen is dat niet waar. Ze heet Abigail Gibson. Het is de serveerster met wie Shevick gisteravond in die bar zat te flirten. We kennen haar. Het is een onruststoker.'

'Hoezo?'

'Een jaar geleden heeft ze haar mond opengedaan tegen de politie over iets wat ze had gezien. Dat hebben we rechtgezet. We hebben haar duidelijk gemaakt dat ze fout bezig was. Ze heeft beloofd dat ze haar leven zou beteren en daarom hebben we haar een tweede kans gegeven.'

Gregory boog zijn hoofd naar links en hield het een tijdje zo om zijn nekspieren te rekken, boog toen zijn hoofd een tijdje naar rechts. Alsof hij pijn in zijn nek had.

'Maar nu flirt ze met Shevick en duikt ze op zijn laatst bekende adres op onder een valse naam,' concludeerde Gregory.

'Het is nog erger,' zei zijn rechterhand. 'Oma Reacher was vanmorgen in ons pandjeshuis, maar ze tekende met Shevick.'

'Echt?'

'Maria Shevick.'

'En vervolgens verscheen ze op Aaron Shevicks laatst bekende adres.'

'We hebben geen idee wie die mensen in werkelijkheid allemaal zijn.'

'Wat denk jij?' vroeg Gregory nog een keer.

'We hebben niet bereikt wat we hebben bereikt, omdat we stomme klootzakken waren,' zei zijn rechterhand. 'We moeten alle mogelijkheden nagaan. Laten we beginnen met Abigail Gibson. We krijgen een nieuwe korpschef. Misschien heeft die de dossiers zitten lezen. Daar staat haar naam in. Misschien heeft hij contact gezocht. Misschien heeft hij die grote kerel ingehuurd om met haar samen te werken.'

'Hij is nog geen korpschef.'

'Des te meer reden voor hem om alvast aan de slag te gaan. Wij denken dat we voorlopig nog buiten schot blijven.'

'Denk je dat Shevick voor de politie werkt?'

'Nee,' zei zijn rechterhand. 'We kennen genoeg mensen bij de politie. Dan hadden we het wel gehoord. Iemand zou wel iets hebben gezegd.'

'Maar waar komt hij dan vandaan?'

'Misschien zit hij bij de FBI. Misschien hebben ze bij de politie hulp van buitenaf ingeroepen.'

'Nee,' zei Gregory. 'Dat zou een nieuwe korpschef nooit doen. Die zou zijn eigen mensen erop willen zetten. Die zou zelf met de eer willen gaan strijken.'

'Zou kunnen dat hij vroeger voor de politie of de FBI heeft gewerkt en dat Dino hem heeft ingehuurd om ons dwars te zitten.'

'Nee,' zei Gregory opnieuw. 'Om dezelfde reden. Dino zou niemand van buiten halen. Hij vertrouwt niemand. Net zomin als wij.'

'Maar wie is die man dan?'

'Hij is iemand die geld heeft geleend en vervolgens naar Max heeft gevraagd en ik geef toe dat dat een vreemde combinatie is.'

'Wat wil je eraan doen?'

'Hou dat adres maar in de gaten,' zei Gregory. 'Als hij daar woont, komt hij daar vroeg of laat opdagen.'

Abby hield haar gordel om. Reacher maakte zijn gordel los en zette zich met zijn handen schrap tegen het dashboard. Ze zette de auto in de eerste versnelling.

'Klaar?' vroeg ze.

'Stapvoets,' zei hij. 'Dat lijkt akelig hard als je er vlakbij bent, maar je moet niet afremmen. Je kunt het beste het laatste stukje je ogen dichtdoen.'

Ze begon stapvoets te rijden.

20

Stapvoets is ongeveer vijf kilometer per uur en dat is weer ongeveer tachtig meter per minuut, zodat het de aftandse Toyota iets meer dan twintig zenuwslopende seconden kostte om de afstand naar de Lincoln te overbruggen. Abby stuurde er recht achter, haalde een keer diep adem, hield die in en sloot haar ogen. De Toyota reed door en klapte tegen de achterbumper van de Lincoln. Stapvoets, maar het was desondanks een gebeurtenis die een heleboel lawaai produceerde. Abby schoot vooruit en werd opgevangen door haar gordel. Reacher ving met beide handen tegen het dashboard de klap op. De Lincoln schoot een halve meter vooruit, de Toyota sloeg een have meter terug. Reacher liet zich min of meer uit de Toyota rollen en was in één, twee, drie stappen bij het rechterachterportier van de Lincoln. Hij greep de kruk.

Het veiligheidsdingetje had gewerkt. Het portier ging open. Er zaten twee mannen in de auto, naast elkaar voorin, zonder gordels om, onderuitgezakt, tot een paar seconden daarvoor alleszins comfortabel, maar nu een beetje door elkaar geschud. Hun hoofden waren tegen de hoofdsteunen geklapt. Dat was ongeveer op heuphoogte van Reacher toen die op de achterbank de Lincoln in schoof. Dat maakte het gemakkelijk om beide hoofden vast te pakken, in elke hand één, en ze tegen elkaar aan te slaan, zoals de man die achter in het symfonieorkest staat de cimbalen tegen elkaar slaat. En nog een keer nadat hij ze een beetje heen en weer had geschud, en daarna recht vooruit, de man links met zijn voorhoofd op de rand van het stuur en de man rechts op de ronde rand boven het dashboardkastje.

Daarna tastte hij, over de schouders geleund, met beide handen onder hun jasje, op zoek naar leren riemen waaraan schouderholsters hingen met pistolen die hij allebei in beslag nam. Hij vond niets achter de broeksband gestoken en, nadat hij zich over de rugleuning van de voorstoelen naar voren had gebogen, vond hij ook niets provisorisch aan hun enkels bevestigd.

Hij maakte het zich gemakkelijk. De pistolen waren H&K P7's. Standaard politiewapens in Duitsland. Prachtig mechaniek, subtiel, bijna delicaat. Maar ook staalhard en hoekig, dus mannelijk.

'Wakker worden, jongens,' zei Reacher.

Hij wachtte. Door het raam zag hij Abby die haar huis binnenging.

'Wakker worden, jongens,' zei hij nog een keer.

Beide mannen kwamen langzaam weer bij. Verdwaasd en met hun ogen knipperend keken ze om zich heen, in een poging te begrijpen wat er gaande was.

'Luister goed, jongens,' zei Reacher. 'Dit gaan we doen. Er valt iets mee te verdienen. Jullie rijden mij naar het oosten. Onderweg stel ik een paar vragen. Als jullie tegen me liegen, voer ik jullie aan de Albanezen wanneer we bij ze in de buurt zijn. Als jullie me de waarheid vertellen, stap ik uit, loop ik weg en kunnen jullie ongehavend naar huis. Dat is wat je ermee kunt verdienen. Aan jullie de keuze. Is het duidelijk?'

Hij zag Abby weer naar buiten komen met een uitpuilende tas. Ze sjouwde hem over het trottoir naar de Toyota en liet hem op de achterbank vallen. Zelf stapte ze voorin.

In de Lincoln greep de man die aan het stuur zat naar zijn hoofd. 'Ben je wel goed snik?' zei hij. 'Ik zie alles dubbel. Ik kan helemaal niet rijden zo.'

'Kan-niet ligt op het kerkhof en wil-niet ligt ernaast,' zei Reacher. 'Ik zou je willen adviseren om heel erg je best te doen.'

Hij zoemde zijn raampje omlaag, stak zijn arm naar buiten en gebaarde naar Abby dat ze om hen heen moest rijden en voorop moest gaan. Hij zag haar aarzelend op gang komen. De bumper van de Toyota hing niet langer horizontaal, maar schuin omlaag, veel lager dan zou moeten. Aan de passagierskant bungelde hij ongeveer twee centimeter boven het asfalt. Misschien zou het twee elektriciteitssnoeren kosten om hem weer op zijn plaats te houden. Misschien wel drie.

'Volg die auto,' zei hij.

De man aan het stuur van de Lincoln zette de auto in beweging, onhandig alsof hij voor het eerst autoreed. Naast hem draaide zijn partner zijn hoofd zo ver als zijn pijnlijke nek toeliet om vanuit een ooghoek naar Reacher te kunnen kijken.

Reacher zei niets. Voor hen zette de gehavende Toyota er flink de sokken in. In oostelijke richting door allerlei zijstraten van Center Street. De Lincoln reed erachteraan. De man aan het stuur hervond zijn vaardigheid en reed langzamerhand steeds soepeler.

'Waar is Max Trulenko?' vroeg Reacher.

Eerst zeiden ze geen van beiden iets. Toen zei de man met de pijnlijke nek: 'Jij bent een slappe lul.'

'Hoezo?' vroeg Reacher.

'Wat onze eigen mensen met ons zouden doen als we je zouden vertellen waar Trulenko is, is erger dan alles wat de Albanezen met ons zouden uitspoken. Dus er valt helemaal niets te kiezen, er valt helemaal niets te verdienen. Bovendien doen wij niets anders dan in auto's zitten en naar voordeuren van huizen kijken. Je denkt toch zeker niet dat ze jongens zoals wij vertellen waar Trulenko is? Dus de waarheid is dat wij het niet weten. En dan zeg jij natuurlijk dat dat een leugen is. Alweer een kwestie van "er valt niets te kiezen". Dus doe maar gewoon wat je van plan bent en bespaar ons alle gelul onderweg.'

'Maar jullie weten wel wie Trulenko is.'

'Natuurlijk weten we dat.'

'En jullie weten dat iemand hem ergens verborgen houdt.'

'Geen commentaar.'

'Maar jullie weten niet waar.'

'Geen commentaar.'

'Waar zouden jullie zoeken als je leven ervan afhing?'

De man met de pijnlijke nek zei niets. De telefoon van de chauffeur begon te rinkelen in zijn zak. Een vrolijk marimbadeuntje, steeds opnieuw, gedempt. Reacher dacht aan geheime waarschuwingen en stiekeme SOS-boodschappen en zei: 'Niet opnemen.'

'Dan gaan ze ons zoeken,' zei de chauffeur.

'Wie?'

'Ze sturen een paar van onze jongens.'

'Net zulke als jullie tweeën? Je maakt me bang.'

Geen reactie. De telefoon zweeg.

'Hoe heet die baas van jullie?' vroeg Reacher.

'Onze baas?'

'Niet de baas van de jongens die in auto's naar voordeuren zitten te kijken, maar de opperbaas. De *capo di tutti capi*.'

'Hè?'

'Dat is Italiaans,' zei Reacher. 'De baas van alle bazen.'

Geen reactie. Aanvankelijk. Ze keken elkaar steels aan, alsof ze probeerden zonder woorden een gezamenlijk besluit te nemen. Waar lag de grens? Aan de ene kant was er de omerta. Ook Italiaans. De absolute zwijgplicht. Een gebod om na te leven en voor te sterven. Aan de andere kant zaten ze nu diep in de shit. Persoonlijk en helemaal zelf. In de echte wereld, het hier en nu. Sterven voor zo'n gebod was allemaal goed en wel in theorie, maar in de praktijk liep het wel eens anders. Boven aan hun takenlijstje van vandaag stond niet dat ze zich eervol en mannelijk moesten opofferen, maar dat ze aan het einde van de dag in alle rust weer naar huis wilden rijden.

'Gregory,' zei de man met de pijnlijke nek.

'Heet hij zo?'

'In het Engels.'

Opnieuw keken ze elkaar steels aan. Nu ging het over iets anders. Een andere discussie.

'Hoelang zijn jullie hier al?' vroeg Reacher. Hij wilde ze weer op het juiste spoor zetten, omdat het geven van antwoorden op den duur een soort gewoonte wordt. Je begint met gemakkelijke vragen en werkt langzamerhand naar de lastige vragen toe. Een elementaire verhoortechniek. Weer wisselden de beide mannen een steelse blik, alsof ze elkaars toestemming nodig hadden om antwoord te geven. Want aan de ene kant... maar aan de andere kant...

'Acht jaar,' zei de chauffeur.

'Jullie Engels is behoorlijk goed.'

'Dank je.'

Toen ging de telefoon van de man met de pijnlijke nek. Ook in zijn zak, ook gedempt, maar met een ander riedeltje. Een digitale variant van een ouderwets rinkelende telefoonbel, zoals ze ook in de kroeg hadden waar de kredieten werden verstrekt. De telefoon die aan de muur achter de bar hing en lang en klagelijk rinkelde.

'Niet opnemen,' zei Reacher.

'Ze kunnen ons via de telefoons volgen,' zei de man.

'Maakt niet uit. Ze kunnen toch niet snel genoeg reageren. Ik schat in dat we over een minuut of twee wel klaar zijn en dan gaan jullie weer naar huis.'

De telefoon rinkelde een derde keer lang en klagelijk. En een vierde keer.

‘Of niet natuurlijk,’ zei Reacher. ‘Over twee minuten kunnen de Albanezen jullie ook in hun klauwen hebben, maar hoe dan ook, het zal niet lang duren.’

Voor hen remde de Toyota af en zwenkte naar de stoeprand. De Lincoln kwam erachter tot stilstand. Huizen van baksteen met een stoep van klinkers en klinkers die door het asfalt heen zichtbaar waren. Twee derde van de panden was dichtgetimmerd en in het deel dat niet was dichtgetimmerd leken geen respectabele zaken te worden gedaan. *Een bedenkelijk buurtje ergens ten oosten van Center Street.* Abby had een goede keuze gemaakt.

De telefoon hield op met rinkelen.

Reacher boog zich over de rugleuning van de voorstoel, zette de motor af en trok de sleutel uit het contact. Hij liet zich weer achterovervallen. De beide mannen keerden zich half om en keken naar hem. Hij hield een P7 in zijn linkerhand en de autosleutels in zijn rechterhand.

‘Waar zouden jullie Max Trulenko zoeken als je leven ervan afhing?’

Geen reactie. Weer van die steelse blikken. Eerst een beetje angstig en gefrustreerd omdat ze moesten kiezen tussen twee kwaden, net als eerder, en daarna weer anders, vanwege een nieuwe discussie.

‘Ze zullen het verdacht vinden,’ zei de man met de pijnlijke nek. ‘Ze zullen vragen waarom je ons eerst helemaal hierheen hebt gebracht en ons daarna weer hebt laten gaan.’

‘Dat ben ik met je eens. Het heeft met perspectief te maken.’

‘Dat is het probleem. Ze zullen denken dat we daar iets tegenover hebben gesteld.’

‘Vertel ze maar gewoon wat er is gebeurd.’

‘Dat staat gelijk aan zelfmoord.’

‘Een aangepaste versie van de waarheid,’ zei Reacher. ‘Zorgvuldig gekozen en verwoord. Hier en daar een beetje aangepast. Maar alles bij elkaar in wezen waarheidsgetrouw. Vertel ze maar dat jullie naar de voordeur van dat huis zaten te kijken en dat er een vrouw naar buiten kwam met een tas vol spullen. Dat ze in een auto stapte en dat jullie achter haar aan hiernaartoe gereden zijn. Noem maar een huisnummer in deze straat. Als Gregory het de moeite waard vond om jullie naar die voordeur te laten kijken, wil hij vast ook wel weten waar de verdwenen bewoonster zich nu schuilhoudt. Doe maar een beetje bescheiden en schuchter. Dan krijg je een schouderklopje en een vetleren medaille voor het betoonde initiatief.'

'En dan niets over jou zeggen?' zei de chauffeur.

'Lijkt me altijd veiliger.'

Steelse blikken heen en weer. Twee breinen die gaten in het verhaal probeerden te vinden en ze niet vonden. Ze keerden zich weer naar Reacher. Hij hield het pistool nog altijd in zijn linkerhand en de autosleutels in zijn rechterhand.

'Waar zou iemand die een beetje verstand heeft, beginnen te zoeken?' vroeg hij.

Beide mannen draaiden zich weer naar voren en keken elkaar opnieuw aan, nog altijd een beetje angstig, maar langzamerhand iets manmoediger, en nog iets manmoediger, terwijl ze zichzelf aanpraatten dat ze eigenlijk niets verkeerds deden. Per slot van rekening vroeg deze man niet naar feitelijkheden, toch? Als onderknuppels waren ze trouwens niet eens op de hoogte van de feiten. Hij vroeg alleen maar naar hun mening. Meer niet. Waar zou je zoeken als je een beetje je hersens gebruikte? Louter een kwestie van hypothetisch speculeren. Buitenstaanders onder elkaar die ideeën uitwisselden, eigenlijk niet meer dan beschaafde conversatie. En het streelde natuurlijk best wel je ijdelheid als je als onderknuppel om je mening werd gevraagd. Reacher zag het allemaal aan. Hij zag hoe ze hun zelfvertrouwen opkrikten, dat ze hun kaken steviger op elkaar klemden, dieper ademhaalden en de longen volzogen. Klaar om het gesprek aan te gaan, zowel fysiek als psychisch. Maar ook gereed voor heel iets anders, iets fouts. Die andere discussie, een onzinnig plan. Je kon het bijna ruiken. Het was zijn eigen schuld, helemaal, vanwege die keuze die geen keuze was. De man met de pijnlijke nek had gelijk. En natuurlijk ook vanwege die vraag naar de capo. Waarschijnlijk een angstaanjagende man, die op een afgrijselijke manier zijn ongenoegen kenbaar kon maken. En vanwege het verhaal dat hun een schouderklopje en een vetleren medaille zou opleveren. Dit soort dingen moest je niet zeggen tegen gefrustreerde, ambitieuze mensen. Dat zette hen aan het denken. Schouderklopjes en vetleren medailles waren prachtig, maar status en promotie waren nog veel beter, en na acht jaar was het mooiste wat hun kon overkomen te worden verlost van het zitten in auto's om naar voordeuren te kijken. Ze wilden hogerop komen en dat vereiste meer dan een jonge vrouw volgen naar een bepaald adres. Er moest daadwerkelijk worden gepresteerd.

Aaron Shevick pakken kwam daarvoor zeker in aanmerking. En ze dachten natuurlijk dat hij Aaron Shevick was. Ze hadden de sms'jes ontvangen, net als iedereen. Het signalement en de foto. Ze hadden niet eens gevraagd wie hij was. Dat zouden de meeste mensen hebben gedaan. Die zouden hebben gevraagd wie hij verdomme was, wat hij wilde, maar deze mannen waren helemaal niet nieuwsgierig geweest, omdat ze het al wisten. Hij was de man van de sms'jes. Een belangrijk man. Een hoofdprijs en dat had het onzinnige plan doen ontkiemen.

Zijn eigen schuld.

Niet doen, dacht hij.

'Niet doen,' zei hij hardop.

'Wat?' vroeg de chauffeur.

'Iets stoms.'

Ze aarzelden even. Reacher verwachtte dat ze zouden beginnen met hem iets te vertellen wat waar was. Het is te moeilijk om een leugen te coördineren met steelse blikken. De eerste opmerking zou een soort lokkertje zijn, iets waarover hij een paar seconden zou moeten nadenken om vervolgens een voorzichtig geformuleerde vraag te stellen. Dat zou hem even bezighouden en afleiden. Dat zou hun genoeg tijd geven om hem te bespringen. De man met de pijnlijke nek zou zich in een spiraalvormig traject over de rugleuning lanceren zodat hij met zijn borst op Reachers linkerhand zou landen en met zijn heupen op Reachers rechterhand, waarna de chauffeur zich daaroverheen zou werpen om Reachers onbeschermde hoofd aan te vallen. Met zijn telefoon, als hij een beetje zijn verstand gebruikte, de rand van zijn telefoon, als hij niet bang was om enige kostbare elektronica op te offeren. Iets wat de meeste mensen geen moeite zou kosten, dacht Reacher, als hun leven ervan afhing.

Niet doen, dacht hij.

'Waar zouden jullie Max Trulenko zoeken?' vroeg hij.

'Waar hij werkt, natuurlijk,' zei de chauffeur.

Reacher toverde even een lege uitdrukking op zijn gezicht, zonder overigens ergens over na te denken, zonder zorgvuldig een volgende vraag te formuleren. Hij wachtte. De tijd verstreek in stappen van een kwart seconde, als een op hol geslagen hart. Niets, nog een keer niets, nog steeds niets en toen zette de man met de pijnlijke nek zich af en lanceerde hij zichzelf, met geweld en onhandig. De armen als speren voor zich uit gestrekt, trappend met zijn voeten, zijn rug gekromd, van plan om zo ver mogelijk te komen, zodat de zwaartekracht hem zou helpen, zelfs als hij op eigen kracht niet verder kwam dan boven op de hoofdsteun, en hem op Reacher zou doen belanden, niet erg elegant natuurlijk maar wel effectief.

Hij kwam helemaal nergens.

Reacher drukte het pistool tegen de rugleuning en schoot dwars door de bekleding. Hij ramde het vallende lichaam terug met zijn elleboog. Een tweeledige handeling, één, twee, pistoolschot, elleboog. Het schot klonk luid, maar niet oorverdovend. Het binnenwerk van de dikke rugleuning van de Lincoln had als een geluiddemper gewerkt. Er zat van alles aan wol en paardenhaar in die rugleuning, en vulmateriaal van katoen, dat op een natuurlijke manier het geluid absorbeerde. Er was maar één klein probleempje. De natuurlijke geluiddemper vatte vlam. En de chauffeur had zich voorovergebogen en tastte nu onder het dashboard bij zijn scheenbeen. Toen hij weer overeind kwam en zich omdraaide, hield hij een zakpistooltje in zijn hand. Iets Russisch misschien, verstopt met behulp van klittenband. Reacher schoot ook hem neer dwars door de rugleuning van zijn stoel, die eveneens vlam vatte. Een negenmillimeterkogel, de loop stevig tegen het leer gedrukt, een zware explosie van intens verhitte gassen. Daar hadden ze bij het ontwerp van de Lincoln Town Car waarschijnlijk nooit rekening mee gehouden.

Reacher duwde het portier open en gleed naar buiten. Hij stopte de pistolen in zijn zakken. De frisse lucht die de auto instroomde, wakkerde het vuur aan. Vlammetjes van het formaat damesnagel dansten langs de bekleding.

'Wat is er gebeurd?' vroeg Abby.

Ze stond roerloos op het trottoir naast haar eigen auto en keek door de voorruit van de Lincoln naar binnen.

'Ze betoonden zich uitzonderlijk loyaal naar een organisatie die hen niet zo heel fatsoenlijk lijkt te behandelen,' zei Reacher.

'Heb je ze doodgeschoten?'

'Zelfverdediging.'

'Hoezo?'

'Ze knipperden met hun ogen.'

'Zijn ze dood?'

'Misschien hebben ze nog een minuut nodig. Het hangt er een beetje van af hoe hard ze bloeden.'

'Dit heb ik nog nooit meegemaakt,' zei ze.

'Het spijt me dat ik dat moest doen,' zei Reacher.

'Je hebt twee mensen doodgeschoten.'

'Ik heb ze gewaarschuwd. Ik heb ze gezegd dat ze het niet moesten doen. Ik heb al mijn kaarten op tafel gelegd. Het had meer weg van hulp bij zelfmoord. Zo moet je het maar bekijken.'

'Heb je dat voor mij gedaan?' vroeg ze. 'Omdat ik had gezegd dat ik wilde dat je ze flink te grazen zou nemen?'

'Ik was het helemaal niet van plan,' zei hij. 'Ik wilde ze heelhuids terugsturen, maar nee, ze deden hun best. Ik zou denk ik hetzelfde hebben gedaan, al hoop ik wel dat ik het beter zou hebben gedaan.'

'Wat moeten we nu doen?'

De vlammen werden groter. Het vinyl van de achterbank bubbelde en barstte open en krulde om als een huid.

'We moeten in jouw auto stappen en wegrijden,' zei Reacher.

'Gewoon, zomaar?'

'Wat mij betreft gaat het er gewoon om van welke kant je het bekijkt. Wat zouden ze voor mij hebben gedaan? Dat is de norm.'

Abby bleef een tijdje stil.

'Oké,' zei ze toen. 'Stap in.'

Abby reed, Reacher zat naast haar. Omdat hij een stuk zwaarder was dan Abby hing de Toyota aan zijn kant zo scheef dat de bumper zo nu en dan tegen het asfalt bonkte, onvoorspelbaar en in een willekeurig ritme, als een op hol geslagen morsecode, de hele weg terug.

21

Niemand zou het in zijn hoofd halen om de politie te waarschuwen vanwege een brandende auto in een voor twee derde dichtgetimmerde straat aan de oostkant van de stad. Zoiets was duidelijk een privékwestie waarmee je je niet moest bemoeien. Maar er waren genoeg mensen die ervan droomden om Dino te bellen. Op elk moment van de dag, over alles wat maar handige informatie kon zijn. En zeker over zoiets als dit. Dit was iets waarmee je verder kon komen, iets om je reputatie op te vijzelen. Sommige mensen kwamen gevaarlijk dichtbij om alles goed in zich op te nemen, ondanks de hitte. Ze zagen brandende lijken in de auto. Ze schreven het kentekennummer op voordat het door de vlammen onleesbaar was geworden.

Ze belden Dino's mensen en vertelden dat het een auto van de Oekraïners was die in brand stond. Het was het soort Lincoln waarin ze ten westen van Center Street reden. Voor zover nog was na te gaan waren de twee in de auto gekleed in een pak met een stropdas. Iets wat ze daar allemaal deden. Het leek of ze in de rug waren geschoten. Iets wat ze overal deden. Zaak gesloten. Het ging om de vijand.

Op dat moment nam Dino zelf de regie in handen.

'Laten branden,' zei hij.

Terwijl de auto uitbrandde, riep hij zijn luitenants bij elkaar achter de houthandel. Een paar van hen hadden daar moeite mee, want hout was brandbaar en ergens in de buurt stond iets in brand. Misschien vlogen er vonken over, maar toch kwamen ze allemaal, zijn rechterhand en de andere luitenants. Ze hadden geen keus.

'Hebben wij dit gedaan?' vroeg Dino.

'Nee,' zei zijn rechterhand. 'Dit zijn wij niet.'

'Weet je dat zeker?'

'Zo langzamerhand is het verhaal van de massagesalon overal doorgedrongen. Iedereen weet dat het vier tegen vier is, geen eerverlies, game over. Niemand werkt hier voor eigen rekening, niemand heeft de kolder in de kop, niemand heeft een dubbele agenda. Dat garandeer ik. Als het wel zo was, wist ik het.'

'Leg dan eens uit wat er aan de hand is.'

Dat kon niemand.

'Op zijn minst wat er is gebeurd,' zei Dino. 'Ook al blijft het onduidelijk waarom.'

'Misschien kwamen ze deze kant op voor een afspraak,' zei een van zijn luitenants. 'En stond hun contactpersoon op de stoep te wachten. Hij is achterin gestapt om met ze te praten, maar heeft ze in plaats daarvan doodgeschoten. Misschien heeft hij een brandende lap in de auto gegooid.'

'Hoezo een contactpersoon die op de stoep staat te wachten? Wie dan?'

'Dat weet ik niet.'

'Iemand van hier?'

'Waarschijnlijk.'

'Een van ons?'

'Zou kunnen.'

'Een anonieme overloper of zo?'

'Dat is mogelijk.'

'Zo anoniem dat we daar nooit iets van hebben gemerkt? Zo stiekem dat hij jarenlang aan onze aandacht is ontsnapt? Dat denk ik niet. Ik denk dat een dergelijke meester in geheimzinnig gedrag ergens in een koffiebarretje aan Center Street zou gaan zitten en met een of ander onopvallend joch in een hoody zou kletsen. Zo iemand zou twee man in een Town Car nooit bij zich in de buurt laten komen, al helemaal niet aan deze kant van de stad. Hij zou net zo goed een advertentie in de krant kunnen zetten met een bekentenis. Het was dus geen afspraak.'

'Oké.'

'En waarom heeft hij ze doodgeschoten?'

'Ik weet het niet.'

'Als het geen afspraak was, moet de man die heeft geschoten de hele tijd al achterin hebben gezeten en zijn ze hier met z'n drieën naartoe komen rijden.'

'Dat betekent dat de schutter ook een van hen is.'

'Dat moet wel. Je gaat geen stukje rijden met een gewapende kerel achter je als je die niet kent.'

'En waar is die kerel nu?'

'Hij is uitgestapt en misschien opgepikt door een tweede auto.

Een onopvallende auto. Niet nog een Town Car, want dan had wel iemand hem zien vertrekken.'

'Hoeveel man in die tweede auto, denk je?'

'Twee, denk ik. Ze werken altijd met twee man.'

'Dus alles bij elkaar best een uitgebreide operatie,' zei Dino. 'Dat vereist een ruime hoeveelheid middelen, planning en coördinatie. En geheimhouding. Vijf man die hierheen zijn gereden, van wie er twee niet wisten wat er stond te gebeuren.'

'Dat denk ik.'

'Maar waarom? Welk strategisch doel hadden ze?'

'Dat weet ik niet.'

'Waarom hebben ze die auto in brand gestoken?'

'Dat weet ik niet,' zei de man opnieuw.

Dino keek de tafel rond.

'Zijn we het er allemaal over eens dat de schutter de hele tijd achter in die auto heeft gezeten en dus een van hen was?'

Iedereen knikte, de meesten ernstig, alsof ze na urenlang beraad tot een onvermijdelijke slotsom waren gekomen.

'En nadat hij de mannen die voorin zaten heeft doodgeschoten, heeft hij de auto in brand gestoken.'

Opnieuw knikkende hoofden, dit keer sneller en vastberadener omdat sommige dingen nu eenmaal vanzelfsprekend waren.

'En waarom allemaal?' vroeg Dino.

Niemand gaf antwoord.

Niemand wist het.

'Het voelt als iets met mythische proporties, als een legende,' zei Dino. 'Geladen met symboliek. Zoiets als de Vikingen die hun strijders in schepen verbrandden, ceremoniële brandstapels, een brandoffer. Het voelt alsof Gregory ons een zoenoffer aanbiedt.'

'Met twee van zijn eigen mensen?' vroeg zijn rechterhand.

'Het aantal is belangrijk.'

'Hoezo?'

'Er komt een nieuwe korpschef. Gregory kan zich geen oorlog veroorloven. Hij weet dat hij te ver is gegaan en nu biedt hij zijn verontschuldigingen aan. Hij wil vrede sluiten. Hij weet dat hij fout zat en nu probeert hij dat recht te zetten. Hij maakt er zes tegen vier van, in ons voordeel. Een gebaar van goede wil, zodat wij het niet zelf hoeven te doen. Hij laat zien dat hij het met ons eens is. Hij is het ermee eens dat wij voor horen te staan.'

Niemand reageerde.

Niemand wist het.

Dino stond op en liep het kantoor uit. Ze hoorden zijn voetstappen in het kantoor van zijn rechterhand en in de grote loods ervoor met het dak van golfplaat. Ze hoorden zijn auto starten en wegrijden. Het werd stil in de houthandel.

Aanvankelijk zei niemand iets.

'Een zoenoffer?' zei iemand.

Even bleef het stil.

'Denk jij er anders over?' vroeg de rechterhand.

'Dat zouden wij nooit doen, en dus zou Gregory dat ook nooit doen. Waarom zou hij?'

'Denk je dat Dino ongelijk heeft?'

Een dreigende, beladen vraag.

De man keek om zich heen.

'Ik denk dat Dino de kluts kwijt is,' zei hij. 'Een brandstapel voor een Vikingbegrafenis. Dat is wartaal.'

'Daar zeg je nogal wat.'

'Vind jij dan van niet?'

Opnieuw een dreigende stilte.

Toen schudde de rechterhand zijn hoofd. 'Nee,' zei hij. 'Dat vind ik ook. Ik denk niet dat het een zoenoffer of een vredesaanbod was.'

'Wat was het dan wel?'

'Ik denk dat het bemoeienis van buitenaf was.'

'Hoe dan?'

'Ik denk dat iemand die lui van Gregory hier heeft vermoord, zodat hij ons de schuld zou geven. Hij valt ons aan en dan vallen wij hem weer aan. Aan het einde van de rit hebben we elkaar uitgeroeid. En daar heeft iemand anders voordeel van, iemand die dan het territorium van ons allebei kan overnemen. Volgens mij is dat de bedoeling.'

'En wie moet dat dan zijn?'

'Dat weet ik niet, maar dat gaan we uitzoeken. En daarna maken we ze allemaal af, want ze gaan veel te ver.'

'Daar zou Dino zijn akkoord niet aan geven, want hij denkt dat het een zoenoffer is. Hij denkt dat het allemaal koek en ei is.'

'We kunnen niet op hem wachten.'

'Gaan we het hem niet vertellen?'

De rechterhand dacht even na. 'Nee, nog niet,' zei hij toen. 'Hij zou ons alleen maar afremmen. Dit is te belangrijk.'

'Ben jij nu de nieuwe baas?'

'Misschien. Als Dino echt de weg kwijt is. Al was jij trouwens de eerste die dat zei. Iedereen heeft je gehoord.'

'Het was niet respectloos bedoeld, maar dit is wel een heel grote stap. We moeten heel zeker weten waaraan we beginnen, anders is het verraad. Van de hoogste orde. Dan vermoordt hij ons allemaal.'

'Het is tijd om een kant te kiezen,' zei de rechterhand. 'Tijd voor ons allemaal om te kiezen. Voor Vikingrituelen of een vijandige overname. En als het dat laatste is, kost het ons allemaal sneller de kop dan wanneer Dino ons uit de weg wil ruimen.'

De ander dacht tien lange seconden na.

'Waar beginnen we mee?' vroeg hij toen.

'Dat brandje moet geblust en dan moet het wrak naar de sloperij. Daarna hier en daar wat vragen stellen. Er zijn twee auto's de buurt in gereden, waarvan de ene een grote, glanzende Lincoln was. Er moet vast iemand zijn die de tweede auto heeft gezien. Die gaan we zoeken en daarna gaan we degene zoeken die in die auto zat en dan gaat hij ons vertellen voor wie hij werkt.'

Op dat moment bevond Reacher zich vier straten verderop, in de voorkamer van een vervallen rijtjeshuis dat eigendom was van een muzikant die Frank Barton heette. Barton was Abby's beste vriend in het oosten van de stad. De vierde aanwezige was Bartons huurder Joe Hogan, ooit marinier, maar nu ook muzikant. Hij was drummer en zijn drumstel nam de helft van de vloerruimte in de kamer in beslag. Barton speelde basgitaar. Zijn spullen namen de andere helft van de vloerruimte in beslag. Vier instrumenten op standaards, versterkers en gigantische luidsprekerkasten. Hier en daar tussen al dat muzikale geweld stonden een paar krappe leunstoelen, met een dunne, tot op de draad versleten stoffen bekleding, vol vlekken. Reacher, Abby en Barton zaten elk in zo'n leunstoel. Hogan zat op zijn drumkruk. De witte Toyota stond buiten voor het raam geparkeerd.

'Pure waanzin, man,' zei Barton. 'Ik ken die gasten. Ik speel in de clubs daar. Die vergeten nooit iets. Abby kan nooit meer terug.'

'Tenzij ik Trulenko vind,' zei Reacher.

'Wat doet dat ertoe?'

'Ik denk dat een nederlaag van die omvang alles een beetje anders zal maken.'

'Hoe dan?'

Reacher reageerde niet.

'Hij bedoelt dat je alleen bij iemand als Trulenko in de buurt kunt komen als je de leiders van de organisatie uitschakelt,' zei Hogan. 'Wat er overblijft zijn debielen die als kippen zonder kop rondrennen. Daar maken de Albanezen gehakt van en daarna is de hele stad van hen. En dan maakt het allemaal niet meer uit waarover de Oekraïners zich ooit een heleboel zorgen maakten, omdat er geen Oekraïner meer over is.'

Ooit een marinier, jongens met een gezonde kijk op strategie.

'Pure waanzin,' zei Barton nog een keer.

Zes kansen voor het einde van de week, dacht Reacher.

22

Gregory's rechterhand klopte op de deur van diens kantoor en liep naar binnen. Hij ging tegenover het kolossale bureau zitten. Hij vertelde wat hij wist. Twee man waren naar het huis van Abigail Gibson gestuurd. Nu waren ze zoek. Ze namen de telefoon niet op en hun auto was niet waar die moest zijn.

'Dino?' suggereerde Gregory.

'Misschien niet.'

'Hoezo?'

'Misschien was het Dino helemaal niet. Oorspronkelijk, bedoel ik. We zijn uitgegaan van bepaalde veronderstellingen, maar het wordt tijd eens op een andere manier tegen de zaken aan te kijken. Die eerste twee, die bij de Ford-dealer zijn verongelukt, met wie hebben die als laatste contact gehad?'

'Ze controleerden een adres.'

'Het adres van Aaron Shevick. Dezelfde Aaron Shevick die flirtte met de serveerster die twee mannen van ons voor haar huis had staan, die nu zijn verdwenen.'

'Aaron Shevick.'

'Toeval bestaat niet.'

'Wat is Shevick voor iemand?'

'Iemand betaalt hem om jou en Dino tegen elkaar op te zetten, zodat we elkaar afmaken en zij de stad kunnen overnemen.'

'Wie?'

'Dat zal Shevick ons vertellen, als we hem gevonden hebben.'

De Albanezen sleepten het uitgebrande wrak naar de autopers en begonnen links en rechts vragen te stellen. De luitenants zelf. De grote jongens die dergelijke hand- en spandiensten niet gewend waren. De vraag was eigenlijk heel eenvoudig of iemand een konvooi van twee auto's had gezien, waarvan de ene auto een Lincoln Town Car was. Niemand loog tegen hen. Daar waren ze van overtuigd. Iedereen wist wat er gebeurde met mensen die tegen hen logen. Iedereen pijnigde zijn hersens, maar de resultaten waren teleurstellend. Voor een deel omdat het idee van een konvooi van twee auto's niet altijd even gemakkelijk te vatten was. Tijdens het spitsuur bijvoorbeeld was een konvooi van twee auto's godsonmogelijk. Er waren konvooien van honderd auto's, op zijn best een konvooi van twintig auto's, waar dan ook in het centrum van de stad. Hoe kon je nu weten welke twee daarvan het specifieke konvooi van twee vormden? Niemand wilde een verkeerd antwoord geven als ze door de grote jongens aan de tand werden gevoeld.

Dus bedachten ze een andere manier om hetzelfde te vragen. Het kostte weinig moeite om vast te stellen dat er maar een handjevol Lincolns had deelgenomen aan het verkeer. Waarschijnlijk maar zes. Drie daarvan waren van het type waarin de Oekraïners reden. De luitenants spoorden iedereen aan goed na te denken over wat er meteen voor en achter die auto's had gereden. Uit al die antwoorden moest een konvooi van twee komen bovendrijven.

Drie ooggetuigen vertelden onafhankelijk van elkaar dat ze een kleine witte personenauto hadden gezien met een loshangende voorbumper. Hij reed volgens alle drie voor een Lincoln die z'n best deed om steeds te volgen als de witte personenauto bijvoorbeeld van rijbaan wisselde. Ze reden vanuit het westen naar het oosten van de stad.

Het konvooi van twee auto's.

De kleine witte personenauto was misschien een Honda. Of die andere H, Hyundai. Maar het kon ook een Kia zijn geweest. En waren er nog andere nieuwe merken op de markt? Hoewel het misschien helemaal geen nieuw merk was geweest, want de wagen leek al vrij oud. Misschien was het een Toyota. Ja, dat was het, een Toyota Corolla, een armoedzaaiersbak. Dat was de uiteindelijke conclusie waarmee alle drie de ooggetuigen het eens waren.

Niemand had de Toyota weer zien vertrekken.

De luitenants verspreidden de boodschap. Uitkijken naar een witte Toyota Corolla met een loshangende voorbumper. Bij waarneming meteen rapporteren.

Tegen die tijd was het laat in de middag, waarschijnlijk een alleszins respectabel tijdstip voor muzikanten om de dag te beginnen. Hogan begon zijn warming-up met een vierkwartsmaat op de hihat, tikkend op het ridebekken. Barton stak de plug van een gebutste Fender in een versterker die, eenmaal ingeschakeld, begon te zoemen en te brommen. Hij zette een baslijntje op vol herhalingen en modulaties, zonder de aansluiting op de drums te verliezen, met accenten op de tweede en de vierde tel, om opnieuw van wal te steken op de eerste tel van de nieuwe maat. Reacher en Abby luisterden er een tijdje naar en gingen toen op zoek naar de logeerkamer.

Die was op de bovenverdieping van het huis, aan de voorkant. Een klein kamertje boven de voordeur met een rond venster met golvend glas dat wel honderd jaar oud had kunnen zijn. De Toyota stond er pal onder. Er stond een smal tweepersoonsbed. Het nachtkastje was een oude gitaarversterker die op zijn kant was gezet. Er was geen kast. In plaats daarvan was een aantal koperen haken aan de muur geschroefd. De vloer dreunde onder het gebonk van de drums en de bas beneden.

'Minder aantrekkelijk dan bij jou thuis,' zei Reacher. 'Het spijt me.'

Abby zei niets.

'Ik heb de lui in die Lincoln gevraagd waar Trulenko was. Dat wisten ze niet. Dus toen heb ik ze gevraagd waar zij zouden beginnen te zoeken en zeiden zij dat ze zouden zoeken waar hij werkt.'

'Werkt hij?'

'Ik moet toegeven dat ik daar nog niet aan had gedacht.'

'Misschien werkt hij in ruil voor zijn schuilplaats. Misschien heeft hij uiteindelijk toch geen geld meer. Misschien werkt hij gewoon voor de kost.'

'Dat zou balen zijn,' zei Reacher.

'Waarom zou hij anders werken?'

'Misschien begon hij zich te vervelen.'

'Dat kan.'

'Wat voor werk zou hij doen?'

'Geen fysieke arbeid,' zei Abby. 'Het is een schriel mannetje. Er stond regelmatig een foto van hem in de krant. Hij is nog jong, maar zijn haar wordt dunner en hij draagt een bril. Die staat geen stenen te hakken in een steengroeve. Hij zit ergens op kantoor en daar organiseert hij datasystemen of zo. Daar is hij goed in. Het nieuwste wat hij had ontwikkeld, was een app voor de telefoon die je hartslag en je bloeddruk en dat soort dingen direct doorseint naar je huisarts. Niemand begreep het precies, maar goed, Trulenko zit ergens achter een bureau. Hij is een denker.'

'Dus hij zit ergens in een kantoor in het westen van de stad en hij heeft daar vlakbij een onderkomen, of misschien wel in dat kantoor. Met beveiliging. Misschien is het een ondergrondse bunker met maar één ingang, een zwaarbewaakte bottleneck. Niemand komt erin of gaat eruit behalve mensen met vertrouwde gezichten.'

'En dan kom je dus niet bij hem in de buurt.'

'Ik geef toe dat het een uitdaging lijkt.'

'Geen uitdaging, gewoon onmogelijk.'

'Dat woord ken ik niet.'

'Hoe groot zou het zijn?'

'Dat weet ik niet,' zei Reacher. 'Misschien iets met twintig of dertig mensen? Of minder, of meer. Een of ander commandocentrum. De plek van waaruit ze al die sms'jes sturen. Jij zei dat ze goed uit de voeten kunnen met technologie.'

'Dan zijn er niet zoveel geschikte locaties.'

'Zie je?' zei Reacher. 'Het schiet op.'

'Maar het maakt niets uit, als er geen geld is.'

'De mensen voor wie hij werkt, hebben geld. Ik ben nog nooit een berooide gangster tegengekomen.'

'De Shevicks kunnen geen procedure aanspannen tegen de nieuwe werkgever van Trulenko. Die heeft er niets mee te maken. Het is niet zijn schuld wat er allemaal is gebeurd.'

'Als het zover komt, is de geest van de wet misschien wel belangrijker dan de letter.'

'Zou je het geld stelen?'

Reacher liep naar het raam en keek naar buiten.

'De capo daar is een kerel die Gregory heet,' zei hij. 'Ik zou hem vragen het te beschouwen als een vrijwillige bijdrage aan een goed doel, voor iemand die het zwaar te verduren heeft gehad. Ik zou een aantal argumenten kunnen aanvoeren en ik ben ervan overtuigd dat hij het daarmee eens zou zijn. Als hij bovendien de nieuwe werkgever is van Trulenko, komt geld accepteren van Trulenko of van hem ongeveer op hetzelfde neer.'

Abby kreeg een wazige blik in de ogen en voelde met een hand aan haar wang, als in een reflex.

'Ik heb over Gregory gehoord,' zei ze. 'Maar ik heb hem nooit ontmoet en ik heb hem ook nog nooit gezien.'

‘Hoe heb je over hem gehoord?’

Ze gaf geen antwoord en schudde alleen haar hoofd.

‘Wat is er met je gebeurd?’ vroeg Reacher.

‘Wie zegt dat er iets met me is gebeurd?’

‘Je hebt net twee man zien doodgaan en verbranden. Nu praat ik over het bedreigen van mensen en ze hun geld aftroggelen. Zo iemand ben ik. We staan naast een tweepersoonsbed. De meeste vrouwen zouden nu maken dat ze deur uitkwamen, maar jij niet. Jij hebt echt een verschrikkelijke hekel aan die mensen. Je haat ze. Daar moet een reden voor zijn.’

‘Misschien vind ik jou heel aardig.’

‘Hoop doet leven,’ zei Reacher. ‘Maar ik ben een realistisch man.’

‘Ik vertel het je later,’ zei ze. ‘Misschien.’

‘Oké.’

‘En wat doen we nu?’

‘We moeten je tas uit de auto halen en je auto ergens anders neerzetten. Hij moet hier niet voor het huis blijven staan. Ze hebben hem al voor het huis van de Shevicks zien staan en misschien heeft iemand anders hem vandaag zien rijden. We moeten hem ergens op een willekeurige plek parkeren. Dat is altijd veiliger.’

‘Hoelang moeten we zo leven?’

‘Ik leef altijd zo. Ik zou allang met de tenen omhoog liggen als ik dat niet deed.’

‘Frank zei dat ik nooit meer terug naar huis kon.’

‘En Hogan legde uit dat het wel kon.’

‘Als jij Trulenko te pakken krijgt.’

‘Zes kansen voor het einde van de week.’

Ze liepen de trap weer af op het ritme van een diepe baslijn, en naar buiten, naar de auto van Abby. Abby sjorde haar tas van de achterbank en sjouwde hem de gang in. Ze deden de buitendeur dicht en stapten in de auto. De motor startte bij de tweede poging. De bumper sleepte over het wegdek bij de krappe bocht die ze moest maken om weg te rijden van de plek tussen andere auto’s waar ze had geparkeerd. Ze reden langs een willekeurige route door de wijk, langs stukken met armoedige woonhuizen en straten met winkels. Twee blokken werden helemaal in beslag genomen door een paar bedrijven die in de bouw actief waren. Een installateur, een loodgieter en een houthandel. Daar voorbij werd alles steeds armoediger, tot ze bij verlaten huizenblokken kwamen die leken op de plek waar de Lincoln was uitgebrand.

'Hier?' vroeg Abby.

Reacher keek om zich heen. Alles was even verlaten. Er waren geen huiseigenaars, geen huurders, geen bewoners. Er waren geen onschuldige deuren die konden worden ingetrapt als de auto er in de buurt was geparkeerd. Geen enkel risico op collateral damage.

'Prima,' zei hij.

Abby parkeerde. Ze stapten uit. Ze sloot de auto af en ze liepen weg. Ze keerden min of meer langs dezelfde weg die ze gekomen waren terug, sneden hier en daar een stukje van de willekeurige route op de heenweg af, maar volgden die toch vrij getrouw. Langzamerhand werd de openbare ruimte schoner en beter onderhouden. Ze kwamen langs de blokken die in beslag werden genomen door bedrijven die actief waren in de bouw en passeerden ze nu in omgekeerde volgorde. Eerst de houthandel, waar een man midden op de stoep stond, tussen de straat en de poort naar het terrein. Alsof hij wachtliep. Misschien moest hij binnenkomende en uitgaande vrachten controleren. Je mocht aannemen dat er met hout ook werd gezwendeld en dat er genoeg mensen waren die het wilden stelen.

Ze liepen de man voorbij en passeerden de loodgieter en de installateur, doorkruisten een wirwar van smalle straten en hoorden al op honderden meters afstand de dreunende bas en het drumstel.

De meldingen kwamen snel, maar niet snel genoeg. De ene na de andere luitenant ontving haastige telefoontjes dat er een witte Toyota Corolla was gesignaleerd met een loshangende voorbumper. Hij reed de ene straat uit, de andere in, zonder duidelijk doel, dwars door het oostelijke deel van de stad. Geen duidelijke bestemming. In grote lijnen leek hij af te koersen op de vervallen buurten waar zelfs geen daklozen huisden.

Toen kwam het telefoontje waarmee alles op zijn plaats viel. Een betrouwbare informant zag de auto honderd meter verderop stoppen. Er kwamen twee personen uit. Een tengere vrouw met kort, donker haar had aan het stuur gezeten. Een vrouw van in de twintig, of in de dertig, helemaal in het zwart gekleed. De passagier was een kolos, ongeveer twee keer zo groot als zij. Hij was ouder, minstens een meter negentig en hij moest wel honderdtien kilo wegen. Hij was gebouwd als een plee van baksteen en gekleed als een vluchteling. Ze hadden de auto afgesloten, waren lopend vertrokken en bij het eerste het beste kruispunt afgeslagen en uit het zicht verdwenen.

Al die informatie werd onmiddellijk verspreid via telefoon, voicemail en sms. Snel, maar niet snel genoeg. Het bericht bereikte de man bij de poort van de houthandel ongeveer anderhalve minuut nadat een tengere vrouw met donker haar en een reus van een kerel pal langs hem waren gelopen. Zo dichtbij dat hij ze had kunnen aanraken. Het duurde een paar minuten voordat er auto's de straat op gingen, in dezelfde richting als de man en de vrouw.

Tevergeefs. De grote man en de tengere vrouw waren van de aardbodem verdwenen, ergens in een dichtbevolkte woonwijk waar in een wirwar van straten de rijtjeshuizen dicht opeengepakt stonden. Misschien wel vierhonderd afzonderlijke woningen. Woningen met kelders en logeerkamers die ook nog eens verhuurd konden worden, waar allerlei klaplopers en zonderlingen woonden die op de vreemdste momenten van de dag kwamen en gingen, of helemaal nooit de deur uitkwamen. Hopeloos.

De grote jongens verspreidden een nieuw bericht. Uitkijken naar een tengere jonge vrouw met donker haar en een grote lelijke kerel, ouder dan zij. Bij waarneming onmiddellijk melden.

23

Barton noch Hogan moest die avond ergens spelen, dus beëindigden ze hun jamsessie toen Reacher en Abby terugkeerden. Ze stelden voor thuis te chillen, chinees te laten bezorgen, flesje wijn erbij, misschien een beetje wiet, beetje kletsen, goed verhaal, bijpraten. Een paar platen draaien. Prima idee tot de telefoon van Abby overging.

Het was Maria Shevick die met de telefoon van Aaron belde. Ze had met Abby telefoonnummers uitgewisseld voor het geval het nodig zou zijn. Dit leek zo'n geval dat het nodig was om te bellen. Maria vertelde dat er een zwarte Lincoln Town Car voor hun huis geparkeerd stond. Er zaten twee mannen in die naar hun voordeur keken. Dat hadden ze de hele middag al gedaan. Ze wekten de indruk niet van plan te zijn te vertrekken.

Abby gaf haar telefoon aan Reacher.

'Ze zijn op zoek naar mij,' zei hij tegen Maria. 'Omdat ik de naam Trulenko heb laten vallen. Ze maken zich zorgen, maar je moet ze gewoon negeren.'

'En als ze aankloppen?' vroeg Maria.

Zeventig, een beetje krom en sterk vermagerd.

'Laat ze het huis maar doorzoeken. Laat ze maar zien wat ze willen zien. Dan zien ze dat ik er niet ben en gaan ze terug naar hun auto. Daarna hoeven ze alleen nog maar het trottoir in de gaten te houden. Dat lijkt me geen pijnlijke onderneming.'

'Goed.'

'Nog nieuws over Meg?'

'Goed nieuws en slecht nieuws.'

'Begin maar met het goede nieuws,' zei Reacher.

'Ik geloof dat de artsen voor het eerst echt denken dat ze vooruit gaat. Ik hoor het aan hun stem. Niet door wat ze zeggen, maar hoe ze het zeggen. Ze zijn altijd heel terughoudend. Maar het klinkt nu enthousiast. Ze denken dat ze de strijd gaan winnen. Ik hoor het.'

'En het slechte nieuws?'

'Ze willen het bevestigd zien met testen en scans, en die moeten we zoals gewoonlijk vooraf betalen.'

'Hoeveel?'

‘Dat weten we nog niet. Vast en zeker heel veel. Ze hebben tegenwoordig wonderbaarlijke apparaten. Ze hebben heel veel vooruitgang geboekt bij *soft tissue analysis*. Dat is allemaal heel duur.’

‘Wanneer hebben ze dat geld nodig?’

‘Vanzelfsprekend wil ik het aan de ene kant graag zo snel mogelijk hebben, maar aan de andere kant wil ik dat natuurlijk niet.’

‘Je moet doen wat medisch juist is. Alle andere problemen lossen we op als ze zich voordoen.’

‘We kunnen het geld niet lenen,’ zei Maria. ‘Dat zou jij voor ons moeten doen, omdat ze denken dat jij Aaron Shevick bent. Maar nu zou je in de val lopen omdat je naar Trulenko hebt gevraagd.’

‘Aaron kan het onder mijn naam lenen. Of een willekeurige andere naam. Ze zijn nog maar net actief in de kredietsector. Ze hebben geen systeem om dingen na te trekken. Nog niet in ieder geval. Het is een mogelijkheid, als jullie het geld snel nodig hebben.’

‘Je zei dat jij Trulenko kon vinden. Je zei dat het vroeger bij je werk hoorde.’

‘De vraag is wanneer,’ zei Reacher. ‘Ik ging ervan uit dat ik nog zes dagen had, tot het einde van de week, maar misschien moet het nu eerder. Ik ga erover nadenken hoe het sneller kan.’

‘Het spijt me dat ik zo’n toon aansloeg.’

‘Dat hoeft niet,’ zei Reacher.

‘Ik vind het allemaal heel erg zwaar.’

‘Dat kan ik me voorstellen,’ zei Reacher.

Ze beëindigden het gesprek. Reacher gaf de telefoon terug aan Abby.

‘Pure waanzin, man,’ zei Barton. ‘Dat blijf ik zeggen, want het blijft waar. Ik ken die gasten. Ik speel in de clubs daar. Ik heb ze bezig gezien. Er was een keer een pianist waar ze een hekel aan hadden. Ze hebben zijn vingers verbrijzeld met een hamer. Hij heeft nooit meer pianogespeeld. Je moet ze met rust laten.’

Reacher keek Hogan aan. ‘Speel jij ook in de clubs daar?’

‘Ik ben drummer,’ zei Hogan. ‘Ik speel overal waar ze me betalen.’

‘Heb jij ze bezig gezien?’

‘Ik ben het met Frank eens. Het zijn uiterst onaangename mensen.’

'Wat zouden de mariniers met hen doen?'

'Niks. De hoge heren zouden de SEALS erop afsturen. Dat levert veel mooiere plaatjes op. Het korps zou er niet eens aan mogen ruiken.'

'En wat zouden de SEALS doen?'

'Eerst een heleboel planning met plattegronden en bouwtekeningen. Als het een bunker zou zijn, zouden ze zoeken naar nooduitgangen of bevoorradingsluiken, naar mogelijkheden om via ventilatieschachten, rioolbuizen of waterleiding binnen te komen. Ze zouden zoeken naar gemeenschappelijke muren met aangrenzende panden die ze zouden kunnen opblazen. Daarna zouden ze een aanval coördineren langs alle wegen om binnen te komen, vanuit op zijn minst drie, vier verschillende plekken, met teams van drie, vier man op elke plek. Waarschijnlijk voldoende om de klus te klaren, al zou het niet meevallen om nog een overlevende te vinden die iets interessants te melden heeft. Het zou een en al kruisvuur zijn. Allemaal heel erg afhankelijk van de dimensies en het zicht.'

'Wat deed jij bij de mariniers?' vroeg Reacher.

'Infanterie,' zei Hogan. 'Een doodgewone zandhaas.'

'Niet in de muziek?'

'Dat soort logica kennen ze niet bij de mariniers.'

'Heb je altijd gedrumd?'

'Ik ben gaan drummen toen ik klein was, maar op een gegeven moment ben ik gestopt. In Irak heb ik het weer opgepakt. Op elke basis stond wel ergens een drumstel weg te roesten. Ze zeiden dat ik het prettig zou vinden om muziekpatronen te ontwikkelen die ik als enige beheerste. Ze zeiden dat het heilzaam voor me zou zijn, omdat ik al een beetje kon drummen. Ze zeiden dat het me zou helpen om mijn agressie in goede banen te leiden.'

'Wie zeiden dat?'

'Een paar oude dokters. In het begin moest ik erom lachen, maar toen kwam ik erachter dat ik het echt leuk vond. Ik besefte dat ik nooit had moeten ophouden. Vanaf dat moment is het één grote inhaalrace geweest. Ik probeer steeds bij te leren wat ik in die jaren heb gemist.'

'Ik vond dat het erg goed klonk.'

'Nu lul je maar wat. Je probeert van onderwerp te veranderen.

Jij bent maar in je eentje. Dat is wat anders dan een heel team met SEALS.'

'Ik bedenk wel iets. Per definitie moeten er minstens tien plannen te bedenken zijn die beter zijn dan dat wat ze bij de mariniers zouden bedenken. Ik hoef er alleen maar achter te komen waar de man zich schuilhoudt.'

'Er zijn niet zoveel geschikte locaties,' zei Abby nog een keer.

Reacher knikte zwijgend. Het gesprek werd om hem heen voortgezet. De andere drie bleken goede vrienden. Ze hadden zo nu en dan samengewerkt, in de vlietende wereld van clubs en muziek en dans en mannen in pakken bij de deur. Alle drie vertelden ze hun verhalen, sommige grappig, sommige helemaal niet. Ze leken geen scheidslijn te trekken tussen de Oekraïners en de Albanezen. Ze leken te denken dat het niet uitmaakte of je aan de westkant of de oostkant van Center Street werkte.

Het bij de chinees bestelde eten werd bezorgd. Reacher deelde pekingsoep met Abby en kip met Barton. Zij dronken wijn, hij dronk koffie. Toen ze klaar waren met eten zei hij: 'Ik ga een eindje wandelen.'

'Alleen?' vroeg Abby.

'Het is niet persoonlijk bedoeld.'

'Waar ga je naartoe?'

'Naar de westkant. Ik moet de zaken een beetje versnellen. De Shevicks kunnen elk moment een nieuwe rekening krijgen. Ze hebben geen tijd meer te verliezen.'

'Waanzin, man,' zei Barton.

Hogan zei niets.

Reacher kwam overeind en liep naar buiten.

24

Hij liep naar het westen, naar de nachtelijke gloed van de torens in het centrum: de banken, de verzekeringsmaatschappijen en de lokale tv-zender. En de hotelketens. Allemaal samengeklonterd om Center Street, allemaal onder controle van de ene of de andere partij. Waarschijnlijk was de top van die bedrijven daar niet eens van op de hoogte, tenzij de manager zelf de stroman was. Onderweg passeerde Reacher bars, clubs en eetcafés. Hier en daar zat een man in een pak bij de deur. Hij negeerde hen. Verkeerde partij. Hij was nog aan de oostkant van Center Street. Hij liep verder.

Als hij ogen in zijn achterhoofd had gehad, zou hij hebben gezien dat een van die in het pak gestoken mannen even heel hard nadacht en vervolgens een sms verstuurde.

Hij liep verder. Hij stak Center Street over, drie huizenblokken ten noorden van de eerste grote toren, en kwam in een buurt die niet verschilde van de buurt waardoorheen hij net was gelopen. Een buurt met bars, clubs en eetcafés. Ook hier zat er soms een man in een pak bij de deur, zij het dat de pakken hier anders waren, de stropdassen van zijde en de gezichten bleker. Dit keer observeerde hij hen wel heel scherp, waar mogelijk vanuit de schaduwen, op zoek naar de juiste man. De juiste man was alert, maar niet te alert, potig, maar niet te potig. Hij zag meerdere kandidaten. Met name drie man van wie er twee bij een wijnbar zaten en de derde dienst deed in een soort lounge. Misschien een comedyclub.

Reacher koos de man die het dichtst bij de buitendeur zat. Dat was een tactisch voordeel. Het was de lounge. De man zat meteen achter het glas. Reacher liep op hem af, half en half in het zichtveld van de man. De man zag vanuit een ooghoek iets bewegen en draaide zijn hoofd in de juiste richting. Reacher bleef staan. De man keek hem aan. Reacher begon weer te lopen, recht op de man af. De man herinnerde het zich weer. Sms'jes, signalementen, foto's, namen. Aaron Shevick. Uitkijken naar Aaron Shevick.

Reacher bleef opnieuw staan.

De man haalde zijn telefoon tevoorschijn en begon erop te prikken.

Reacher trok zijn pistool tevoorschijn en richtte. Een van de twee H&K P7's die hij in beslag had genomen voordat de Lincoln met de beide mannen erin was uitgebrand. Standaard politiewapens in Duitsland. Prachtig mechaniek, staalhard en hoekig. De man verstijfde. Reacher was niet meer dan drie stappen van hem verwijderd. Precies op tijd. Uitdagend. De man liet zijn telefoon vallen en tastte met zijn hand naar zijn oksel om zijn eigen pistool te pakken. Maar hij kreeg niet genoeg tijd.

De man zat pal achter de deur, pal achter het glas. Reacher bereikte hem voordat hij zijn pistool tevoorschijn had gehaald en zette de loop van de H&K tegen het rechteroog van de man, zo stevig dat de man zijn hoofd niet kon wegtrekken en ook zo stevig dat de man aan niets anders meer kon denken. Hij verroerde geen vin meer. Met zijn linkerhand raapte Reacher de telefoon op en nam hij het pistool van de man in ontvangst. Dat was nog eens een H&K P7, hetzelfde type waarvan hij er al twee had. Misschien was dat niet alleen standaard bij de Duitse politie, maar ook bij de Oekraïners ten westen van Center Street. Misschien in het groot ingekocht voor een mooi prijsje bij een corrupte Duitse politieman.

Met zijn linkerhand liet hij de telefoon en het pistool in zijn zak glijden. Met zijn rechterhand drukte hij de loop van zijn eigen H&K nog iets harder tegen het oog.

'We gaan een eindje wandelen.'

De man klom van zijn kruk, onhandig, achterover hellend onder de druk van het pistool, en schuifelde achteruit naar buiten, het trottoir op. Daar duwde Reacher hem naar rechts, een zestal stappen, toen opnieuw naar rechts, achterwaarts een steegje in dat stonk als een vuilcontainer.

Reacher zette de man met de rug tegen de muur.

'Hoeveel mensen hebben het gezien?'

'Hebben wat gezien?' vroeg de man.

'Jou met een pistool tegen je hoofd.'

'Een paar, denk ik.'

'En hoeveel zijn je te hulp geschoten?'

De man zei niets.

'Precies, helemaal niemand,' zei Reacher. 'Niemand mag jou. Niemand zou op je pissen als je in brand stond. Dus het is nu tussen jou en mij. Niemand zal je helpen. Is dat duidelijk?'

'Wat wil je?'

'Waar is Max Trulenko?'

'Dat weet niemand.'

'Iemand moet het weten.'

'Ik niet,' zei de man. 'Eerlijk. Ik zweer het je op het leven van mijn zuster.'

'Waar is je zuster op dit moment?'

'In Kiev.'

'Dat maakt die eed een beetje theoretisch, vind je ook niet? Probeer het nog eens.'

'Op mijn eigen leven,' zei de man.

'Dat is minder theoretisch,' zei Reacher. Hij drukte harder op de oogbal met zijn H&K. Hij voelde door het staal het oog meegeven. Hij voelde de geleiachtige substantie.

De man hapte naar adem en zei: 'Ik zweer je dat ik niet weet waar Trulenko is.'

'Maar je hebt wel over hem horen praten.'

'Natuurlijk.'

'Werkt hij nu voor Gregory?'

'Dat heb ik gehoord.'

'Waar?'

'Dat weet niemand,' zei de man. 'Dat is een groot geheim.'

'Weet je dat zeker?'

'Ik zweer het op het graf van mijn moeder.'

'En waar is dat?'

'Je moet me geloven. Er zijn misschien zes mensen die weten waar Trulenko is. Daar hoor ik niet bij. Alsjeblieft, man, ik ben maar een uitsmijter.'

Reacher haalde het pistool van het oog en deed een stap achteruit. De man knipperde en begon in zijn oog te wrijven. Hij staarde door de schemering in een poging iets te zien. Reacher trapte hem hard tegen zijn ballen en liet de man achter in de steeg, dubbelgeklapt, kokhalzend en kotsend.

Reacher liep zonder noemenswaardige wederwaardigheden terug naar Center Street. De problemen begonnen meteen daarna, op het moment dat hij het oostelijke territorium inliep. Dat verbaasde hem. Hij begreep er niets van. De verkeerde partij, zou je zeggen. Maar hij voelde meteen dat er ogen op hem waren gericht. Hij voelde dat hij werd bekeken, maar niet welwillend. Dat was hem meteen volstrekt duidelijk. Zijn nekharen gingen overeind staan. Een oeroud instinct. Een zesde zintuig. Een overlevingsmechanisme dat de evolutie diep in zijn brein had verankerd. Vuistregels om te voorkomen dat je werd opgegeten. Miljoenen jaren geleden doorgegeven door een oermoeder: stilstaan, de koers iets verleggen, bomen en schaduwpartijen scherp in de gaten houden. Proberen nog een dag langer te leven. Proberen voor nageslacht te zorgen, zodat honderdduizend generaties later een afstammeling nog steeds scherp naar schaduwpartijen zou turen, niet langer op de savanne, maar in de grijze schemer van nachtelijke straten in de stad, waar licht en donker elkaar afwisselden terwijl hij langs clubs, bars en eetcafés liep.

Het waren de mannen in pakken die hem observeerden. Mannen van de organisatie. Mannen die hun sporen al hadden verdiend en mannen die op een betere toekomst hoopten. Maar waarom? Reacher had geen flauw idee. Had hij de Albanezen ook tegen zich in het harnas gejaagd? Hij had geen idee hoe hij dat zou hebben klaargespeeld. Hij had hun toch vooral een dienst bewezen, als je hun eigen ongepolijste manier van rekenen hanteerde. Ze zouden een optocht voor hem moeten organiseren.

Hij liep verder.

Achter zich hoorde hij voetstappen.

Hij bleef doorlopen. De gloed en de glans van Center Street waren allang verdwenen, zowel letterlijk als figuurlijk. Voor hem lagen smalle, donkere straten die met elke stap naargeestiger werden. Er stonden auto's geparkeerd, er waren steegjes en diepe portieken. Van elke drie straatlantaarns waren er twee kapot. Er liep niemand op straat.

Zijn terrein.

Hij bleef stilstaan.

Er zijn meerdere manieren om te zorgen dat je niet wordt opgegeten. De instincten van die oermoeder werkten vandaag de dag nog altijd voor haar afstammeling. Morgen zouden ze nog steeds effectief zijn, en over honderdduizend jaar ook. Dat had met efficiëntie te maken, natuurlijke selectie. Hij stond even stil in het halfduister, trok zich toen terug in de diepzwarte schaduwen en luisterde.

Hij hoorde het schrapen van een leren schoenzool op het trottoir, een meter of tien van hem vandaan. Een soort haastig georganiseerde surveillance. Iemand was plotsklaps van zijn kruk af gestuurd, de donkere nacht in, om Reacher te volgen. Voor hoelang? Dat was de vraag waar het om draaide. Het hele eind naar huis? Of slechts tot een haastig in elkaar gezette hinderlaag?

Reacher wachtte. Opnieuw hoorde hij de leren zool. Of de andere leren zool natuurlijk, onder de andere voet, die een voorzichtige stap vooruit deed. Hij dook nog dieper in de schaduwen, een portiek in. Hij drukte zich tegen in steen uitgehakte richels aan. Een fraai versierd portiek van een reeds lang teloorgegane onderneming. Ongetwijfeld een winstgevend bedrijf zolang het had geduurd.

Een meter of vijf verwijderd klonk het schrapen van een schoenzool. Zijn achtervolger kwam dichterbij. Van de andere kant hoorde hij niets komen. Daar was het stil, er hing slechts oude stadslucht met een zweem van roet en baksteen.

Opnieuw de schoenzool. Drie meter. Dichterbij. De man was al binnen Reachers bereik. Maar het zou allemaal veel gemakkelijker gaan als de man nog een paar stappen extra deed. Reacher tekende het in gedachten uit. Hij stak zijn hand in zijn zak en pakte de H&K die hij eerder had gebruikt. Omdat hij wist dat die het deed, dat was altijd een voordeel.

Nog een stap. De man was nu misschien nog twee meter weg. Het was geen klein mannetje. Het geluid dat zijn schoen produceerde, was een zwak, maar zwaar, knersend kraken. Het geluid van een grote man die sluipend dichterbij kwam.

Iets meer dan een meter.

Tijd om in actie te komen.

Reacher deed een stap naar voren en keerde zich naar de man toe. De H&K glom in het duister. Hij richtte op het gezicht van de man, die in het zwakke licht scheel naar de loop van het pistool keek.

'Geen geluid,' zei Reacher.

De man maakte geen geluid. Reacher luisterde of er iemand achter de man aankwam. Werd de man door iemand gedekt? Blijkbaar niet, er was niets te horen. Ook niet van de andere kant. Daar was slechts stille oude stadslucht.

'Is er een probleem?' vroeg Reacher.

De man was een meter tachtig en woog misschien negentig kilo. Hij was een jaar of veertig, pezig en hoekig, een en al botten en spieren, en er straalde achterdocht uit zijn donkere ogen. Hij perste zijn lippen op elkaar en grijnsde op een manier die in het midden liet of hij zich zorgen maakte, verbaasd was of Reacher verachtte.

'Is er een probleem?' vroeg Reacher nog een keer.

'Jij bent dood,' zei de man.

'Voorlopig nog niet,' zei Reacher. 'Eigenlijk sta jij op het moment dichter bij die ongelukkige staat van zijn dan ik. Ja, toch?'

'Als je ruziemaakt met mij, maak je ruzie met een heleboel mensen.'

'Maak ik ruzie met jou of maak jij ruzie met mij?'

'We willen weten wie jij bent.'

'Waarom? Wat heb ik jullie misdaan?'

'Ze betalen me niet om daar antwoord op te geven,' zei de man. 'Ik hoef je alleen maar naar de baas te brengen.'

'Oké, succes ermee dan maar,' zei Reacher.

'Dat kun jij makkelijk zeggen met een pistool in je hand.'

Reacher schudde zijn hoofd.

'Dat kan ik altijd makkelijk zeggen,' zei hij.

Hij deed een stap achteruit en stopte het pistool in zijn zak. Zo bleef hij staan, met de armen iets gespreid en de open handpalmen naar de man tegenover zich gekeerd.

'Kijk,' zei hij. 'Nu kun je me naar je baas brengen.'

De man kwam niet in beweging. Hij was een kop kleiner, vijftien kilo lichter en zijn armen waren misschien wel dertig centimeter korter. Hij was blijkbaar ongewapend, anders had hij ondertussen wel een wapen getrokken. Blijkbaar was hij ook een beetje van zijn stuk gebracht door Reacher die hem kalm, lichtelijk geamuseerd, maar ook onloochenbaar als een roofdier en zelfs een beetje maniakaal bleef aankijken.

Dat waren geen aangename omstandigheden om in te verkeren.

'Misschien kunnen we hetzelfde doel op een andere manier bereiken,' zei Reacher.

'Hoe dan?' vroeg de man.

'Geef mij jouw telefoon en zeg tegen je baas dat hij me moet bellen, dan zal ik hem vertellen wie ik ben. Een persoonlijke benadering werkt altijd beter.'

'Ik kan je mijn telefoon niet geven.'

'Ik krijg hem sowieso. Jij mag kiezen wanneer.'

Die blik. Kalm, starend, lichtelijk geamuseerd, roofdier, maniakaal.

'Oké,' zei de man.

'Haal hem maar uit je zak en leg hem op het trottoir.'

De man haalde zijn telefoon uit zijn zak en legde hem op het trottoir.

'En nu rechtsomkeert.'

De man keerde zich om.

'En wegrennen, zo ver en zo hard als je kunt.'

De man rende weg. Hij sprintte het duister in met alle kracht van zijn beenspieren. De voetstappen klonken nog hol door de straat, lang nadat hij in het donker was verdwenen. Dit keer deed hij geen enkele poging zich geruisloos te verplaatsen. Reacher luisterde naar het kletsen van de leren schoenzolen op het wegdek tot het geluid wegstierf. Toen raapte hij de telefoon op en vervolgde hij zijn weg.

Met nog drie straten te gaan, trok Reacher zijn jack uit. Hij vouwde het op tot een vierkant, rolde dat op en schoof de rol in een verroeste brievenbus voor een oud kantoorgebouw zonder bovenverdieping met dichtgetimmerde ramen en een door brand geblakerde gevel. De rest van de tocht legde hij slechts gekleed in zijn T-shirt af. De nachtlucht was koel. Het was nog maar voorjaar. De zomer moest nog beginnen.

Hogan stond hem in de gang van Bartons huis op te wachten. De drummer, ooit marinier geweest, die nu genoot van muziekpatronen die hij als enige beheerste.

'Alles oké?' vroeg hij.

'Maakte je je zorgen om me?' vroeg Reacher.

'Gewoon, beroepsmatige belangstelling.'

'Het was geen jamsessie met de Rolling Stones.'

'Mijn oude beroep.'

'Het doel is bereikt,' zei Reacher.
'En wat was dat doel precies?'
'Ik wilde een Oekraïense telefoon. Kennelijk sturen die lui elkaar voortdurend sms'jes. Het leek me dat ik die maar eens moest kunnen bekijken om te zien hoe de zaken ervoor staan. Misschien wordt Trulenko erin genoemd. Misschien kan ik voor een beetje paniek zorgen zodat ze hem ergens anders heen brengen. Dat zou het moment zijn om toe te slaan.'
Abby kwam de trap af. Ze had haar kleren nog aan.
'Hoi,' zei ze.
'Ook hoi,' zei Reacher.
'Ik heb het net allemaal gehoord. Een goed plan, maar ze kunnen die telefoon toch gewoon op afstand uitschakelen? Dan krijg jij niets meer van ze mee, en zij niet van jou.'
'Ik heb de man van wie ik de telefoon heb afgepakt, zorgvuldig uitgekozen. Hij zag er redelijk competent uit. Dat betekent dat ze hem als redelijk betrouwbaar inschatten. Misschien staat hij wel vrij hoog op de ladder. Dat betekent tegelijkertijd dat hij zich weinig geroepen zal voelen om te bekennen dat ik zijn telefoon heb afgepakt. Ik heb hem een beetje in verlegenheid gebracht. Hij zal dit niet zo snel melden. Kwestie van trots. Ik denk dat ik op zijn minst een paar uur de tijd heb.'
'Oké, goed plan.'
'Alleen kan ik niet zo goed overweg met telefoons. Die zitten vol menu's en knoppen waarop je moet tikken. Voor je het weet heb ik per ongeluk iets gewist.'
'Oké, laat maar eens zien.'
'En zelfs als ik ze niet per ongeluk wis, zijn die sms'jes waarschijnlijk in het Oekraïens. Dat kan ik zonder internet niet lezen. En van computers weet ik helemaal niets.'
'Dat is de volgende stap. We moeten beginnen met de telefoon. Geef maar.'
'Ik heb hem niet bij me,' zei Reacher. 'De man in de Lincoln beweerde dat ze telefoons kunnen traceren. Ik heb er geen zin in dat ze over vijf minuten hier op de stoep staan.'
'Waar heb je hem gelaten dan?'
'Ik heb hem drie straten verderop verstopt. Dat leek me veilig genoeg. Pi maal de straal in het kwadraat. Ze zouden een enorm

gebied moeten afzoeken, de ene straat na de andere. Daar zouden ze niet eens aan beginnen.'

'Oké,' zei Abby. 'Dan gaan we kijken.'

'Ik heb ook een Albanese telefoon. Een beetje bij toeval, maar uiteindelijk met hetzelfde verhaal. Daar wil ik ook de berichten van lezen. Misschien kom ik er dan achter waarom ze zo boos op me zijn.'

'Zijn ze boos op je?'

'Ze stuurden iemand achter me aan. Ze willen weten wie ik ben.'

'Dat is niet zo gek. Je bent een nieuw gezicht in de stad. Ze blijven graag op de hoogte.'

'Misschien.'

'Ik ken iemand met wie je maar eens moet gaan praten,' zei Hogan.

'Wat voor iemand is dat?' vroeg Reacher.

'Soms komt hij als we spelen. Komt uit dezelfde fabriek als jij.'

'Leger?'

'Yep, dus heel iets anders dan marinier.'

'Klopt, want van mariniers wordt alleen spierkracht verlangd, geen hersens.'

'De man spreekt een aantal talen van voormalige communistische landen. Hij was commandant van een compagnie tijdens de Koude Oorlog. Hij weet ook wat er hier in de stad speelt. Misschien kan hij helpen, vooral met de talen. Een computervertaling is onbetrouwbaar bij zoiets als dit. Als je wilt, kan ik hem wel bellen.'

'Ken je hem goed?'

'Je kunt van hem op aan. Hij heeft een goede smaak als het om muziek gaat.'

'Vertrouw je hem?'

'Ik vertrouw hem ongeveer net zoveel als ik iedereen uit het leger vertrouw die geen drummer is.'

'Oké,' zei Reacher. 'Bel hem maar. Baat het niet, dan schaadt het niet.'

Abby en Reacher liepen naar buiten en lieten Hogan in de gang achter met zijn telefoon.

25

Abby en Reacher liepen met een omweg terug naar de brievenbus met de verstopte telefoons. Natuurlijk, als ze de telefoons werkelijk konden traceren, hadden ze die misschien ondertussen al gevonden in de tijdelijke schuilplaats, en in dat geval zouden er mensen surveilleren om Reacher op te vangen als hij zou terugkomen om ze op te halen. Dus moesten ze het voorzichtig aanpakken. Zo voorzichtig mogelijk, want heel erg voorzichtig kon vanzelfsprekend niet. Er waren diepe schaduwen en steegjes en diepe portieken, en van elke drie straatlantaarns waren er twee stuk. Het zou nachtelijke surveillanten geen enkele moeite kosten om zich ergens te verbergen.

Reacher zag de verroeste brievenbus verderop, halverwege de straat. 'We moeten net doen of we in een boeiend gesprek verwikkeld zijn en als we bij die brievenbus zijn, blijven we staan omdat er iets ingewikkelds duidelijk gemaakt moet worden.'

'Oké,' zei Abby. 'En dan?'

'Dan negeren we de brievenbus en lopen we door. Maar zo stil mogelijk.'

'En praten we echt? Of bewegen we alleen onze lippen, zoals in een stomme film?'

'Misschien een beetje fluisterend. Alsof we allerlei geheime informatie uitwisselen.'

'En wanneer beginnen we daarmee?'

'Nu,' zei Reacher. 'Gewoon doorlopen.'

'Waarover wil je fluisteren?'

'Over wat er maar bij je opkomt.'

'Meen je dat? Misschien lopen we regelrecht op iets heel gevaarlijks af. Dat is wat er bij mij opkomt.'

'Je zei dat je iedere dag iets wilde doen waar je bang voor bent.'

'Ik heb al meer dan mijn portie gehad vandaag.'

'En je hebt het iedere keer overleefd.'

'Misschien vliegen ons zo meteen de kogels om de oren.'

'Ze schieten mij niet dood, want ze willen me vragen stellen.'

'Weet je dat heel zeker?'

'Het heeft een psychologische dynamiek, net zoals in het theater.

Het is niet per se iets waarop een ja of een nee past.'

Ze naderden de brievenbus.

'We blijven zo stilstaan.'

'Zodat het minder moeite kost om ons te raken?'

'Net lang genoeg om zogenaamd iets heel belangrijks uit de doeken te doen, daarna lopen we weer door, alleen heel stil. Goed?'

Reacher bleef staan.

Abby bleef ook staan.

'Wat voor zogenaamd belangrijks moet er nu gezegd worden?'

'Wat er maar bij je opkomt.'

Abby dacht even na.

'Nee,' zei ze. 'Wat er bij me opkomt is dat ik niet wil zeggen wat er bij me opkomt. Nog niet. Dat is het enige wat ik op dit moment kwijt wil.'

'Oké, lopen maar weer,' zei Reacher.

Ze liepen verder, zo stil als ze maar konden. Drie stappen, vier.

'Oké,' zei Reacher.

'Hoezo, oké?'

'Er is niemand in de buurt.'

'En hoe weten we dat zo zeker?'

'Zeg jij het maar.'

Ze dacht na. 'We waren zo stil om te kunnen luisteren.'

'En wat hoorden we?'

'Niets.'

'Precies. We liepen pal langs het doel en we hoorden niemand die een stap naar voren deed of verstrakte, en toen we doorliepen hoorden we niemand die een stap terug deed of weer ontspande, of wat met zijn voeten schuifelde, in afwachting van de opdracht om over te gaan op plan B. Dus is er niemand.'

'Fantastisch.'

'Tot dusverre,' zei Reacher. 'Maar je weet nooit hoelang het duurt. Dat is niet mijn expertise. Ze kunnen elk moment opduiken.'

'Wat moeten we dan doen?'

'Ik denk dat we de telefoons ergens anders moeten verstoppen, zodat ze weer helemaal opnieuw moeten beginnen met zoeken.'

Een eindje verderop kwam het schijnsel van koplampen uit een zijstraat, een soort alarmsignaal op afstand. Meteen sloeg een auto links af in hun richting. Langzaam. Misschien iemand die iets zocht, of iemand die bang was voor een bekeuring omdat hij iets te veel had gedronken. Moeilijk te zeggen. De koplampen lagen laag boven het wegdek, wijd uit elkaar, een grote personenwagen. Hij kwam dichterbij.

'Pas op,' zei Reacher.

Er gebeurde niets. De auto passeerde hen met dezelfde lage snelheid, zonder van zijn spoor te wijken. Een oude Cadillac. De bestuurder keek niet links of rechts. Het was een oud vrouwtje dat net onder de rand van het stuur door recht vooruit tuurde.

'Hm,' zei Abby. 'We kunnen beter opschieten, want je weet nooit hoe snel het gaat. Dat zei je zelf al.'

Ze liepen terug, vier haastige stappen. Reacher trok zijn opgerolde jack uit de roestige brievenbus.

Abby stond erop om de telefoons te dragen. Ze maakten opnieuw een omweg door een drietal straten tot ze bij een bodega kwamen die nog laat open was. Bij de deur zat niemand in een pak. Ook binnen droeg niemand een pak. De man achter de kassa droeg een wit T-shirt. Er waren geen andere klanten. Het stond er vol zoemende koelvitrines en er brandden felle tl-buizen. Helemaal achterin stond een tafeltje voor twee. Er zat niemand.

Reacher bestelde twee kartonnen bekers koffie en nam ze mee naar het tafeltje. Abby had de telefoons voor zich op tafel gelegd. Ze keek naar ze, in tweestrijd, alsof ze er enerzijds mee aan de slag wilde, en zich anderzijds zorgen maakte, alsof ze een geheim signaal de ether in zonden: *zoek me, zoek me*.

Want dat deden ze in feite ook.

'Weet je nog welke telefoon van wie was?'

'Nee,' zei Reacher. 'Wat mij betreft lijken al die dingen op elkaar.'

Ze zette er een aan. Ze hoefde geen wachtwoord in te voeren. Dat was natuurlijk om snel te kunnen handelen, maar ook een kwestie van overmoed. Abby veegde en tikte door een aantal schermen. Reacher zag een lijst met tekstballonnetjes onder elkaar, de sms-berichten. Onleesbare woorden in een andere taal, maar wel met voor het grootste deel herkenbare letters uit het Romeinse alfabet. Sommige letters kwamen als een paar voor, op andere stonden vreemde accenten, of die hingen er onderaan. Trema's en cedilles.

'Albanees,' zei Reacher.

Buiten reed een auto voorbij. Langzaam. De koplampen veegden even een zwak blauw schijnsel door de bar. Langs de ene muur, langs de achterwand en langs de andere muur. Toen was de auto voorbij. Abby schakelde de andere telefoon in. Ze hoefde opnieuw geen wachtwoord in te voeren. Een tweede lijst met verzonden en binnengekomen sms-berichten. Groene tekstballonnen, de een na de ander. Stuk voor stuk in cyrillisch schrift. Zo genoemd vanwege de heilige Cyrillus die zich in de negende eeuw met het alfabet bezighield.

'Oekraïens,' zei Reacher.

'Hier staan honderden berichten,' zei Abby. 'Letterlijk honderden. Misschien wel duizenden.'

Buiten reed opnieuw een auto voorbij. Dit keer sneller.

'Kun je zien van welke datum ze zijn?' vroeg Reacher.

Abby scrolde. 'Op zijn minst vijftig sinds gisteren. Bij sommige berichten zit jouw foto.'

Buiten reed een derde auto voorbij. Langzaam. Iemand die naar iets op zoek was, maar met groot licht, dus niet iemand die bang was voor een bekeuring. Reacher ving een glimp op van de chauffeur. Een man in donkere kleren, zijn gezicht lichtte spookachtig op in het schijnsel van het dashboard.

'Hier staan ook wel vijftig Albanese sms'jes,' zei Abby. 'Misschien wel meer.'

'Hoe gaan we het doen?' vroeg Reacher. 'We kunnen die telefoons niet meenemen naar huis en we kunnen al dat gekrabbel ook niet op servetjes kopiëren. We zouden aan de lopende band fouten maken en het zou een eeuwigheid duren. Zoveel tijd hebben we niet.'

'Let op,' zei Abby.

Ze pakte haar eigen telefoon, legde de Oekraïense telefoon op de tafel, hield haar eigen telefoon erboven en bewoog die op en neer en heen en weer tot ze tevreden was.

'Maak je een foto?' vroeg Reacher.

'Video,' zei ze. 'Kijk maar.'

Ze hield haar eigen telefoon in haar linkerhand en scrolde

met de wijsvinger van haar rechterhand langs een lange reeks Oekraïense berichten, rustig, steeds maar verder, het ene scherm na het andere, en maakte een video-opname van vijf seconden, tien, twintig. Toen ze aan het einde van de reeks was gekomen, stopte ze de opname.

'Dit kunnen we net zo vaak afspelen en op pauze zetten als we zelf willen. We hebben die telefoons niet meer nodig.'

Ze deed hetzelfde met de Albanese telefoon. Vijf seconden, tien, twintig.

'Knap werk,' zei Reacher. 'Nu moeten we de telefoons nog ergens naartoe brengen. We kunnen ze hier niet achterlaten. Deze tent verdient beter dan een bezoek van het verzamelde gangsterdom.'

'Waar?'

'Wat mij betreft stoppen we ze weer in die brievenbus.'

'Maar daar zoeken ze juist. De kans lijkt me groot dat ze daar op dit moment net allemaal zijn gearriveerd.'

'Eigenlijk hoop ik dat er geen signaal door dat metalen omhulsel van de brievenbus kan dringen, zodat ze die telefoons helemaal niet kunnen opsporen.'

'Maar dan konden ze dat hiervoor ook niet.'

'Waarschijnlijk niet.'

'Maar dan was er ook geen enkel gevaar.'

'Tot wij de telefoons weer uit die brievenbus haalden.'

'Hoelang duurt het om zoiets op gang te krijgen?'

'Daar hebben we het al over gehad. Dat weten we niet.'

'Moet het per se die brievenbus zijn? Kan een brievenbus hier vlakbij ook?'

'Er moeten hoe dan ook geen onschuldige omstanders bij betrokken raken,' zei Reacher.

'Je weet echt niet of er wel of niet een signaal is, hè?'

'Het is niet per se iets waarop een ja of een nee past.'

'Wordt dat signaal wel of niet verzonden?'

'Waarschijnlijk wel, schat ik. Het is niet mijn expertise, maar je hoort mensen erover praten. Ze lopen altijd te mopperen en te klagen dat verbindingen worden verbroken. Om allerlei redenen die minder hout snijden dan verborgen zitten in een kleine metalen brievenbus.'

'Maar voorlopig liggen ze hier op de tafel, dus nu vormen ze wel degelijk een gevaar.'

'Een gevaar dat met de minuut groter wordt,' zei Reacher.

Dit keer droeg Reacher de telefoons. Er reden nog genoeg auto's op straat. Genoeg op en neer hobbelende, verblindende lichtbundels. Allerlei merken en modellen, maar geen Lincoln Town Cars. Geen auto's die ineens harder of zachter gingen rijden of plotseling keerden midden op de weg. Kennelijk was niemand in hen geïnteresseerd.

Ze stopten de telefoons in de brievenbus en drukten de piepende klep dicht. Dit keer hield Reacher zijn jack gewoon aan. Niet alleen voor de warmte, maar ook om genoeg zakken te hebben om de pistolen op te bergen. Ze gingen op weg naar het huis van Barton. Ze kwamen niet verder dan anderhalve straat.

26

Het had niets te maken met gecompliceerde driehoeksmetingen met behulp van het signaal van mobiele telefoons, en evenmin met gps-plaatsbepaling tot op een halve meter nauwkeurig. Achteraf bedacht Reacher dat het gewoon op de ouderwetse manier was gebeurd. Iemand die in een auto zat, had zich plotseling herinnerd wat ze hem hadden opgedragen voordat hij de straat op was gestuurd: uitkijken naar een grote lelijke kerel en een jonge vrouw met donker haar.

Reacher en Abby sloegen rechts af, van plan om bij het volgende kruispunt links af te slaan, en liepen door een met keitjes geplaveide straat over een smal trottoir. De rechterkant van de straat bestond uit een lange rij laadstations, de achterkant van de winkels in de parallel lopende winkelstraat, terwijl links een aantal auto's langs de stoeprand geparkeerd stond. Er was ruimte genoeg voor nog meer auto's. Een van de auto's stond verkeerd om, met de neus in hun richting. Geen nachtelijke dauw op de motorkap. Een fractie van een seconde voordat het reptielenbrein van Reacher al die afzonderlijke feiten bij elkaar had opgeteld en tot een conclusie was gekomen, ging het portier open en werd het pistool van de chauffeur naar buiten gestoken. Daarna kwam ook de hand uit de auto en tot slot de chauffeur zelf, alles in één soepele, atletische beweging, in elkaar gedoken achter het portier, het pistool door het geopende raam.

Het pistool was eerst op Reacher gericht, daarna op Abby. En weer terug. Heen en weer. Als in een tv-serie. De man maakte duidelijk dat hij hen beiden onder schot hield. Hij droeg een blauw pak en een rode stropdas met een kleine, strakke knoop.

Ze schieten mij niet dood, want ze willen me vragen stellen.

Het heeft een psychologische dynamiek, net zoals in het theater.

Het is niet per se iets waarop een ja of een nee past.

Het pistool was een Glock 17, een beetje bekrast en versleten. De man hield beide handen om de greep. Beide polsen rustten op het rubber van het portierraam. Hij had een vinger aan de trekker. Het pistool maakte geen rare bewegingen. De boog van de loop van links naar rechts en terug was louter horizontaal en werd beheerst uitgevoerd. Bekwaam, zij het dat zo in elkaar gedoken zitten per definitie een instabiele positie is, en ook nog eens zinloos, want het portier van een auto biedt geen noemenswaardige bescherming tegen kogels. Beter dan aluminiumfolie, maar niet heel erg veel. Een echt slimme schutter zou gewoon rechtop gaan staan en beide polsen laten rusten op de bovenrand van het portier. Dat maakte meer indruk en het maakte het bovendien veel gemakkelijker om te anticiperen op een eventueel vervolg van de gebeurtenissen, als er bijvoorbeeld gelopen, gerend of gevochten moest worden.

'Hou je handen waar ik ze kan zien,' riep de man met het pistool.

'Is er een probleem?' riep Reacher terug.

'Voor mij niet,' riep de man.

'Oké,' zei Reacher. 'Dat is goed om te weten.' Hij keerde zich naar Abby. 'Als je dat liever doet, kun je teruglopen naar de hoek van de straat,' zei hij iets zachter. 'Dan kom ik zo bij je. Die man wil me alleen een paar vragen stellen. Verder niets.'

'Nee,' riep de man. 'Ze blijft hier. Jullie blijven allebei hier.'

Een oudere, lelijke man en een jongere vrouw met donker haar.

Reacher keerde zich weer naar hun belager en maakte gebruik van die manoeuvre om een halve stap in de richting van de auto te doen.

'Waarvoor moeten we hier blijven?' vroeg hij.

'Vragen beantwoorden.'

'Vraag maar.'

'Mijn baas stelt de vragen.'

'Waar is je baas?'

'Hij komt eraan.'

'Wat wil hij weten?'

'Van alles, denk ik.'

'Oké,' zei Reacher. 'Stop dat pistool maar weg en kom achter dat portier vandaan, dan wachten we samen. Gewoon hier op de stoep tot hij komt.'

De man bleef in elkaar gedoken achter het portier zitten.

Zijn pistool bewoog niet.

'Je kunt sowieso niet schieten,' zei Reacher. 'Je baas zou het niet op prijs stellen als hij hier aankomt en ziet dat wij dood of gewond zijn, of in shock of in coma. Of dat we hier staan te bibberen met een of ander traumatisch stresssyndroom. Hij wil ons vragen stellen en dan wil hij samenhangende antwoorden horen die zinnig zijn. Bovendien keurt de politie het af. Het interesseert me niet welke afspraken jullie precies met ze gemaakt hebben, maar pistoolschoten op straat midden in de nacht roepen een reactie op.'

'Jij denkt zeker dat je een slimme jongen bent.'

'Nee, maar ik hoop wel dat jíj slim bent.'

Het pistool bewoog niet.

En daar ging het om. Vooral om de trekker. Eigenlijk om de vinger die om de trekker lag, want die was verbonden met het centrale zenuwstelsel van de man, dat even helemaal, ook al was het maar tijdelijk, verstrikt kon raken in twijfels, gedachtegangen en besluiteloosheid.

Of op zijn minst langzamer ging werken.

Reacher deed nog een stap. Hij stak zijn linkerhand een beetje omhoog, de handpalm naar voren en klopte zachtjes op de lucht, een verzoenend gebaar, maar ook een beetje dringend, alsof er meteen een probleem moest worden opgelost. De blik van de man volgde de bewegende hand. De beweging van Reachers andere hand, zijn rechterhand, die langzamer en lager bewoog, leek hem te ontgaan. Reachers rechterhand gleed onopgemerkt in zijn rechterzak, waar de H&K zich bevond, het pistool waarvan hij wist dat het werkte.

'We wachten in de auto,' zei de man. 'Niet op het trottoir.'

'Oké,' zei Reacher.

'Met gesloten portieren.'

'Tuurlijk.'

'Jullie achterin, ik voorin.'

'Totdat je baas komt opdagen,' zei Reacher. 'Dan kan hij bij jou voorin zitten en vragen stellen. Is dat de bedoeling?'

'En tot die tijd houd je je gedeisd.'

'Tuurlijk,' zei Reacher. 'Jij wint. Per slot van rekening ben jij de man met het wapen. We stappen wel in.'

De man knikte tevreden.

Daarna ging het van een leien dakje. De man maakte één hand los van de greep van zijn pistool en drukte de vingertoppen hard op het rubber van het portierraam, als een pianist die een krachtig akkoord wil aanslaan, wat ook zou kunnen worden geïnterpreteerd als een soort signaal dat er een akkoord was bereikt, terwijl het eigenlijk veeleer een kwestie van eenvoudige fysica was, omdat de man van plan was zich op te drukken en de vingers nodig had om zijn evenwicht te bewaren. Want hij had al enige tijd op zijn hurken gezeten, wat leidt tot gevoelloze spieren en tintelingen. Hoe dan ook, de man verloor de ijzeren beheersing over het pistool, de loop kwam iets omhoog, wat opnieuw kon worden geïnterpreteerd als een gebaar om duidelijk te maken dat de directe bedreiging formeel werd opgeheven, een bezegeling van het nieuwe akkoord tot samenwerking, maar eigenlijk waarschijnlijk ook puur een fysieke verplaatsing van gewicht was.

Reacher haalde de H&K niet uit zijn zak.

Hij deed een grote stap naar voren en trapte zacht tegen het portier. Dat sloeg tegen de knieën van de man erachter, met genoeg kracht om hem achterover te doen kantelen, tergend langzaam, maar onherroepelijk, tot hij uiteindelijk op zijn rug terechtkwam, hulpeloos als een schildpad. Zijn handen schoten omhoog om zijn val te breken en de Glock klapte met een plasticachtig geluid op het trottoir, schoot uit zijn hand en gleed weg. De man rolde om en sprong op, vanuit verticale in horizontale stand in één vloeiende beweging, ogenschijnlijk zonder moeite. Even soepel en atletisch als de manier waarop hij even daarvoor uit de auto was gegleden. Het zorgde ervoor dat Reacher een halve stap te laat was.

De man danste opzij en ontweek het dicht zwaaiende autoportier, veranderde onmiddellijk opnieuw van richting en schoot plotseling op Reacher af, met een korte rechtse stoot op Reachers gezicht gericht, die Reacher net op tijd zag aankomen, zodat hij wegdook, wegdraaide en de klap met zijn schouder opving. Harde, scherpe knokkels, geen klap waar veel massa achter zat, maar wel een die ervoor zorgde dat er meer ruimte tussen beide mannen ontstond, niet langer dan een fractie van een seconde, maar dat was gezien de snelheid van de man voldoende om hem de kans te geven opnieuw weg te dansen, met razendsnel voetenwerk, en het trottoir af te zoeken naar zijn pistool.

Fysiek zou je Reacher op zijn beurt ook best atletisch kunnen noemen, maar dan atletisch zoals een zwaargewicht atletisch is, met de verwoestende kracht van een gewichtheffer, niet watervlug en soepel. Hij was snel, maar niet razendsnel. Hij kon niet in een fractie van een seconde al zijn massa een andere kant op sturen, wat betekende dat hij zo'n halve seconde vastzat in een soort neutrale houding, geen beweging en ook geen tegenbeweging, een halve seconde die zijn tegenstander de gelegenheid bood nog eens uit te halen, waardoor Reacher gedwongen was opnieuw weg te duiken om de klap te ontwijken. Net als eerder danste de man ook nu weer weg tot buiten het bereik van Reachers armen, opnieuw met snel voetenwerk, onderwijl in het duister een ander deel van het trottoir afzoekend naar de Glock. Reacher bleef op hem afkomen, steeds met kleine pasjes, ontwijkend en wegduikend, aan de ene kant traag in vergelijking met zijn tegenstander, maar aan de andere kant niet tegen te houden, al helemaal niet met de zwakke klappen die hij tot dan toe te verwerken had gekregen. Bovendien werd zijn tegenstander natuurlijk moe van al dat dansen en springen. Hij hijgde.

De man danste weg.

Reacher volgde hem.

De man vond zijn pistool. Hij trapte er per ongeluk tegenaan. Het pistool gleed nog een paar centimeter verder weg met even het onmiskenbare geluid van schrapend plastic over het trottoir. De man verstijfde een fractie van een seconde en dacht op topsnelheid na. Toen dook hij in elkaar, zich half draaiend, veegde met zijn rechterhand over het trottoir om het pistool te pakken en buiten bereik van Reacher veilig te stellen. Een instinctief uitgevoerd plan dat niet alleen rekening hield met afstand, tijd en snelheid, alle dimensies, maar ook met zijn eigen vaardigheden en de relatieve traagheid van zijn tegenstander, zonder uit het oog te verliezen dat er ook mogelijke scenario's waren waarin die inschatting niet juist zou blijken te zijn, zodat een veiligheidsmarge diende te worden ingecalculeerd. De conclusie was dat voor iemand zo snel als hij toch nog genoeg tijd overbleef om de actie uit te voeren. Reacher kwam met zijn eigen berekening tot dezelfde slotsom. Hij was het ermee eens. Hij kon het pistool onmogelijk eerder bereiken.

Maar een deel van zijn beperkingen werd automatisch gecompenseerd. Zijn ledematen waren traag omdat ze zo zwaar waren, en ze waren niet alleen zwaar vanwege hun omvang, maar ook vanwege hun lengte. Dat gold zeer zeker voor zijn benen, die heel erg lang waren. Hij zette zich krachtig af met zijn linkervoet en trapte met zijn rechter, zakte bijna in een spagaat, en probeerde iets van de man te raken, iets van zijn lichaam, iets van die zwaaiende arm, wat dan ook, wat er maar betrokken was bij de actie om het pistool te grijpen.

Uiteindelijk bleek dat het hoofd van de man te zijn. Een toevalstreffer. Vierdimensionale geometrie die uit de bocht vloog. De lichte aarzeling, de kracht van Reachers trap, gedreven door zijn instinct, en gemotiveerd door een oeroude alles-of-niets-agressie. De man had zijn hoofd omhooggehouden en zijn arm helemaal gestrekt om het pistool te kunnen grijpen en weg te wentelen, maar Reachers voet was al op het punt in de ruimte waarnaartoe het hoofd onderweg was, als de honkbalknuppel bij een fastball, wat natuurlijk een foutslag zou opleveren. Het hoofd van de man maakte contact met Reachers voet net voorbij dat ene punt in de ruimte, niet perfect, maar wel bijna. Het hoofd sloeg achterover, gevolgd door het lichaam. De man schaafde met zijn wang over het trottoir.

Reacher keek naar hem.

'Zie je zijn pistool ergens?' vroeg hij.

De man bewoog niet.

'Ik zie het,' zei Abby.

'Raap het maar op, met duim en wijsvinger, bij de greep of de loop.'

'Ik weet hoe het moet.'

'Ik zei het maar. Voor de zekerheid.'

Ze deed een paar stappen, knielde, pakte de Glock en deed een paar stappen terug.

De man bewoog nog steeds niet.

'Wat moeten we met hem doen?' vroeg Abby.

'Laten liggen waar hij ligt.'

'En dan?'

'Zijn auto stelen.'

'Waarom?'

'Zijn baas is onderweg. We moeten het juiste signaal afgeven.'

'Je kunt ze onmogelijk de oorlog verklaren.'

'Dat hebben zij al gedaan. Ze hebben mij de oorlog verklaard, om volstrekt onduidelijke redenen, en daarom laat ik zien dat ik stevig kan reageren. Ik laat ze weten dat ze er anders over moeten gaan denken. Dat is een standaardmanoeuvre in de diplomatie. Het is een beetje als schaken. Ik bied ze de kans te onderhandelen. Baat het niet, dan schaadt het niet. Ik hoop dat ze dat begrijpen.'

'We hebben het over de Albanese maffia,' zei Abby. 'Jij bent maar in je eentje. Frank heeft gelijk. Dit is waanzin.'

'Maar het gebeurt,' zei Reacher. 'We kunnen de klok niet terugdraaien. Het gaat niet zomaar vanzelf weg. We zullen er zo goed en zo kwaad als het gaat een oplossing voor moeten vinden. Dat betekent dat we de auto hier niet kunnen laten staan, dat is een zwaktebod. Alsof we zouden zeggen: neem me niet kwalijk, dit was niet de bedoeling. We moeten ze iets duidelijk maken. We moeten zeggen: laat ons met rust, anders schoppen we je tegen je hoofd en nemen we je auto mee. Dat nemen ze serieus. Ze zullen tactischer gaan denken en een grotere troepenmacht bijeenbrengen.'

'Dat is foute boel.'

'Alleen als ze ons vinden. Ervan uitgaande dat ze ons niet zullen vinden, betekent het alleen maar dat er elders grote gaten in de verdediging vallen waar wij achteloos doorheen kunnen wandelen.'

'Waardoorheen?'

'Ik denk dat het uiteindelijke doel een gesprek van man tot man moet zijn met de grote baas, de tegenhanger van Gregory.'

'Dino,' zei Abby. 'Dat is waanzin.'

'Dino is maar één mens, net als ik. Hij en ik zouden van gedachten kunnen wisselen. Ik ben ervan overtuigd dat het allemaal een misverstand is.'

'Ik moet in deze stad werken. Links of rechts van Center Street.'

'Het spijt me,' zei Reacher.

'Dat is je geraden.'

'Maar daarom moeten we dit goed doen. We moeten het spel zo spelen dat we winnen.'

'Oké, we stelen de auto.'

'We kunnen hem ook in brand steken.'

'Stelen is beter,' zei Abby. 'Ik wil hier zo snel mogelijk vandaan.'

Ze reden vier straten verder met de auto en parkeerden hem op een hoek in een onopvallende wijk, met de sleutels in het contactslot en alle vier de portieren wijd open, evenals de motorkap en de klep van de kofferbak. Een beetje symbolisch. Daarna liepen ze terug naar het huis van Barton, langs een uitgebreide omweg. Voor de zekerheid liepen ze nog een rondje om het blok voordat ze naar binnen gingen. Barton was nog op, evenals Hogan en een derde man die Reacher nog nooit had gezien.

27

De derde man die hen opwachtte in de gang van Bartons huis had het soort haar en huid dat iemand tien jaar jonger doet lijken dan hij is, zodat hij in werkelijkheid ongeveer even oud moest zijn als Reacher. Hij was kleiner en minder zwaargebouwd. Hij had heldere waakzame ogen die diep in de kassen lagen aan weerszijden van een messcherpe neus. Een lange weerbarstige lok haar viel over zijn voorhoofd. Hij was min of meer stijlvol gekleed, droeg goede schoenen, een corduroybroek, een shirt en een jasje.

'Dit is de man over wie ik vertelde,' zei Joe Hogan. 'De huzaar die de talen van al die Oostbloklanden kent. Hij heet Guy Vantresca.'

Reacher stak zijn hand uit.

'Aangenaam kennis te maken,' zei hij.

'Van hetzelfde,' zei Vantresca. Ze schudden elkaar de hand. Daarna maakten Vantresca en Abby kennis met elkaar.

'Jij bent er snel,' zei Reacher.

'Ik was nog wakker,' zei Vantresca. 'Ik woon in de buurt.'

'Bedankt dat je wilt helpen.'

'Eigenlijk is dat niet de reden waarom ik hier ben. Ik ben gekomen om je te waarschuwen. Je moet je niet met die gangsters bemoeien. Het zijn er te veel, ze zijn te wreed en te goed beschermd. Dat zou mijn oordeel zijn.'

'Heb jij bij de militaire inlichtingendienst gezeten?'

Vantresca schudde zijn hoofd.

'Pantserdivisie,' zei hij.

Commandant van een compagnie tijdens de Koude Oorlog, had Hogan gezegd.

'Tanks?' vroeg Reacher.

'Veertien stuks,' zei Vantresca. 'Allemaal van mij. Op het oosten gericht. Mooie tijden.'

'Waarom heb je die talen geleerd?'

'Ik dacht dat we zouden winnen. Ik dacht dat ze me bewindvoerder over een burgerregio zouden maken. Maar ik wilde op zijn minst een fles wijn kunnen bestellen in een restaurant. Of een beetje met de meisjes kunnen kletsen. Het is al lang geleden. Uncle

Sam betaalde alles. In die tijd vonden ze het prettig in het leger als je studeerde. Iedereen haalde diploma's.'

'Te veel en te wreed zijn subjectieve uitspraken. Daar kunnen we het later nog wel over hebben, maar te goed beschermd is iets anders. Wat weet je daarover?'

'Ik schnabbel een beetje als consultant voor bedrijven, vooral op het gebied van beveiliging. Ik hoor wel eens iets en soms stellen ze me vragen. Een jaar geleden werden bij een federaal project allerlei cijfers uit het hele land vergeleken en daaruit bleek dat de Oekraïners en de Albanezen in deze stad de twee meest gezagsgetrouwe populaties waren in heel Amerika. Ze krijgen zelfs geen boetes voor foutparkeren. Dat doet een heel erg nauwe band vermoeden met wetshandhavers op allerlei niveaus.'

'Maar er moet ergens een rode streep zijn,' zei Reacher. 'Ik zei tegen een van die kerels dat pistoolschoten op straat, laat op de avond, ongetwijfeld een reactie van de zijde van de politie zou oproepen en dat sprak hij niet tegen. Volgens mij was hij het met me eens, want hij haalde de trekker niet over.'

'We krijgen bovendien een nieuwe korpschef,' zei Vantresca. 'Ze zijn nerveus. Maar er gebeurt nog steeds van alles wat uitermate slaapverwekkend is aan hun kant van de rode streep. In het algemeen gaat het ook niet om pistoolschoten op straat. Het is meer dat iemand eens even gezellig gaat keuvelen met een mogelijke getuige, op een plek waar er verder niemand bij is, waar niemand kan meeluisteren, bij die getuige thuis bijvoorbeeld, ergens waar de locatie zelf een zinnige bijdrage aan het gesprek kan leveren, de babykamer of zo, een gesprek over de merkwaardige vluchtigheid van het geheugen, dat dingen komen en gaan, dat je geheugen je heel erg voor het lapje kan houden, en dat niemand zich hoeft te schamen als hij moet bekennen dat hij zich iets niet meer kan herinneren. Ik ken mensen die zeggen dat het erg moeilijk is om onderzoek te doen in dergelijke zaken en dat ze heel gemakkelijk onder het vloerkleed kunnen verdwijnen.'

'Om hoeveel man gaat het?' vroeg Reacher.

'Te veel, zoals ik al zei. Te veel, te wreed en te goed beschermd. Zet het maar uit je hoofd.'

'Waar stond die compagnie van jou in de slagorde?'

'Vrij dicht bij de punt van de speer,' zei Vantresca.

'Met andere woorden tegenover een gigantische overmacht, vanaf dag één en waarschijnlijk tot in de eeuwigheid.'

'Ik snap wat je wilt zeggen, maar ik had veertien Abrams. Dat waren de beste tanks op de hele wereld, je reinste sciencefiction. Ik liep nou niet bepaald in een broek en een jasje een eindje te wandelen in de Fulda-vallei.'

'Zoals gewoonlijk bij de pantserdivisies schatten jullie de waarde van die machines veel te hoog in. Jullie waren ervan overtuigd dat jullie vuurkracht veel groter was dan die van hen. Zij hadden een overmacht maar jullie waren sterker. Op hun beurt waren ze ongetwijfeld heel erg goed beschermd, door een enorme natie. Slechts één argument in jullie voordeel en twee tegen. En toch zou je de tanks hebben gestart als je het bevel had gekregen.'

'Ik snap wat je wilt zeggen,' zei Vantresca opnieuw.

'En je ging ervan uit dat je zou winnen,' zei Reacher. 'Daarom leerde je al die talen. En dat is in alle eerlijkheid het enige wat ik nu van je nodig heb. Ik doe dit stap voor stap. Om te beginnen moet ik weten wat ze allemaal in die sms-berichten zeggen en dan moet ik met die nieuwe kennis aan de slag om te bedenken wat mijn volgende stap wordt. Ik ben nog niet zo ver dat ik de strijd kan aangaan. Ik heb nog geen waarschuwingen nodig.'

'Wat als je niets hebt aan wat je te weten komt?'

'Dat is geen acceptabele uitkomst, dat is alleen maar een resultaat van een foute planning. Dat hebben ze je vast wel geleerd in Duitsland.'

'Oké,' zei Vantresca. 'Stap voor stap.'

Ze installeerden zich in de keuken en begonnen met het Oekraïens. Vantresca sprak zijn bewondering uit voor de video-opname van Abby. Slim, ter zake en efficiënt. Hij tikte met zijn vinger op het scherm in een traag, syncopisch ritme, afspelen, pauze, afspelen, pauze, en las hardop voor van het steeds even stilstaande scherm, eerst langzaam en een beetje hakkelend en soms zweeg hij geruime tijd.

Vertaaltechnisch vormden de berichten namelijk een fiks probleem. Ze zaten vol dialect en jargon, afkortingen van een enkele letter en acroniemen, maar ook vol spelfouten, tenzij die spelling zo bedoeld was als vereenvoudigd taalgebruik, specifiek voor sms-berichten. Dat viel niet te zeggen. Vantresca zei dat hij wel enige tijd nodig zou hebben. Hij zei dat het neerkwam op het vertalen van een moeilijke vreemde taal, maar tegelijkertijd het ontcijferen van een geheimschrift. Uiteindelijk eigenlijk twee soorten geheimschrift, gezien de duistere toespelingen en weglatingen waarvan elke zichzelf respecterende gangster zich zou bedienen.

Abby had haar laptop gepakt en ging naast Vantresca zitten om hem te helpen. Ze zocht afzonderlijke woorden op in online woordenboeken en probeerde afkortingen van een enkele letter en acroniemen te duiden met behulp van taalblogs en websites van mensen die zich met gepriegel met woorden bezighielden. Ze maakte aantekeningen op kladblaadjes. Sommige dingen kregen ineens betekenis, maar alles bij elkaar vorderde het werk traag. Nooit had zoiets kleins zoveel opgeleverd. Ze had de video zo snel mogelijk gemaakt, vijf, tien, twintig seconden, vlug verder gescrold, steeds maar door. En nu leverde die brij van beelden duizenden woorden op, stuk voor stuk uitdagingen en puzzels, in de meeste gevallen voor meerdere uitleg vatbaar.

Reacher liet hen rustig doorwerken. Hij doodde de tijd in de voorkamer, met Barton en Hogan, tussen de drums en luidsprekerkasten. Een van die kasten was grijs en had ongeveer de afmetingen van een koelkast. Er zaten acht smoezelige cirkels op het gaas aan de voorkant. Reacher ging op de vloer zitten met zijn rug tegen de kast en deed niets. Barton tilde de gehavende Fender op schoot en speelde er unplugged op, amper hoorbaar, loopjes met zoemerige tonen.

'Denk je dat we gewonnen zouden hebben?' vroeg Hogan. 'Denk je dat Vantresca iets aan al zijn talen gehad zou hebben?'

'Ik denk dat we uiteindelijk wel gewonnen hadden,' zei Reacher. 'Puur technisch gesproken hadden we hen uitgeschakeld voordat zij ons hadden uitgeschakeld. Maar dat kun je moeilijk winnen noemen, vanwege de puinhoop die het zou zijn geworden. Maar hoe dan ook, de punt van de speer zou allang verdampt zijn. Ik ben bang dat je vriend al die tijd voor niets in de schoolbanken heeft gezeten.'

Barton speelde een aflopend arpeggio, een of ander aflopend akkoord in mineur en sloot af met een knal op de open e-snaar. Als de gitaar op de versterker aangesloten was geweest, zou het huis zijn ingestort. Unplugged rammelde en kletterde de snaar tegen de fretten zonder een duidelijke toon te produceren. Barton keek Reacher aan en zei: 'Nu ben jij de punt van de speer.'

'Ik ben niet van plan een oorlog te beginnen,' zei Reacher. 'Ik wil alleen geld voor de Shevicks. Als ik dat op een gemakkelijke manier te pakken kan krijgen, zal ik dat zeker doen. Ik voel geen behoefte om wie dan ook van die lui in persoon op het slagveld tegen te komen. Integendeel, liever niet zelfs.'

'Je krijgt geen keus. Ze hebben ongetwijfeld de toegang tot Trulenko grondig dichtgetimmerd. Laag op laag. Ik heb gezien hoe ze dat doen, vooral bij hun clubs. Er staat een man op de hoek van de straat, een bij de deur, een bij de volgende deur, en dan hangen er nog een paar rond die niets te doen hebben.'

'Wat kun je je nog herinneren van Trulenko?'

'Het was een nerd, net als al die kerels. Ik kan me nog herinneren dat ik het niet eerlijk vond hoe het is gegaan. In highschool was ik cool, maar nu zijn de nerds miljonairs en moet ik sappelen om aan de kost te komen. Ik had beter kunnen leren om software te schrijven dan muziek te maken.'

'Als hij nu werkt, wat zou hij dan doen?'

'Werkt hij?'

'Iemand had het daarover.'

'Dan doet hij vast iets met computers, want daar is hij goed in. Een van de besten. Die app van hem had iets met dokters te maken, maar in feite draait het allemaal om computersoftware, toch?'

Abby stak haar hoofd om de hoek.

'We zijn eruit,' zei ze. 'We zijn klaar met het Oekraïens. Ze hebben het twee keer over Trulenko.'

28

Vantresca spoelde de video terug naar het begin, maar voordat hij hem afspeelde, zei hij: 'In grote lijnen is er iets vreemds aan de hand. Afgezien van al het andere zijn ze in alle staten omdat ze mensen kwijtraken. Twee man bij een auto-ongeluk bij de Ford-dealer. Daarna twee geldophalers in een buurt met restaurants in het centrum en twee in een massagesalon. En nu zijn er twee man zoek die postten bij Abby voor de deur. In totaal al acht man.'

'Het is een bloedbad daarbuiten,' zei Reacher.

'Wat het interessant maakt, is dat ze de Albanezen de schuld geven van de eerste zes. Maar bij die laatste twee verandert de toon. Ze geven jou nu de schuld. Ze denken dat je op de loonlijst staat van een of andere organisatie uit New York of Chicago en de opdracht hebt hier onrust te stoken. Ze willen je koste wat het kost in handen krijgen. Ze denken dat je Shevick heet. En dat zou als puntje bij paaltje komt nog wel eens een groter probleem kunnen zijn.'

Vantresca tikte op de telefoon van Abby en startte het afspelen van de video. In eerste instantie speelde hij de video af in hetzelfde tempo waarin zij hem had opgenomen. Op het scherm was rechts de schaduw te zien van het topje van een wijsvinger, dat het beeld steeds maar omhoogschoof. Vantresca zette de beelden stil, startte het afspelen weer, tikte weer op pauze, speelde verder af en zette het beeld uiteindelijk stil bij de tekstballon die hij zocht. Boven de tekst was een foto afgebeeld. Aaron en Maria Shevick en Abigail Gibson, in de gang bij de Shevicks thuis, een verbaasde en ietwat ongemakkelijke blik in de ogen. Reacher herinnerde zich het geluid van een sluiter dat hij achter de keukendeur had gehoord, de zachte metalige klik van een mobiele telefoon die een camera nabootste.

'In de tekst onder de foto staat dat het om Jack, Joanna en Abigail Reacher gaat.'

Hij speelde de video verder af: pauze, afspelen, en vier tekstballonnen verder opnieuw pauze. 'Hier hebben ze al uitgevogeld dat het om Abby Gibson gaat, niet Abigail Reacher. Met het volgende bericht sturen ze iemand naar de bar waar ze werkt om haar huisadres op te vragen.'

Hij speelde de video verder af.

'Hier hebben ze haar huisadres. Ze sturen er een auto naartoe met de opdracht haar op te halen als ze haar vinden.'

'Eind goed, al goed,' zei Reacher.

'Het wordt nog erger,' zei Vantresca. Hij spoelde de video opnieuw door naar een uitgebreid bericht later die dag. Dezelfde foto boven een uitgebreid bericht in cyrillisch schrift. Vantresca las het voor. 'Er is melding gemaakt van het feit dat de oude vrouw die eerder op de foto hiervoor Joanna Reacher is genoemd, in ons pandjeshuis is geweest en daar heeft getekend met de naam Maria Shevick.'

'Shit,' zei Reacher. 'Was dat pandjeshuis van hen?'

'Daar had ze op bedacht moeten zijn. Vrijwel alles ten westen van Center Street is van hen. Het probleem is alleen dat ze haar ware naam heeft gebruikt. Dat maakt het waarschijnlijk dat ze ook haar ware adres en haar ware social security-nummer heeft gebruikt. Dan zijn ze nog maar één stap verwijderd van de ontdekking dat zij de wettige echtgenote is van Aaron Shevick. En je hoeft geen atoomgeleerde te zijn om te bedenken wie wie in werkelijkheid is. Op dat moment kunnen ze ingrijpen wanneer ze maar willen. Ze posten al voor het huis.'

'Ze raken regelrecht verstrikt in een existentiële crisis. Willen ze de naam Aaron Shevick of de man Aaron Shevick die geld van ze heeft geleend en blijkbaar probeert onrust te stoken? Want wat bepaalt nu iemands identiteit? Dat zal ze nog heel veel hoofdbrekens bezorgen.'

'Heb jij op West Point gezeten?'

'Hoe kom je daar zo bij?'

'Al dat gelul. Dit kon wel eens serieus worden. Natuurlijk willen ze de juiste persoon, maar wat ze ook zullen doen om die te pakken te krijgen, de scherven zullen iedereen om de oren vliegen. Om te beginnen bij de Shevicks thuis.'

Reacher knikte.

'Ik weet het,' zei hij. 'Geloof me. Ik ben al bloedserieus. De Shevicks zijn de zeventig gepasseerd, maar ik kan ze niet continu beschermen. Het enige wat je zou kunnen doen is ze evacueren naar een veilige plek. Maar waar? Ik heb niets in de aanbieding.' Hij dacht even na. 'Normaal gesproken zou ik zeggen: ga een tijdje logeren bij jullie dochter. Dat zouden ze graag willen, denk ik.'

Vantresca spoelde de video naar een bericht van laat op de vorige avond. 'Dit is waar jij de naam Trulenko laat vallen bij die uitsmijter van de bar waar Abby werkte. Vanaf dat punt gaat het gesprek twee kanten op. Allereerst gaat het verder over jou. Ze begrijpen niet waarom een sloeber als jij die geld komt lenen die vraag zou stellen. Dat zijn twee verschillende werelden en van daaruit ontwikkelen ze de theorie dat je een provocateur moet zijn die wordt betaald door een organisatie van buiten.'

'En de andere lijn gaat over Trulenko zelf,' zei Abby. 'Hij wordt twee keer genoemd. Eerst een statuscheck en een inschatting van het dreigingsniveau met de uitslag: niets aan de hand. Maar een uur later beginnen ze zich zorgen te maken.'

'Omdat ik was ontsnapt,' zei Reacher. 'Toen jij me je huis in trok. Het was duidelijk dat ik nog vrij rondliep.'

'Ze hebben vier ploegen vrijgemaakt voor extra surveillance en ze hebben de al aanwezige bewaking opgedragen zich terug te trekken en onmiddellijk te hergroeperen rond Trulenko. Ze noemen het situatie B, kennelijk een soort alarmfase. Het is duidelijk gepland, waarschijnlijk geoefend en misschien wel eerder gebruikt.'

'Oké,' zei Reacher. 'Een ploeg bestaat uit twee man in een auto?'

'Als jij het zegt.'

'Dus acht man in totaal, als versterking voor een onbekend aantal om mee te beginnen. Hoeveel zouden ze inzetten op een doorsnee dag wanneer er niets aan de hand is? Ik zou zeggen, niet meer dan vier, als die zo gemakkelijk zonder verdere voorbereiding kunnen worden ingeschakeld voor persoonlijke bewaking. Dus vier man trekken zich terug rondom Trulenko en acht man bewaken de periferie.'

'Jij alleen tegen twaalf man.'

'Niet als ik de beste plek kies. Ik zou naar binnen kunnen sluipen door een gat in het kordon.'

'In het gunstigste geval vier man.'

'Een open vraag, tenzij die telefoon die acht man precies vertelt waar ze zich moeten melden voor hun extra klus. Het zou mooi zijn als we een adres hadden.'

Vantresca zei niets.

Reacher keek Abby aan.

'De telefoon geeft exact aan waar.'

'Maar?'

'Het is een heel gecompliceerd woord. Ik heb het overal opgezocht. Oorspronkelijk betekende het zoiets als korf of nest of hol. Of alle drie. Of iets ertussenin. Voor iets wat zoemt of gonst of bromt. Net als veel oude woorden was het biologisch vaag. Tegenwoordig wordt het blijkbaar nog uitsluitend figuurlijk gebruikt, zoiets als in een film met een krankzinnige professor in een laboratorium vol knipperende en blinkende machines en het geknetter van elektrische ladingen. Zo wordt het woord tegenwoordig gebruikt.'

'Een zenuwcentrum.'

'Precies.'

'Dus de telefoon geeft alleen aan dat ze zich moeten melden bij het zenuwcentrum.'

'Zij weten natuurlijk waar dat is.'

'De lui met wie ik heb gesproken, wisten het niet,' zei Reacher. 'Ik heb het ze gevraagd en ik geloof ze. Het is vertrouwelijke informatie en dat betekent dat de acht man die ze zojuist hebben ingeschakeld hoog in de organisatie staan. Ingewijden.'

'Dat lijkt logisch,' zei Vantresca. 'Het neusje van de zalm. Alleen de besten worden ingezet voor situatie B.'

'Dat zei ik immers al,' zei Hogan. 'De enige route naar het doelwit voert langs het hoogste niveau van de organisatie.'

'Waanzin,' zei Barton.

Vantresca en Abby zetten zich aan de sms-berichten op de Albanese telefoon. Ze hanteerden hetzelfde systeem als bij het ontcijferen van de Oekraïense berichten, naast elkaar aan de keukentafel. Vantresca was minder vertrouwd met de taal, maar de berichten waren formeler en grammaticaal minder geïmproviseerd, zodat alles toch sneller ging. Bovendien viel er veel minder te ontcijferen. Alle relevante berichten dateerden van de laatste uren. Een deel was bekend. Opnieuw werd verondersteld dat Reacher een provocateur was die door krachten van buiten werd betaald. Maar een deel was ook nieuw. Er was gemeld dat de witte Toyota het territorium was binnengereden. Ze hadden gezien dat Reacher en Abby samen waren uitgestapt, nadat ze de auto ergens op een braakliggend terrein hadden geparkeerd. Een kleine, slanke vrouw met kort, donker haar en een grote lelijke kerel met kort blond haar. Uitkijken naar die twee.

'Eigenlijk denk ik dat het zoiets als onopvallend betekent,' zei Abby. 'Of aantrekkelijk op een ruige manier. Niet echt letterlijk lelijk.'

'Schelden doet geen zeer, slaan des te meer,' zei Reacher.

'Maar dit is misschien wel pijnlijk,' zei Vantresca, die ondertussen het einde van de video had bereikt. Het laatste Albanese sms-bericht. 'Ze zijn actief naar je op zoek en ze geven een schatting van je huidige positie. Ze denken dat je je ergens in een rechthoek van twaalf huizenblokken bevindt.'

'En klopt dat?'

'We zitten bijna midden in die rechthoek.'

'Dat is niet best,' zei Reacher. 'Het lijkt erop dat ze over genoeg informatie beschikken.'

'Ze kennen het hier goed en ze hebben een dikke vinger in de pap. Er zitten heel wat mensen achter de geraniums te loeren en er rijden erg veel auto's door de straten.'

'Het klinkt alsof je ze hebt bestudeerd.'

'Ik zei al dat ik wel eens wat opvang. Iedereen heeft wel een verhaal, omdat iedereen vroeg of laat met ze te maken krijgt. Het maakt niet uit hoe je aan je inkomen komt, er zijn kosten aan verbonden aan de oostkant van Center Street. De mensen raken eraan gewend. Uiteindelijk gaan ze het zelfs redelijk vinden. Tien procent, dat vroeg de kerk vroeger ook. Belasting. Daar valt niets aan te doen. Dat wordt een heel beschaafd verhaal, zolang er maar wordt betaald. En dat doet iedereen trouw, want dit blijven enge mensen.'

'Dat klinkt alsof je er persoonlijk ervaring mee hebt.'

'Een paar maanden geleden heb ik hier dingen geregeld voor een journaliste uit Washington D.C. Ik heb een vergunning als privédetective. Mijn telefoonnummer staat in alle grote gidsen. Ik weet niet waarover ze wilde schrijven, dat wilde ze me niet vertellen. Ik nam aan dat het over de georganiseerde misdaad zou gaan, want daarin leek ze geïnteresseerd. Zowel in de Albanezen als de Oekraïners, maar eigenlijk meer in de Oekraïners. Die indruk kreeg ik. Maar op de een of andere manier zei ze aan de oostkant van Center Street iets verkeerds en het gevolg was dat ze als eerste een confrontatie had met de Albanezen. Ze voerden persoonlijk een gesprek met haar. Zij alleen met een handjevol mannen, in een achterkamertje van een restaurant. Ze kwam weer naar buiten en gaf me opdracht rechtstreeks naar de luchthaven te rijden, zonder omweg langs haar hotel. Ze wilde niet stoppen om haar spullen bij elkaar te zoeken. Ze was doodsbang. Tot in het diepst van haar ziel geschokt. Ze gedroeg zich als een robot. Ze nam het eerste het beste vliegtuig en is nooit meer teruggekomen. Als ze dat kunnen bereiken door alleen met haar te praten, kun je er donder op zeggen dat het ze ook lukt om een heleboel mensen zover te krijgen dat ze hun ogen openhouden op zoek naar een stel vreemden. Pure intimidatie, zo komen ze aan hun informatie.'

'Dat is ook niet best,' zei Reacher. 'Dergelijk onheil wens ik jullie niet toe.'

Barton noch Hogan leverde commentaar, instemmend noch afkeurend.

'We kunnen niet naar een hotel gaan,' zei Abby.

'Misschien wel,' zei Reacher. 'Misschien moeten we dat juist doen. Misschien kunnen we de zaak op die manier in een stroomversnelling brengen.'

'Je bent er nog niet klaar voor,' zei Hogan.

'Blijf vannacht maar hier slapen,' zei Barton. 'Jullie zijn er nu toch al. De buren kunnen niet door de muren kijken. Morgen moeten we met de lunch ergens spelen. Als jullie dan weg willen, kun je meerijden in de bus. Dat ziet niemand.'

'Waar moeten jullie spelen?'

'In een lounge aan de westkant van Center Street. Dichter bij Trulenko dan je nu bent.'

'Hebben ze in die lounge ook een uitsmijter?'

'Altijd, dus jullie kunnen waarschijnlijk het beste om de hoek uitstappen.'

'Of juist niet, als we uit zijn op een stroomversnelling.'

'Wij moeten hier werken, man. Die lounge is een goede klus

voor ons. Doe me een lol en zoek je stroomversnelling ergens anders, als je die per se nodig hebt. Al hoop ik dat niet, want het is pure waanzin.'

'Afgesproken,' zei Reacher. 'We rijden morgen met jullie mee. Heel erg bedankt, ook voor de gastvrijheid vannacht.'

Vantresca vertrok tien minuten later. Barton deed de buitendeur op het nachtslot. Hogan zette een koptelefoon op en stak een joint zo groot als Reachers duim in brand. Reacher en Abby vertrokken naar boven, naar de kamer met de op zijn kant gezette versterker als nachtkastje. Drie straten verderop werd een gloednieuwe sms niet ontvangen door de Albanese telefoon in de verroeste brievenbus. Even later gold hetzelfde voor een aan de Oekraïense telefoon gericht bericht.

29

De rechterhand van Dino had bij zijn geboorte de naam Shkumbin meegekregen, naar een schitterende rivier in hartje Albanië. Het was echter geen gemakkelijke naam buiten Albanië. In het begin maakten de meeste mensen er iets van wat begon met 'schuim', wat niet erg vleiend klonk en door sommigen met opzet ietwat pesterig werd uitgesproken, al deden die dat maar één keer. Als ze weer konden praten, na maanden van behandelingen door allerlei tandheelkundig specialisten, deden ze meestal hun uiterste best om bij het uitspreken van de naam de juiste klanken te produceren. Dat daarbij nogal werd geslist kon natuurlijk ook een gevolg zijn van niet helemaal geslaagde gebitsreparaties. Na verloop van tijd echter kreeg Shkumbin genoeg van rauwe knokkels en nam hij de naam aan van zijn overleden broer, deels vanwege het gemak en deels als eerbetoon. Niet de naam van zijn oudere reeds overleden broer Fatbardh, wat 'moge hij de gelukkige wezen' betekende, ook een mooie naam, maar opnieuw om begrijpelijke redenen een onhandige naam buiten Albanië. In plaats daarvan nam hij de naam aan van zijn jongere reeds overleden broer, Jetmir, wat 'zal een goed leven leiden' betekende, alweer een naam vol warme gevoelens, en bovendien in dit geval een naam die heel goed te gebruiken was buiten Albanië, makkelijk te onthouden en zelfs een beetje flitsend en futuristisch, ook al was het dan oorspronkelijk een traditionele zegening. Het klonk ook nog eens een beetje communistisch, als de naam van een testpiloot van het Rode Leger in een stripverhaal, of een heldhaftige kosmonaut op een aanplakbord met propaganda. Al leken de Amerikanen zich niet zo druk meer te maken om dat soort zaken. Dat was allemaal zo lang geleden.

Toen Jetmir over de drempel van de vergaderzaal achter de houthandel stapte, trof hij daar alle andere luitenants al aan. Uitgezonderd Dino natuurlijk. Dino was niet op de hoogte gebracht. Nog niet. Het was de tweede keer dat ze bij elkaar kwamen zonder Dino. Een grote stap. Een enkele bijeenkomst op die manier zou je misschien nog kunnen vergoelijken, maar twee achter elkaar viel al minder goed uit te leggen.

Het zou godsonmogelijk zijn om een excuus voor de derde keer te bedenken.

'De zoekgeraakte telefoon is twintig minuten weer online geweest,' zei Jetmir. 'Er zijn geen berichten verzonden en er is ook niet mee gebeld. Daarna verdween hij weer. Alsof ze zich ergens in een diepe kelder schuilhouden, even de straat op zijn gegaan, naar de winkel op de hoek of zo, en daarna gauw weer zijn ondergedoken.'

'Hebben ze hem gelokaliseerd?'

'We hebben een vrij nauwkeurige bepaling met driehoeksmeting, maar het is een dichtbevolkte woonwijk. Op iedere straathoek zit een winkel. Maar de telefoon bevindt zich precies waar we dachten dat we hem zouden moeten zoeken. Dicht bij het punt midden in het gebied dat we hadden aangewezen.'

'Hoe dichtbij?'

'Volgens mij kunnen we die twaalf blokken van eerder wel vergeten en ons concentreren op de middelste vier, misschien de middelste zes, voor de zekerheid.'

'In een kelder?'

'Of ergens anders waar geen bereik is.'

'Misschien hebben ze de batterij eruit gehaald, en toen heel even er weer in gestopt.'

'Waarom? Ik zei al dat er niets is verzonden en niet mee is gebeld.'

'Oké, een kelder.'

'Of een gebouw met veel staal en ijzer. Zoiets. Hou je ogen open. Stuur iedereen die kant op. Ik wil een ware vloedgolf in dat gebied. Let op licht dat door kieren tussen de gordijnen naar buiten schijnt. Let op auto's en voetgangers. Bel maar aan en stel vragen als het nodig is.'

Op datzelfde moment nam Jetmirs tegenhanger aan de andere kant van Center Street ook deel aan een vergadering met de luitenants, in een vergaderzaaltje achter het taxibedrijf, tegenover het pandjeshuis, naast het bedrijfje dat leningen verstrekte voor borgstellingen. Bij deze vergadering was de baas zelf echter wel aanwezig. Gregory troonde zoals altijd aan het hoofd van de tafel en zat de vergadering voor. Hij had zijn luitenants bijeengeroepen, meteen nadat het bericht hem ter ore was gekomen dat een van zijn mannen in het centrum door Aaron Shevick was uitgeschakeld.

'Dit nieuwste incident voelt heel anders,' zei hij. 'Er is geen enkele poging gedaan het anders voor te stellen dan het was. Hij heeft geen enkele poging gedaan om de Albanezen de schuld in de schoenen te schuiven. Het was volstrekt schaamteloos en openlijk. Blijkbaar heeft hij instructies gekregen om zijn eerdere tactiek op te geven. Een nieuwe fase in het proces. Ik denk dat dat een fout is. Ze hebben meer over zichzelf blootgegeven dan ze van ons te weten zullen komen.'

'De telefoon,' zei zijn rechterhand.

'Precies,' zei Gregory. 'Dat hij dat pistool zou meenemen was te verwachten. Dat zou iedereen doen. Maar waarom de opdracht die telefoon in te pikken?'

'Dat is een noodzakelijk onderdeel van hun nieuwe strategie. Ze gaan proberen om elektronische schade aan te brengen. Om ons zwakker te maken. Ze zullen proberen om ons besturingssysteem binnen te dringen met die telefoon.'

'Wie op de hele godganse wereld heeft in vredesnaam de deskundigheid, de ervaring, het zelfvertrouwen en de misplaatste arrogantie om te denken dat zoiets kan?'

'Alleen de Russen,' zei zijn rechterhand.

'Precies,' zei Gregory opnieuw. 'Hun nieuwe tactiek heeft hun identiteit blootgelegd. Nu weten we het. De Russen komen eraan.'

'Dat is niet best.'

'Ik vraag me af of ze ook een Albanese telefoon in handen hebben gekregen.'

'Waarschijnlijk wel. De Russen houden er niet van om een territorium te delen. Ik ben ervan overtuigd dat ze zowel ons als de Albanezen eruit willen hebben. Dat wordt een zware dobber, want er zijn er nogal wat.'

Het was geruime tijd doodstil.

'Kunnen we ze verslaan?' pakte Gregory de draad weer op.

'Ze komen ons besturingssysteem niet in,' zei zijn rechterhand.

'Dat vroeg ik niet.'

'Goed, maakt niet uit wat we in stelling brengen om de strijd aan te gaan, zij komen met het dubbele, twee keer zoveel manschappen, twee keer zoveel geld en twee keer zoveel materieel.'

'Het zijn wanhopige tijden,' zei Gregory.

'Zeg dat wel.'

'Dat vraagt om een wanhoopsoffensief.'

'Een wanhoopsoffensief?'

'Als de Russen het dubbele mobiliseren van wat wij hebben, moeten we de schaal weer in evenwicht brengen. Zo simpel ligt het. Tijdelijk. Tot de crisis voorbij is.'

'Hoe?'

'We moeten een tijdelijk defensief bondgenootschap sluiten.'

'Met wie?'

'Met onze vrienden uit het oosten van de stad.'

'Met de Albanezen?'

'Ze zitten in hetzelfde schuitje.'

'Doen ze dat, denk je?'

'Tegen de Russen zullen ze ons net zo hard nodig hebben als wij hen. Met vereende krachten kunnen we misschien tegen ze op. Afzonderlijk lukt dat niet. Eendracht maakt macht, tweedracht breekt kracht.'

Opnieuw doodse stilte.

'Dat is nogal wat,' zei een van de luitenants uiteindelijk.

'Dat ben ik met je eens,' zei Gregory. 'Het is bizar en pure waanzin, maar wel noodzakelijk.'

Verder zei niemand nog iets.

'Oké,' zei Gregory. 'Ik ga nog een keer met Dino praten. Meteen morgenvroeg.'

Reacher werd wakker in het onbestemde grijze schemerduister van de nacht. De klok in zijn hoofd gaf tien voor vier aan. Hij had iets gehoord. Een auto, buiten op straat, onder het ronde raam. Een afremmende auto, veren die protesteren, rubber dat zich verzet op het wegdek. Een auto die tot stilstand komt.

Hij wachtte. Abby sliep naast hem door, warm, zacht en ontspannen. Het oude huis kraakte en tikte. Een strook licht kroop onder de deur vanaf de overloop naar binnen. De gloeilamp op de overloop brandde nog. Misschien brandde ergens beneden nog een tweede lamp, in de keuken of in de woonkamer. Misschien was Hogan of Barton nog op. Of allebei, onderuit in een leunstoel. Tien voor vier 's nachts. Geen reden voor een muzikant om te slapen.

Buiten op straat draaide de motor stationair. Het zachte sleurende geluid van de distributieriem, het zoemen van de ventilator, het zachte tikken van de onbelast op en neer slaande zuigers. Vervolgens een doffe, gedempte bonk onder de motorkap die een iets ander geluid aan de motor ontlokte.

De versnellingspook was in de parkeerstand gezet.

De motor werd uitgezet.

Even bleef het stil.

Er ging een portier open.

Een leren zool werd kletsend op het trottoir gezet. Een veer in de zitting van een stoel versprong toen het gewicht erop werd verplaatst. Een tweede schoenzool kletste op het trottoir. Iemand ging staan, met een lichte zucht van inspanning.

Het portier viel dicht.

Reacher gleed uit bed, zocht zijn broek, zijn shirt en zijn sokken. Hij knoopte de veters van zijn schoenen. Hij trok zijn jack aan en voelde de geruststellende gewichten in de zakken.

Beneden klonk een harde bons op de voordeur. Een harde houten dreun. Tien voor vier 's nachts. Reacher luisterde, maar hoorde niets. In feite hoorde hij nog minder dan niets, in ieder geval minder dan eerder. Als een gat in de lucht. Het negatieve geluid van twee muzikanten die tot dat moment onderuitgezakt hadden zitten nietsdoen en zich nu stomverbaasd afvroegen wat of wie in hemelsnaam midden in de nacht...

Barton en Hogan, nog steeds op, tien voor vier, geen reden voor muzikanten om te slapen.

Reacher wachtte. *Doe iets*, dacht hij. *Zorg ervoor dat ik niet naar beneden hoef te komen.* Hij hoorde dat een van de twee overeind kwam. Geschuifel. Waarschijnlijk keek hij door een kier tussen de gordijnen naar buiten, een beetje schuin, in de richting van de voordeur.

'Albanees,' hoorde hij op gedempte toon zeggen.

De stem van Hogan.

'Hoeveel?' fluisterde Barton.

'Eentje maar.'

'Wat wil hij?'

'Bij de les over toekomst voorspellen was ik ziek.'

'Wat moeten we doen?'

Er werd opnieuw op de deur gebonsd, nu meerdere keren, doffe houten dreunen.

Reacher wachtte. Achter zich hoorde hij Abby bewegen. 'Wat gebeurt er?' vroeg ze.

'Er staat een Albanese infanterist voor de deur. Die zal wel naar ons op zoek zijn.'

'Hoe laat is het?'

'Acht minuten voor vier.'

'Wat moeten we doen?'

'Barton en Hogan zijn beneden. Die zijn nog niet naar bed. Ik hoop dat zij het kunnen afhandelen.'

'Misschien moet ik me aankleden.'

'Dat vind ik jammer, maar ik denk het wel.'

Ze kleedde zich net als Reacher snel aan, broek, shirt, sokken, schoenen. Daarna wachtten ze. Er werd een derde keer op de deur gebonsd. Een dof dreunend houten geluid. Het soort bonzen dat je niet kon negeren. Ze hoorden Hogan zeggen dat hij wel open zou doen. Ze hoorden Barton daarmee instemmen. Ze hoorden Hogans voetstappen in de gang, stevig, vastberaden en zonder aarzelen. De marinier, de drummer, Reacher wist niet wat nu eigenlijk de kern was van de persoonlijkheid van Hogan.

Ze hoorden hem de deur opendoen.

'Wat is er?' hoorden ze Hogan vragen.

Er klonk een nieuwe stem, zachter, omdat de man buiten stond, niet binnen, en vanwege de toon, die iets dubbelzinnigs had, enerzijds gemoedelijk, anderzijds spottend. Zogenaamd vriendelijk.

'Alles oké binnen?' vroeg de stem.

'Waarom zou het niet oké zijn?' vroeg Hogan.

'Ik zag licht branden,' zei de stem. 'Ik maakte me zorgen dat jullie midden in de nacht wakker waren geworden omdat er iets akeligs was gebeurd.'

De stem klonk zacht, maar het was niettemin een volumineuze, krachtige stem, voortgebracht door longen in een indrukwekkende borstkas met daarboven een hoofd op een dikke stierennek. De stem droop van arrogantie en zelfingenomenheid. De man was gewend dat hij op zijn wenken werd bediend. Het soort stem waarmee nooit alsjeblieft werd gezegd en dat als antwoord nooit nee kreeg.

Doe iets, dacht Reacher. *Zorg ervoor dat ik niet naar beneden hoef te komen.*

'Niets aan de hand,' zei Hogan. 'Maak je geen zorgen. Hier is niets aan de hand.'

'Weet je het zeker? Want we helpen graag even als het nodig is.'

'We hebben geen hulp nodig,' zei Hogan. 'Het licht is alleen maar aan omdat niet iedereen op hetzelfde moment in bed ligt. Dat lijkt me niet zo moeilijk om te begrijpen.'

'Hé, daar weet ik alles van,' zei de Albanees. 'Kijk mij hier staan. Ik werk de hele nacht om de buurt een beetje veilig te houden. Eigenlijk zou je me daar best bij kunnen helpen, als je dat wilt.'

Hogan gaf geen antwoord.

'Wil je me daar niet bij helpen?' vroeg de man.

Hogan zei nog steeds niets.

'De ene dienst is de andere waard,' zei de man. 'Zoiets is het. Jij helpt ons nu en wij helpen jou, de volgende keer. Dat soort dingen is belangrijk. Het kan precies zijn wat je nodig hebt. Bijvoorbeeld om een groot probleem op te lossen. Maar ja, aan de andere kant, als je ons nu voor de voeten loopt, zouden wij het je wel eens heel lastig kunnen maken. In de toekomst, bedoel ik. Op allerlei manieren. Bijvoorbeeld, wat doe je voor de kost?'

'Hulp?' vroeg Hogan.

'We zijn op zoek naar een man en een vrouw. Hij is al wat ouder, zij jonger. Een tenger vrouwtje met donker haar. Die kerel is groot en lelijk.'

Doe iets, dacht Reacher. *Zorg ervoor dat ik niet naar beneden hoef te komen.*

'Waarom zoeken jullie die?' vroeg Hogan.

'We denken dat ze gevaar lopen,' zei de man op de stoep. 'We moeten ze waarschuwen. Het is voor hun eigen bestwil. We proberen ze te helpen, want dat is wat we doen.'

'Die hebben we niet gezien.'

'Weet je dat zeker?'

'Honderd procent zeker.'

'Er is nog iets wat je kunt doen,' zei de man.

'Wat dan?'

'Je kunt ons bellen als je ze ziet. Wil je dat doen?'

Hogan zei niets.

'Het stelt niets voor,' zei de man. 'Je helpt ons met een telefoontje dat tien seconden duurt, of je doet het niet. Maakt mij niet uit, dit is een vrij land. We maken er even een aantekening van en dan gaan we weer verder.'

'Oké,' zei Hogan. 'We bellen wel.'

'Bedankt, wanneer je maar wilt, dag en nacht. Direct bellen.'

'Oké,' zei Hogan opnieuw.

'Nog één ding.'

'Wat?'

'Je kunt me nog ergens mee helpen.'

'Hoe?'

'Ik ga natuurlijk melden dat dit adres "schoon" is, zoals wij dat noemen. De mensen die we zoeken zijn niet hier en de bewoners zijn gewoon doorsnee burgers die zich met doorsnee zaken bezighouden, enzovoort, en zo verder.'

'Goed,' zei Hogan.

'Maar in onze wereld nemen we de zaken zeer serieus. We houden van cijfers die kloppen. Er komt een moment dat ze me vragen met hoeveel zekerheid ik dat oordeel kan geven.'

'Honderd procent,' zei Hogan.

'Ja, ik geloof je meteen, maar als puntje bij paaltje komt is dat niet meer dan de uitspraak van iemand die er baat bij heeft om dat te zeggen.'

'Meer heb je niet.'

'Dat bedoel ik nou,' zei de man. 'Ik zou er echt mee geholpen zijn als ik even een rondje door je huis mocht maken, zodat ik het zelf kon zien. Dan heb ik iets waar ik mee verder kan. Geen twijfel meer mogelijk. Dan hoeven we je niet opnieuw lastig te vallen. Misschien zou je zelfs wel een uitnodiging krijgen voor de picknick die we op Onafhankelijkheidsdag organiseren. Omdat je erbij hoort. Een man uit één stuk, waar je op kunt bouwen.'

'Het is niet mijn huis,' zei Hogan. 'Ik huur alleen een kamer. Ik denk niet dat ik je daar toestemming voor kan geven.'

'Misschien die andere heer in de woonkamer.'

'U moet ons maar op ons woord geloven en ik wil dat u nu vertrekt.'

'Maak je geen zorgen om de wiet,' zei de man. 'Is dat het probleem? Ik kon het op straat al ruiken. Wiet interesseert me niet. Ik ben niet van de politie. Ik kom jullie niet oppakken. Ik vertegenwoordig een gemeenschap waarin de mensen elkaar bijstaan. We werken hard met z'n allen en we behalen indrukwekkende resultaten.'

'Geloof me maar op mijn woord,' zei Hogan.

'Wie is er nog meer in huis?'

'Niemand.'

'De hele avond alleen geweest?'

'We hebben bezoek gehad vanavond.'

'Wie?'

'Vrienden,' zei Hogan. 'We hebben chinees laten bezorgen en een fles wijn gedronken.'

'Zijn ze blijven slapen?'

'Nee.'

'Hoeveel vrienden?'

'Twee.'

'Toevallig een man en een vrouw?'

'Niet de man en de vrouw die jij zoekt.'

'Hoe weet jij dat?'

'Omdat het niet kan. Het zijn doorsnee mensen, zoals jij die beschreef.'

'Weet je zeker dat ze niet zijn blijven slapen?'

'Ik heb ze zien vertrekken.'

'Oké,' zei de man. 'Dan hoef je je nergens zorgen over te maken. Ik kijk alleen even snel rond en ik weet het meteen. Ik heb enige ervaring met dit soort dingen. In Tirana heb ik bij de politie gewerkt. Over het algemeen is mijn ervaring dat iemand onmogelijk in een huis kan zijn geweest zonder zichtbare sporen achter te laten, die soms ook nog duidelijk maken wie ze waren en waarom ze daar waren.'

Reacher en Abby hoorden Hogan niet antwoorden. Ze hoorden voetstappen in de gang beneden. De man was naar binnen gekomen.

'Ik kan niet geloven dat Hogan hem heeft binnengelaten,' fluisterde Abby. 'Die man gaat natuurlijk overal kijken en maakt niet alleen maar even snel een rondje. Hogan is erin getuind.'

'Hogan doet het prima,' zei Reacher. 'Hij is marinier, hij heeft een gezonde kijk op strategie. Hij heeft ons tijd genoeg gegeven om ons aan te kleden, het bed op te maken, het raam open te doen, zodat we nu, op het moment dat die man over de drempel stapt, naar buiten klimmen en ons verbergen op het dak of in de tuin. De man vindt ons niet en vertrekt, overtuigd van het feit dat we hier niet zijn, zonder een confrontatie. Het beste gevecht is het gevecht dat je niet hoeft te voeren, dat begrijpen zelfs mariniers.'

'Maar we klimmen helemaal niet uit het raam. We staan hier maar.'

'Misschien kan het ook anders.'

'Hoe dan?'

'Misschien meer op de manier waarop de landmacht het aanpakt.'

'Hoe dan?' fluisterde Abby opnieuw.

'Gewoon afwachten en kijken wat er gebeurt.'

Beneden hoorden ze de man de kamer in stampen. 'Zitten jullie in de muziek?' hoorden ze hem zeggen.

'Ja.'

'En jullie spelen in onze clubs?'

'Ja.'

'Dan is dat afgelopen, tenzij jullie je beter gaan gedragen.'

Geen reactie. Het bleef even stil, toen hoorden ze de man teruglopen naar de gang en verder naar de keuken.

'Chinees,' hoorden ze hem zeggen. 'Een heleboel bakjes. Je sprak de waarheid.'

'En wijn,' zei Hogan. 'Dat zei ik al.'

Ze hoorden gerinkel van glas. Twee lege flessen, opgepakt of tegen elkaar aan getikt, geïnspecteerd of wat dan ook.

Daarna stilte.

'Wat is dit?' hoorden ze de man zeggen.

Geen enkel geluid tot ze de man zijn eigen vraag hoorden beantwoorden.

'Dit is een kladblaadje met het Albanese woord voor "lelijk".'

30

Reacher en Abby liepen de slaapkamer uit, de overloop op. Beneden in de keuken klonk geen enkel geluid. Er hing een gespannen stilte, die suizend weerkaatste tegen de tegeltjes. Reacher zag in gedachten hoe Hogan en Barton verontruste blikken uitwisselden.

'We moeten naar beneden om ze te helpen,' fluisterde Abby.

'Dat kunnen we niet doen,' fluisterde Reacher. 'Als die man ons hier ziet, kunnen we hem niet meer laten vertrekken.'

'Waarom niet?'

'Omdat hij het zou rapporteren. Dit adres zou besmet zijn. Het zou Barton allerlei problemen opleveren in de toekomst. Ze zouden hem zeker uit hun clubs verbannen. Hogan ook. Ze zitten allebei in hetzelfde schuitje, er moet brood op de plank.'

Hij dacht na.

'Hoe bedoel je dat we hem niet kunnen laten vertrekken?' vroeg Abby.

'We hebben een paar opties.'

'Wou je hem gevangennemen?'

'Misschien heeft dit huis een kelder.'

'En de andere opties?'

'Een hele reeks. Ik ben niet kieskeurig, als het maar effectief is.'

'Eigenlijk is het mijn fout,' zei Abby. 'Ik had dat stuk papier niet moeten laten slingeren.'

'Je hielp mij. Dat was heel aardig.'

'Maar toch een fout.'

'Gedane zaken,' zei Reacher. 'Verknoei er geen tijd mee. Bewaar je energie voor belangrijke dingen.'

Beneden hoorden ze het gesprek weer op gang komen.

'Leer je een nieuwe taal?' vroeg de man.

Geen antwoord.

'Misschien kun je beter niet beginnen met Albanees, en al helemaal niet met dat woord. Dat ligt nogal subtiel. Het heeft een heleboel betekenissen. Oorspronkelijk is het spreektaal, heel oud. Op het platteland hoor je het nog wel eens, maar eigenlijk nog maar zelden. Het wordt nu niet zoveel meer gebruikt.'

Geen reactie.

'Waarom heb je het op een kladblaadje geschreven?'

Geen antwoord.

'Eerlijk gezegd denk ik niet dat jij dat hebt gedaan. Dit is het handschrift van een vrouw. Ik zei al dat ik ervaring heb in dit soort dingen. Ik ben rechercheur geweest in Tirana. Ik blijf graag op de hoogte van dingen, vooral als die mijn nieuwe vaderland betreffen. De vrouw die dit woord heeft opgeschreven, heeft op school niet schuin leren schrijven. Daar is ze te jong voor. Ze is nog geen veertig.'

Geen antwoord.

'Misschien is het de vriendin die op bezoek is geweest, want het kladblaadje lag op de tafel tussen de bakjes van het eten, in dezelfde archeologische laag, als het ware. Dat betekent dat ze daar in hetzelfde tijdsbestek terecht zijn gekomen.'

Hogan zei niets.

'Is die vriendin die op bezoek kwam jonger dan veertig?'

'Ze is een jaar of dertig, denk ik,' zei Hogan.

'En ze kwam op bezoek om een hapje mee te eten. Chinees en een fles wijn.'

Geen reactie.

'En een stickie, een beetje roddelen over mensen die jullie allemaal kennen en misschien wel een serieus gesprek over het een of ander, over jullie leven en de toestand in de wereld.'

'Zoiets,' zei Hogan.

'En midden in dat gesprek sprong ze plotseling overeind, zocht een kladblaadje en schreef er één zelden gebruikt en qua betekenis nogal gecompliceerd woord op in een vreemde taal die de meeste Amerikanen volstrekt onbekend is. Kun je me dat eens uitleggen?'

'Ze is heel slim. Misschien ging het gesprek ergens over en was dat precies het goede woord, omdat het zo zelden wordt gebruikt en een gecompliceerde betekenis heeft. Zo zijn slimme mensen. Die gebruiken vreemde woorden en woorden uit vreemde talen. Misschien heeft ze het voor mij opgeschreven, zodat ik het later zou opzoeken.'

'Misschien,' zei de man. 'Op een ander moment zou ik waarschijnlijk mijn schouders hebben opgehaald en het er verder bij hebben gelaten. Er gebeuren wel meer vreemde dingen. Maar ik houd niet van toeval. En zeker niet van vier toevalligheden tegelijkertijd. Het eerste toeval is dat ze hier niet alleen was. Ze was hier met een vriend. Het tweede toeval is dat ik dat zelden gebruikte woord de afgelopen twaalf uur heel vaak ben tegengekomen. In sms-berichten op mijn telefoon. In het signalement van de man die we zoeken. Want dat zei ik al in het begin. Een man en een vrouw. Zij is tenger en heeft donker haar en hij is groot en lelijk.'

'Dit gaat de verkeerde kant op,' fluisterde Abby boven, op de overloop. Alsof ze een serveerster was die voorvoelde dat er een gevecht in de kroeg zou uitbreken.

'Waarschijnlijk wel,' fluisterde Reacher terug.

'Het derde toeval is dat er gisteren een telefoon is gestolen met al die sms-berichten erop,' hoorden ze de man beneden zeggen. 'De telefoon is vanavond even twintig minuten ingeschakeld geweest. In die tijd is er niet mee gebeld, maar in twintig minuten kun je natuurlijk wel een heleboel sms-berichten lezen. Tijd genoeg om een aantal moeilijk te begrijpen woorden op te schrijven, zodat je die later kunt opzoeken.'

'Kalm aan, man, niemand heeft hier een gestolen telefoon,' zei Hogan.

'Het vierde toeval is dat de telefoon is gestolen door die grote lelijke kerel van het signalement. Dat weten we zeker. Er is uitgebreid over gerapporteerd. De man handelde in dat geval alleen, maar het staat vast dat de jonge vrouw en hij samen optrekken. En die vrouw is ongetwijfeld degene geweest die hier een hapje meeat. Zij heeft het natuurlijk van die gestolen telefoon gekopieerd, hoe kon ze anders dat woord weten? Waarom zou zij ineens in dat woord geïnteresseerd zijn?'

'Geen idee, man,' zei Hogan. 'Misschien praten we wel over verschillende mensen.'

'Die man is de deur uitgegaan, heeft die telefoon gestolen en hem hier naar haar teruggebracht. Had zij hem daarvoor de opdracht gegeven? Is zij de baas? Heeft zij hem op pad gestuurd?'

'Ik heb geen flauw idee waarover je het hebt, man.'

'Dan moet je maar even je best doen,' zei de man. 'Je bent betrapt op het onderdak verlenen aan vijanden van de gemeenschap. Dat zet jou in een kwaad daglicht.'

'Het zal wel,' zei Hogan.

'Verhuis je liever naar een andere staat?'

'Ik zie jou liever verhuizen.'

Het bleef geruime tijd stil.

'Waren ze lopend of hadden ze een auto?' zei de man toen met iets dreigends in zijn stem. Een gedachtegang op een ander niveau.

'Wie?'

'De man en de vrouw die jij onderdak hebt verleend.'

'Wij hebben helemaal niemand onderdak verleend. We hebben vrienden op bezoek gehad die kwamen eten.'

'Lopend of met een auto.'

'Wanneer?'

'Toen ze weer vertrokken aan het eind van de avond. Toen ze niet bleven slapen.'

'Lopend.'

'Wonen ze in de buurt?'

'Niet echt,' zei Hogan voorzichtig.

'Dus een fikse wandeling. We hebben deze buurt nauwlettend in de gaten gehouden en we hebben geen man en vrouw naar huis zien lopen.'

'Misschien stond hun auto om de hoek.'

'We hebben ook geen man en vrouw samen naar huis zien rijden.'

'Misschien hebben jullie ze over het hoofd gezien.'

'Dat denk ik niet.'

'Dan kan ik je verder niet helpen, man.'

'Ik weet dat ze hier zijn geweest,' zei de man. 'Ik heb gezien wat ze hebben gegeten. Ik heb dat kladblaadje met het woord dat ze hebben gekopieerd van de gestolen telefoon. De afgelopen avond was deze buurt de meest zorgvuldig in het oog gehouden buurt van de stad. Niemand heeft gezien dat ze vertrokken en dus zijn ze nog steeds hier. Ik denk dat ze op dit moment boven zijn.'

Het bleef opnieuw geruime tijd stil.

'Ik krijg koppijn van dat gezeur van je, man,' zei Hogan uiteindelijk. 'Ga maar naar boven dan en kijk maar rond. Drie kamers, alle drie leeg. En daarna oprotten en niet terugkomen. En laat die uitnodiging voor de picknick maar zitten.'

'We kunnen nog steeds uit het raam klimmen,' fluisterde Abby op de overloop.

'We hebben het bed niet opgemaakt,' fluisterde Reacher terug.

'En ik heb besloten dat we de auto van de man nodig hebben. We kunnen hem domweg niet zomaar laten vertrekken.'

'Waarvoor hebben we zijn auto nodig?'

'Ik heb me zojuist gerealiseerd dat we iets moeten doen.'

Beneden hoorden ze de voetstappen van de man in de gang in de richting van de trap gaan. Zware voetstappen. De oude vloer kraakte, de planken bogen door. Reacher hield zijn pistool in zijn zak. Hij wilde het niet gebruiken. *Pistoolschoten op straat midden in de nacht roepen een reactie op*. Te veel complicaties. Kennelijk dacht de Albanees daar net zo over. Zijn rechterhand werd zichtbaar toen hij de trapleuning vastgreep. Geen pistool. Daarna zijn linkerhand. Geen pistool. Maar het waren grote handen. Gladde, harde handen, breed en bleek, dikke stompe vingers. Het leek alsof de nagels door een schoonheidsspecialiste met een slagersbijl waren bewerkt.

De man stapte op de onderste trede. Een grote maat schoenen. Breed. Zware, gespierde benen. Bonkige schouders, een te krap zittend colbertje. Hij was misschien een meter negentig en woog honderd kilo. Geen schriel mannetje van de Adriatische kust. Een man uit één stuk. Ooit rechercheur in Tirana. Misschien maakten lengte en omvang deel uit van de toelatingseisen. Misschien verhoogde dat de effectiviteit van het recherchewerk.

De man liep de trap op. Reacher deed een stap achteruit zodat hij niet meteen te zien zou zijn. Hij was van plan om naar voren te stappen en hallo te zeggen op het moment dat de man boven aan de trap was. Vandaar kon hij het diepst vallen. Het hele eind terug naar beneden. De maximale afstand. Veel effectiever dan alleen maar op de vloer vallen. De voetstappen bleven komen. De treden kraakten. Reacher wachtte.

De man bereikte de bovenste tree van de trap.

Reacher deed een stap naar voren.

De man staarde hem aan.

'Vertel eens wat meer over dat rare, zelden gebruikte woord.'

Beneden in de gang hoorde hij Hogan 'O, shit' zeggen.

De man op de bovenste tree van de trap zei niets.

'Licht al die betekenissen eens toe. Ongetwijfeld afzichtelijk, neem ik aan, niet echt oogstrelend, afgrijselijk, weerzinwekkend, afstotelijk, verachtelijk, ontaard, smerig, walgelijk. Allemaal mooie moderne woorden, maar als het oorspronkelijk een oud woord uit de spreektaal is, dan heeft het te maken met angst. In de meeste talen delen woordgroepen een bepaalde kern. Dingen waar je bang voor was, kregen het predicaat lelijk. Het monster dat in het bos op je loerde, was nooit knap.'

De man zei niets.

'Zijn jullie bang voor mij?' vroeg Reacher.

De man zei niets.

'Haal je telefoon uit je zak en leg hem op de vloer voor je voeten.'

'Nee,' zei de man.

'En je autosleutels.'

'Nee.'

'Ik krijg ze hoe dan ook,' zei Reacher. 'Het is aan jou wanneer en op welke manier.'

Dezelfde blik. Kalm, starend, lichtelijk geamuseerd, roofdier, maniakaal.

Op dat moment kon de man in principe nog kiezen. Hij kon iets grappigs bedenken om Reacher van repliek te dienen, maar hij kon al die flauwekul ook overslaan en meteen in actie komen. Reacher wist echt niet welke kant het op zou gaan. Beneden leek de man maar al te verliefd te zijn geweest op zijn eigen stemgeluid. Dat was duidelijk. Ooit een rechercheur. Hij stond graag in het middelpunt van de belangstelling, zodat hij kon vertellen hoe scherpzinnig hij misdaden had opgelost. Aan de andere kant was het duidelijk dat praatjes geen gaatjes vullen. Dat wist de man. Vroeg of laat zou hij aan al het geklets iets substantiëlers moeten toevoegen. Dan kon je dat misschien net zo goed meteen maar doen.

De man zette zich af met zijn krachtige benen. Zijn hoofd tussen de hoog opgetrokken schouders, in een soort snoekduik, bedoeld om een schouder tegen Reachers borst te rammen en hem achterwaarts omver te kegelen. Reacher was echter op zijn minst voor vijftig procent op zoiets voorbereid. Hij deed een uitval en plaatste een gemene rechtse uppercut, niet echt recht omhoog, meer onder een hoek van vijfenveertig graden, zodat hij de man tijdens diens snoekduik vol in het gezicht trof. De honderd kilo van de man kwam in botsing met de honderdtien kilo van Reacher, wat leidde tot een kolossale explosie van kinetische energie, gezicht tegen vuist, die de man van zijn voeten sloeg en hem ruggelings op de vloer zou hebben geworpen, ware het niet dat er geen vloer was, slechts een trapgat waardoor de man achterover een salto draaiend naar beneden tuimelde. Eén hele salto, de armen wijd gespreid, hoog boven de traptreden. Hij kwam met een klap tegen de muur beneden tot stilstand.

Alsof er een treinongeluk had plaatsgevonden.

Maar hij kwam weer overeind, min of meer onmiddellijk. Hij knipperde twee keer met zijn ogen, wankelde even en ging toen rechtop staan. Als in een goedkope B-film, waar het monster getroffen wordt door een artilleriegranaat en met een zwaargewonde poot achteloos over de schroeiplek op zijn borst wrijft, zonder zijn starende blik ook maar een moment af te wenden. Reacher liep de trap af. De gang beneden was smal. Barton en Hogan trokken zich terug in de woonkamer. De deur bleef openstaan. De Albanees stond stil. Enorm, trots en keihard. Kennelijk geërgerd door wat hem net was overkomen. Hij bloedde uit zijn neus. Het was moeilijk te zeggen of die was gebroken. Het was moeilijk te zeggen of er nog iets aan die neus te breken viel. De man was geen jong broekje meer. Hij had al een zwaar leven achter de rug. Rechercheur in Tirana.

Hij deed een stap vooruit.

Reacher ook. Ze wisten het beiden. Vroeg of laat restte hun niets anders dan het uit te vechten. De man maakte een schijnbeweging naar links en plaatste een snap punch, laag, gericht op Reachers middenrif, de snelste weg naar het doelwit, maar Reacher zag de stoot aankomen, draaide weg en ving de klap op met spierbundels hoog op zijn heup. Dat deed pijn, maar minder dan het geval zou zijn geweest als de punch echt doel had getroffen. Het wegdraaien was louter een kwestie van reflex geweest, een paniekerige respons aangestuurd door zijn autonome zenuwstelsel, een plotse adembenemende oprisping van adrenaline, weinig subtiel, niet gecoördineerd, niet meer dan een maximale torsie van het bovenlichaam, heel abrupt, wat nogal wat energie vereiste die daar samengebald wachtte als een enorme opgewonden springveer om vrij te komen in de omgekeerde richting, met dezelfde agressie en snelheid en kracht, maar nu gecontroleerd, getimed, gericht en doordacht. Alle energie kwam samen in de elleboog die een geheel eigen boog beschreef, als een soort geleid projectiel, omhoog, ondersteund door de beweging van het terugdraaiende bovenlichaam. Reachers elleboog raakte met een droge klap de slaap van de man, iets boven en voor diens oor, alsof hij een dreun kreeg met een honkbalknuppel of een ijzeren staaf. Heel wat schedels zouden onder deze klap zijn bezweken, in veel gevallen zou de klap dodelijk zijn geweest, maar het enige effect op de Albanees was dat hij tegen de deurpost van de kamerdeur sloeg en door zijn knieën ging.

Hij stond onmiddellijk weer op. Hij kwam rechtstandig omhoog, strekte zijn benen onder zijn torso, spreidde zijn vingers, maakte zich breed alsof hij extra hefboomkracht zocht, of misschien toch moeite had om zijn evenwicht te hervinden, alsof hij door een dikke, stroperige vloeistof moest zwemmen. Reacher deed een stap vooruit en deelde opnieuw een stoot uit met dezelfde elleboog, nu vanaf de andere kant, de forehand, niet de backhand, boven het linkeroog, bot tegen bot. De man viel achterover met een lege, starende blik in de ogen, maar herstelde zich al vallend opnieuw. Hij knipperde met zijn ogen, krabbelde overeind, deed opnieuw een stap naar voren en probeerde zonder in te houden dit keer meteen een maaiende rechtse hoek links op Reachers hoofd te plaatsen. Reacher dook eronderdoor en ving de klap op met zijn schouder. Reacher hield evenmin in. Hij richtte zich weer op, deze keer met zijn linkerelleboog voor, een maaiende beweging, van boven omlaag knuppelend, en raakte de man in zijn gezicht, onder het oog, naast de neus, het bot waarin de wortels van de voortanden verankerd zijn. Hoe dat ook maar mag heten daar.

De man waggelde achteruit, greep de deurpost vast en viel er min of meer omheen de woonkamer in, alsof hij verticaal over die deurpost struikelde, ruggelings, hulpeloos. Reacher stapte over de drempel en zag de man vallen. Hij werd opgevangen door de enorme kast met acht woofers en rolde op zijn rug.

Hij stak zijn hand onder zijn jasje.

Reacher bleef staan.

Niet doen, dacht hij. Reacties. Complicaties. *Het interesseert me niet wat jullie denken te hebben geregeld*. Gerechtelijke molens malen langzaam, daar wist Maria Shevick alles van. Ze had geen tijd voor traag malende molens.

'Niet doen,' zei hij hardop.

De man sloeg er geen acht op.

31

De grote hand schoof dieper onder het jasje, met vlakke handpalm, de vingertoppen op zoek naar de greep van het pistool. Waarschijnlijk had hij een Glock, net als die andere man. Richten en vuren. Maar liever niet. Reacher evalueerde de tijd, de ruimte en de relatieve afstand. De hand van de man had nog centimeters te gaan, de vingers moesten nog greep krijgen, het pistool moest getrokken worden, gericht, en dat alles terwijl hij op zijn rug lag en waarschijnlijk verdoofd van de klappen die zijn hoofd te verduren had gehad. Met andere woorden traag, maar toch nog altijd sneller dan Reacher, want zijn hand was al op weg, traag maar toch, terwijl Reachers beide handen zich op heuphoogte bevonden, wijd gespreid, in een gebaar dat de waarschuwing *Niet doen* moest ondersteunen.

Zijn handen waren nog mijlenver van zijn eigen jaszakken.

Hij wilde ook helemaal geen pistool gebruiken.

Hij hoefde ook helemaal geen pistool te gebruiken.

Hij zag nog wel een andere mogelijkheid. Een beetje geïmproviseerd, zeker niet perfect, maar met als voordeel dat hij er vast en zeker de klus mee kon klaren. Daar viel niets tegen in te brengen. Razendsnel uit te voeren, gevolgd door snel en efficiënt handelen. Dat was het goede nieuws. Er stond tegenover dat het vrijwel zeker een walgelijke inbreuk op de etiquette zou zijn. Iets waar professionals vrijwel zeker aanstoot aan zouden nemen. Iets wat ook persoonlijk moeilijk te verteren zou zijn. Zoiets als met de hoed van plattelanders in het westen van Amerika, daar bleef je van af. Er waren dingen die je niet deed.

Soms moest je wel.

Reacher graaide de Fender van Barton van de standaard, hield hem met beide handen rond de hals vast en ramde de kast recht omlaag op het strottenhoofd van de Albanees. Alsof je een spade met geweld in harde grond probeerde te steken. Zelfde soort beweging, zelfde doel, zelfde soort omlaaggerichte stotende kracht.

De Albanees bewoog niet meer.

Reacher zette de gitaar terug op de standaard.

'Sorry,' zei hij. 'Ik hoop dat ik hem niet heb beschadigd.'

'Maak je geen zorgen,' zei Barton. 'Het is een Fender Precision. Het is een stuk hout van vijf kilo. Ik heb hem bij een pandjesbaas in Memphis gekocht, voor vierendertig dollar. Ik ben ervan overtuigd dat hij ergere dingen heeft meegemaakt in zijn leven.'

De klok in Reachers hoofd gaf tien over vier 's nachts aan. De Albanees ademde nog, maar oppervlakkig, moeizaam en paniekerig, een beetje gierend en piepend, in, uit, in, uit, in een hopeloos tempo. Een soort hijgen zonder dat het iets hielp. Dat was waarschijnlijk veroorzaakt door de knop op de achterkant van de Fender waaraan je een riem kon vastmaken, die nog eens een dikke centimeter uitstak. Kennelijk had die iets vitaals in de keel samengedrukt. Larynx, farynx, of een ander essentieel onderdeel van kraakbeen, met een naam waarin letters achter in het alfabet de boventoon voerden. De ogen van de Albanees waren weggerold in de kassen. Zijn vingers krabbelden zacht aan de vloer, alsof hij probeerde iets vast te pakken of ergens greep op te krijgen. Reacher hurkte bij hem neer en doorzocht zijn zakken, nam hem zijn pistool af, zijn telefoon, zijn portefeuille en zijn autosleutels. Het pistool was opnieuw een Glock 17, veelvuldig gebruikt, met tekenen van slijtage, maar goed onderhouden. De telefoon was een plat zwart geval met een glazen scherm, net als elke andere telefoon. De portefeuille was een zwart leren model dat in de loop van de tijd de vorm van een aardappel had aangenomen. Er zaten honderden dollars contant geld in, een massa kaarten en een rijbewijs op naam van Gezim Hoxha met een foto van de Albanees. Hij was zevenenveertig en reed, afgaande op het logo op de autosleutels, in een Chrysler.

'Wat doen we met hem?' vroeg Hogan.

'We kunnen hem niet laten gaan,' zei Abby.

'Maar we kunnen hem ook niet hier houden.'

'Hij moet naar een ziekenhuis,' zei Barton.

'Nee,' zei Reacher. 'Dat recht heeft hij verspeeld toen hij hier op de deur bonsde.'

'Dat is hard, man.'

'Zou hij mij naar een ziekenhuis hebben gebracht? Of jou? Nu zijn de rollen omgedraaid. Bovendien kunnen we hem onmogelijk naar een ziekenhuis brengen. Daar stellen ze te veel vragen.'

'Daar kunnen we toch antwoord op geven? We staan in ons

recht. Hij kwam ongevraagd binnen. Hij pleegde huisvredebreuk.'

'Vertel dat maar eens aan een smeris die per week duizend dollar onder de tafel betaald krijgt. Een zaak die twee kanten op kan. Kan wel jaren duren en zoveel tijd hebben we niet.'

'Hij kan wel doodgaan.'

'Dat zeg je alsof het iets verkeerds is.'

'Dat is het toch ook?'

'Ik zou hem met plezier ruilen voor Shevicks dochter, die is me meer waard. Maar goed, voorlopig is hij nog niet dood. Misschien is hij niet helemaal fit, maar hij is er nog.'

'Maar wat gaan we met hem doen?'

'We moeten hem voorlopig ergens opbergen, buiten beeld, waar het geen kwaad kan. Tot we het zeker weten.'

'Tot we wat zeker weten?'

'Hoe zijn lot op de lange termijn uitpakt.'

Even bleef het stil.

'Waar moeten we hem opbergen?' vroeg Barton toen.

'In de kofferbak van zijn auto,' zei Reacher. 'Daar ligt hij veilig. Misschien niet erg comfortabel, maar een stijve nek is op dit moment niet zijn grootste probleem.'

'Hij kan eruit klimmen,' zei Hogan. 'Ze bouwen tegenwoordig een veiligheidsmechanisme in. Een plastic hendeltje dat in het donker opgloeit, waarmee je de klep van de kofferbak van binnenuit open kunt maken.'

'Niet in de auto van een gangster,' zei Reacher. 'Ik wil wedden dat ze dat allang onklaar hebben gemaakt.'

Hij tilde de man onder zijn oksels op, Hogan tilde hem bij zijn voeten op en ze droegen hem naar de gang. Abby wipte voor hen uit en maakte de voordeur open. Ze tuurde naar links en naar rechts de duisternis in en wuifde dat de kust veilig was. Reacher en Hogan schuifelden over het trottoir met de man tussen hen in. De auto langs de stoeprand was een lage zwarte personenwagen met een hoge heuplijn, waardoor de ramen niet meer dan smalle gleuven leken. Ze deden Reacher denken aan de kogelvrije raampjes in pantservoertuigen. Abby stak haar hand in Reachers zak en haalde er de autosleutels uit. Ze drukte op de knop van de afstandsbediening en de klep van de kofferbak rees statig omhoog. Reacher liet de man op zijn schouders in de kofferbak vallen. Hogan schuifelde wat heen en weer en vouwde de benen van de man zodanig dat alles in de kofferbak paste. Reacher controleerde de omgeving van het slot. Nergens een in het donker opgloeiend hendeltje. De gangsters hadden het mechanisme onklaar gemaakt.

Hogan deed een stap achteruit. Reacher keek omlaag naar de man. Gezim Hoxha, zevenenveertig jaar oud, ooit rechercheur in Tirana. Hij sloeg de klep van de kofferbak dicht en liep naar de anderen. Hij was ooit rechercheur geweest bij de MP van het Amerikaanse leger.

'We kunnen de auto hier niet pal voor het huis laten staan,' zei Hogan. 'En al helemaal niet met hun maatje in de kofferbak. Vroeg of laat rijdt er toevallig iemand van hun club voorbij die de auto herkent.'

Reacher knikte.

'Abby en ik hebben de auto nodig,' zei hij. 'We laten hem wel ergens achter als we klaar zijn.'

'Ga je rondrijden met hem in de kofferbak?'

'Je moet je vijanden niet uit het oog verliezen.'

'Waar gaan we heen?' vroeg Abby.

'Toen die kerel in de kofferbak het had over een verbod om nog langer in hun clubs te spelen, dacht ik, yep, dat is een probleem, want ze moeten toch eten. En toen herinnerde ik me dat ik hetzelfde een keer tegen jou had gezegd. Toen we onderweg naar de Shevicks bij het tankstation stopten om iets te eten voor ze te kopen. Je vroeg of ze dat wel wilden en ik zei dat ze toch moesten eten. Al hun keukenkastjes zijn leeg. Helemaal nu. Ik wil wedden dat ze de deur niet meer uit zijn geweest vanaf het moment dat de Oekraïners voor de deur gingen staan. Ik weet precies hoe mensen zijn. Uit angst en uit schaamte zullen ze niet langs die auto durven lopen, en de een zal de ander niet toestaan om het alleen te doen, en samen zullen ze het ook niet doen, want dan laten ze het huis onbeheerd achter en zijn ze bang dat de Oekraïners zullen inbreken en gaan snuffelen in de laden met hun ondergoed. Kortom, ik denk dat ze gisteren niets hebben gegeten en vandaag ook niets te eten zullen krijgen, tenzij we ze iets brengen.'

'En die auto dan die voor het huis staat?'

'We gaan wel door de achterdeur. Dan moeten we waarschijnlijk door de tuin van iemand anders, maar dat hoeft niet met de auto. Het laatste stuk kunnen we wel lopend doen.'

Ze reden eerst naar de gigantische supermarkt aan de rand van de stad. Net als vrijwel al die zaken was ook deze vierentwintig uur per dag open. Een koude, uitgestrekte ruimte, badend in het kille licht van tl-buizen. Ze rolden een kar zo groot als een badkuip door de gangpaden en vulden die met vier stuks van alles wat ze maar konden bedenken. Reacher betaalde contant bij de kassa, met dollars uit de aardappelvormige portefeuille van Hoxha. Dat leek hem het minste wat de man onder de gegeven omstandigheden voor de Shevicks kon doen. Ze verdeelden het gewicht van de boodschappen zorgvuldig over zes zakken, want als ze het laatste deel van de tocht te voet moesten afleggen, zouden ze de boodschappen moeten dragen, misschien wel over een behoorlijke afstand waarbij ze misschien ook nog over hekken en schuttingen zouden moeten klimmen.

Ze legden de boodschappen op de achterbank van de Chrysler. Uit de kofferbak klonk geen enkel geluid. Geen gerommel. Helemaal niets. Abby wilde kijken of alles in orde was.

'En als het niet zo is?' vroeg Reacher. 'Wat doe je daar dan aan?'

'Niets, denk ik.'

'Dan hoef je ook niet te kijken.'

'Hoelang laten we hem in die kofferbak liggen?'

'Zo lang als maar nodig is. Hij had er van tevoren beter over na moeten denken. Ik zie niet in waarom zijn welbevinden nu plotseling mijn verantwoordelijkheid is, alleen maar omdat hij ervoor gekozen heeft om mijn welbevinden te schenden. Ik weet niet zo precies hoe dat werkt. Zij zijn begonnen. Dan kunnen ze niet van mij verwachten dat ik hun gezondheidszorg regel.'

'Iemand heeft ooit eens gezegd dat overwinnaars grootmoedig moeten zijn.'

'Ik hou niets achter,' zei Reacher. 'Dat heb ik je al eerder verteld. Ik zit op een bepaalde manier in elkaar. Ademt die man in de kofferbak nog steeds?'

'Dat weet ik niet,' zei Abby.

'Maar misschien wel.'

'Ja, misschien wel.'

'Dat is mijn grootmoedigheid. Normaal gesproken maak ik dergelijke lui af, inclusief hun gezin en pis ik op het graf van hun voorouders.'

'Ik weet nooit of je me voor de gek houdt of niet.'

'Dat is zo, denk ik.'

'Bedoel je nu te zeggen dat je me voor de gek houdt?'

'Ik wil zeggen dat mijn voorraad grootmoedigheid heel beperkt is.'

'Je brengt een paar oude mensen midden in de nacht eten.'

'Dat heeft niets met grootmoedigheid te maken.'

'Toch is het een aardig gebaar.'

'Omdat ik er misschien ooit net zo voor sta als zij, terwijl ik er nooit net zo voor zal staan als die man in de kofferbak.'

'Het is dus een kwestie van jouw soort mensen en een ander soort mensen,' zei Abby.

'Mijn soort mensen en het verkeerde soort mensen.'

'Wie vallen er onder jouw soort mensen?'

'Bijna niemand,' zei Reacher. 'Ik leid een eenzaam leven.'

Ze reden met de Chrysler terug naar de stad, sloegen links af om door de oude stadswijken naar de buurt te rijden waar de Shevicks woonden. Zo langzamerhand had Reacher het gevoel dat hij die buurten al aardig leerde kennen. Het moest mogelijk zijn om in de straat achter het huis van de Shevicks te komen zonder dat de Oekraïners hen ooit in het oog kregen, ook niet op een afstand. Ze konden een extra blokje om rijden en voor het huis parkeren van de achterburen van de Shevicks. De Chrysler zou dan parallel staan aan de Lincoln, min of meer volledig, de neus naast de neus, de achterbumper naast de achterbumper, een meter of zestig ertussen. Twee stadspercelen, niet al te groot, met twee huizen en twee achtertuinen.

Ze schakelden de koplampen uit en reden langzaam door de donkere straten. Ze sloegen eerder dan normaal rechts af, toen links en lieten de wagen tot stilstand komen voor het huis waarvan ze vrijwel zeker wisten dat het grensde aan de achtertuin van de Shevicks. Een laag huis zonder bovenverdieping, verbleekte verf op de gevels, bitumen op het dak. Net als al die andere huizen, maar misschien iets anders. Aan de voorkant lag een tuin zonder hek en aan de achterkant stond een manshoge schutting die de hele tuin, tot aan het huis, omsloot. Om met een grasmaaier van achter het huis naar de voortuin te komen kon een deel van de schutting als een soort poort openklappen.

Het huis had vijf ramen aan de straatkant. Achter een van die ramen zaten de gordijnen potdicht. Waarschijnlijk een slaapkamer waar mensen lagen te slapen.

'Wat als ze ons zien?' zei Abby.

'Ze slapen,' zei Reacher.

'En als ze wakker worden?'

'Maakt niet uit.'

'Dan bellen ze de politie.'

'Waarschijnlijk niet. Ze kijken uit het raam en zien de auto van een gangster. Dan doen ze de ogen dicht en hopen ze dat hij vanzelf weer weggaat. Tegen de ochtend hebben ze allang besloten dat het maar het veiligste is om bij vragen een beroep te doen op een slecht geheugen. Dan zeggen ze: welke auto?'

Reacher zette de motor af.

'Een hond zou veel vervelender zijn, want die kan gaan blaffen en misschien zijn er meer honden. Die kunnen voor zoveel gedoe zorgen dat de Oekraïners uitstappen om eens poolshoogte te nemen. Al was het alleen maar omdat ze zich kapot vervelen.'

'We hebben biefstuk gekocht,' zei Abby. 'We hebben rauw vlees in die zakken.'

'Is het gehoor van een hond beter dan zijn reuk? Of is het net andersom?'

'Die zijn allebei behoorlijk goed.'

'In ongeveer een derde van de Amerikaanse huishoudens wordt een hond gehouden. Om precies te zijn in zesendertig procent van de huishoudens. Dat betekent dat de kans dat het goed gaat bijna twee uit drie is, en dan bestaat ook nog de mogelijkheid dat ze een hond hebben die niet blaft. Misschien zijn de honden in dit soort buurten stille honden en misschien zijn die Oekraïners te lui om uit te stappen. Misschien zitten ze wel lekker warmpjes en comfortabel te niksen. Misschien slapen ze wel. Ik denk dat het wel zal loslopen.'

'Hoe laat is het?' vroeg Abby.

'Twintig over vijf.'

'Ik zat te denken aan die uitspraak dat je iedere dag iets moet doen waar je bang voor bent. Het is nog maar net vijf uur geweest en ik ben nu al aan mijn tweede angstaanjagende ervaring van de dag toe.'

'Deze telt niet mee,' zei Reacher. 'Dit stelt niet meer voor dan een wandelingetje in het plantsoen. Misschien zijn die achtertuinen wel heel aardig aangelegd.'

'Maar met betrekking tot dat vroege tijdstip valt misschien ook niet te verwachten dat de Shevicks wakker zijn.'

'Misschien wel. Ik kan me niet voorstellen dat ze de laatste tijd erg goed slapen, maar als ik ongelijk heb en ze wel diep in slaap zijn, mag jij ze wakker maken. Je kunt ze met je telefoon opbellen als we bij het keukenraam staan en zeggen dat ze in het voorhuis geen licht moeten maken, want we willen niet dat iemand ons ziet.'

Ze stapten uit en bleven even stil in de duisternis staan. De nachtlucht was grijs en vochtig. Uit de kofferbak klonk nog steeds geen enkel geluid. Er werd niet met voeten getrapt, er werd niet met vuisten getrommeld, er werd niets geroepen. Helemaal niets. Ze pakten de zakken met boodschappen van de achterbank. Reacher links twee en rechts twee, Abby links één en rechts één. Geen van beiden te zwaar belast of uit balans.

Ze liepen de voortuin van de achterburen in.

32

Het was zo donker dat niet op te maken viel of de tuin aardig was aangelegd, maar afgaand op geuren en wat ze onder hun voeten voelden en waar ze zo nu en dan per ongeluk tegenaan liepen, leek de beplanting en dergelijke tamelijk doorsnee. Ze liepen in eerste instantie over een gazon met dik, veerkrachtig gras, misschien wel zo'n nieuwe hybride soort, glad en koud van de dauw. Daarna kwam iets wat onder de zolen knerste, gebroken leisteen of grind, een pad of zo, en daarna kwam hogere begroeiing, zoiets als coniferen, waartegen de papieren zakken met boodschappen een luid schurend geluid maakten.

Vervolgens kwamen ze bij het poortje in de schutting, dat afgaande op de staat waarin het gazon verkeerde op zijn minst eens in de paar weken open- en dichtging gedurende het seizoen. Toch ging het niet makkelijk open en toen het nog maar op een kier stond, produceerde het ineens een geluid alsof twee planken die onder spanning stonden op elkaar klapten. Kort, maar hard.

Ze wachtten.

Geen reactie.

Geen hond.

Ze wrongen zich door de spleet, een arm met boodschappen voor en een arm met boodschappen achter, en liepen door de achtertuin. In de duisternis doemde de schutting op die de tuin scheidde van de tuin van de Shevicks, als ze zich tenminste niet hadden vergist.

'We zitten goed,' fluisterde Abby. 'Dit is het. Moet wel. Kan niet fout gaan. Het is net als het tellen van de velden op een schaakbord.'

Reacher ging op zijn tenen staan en keek over de schutting. Hij zag het grijze silhouet van de achtergevel met verbleekte verf van een huis met bitumen op het dak. Hij herkende het aan het gazon dat tot de achterkant van het huis doorliep. Dat was de plek waar de groepsfoto's van het gezin waren genomen. De soldaat en zijn jonge bruid in de wijde jurk, in het zand, hetzelfde stel op een gazon van een jaar oud met een baby in de armen, en hetzelfde stel acht jaar later met Maria Shevick op een weelderig gazon.

Hetzelfde stuk van het gazon, hetzelfde stuk van de achtergevel.

Het licht in de keuken brandde.

De schutting was er slecht aan toe, wat het lastig maakte om eroverheen te klimmen. Het lag voor de hand om er maar gewoon doorheen te beuken, of een stuk plat te trappen, maar daar zagen ze van af uit respect voor andermans eigendom. In plaats daarvan verspilden ze de helft van alle energie die ze voor het klimmen gebruikten aan pogingen in evenwicht te blijven. Ze wiebelden heen en weer alsof ze een act opvoerden in het circus. Ze voelden dat de hele verrotte constructie als een soort rimpelend gordijn onder hen dreigde te bezwijken, misschien wel over de volle breedte van de achtertuin. Abby kwam als eerste zonder ongelukken aan de andere kant. Reacher reikte haar de zes zakken met boodschappen aan, een moeizame onderneming. Hij tilde ze een voor een op, hield ze boven zijn macht over de schutting en liet ze zo ver als het hem maar lukte, met de druk van de planken tegen zijn ellebogen, weer zakken tot Abby erbij kon.

Daarna was het zijn beurt om over de schutting te klimmen. Hij was twee keer zo zwaar als Abby en drie keer zo onhandig. De schutting zwaaide heen en weer, een meter de ene kant op, dan weer een meter de andere kant, maar uiteindelijk lukte het hem erbovenop te komen. Hij liet zich er min of meer afrollen, een uiterst onelegante manoeuvre die hem ruggelings in een bloemperk deed belanden, maar er wel voor zorgde dat de schutting overeind bleef.

Ze droegen de boodschappen naar de keukendeur en tikten op het raam. Dit had de Shevicks zomaar een hartaanval kunnen bezorgen, maar ze overleefden het. Ze kwamen snel naar de deur, licht hijgend en zichzelf koelte toewuivend en ook een beetje gegeneerd omdat ze rondliepen in een badjas. Ze staarden met gemengde gevoelens naar de zakken met boodschappen. Schaamte, verloren gegane trots en een rammelende maag. Reacher vroeg of ze koffie wilden zetten en Abby borg de boodschappen op.

'We zijn wakker omdat we werden gebeld door het ziekenhuis,' zei Maria Shevick. 'Ze zijn natuurlijk dag en nacht met haar bezig en we hebben ook tegen ze gezegd dat ze op elk moment van de dag of de nacht mochten bellen. Daar zullen ze wel een aantekening van hebben gemaakt. Ze belden omdat ze meteen morgenvroeg nog een scan willen doen. Ze zijn nog steeds heel enthousiast.'

'Als wij betalen,' zei Aaron Shevick.

'Hoeveel deze keer?' vroeg Reacher.

'Elfduizend.'

'Wanneer?'

'Aan het eind van de middag.'

'Ik neem aan dat jullie al onder de kussens van de bank hebben gezocht.'

'Er lag alleen een knoop. Van een broek van mij. Ik was hem al acht jaar kwijt. Maria heeft hem er weer aan genaaid.'

'Het is nog vroeg,' zei Reacher. 'Er zijn nog veel uren te gaan voor het einde van de middag.'

'We wilden deze keer overslaan,' zei Aaron. 'Wat krijgen we per slot van rekening te horen? Als het goed nieuws is, zijn we natuurlijk ontzettend blij, maar daar gaat het niet om, je koopt er geen medicijnen voor. En als het slecht nieuws oplevert, willen we het sowieso niet weten. Dus we wisten eigenlijk niet zo goed wat die elfduizend dollar zou opleveren. Maar toen zeiden de artsen dat het voor hen belangrijk was om de mate van vooruitgang te meten. Ze zeiden dat ze een nieuwe dosering moesten berekenen aan de hand van de uitslag van die scan. Timing en precisie zijn belangrijk. Zonder scan zou het riskant zijn.'

'Hoe betalen jullie gewoonlijk?'

'Met een overschrijving via de bank.'

'Nemen ze ook contant geld aan?'

'Hoezo?'

'Meestal is het gemakkelijker om snel aan contant geld te komen als tijd een rol speelt.'

'Waar halen we dat vandaan?'

'Iedere dag biedt nieuwe kansen. Als het echt moet, kunnen we hun auto verkopen, misschien wel bij de Ford-dealer. Ik heb gehoord dat ze een beetje door hun voorraad heen raken.'

'Ja, ze accepteren ook contant geld,' zei Shevick. 'Het is net een casino. Ze hebben een rij kassa's achter kogelvrij glas.'

'Oké,' zei Reacher. 'Dat is goed om te weten.'

Hij liep de onverlichte gang in, ging een eindje van een raam aan de voorkant staan en keek naar buiten. De Lincoln stond er nog steeds. Dezelfde auto. Groot en zwart, nu bedauwd. Twee silhouetten waren vaag zichtbaar. Hoofden en schouders, onderuitgezakt in het duister. Ongetwijfeld pistolen in schouderholsters, vrijwel zeker portefeuilles in binnenzakken. Waarschijnlijk volgepropt met dollarbiljetten, als ze tenminste een beetje in de buurt kwamen van hun tegenpool bij de Albanezen. Honderden dollars waarschijnlijk, maar geen duizenden.

Hij liep terug naar de keuken. Maria Shevick schonk een kop koffie voor hem in. Zijn eerste kop koffie van die dag. Ze nodigde hem uit voor het ontbijt. Zij zou het klaarmaken. Ze konden met z'n vieren ontbijten, een soort feestje. Reacher wilde nee zeggen. Het eten was voor de oude lui zelf, niet voor wie toevallig langskwam. Hij wilde bovendien weer weg zijn voordat de zon opkwam, zolang het nog donker was. Het zag ernaar uit dat het een drukke dag zou worden. Er was veel te doen. Maar dat gezamenlijke ontbijt leek veel te betekenen voor de Shevicks en Abby had er wel oren naar, dus liet Reacher zich overhalen. Veel later vroeg hij zich af hoe anders de dag had kunnen verlopen als hij zich niet had laten overhalen. Maar hij dacht er niet al te lang over na. Gedane zaken. Zonde van de tijd. De wereld draait door.

Maria Shevick bakte eieren met bacon, roosterde brood en zette een tweede pot koffie. Aaron sleepte het krukje van de kaptafel in de slaapkamer naar de keuken als vierde zitplaats. Maria had gelijk. Het ontbijt kreeg iets feestelijks. Als een geheim in het donker. Abby vertelde een grap over een man die kanker had. Heel even leek het of de stemming zou omslaan, maar ze bezat genoeg vaardigheid als performer om het verhaal erdoor te slepen. Na een ijzingwekkende stilte barstten Aaron en Maria beiden in lachen uit, schokschouderend, niet meer in staat om op te houden, een geweldige ontlading van alle opgekropte spanning, een soort catharsis. Maria sloeg met haar hand zo hard op de tafel dat de koffie uit haar kopje gutste, terwijl Aaron met zijn voet zo hard op de vloer stampte dat hij zijn knie opnieuw bezeerde.

Reacher zag het dag worden. De lucht werd grijs en vervolgens goudkleurig. De tuin aan de andere kant van het raam kreeg vorm. Vage silhouetten doemden op uit het donker. De schutting en daarbovenuit het huis van de achterburen.

‘Wie woont daar?’ vroeg hij. ‘Door wiens tuin zijn we gelopen?’

‘Dat is de vrouw die ons over Fisnik vertelde,’ zei Aaron. ‘Zij vertelde ons het verhaal over de vrouw van de neef van een andere buurvrouw die geld had geleend van een gangster in een kroeg. Volgens mij is ze een tijdje later zelf ook bij hem geweest, want plotseling werd haar auto gerepareerd, terwijl ze geen duidelijk inkomen heeft.’

Maria zette een derde pot koffie. Ach, wat kan mij het ook schelen, dacht Reacher. De zon was al boven de horizon. Hij bleef zitten waar hij zat en dronk koffie. Op de een of andere manier dook het geld weer op in het gesprek en plotseling leek het of iedereen dezelfde klok hoorde tikken. Het einde van de middag dat dichterbij kwam.

‘Maar contant geld kan de hele avond ook nog, toch?’ vroeg Reacher. ‘Het einde van de middag geldt alleen voor bankoverschrijvingen. Zolang er nog een kassa open is, hebben we de tijd tot ze haar op de brancard leggen.’

‘Waar halen we dat vandaan?’ vroeg Aaron opnieuw. ‘Voor elfduizend dollar moet je onder heel wat kussens op banken zoeken.’

‘Je moet er het beste van hopen,’ zei Reacher.

Abby en hij vertrokken op dezelfde manier als ze waren gekomen. Dit keer met lege handen en niet meer in het donker, zodat het sneller ging, al was het niet gemakkelijker. De schutting leverde nog steeds problemen op en het deel van de schutting dat als poortje fungeerde, bewoog nog steeds moeizaam lawaaierig.

Hun auto was weg.

33

De lage zwarte Chrysler met de hoge heuplijn, de smalle raampjes en de afgesloten kofferbak stond er niet meer. De plek langs de stoeprand waar hij had gestaan, was leeg.

'De man is uit de kofferbak ontsnapt,' zei Abby.

'Ik zou niet weten hoe,' zei Reacher.

'Maar wat is er dan gebeurd?'

'Het is mijn schuld,' zei Reacher. 'Ik zat er helemaal naast toen ik zei hoe de mensen zouden reageren op het zien van die auto. Die vrouw keek uit het raam, zag een auto van een gangster en werd niet nerveus, maar belde meteen het hoofdkwartier van de gangsters. Misschien was ze dat wel verplicht. Misschien hoorde dat bij het contract met Fisnik, toen ze haar auto liet repareren. Ze beweren dat ze overal ogen hebben. Misschien werkt dat op die manier. Dus ze heeft gebeld en ze zijn meteen gekomen om poolshoogte te nemen.'

'Hebben ze de kofferbak ook opengemaakt?'

'We moeten ervan uitgaan dat ze dat hebben gedaan en we moeten er ook van uitgaan dat de man nog steeds functioneert. In dat geval verkeren Hogan en Barton in acuut gevaar. Die zijn nu waarschijnlijk diep in slaap. Je kunt ze maar beter bellen.'

'Als ze slapen, hebben ze hun telefoon uitgezet.'

'Probeer het toch maar.'

Abby belde.

De telefoons stonden uit.

'Die talenman,' zei Reacher. 'Die tankcommandant, heb je zijn nummer?'

'Vantresca?'

'Ja.'

'Nee.'

'Oké,' zei Reacher. 'Dan gaan we lopend. We hebben geen keus. De kleine tengere vrouw en de grote lelijke kerel, op klaarlichte dag. Overal ogen. Niet langer een wandelingetje in het plantsoen. Waarschijnlijk wordt dit je tweede angstige ervaring van de dag.'

'Terug naar het huis van Frank Barton?'

'We moeten ze op de een of andere manier waarschuwen.'

'Ik blijf proberen ze te bellen, maar ze slapen tot tien uur. Je weet hoe dat gaat. Ze spelen pas om twaalf uur.'

'Wacht,' zei Reacher. 'Je kunt Vantresca op je telefoon opzoeken. Hij zei dat hij een vergunning als privédetective heeft en dat zijn telefoonnummer in alle grote gidsen staat.'

Abby zocht op haar telefoon. Ze veegde en typte, tikte en scrolde.

'Ik heb hem,' zei ze. 'Maar het is het nummer van een vaste aansluiting, waarschijnlijk van zijn kantoor en daar is hij nu vast nog niet.'

'Probeer het toch maar.'

Abby schakelde de luidspreker van haar telefoon in en balanceerde het toestel op haar vlakke hand. Ze hoorden een reeks klikken, alsof de oproep van de ene plek naar de andere werd doorgeschakeld.

'Misschien schakelt hij buiten kantoortijd door naar huis.'

Dat was precies wat er gebeurde. Vantresca nam op. Hij klonk opgeruimd, fris en alert. 'Vantresca Security,' zei hij. 'Waarmee kan ik u van dienst zijn?'

'Guy,' zei Reacher. 'Je spreekt met Reacher, de MP. Abby en ik hebben je telefoonnummer opgezocht in een gids, op dat gedoe waarover iedereen het heeft.'

'Internet?'

'Dat bedoel ik. Maar dit is niet officieel, oké? Dit moet niet in het after-actionrapport.'

'Oké.'

'Het is ook een zaak van eerst schieten, dan vragen stellen. Gewoon doen, meteen.'

'Wat moet ik doen?'

'Je moet even gaan kijken bij je maatje Hogan en zijn vriend Barton of alles oké is.'

'Waarom zou het niet oké zijn?'

'Later vragen stellen, zei ik.'

'Die ene vraag moet nu.'

'De Albanezen dreigen erachter te komen waar wij gisteravond zaten. Misschien zijn ze er al achter gekomen. Hogan en Barton nemen de telefoon niet op. We hopen dat dat komt omdat ze slapen.'

'Oké, ik ben al op weg.'

'Neem ze mee, zelfs als er tot nu toe niets aan de hand is. De pleuris kan elk moment uitbreken.'

'Waar moeten ze naartoe?'

'Ze kunnen wel naar mijn huis,' zei Abby. 'Dat houdt niemand meer in de gaten.'

'Hoelang moeten ze wegblijven?'

'Een dag,' zei Reacher. 'Zoiets. Langer zal het allemaal niet duren, denk ik. Ze hoeven geen grote koffer in te pakken.'

Vantresca beëindigde het gesprek. Abby stopte haar telefoon weg. Reacher verdeelde de spullen in zijn zakken op een andere manier om alles een beetje in evenwicht te brengen. Abby knoopte haar jas dicht en ze gingen op weg. Een kleine tengere vrouw en een grote man. Klaarlichte dag. Overal ogen.

Gregory had gezegd dat hij meteen de volgende ochtend opnieuw met Dino zou gaan praten, en als Gregory zei dat hij iets zou doen, dan meende hij dat. Hij stond vroeg op en trok dezelfde kleren aan die hij bij zijn vorige tocht naar Dino had gedragen. Een strakke broek, een strak T-shirt. Niets te verbergen. Geen pistool, geen mes, geen afluisterapparatuur, geen bom. Het kon niet anders, maar het was niet erg comfortabel. Zo vroeg in de ochtend was het te fris voor zo weinig kleding. Hij wachtte tot het iets warmer werd en de zon schaduwen wierp. Hij wilde zichtbaar zijn onderweg. Het was een kwestie van presentatie. Hij was een energiek man, in de bloei van zijn leven, fris als een nieuwe dag, een man die de zaken naar zijn hand zette. Geen stuk ongedierte dat alleen in het donker onder zijn steen vandaan kwam.

Hij reed opnieuw naar de garage in Center Street en ging vandaar te voet verder. Opnieuw werd hij gevolgd, opnieuw werd er gebeld. Toen hij zijn bestemming bereikte, werd hij opgewacht door dezelfde zes personen, die roerloos een halve kring vormden op het trottoir voor de poort van de houthandel, als schaakstukken in een verdedigende stelling.

Opnieuw deed een van de zes een stap naar voren. Het was Jetmir. Hij blokkeerde deels de doorgang en wierp zich deels op als aanspreekpunt.

'Ik moet Dino spreken,' zei Gregory.

'Waarom?' vroeg Jetmir.

'Ik heb een voorstel.'

'Wat voor voorstel?'

'Het is voorlopig alleen voor zijn oren bestemd.'

'Over wat voor onderwerp gaat het?'

'Een zaak van urgente wederzijdse belangen.'

'Wederzijds,' zei Jetmir. 'Daarvan ligt de laatste tijd niet zoveel in de schappen.'

Een brutaliteit, gezien het verschil in rang. Het scheelde maar één stap op de carrièreladder, maar het was de grootste stap die je kon maken.

Gregory reageerde er niet op.

'Ik geloof dat ze ons beiden een rad voor ogen draaien,' zei hij.

Jetmir aarzelde even.

'Hoe dan?' vroeg hij.

'De vos krijgt de schuld terwijl de hond het heeft gedaan. Waarschijnlijk hebben jullie ook wel zo'n soort spreekwoord in jullie cultuur.'

'Wie is de hond?'

Daarop gaf Gregory geen direct antwoord. 'Dat is alleen voor Dino's oren bestemd,' zei hij.

'Nee,' zei Jetmir. 'Gezien de ontwikkelingen van de afgelopen dagen zul je begrijpen dat Dino's hoofd niet staat naar een onderhoud met jou onder vier ogen. Niet zonder van tevoren al een beetje meer over het onderwerp te weten en niet zonder een aanbeveling van mijn kant. Onder de huidige omstandigheden zou jij vast en zeker op dezelfde manier te werk gaan. Jij hebt je luitenants niet voor de lol, Dino evenmin.'

'Vertel hem maar dat wij niet zijn begonnen met het uit de weg ruimen van jullie mannen en dat ik ook niet geloof dat jullie zijn begonnen onze mannen uit de weg te ruimen. Vraag hem maar of hij zich in die theorie kan vinden.'

'En als hij het daarmee eens is?'

'Dan moet je hem vragen wat dat betekent.'

'Wat betekent het?'

'Meer zeg ik niet. Ik vraag nu beleefd om een onderhoud.'

'Wie heeft onze mannen vermoord? En die van jullie? Wil je

beweren dat iemand het onder een valse vlag tegen ons allebei opneemt?'

Gregory zei niets.

'Ik wil een ja of een nee horen,' zei Jetmir. 'Geloof jij dat een derde partij zich met onze zaken bemoeit?'

'Ja,' zei Gregory.

'Dan moeten we praten. Dino heeft de zaak aan mij gedelegeerd.'

'Met alle respect, maar dit gaat jouw rang te boven. Er zijn niet voor niets bazen.'

'Dino is er niet,' zei Jetmir.

'Wanneer is hij terug?'

'Hij is hier wel geweest, maar hij is alweer weg.'

'Ik meen het,' zei Gregory. 'Dit is heel urgent.'

'Dan moet je met mij praten. Dat zou Dino ook tegen je zeggen. Op dit moment verspil je je tijd.'

'Hebben ze telefoons van jullie buitgemaakt?' vroeg Gregory.

Jetmir dacht een tijd na.

'Dat vraag je omdat ze telefoons van jullie hebben buitgemaakt, dat lijkt me duidelijk. En dat wijst in de richting van een cyberaanval, wat een aanzienlijke beperking betekent van het aantal mogelijke tegenstanders.'

'Wij denken dat er in feite maar één partij is die dat zou durven.'

'Dino zal zeggen dat jullie Oekraïners altijd geobsedeerd worden door de Russen. Dat weet iedereen. Jullie geven ze overal de schuld van.'

'Veronderstel eens dat het dit keer waar is.'

'We kunnen geen van beiden tegen de Russen op.'

'Niet afzonderlijk.'

'Is dat je voorstel? Ik zal het aan Dino doorgeven.'

'Ik meen het,' zei Gregory. 'Dit is heel urgent.'

'Ik vat het ook serieus op. Dino zal zodra hij dat kan contact met je opnemen. Misschien maakt hij wel een wandeling jullie kant op. Naar het taxibedrijf.'

'Waar hij met dezelfde gastvrijheid zal worden onthaald die mij hier te beurt is gevallen.'

'Misschien leren we elkaar ooit nog eens te vertrouwen,' zei Jetmir.

'De tijd zal het leren,' zei Gregory.

'Misschien worden we ooit vrienden.'

Daarop gaf Gregory geen antwoord. Hij liep weg over het trottoir, naar het westen, naar Center Street. Jetmir bleef op het trottoir staan en keek hem na. Toen draaide hij zich om en liep naar binnen, door het kleine deurtje in het grote rolluik, door de werkplaats in de romneyloods van ijzeren golfplaten waar het naar vers gezaagd grenenhout geurde en waar je het janken van cirkelzagen hoorde.

Zijn telefoon ging. Slecht nieuws. Gezim Hoxha, een man die zijn sporen had verdiend en die de afgelopen nacht had deelgenomen aan de zoektocht naar de kleine tengere vrouw en de grote lelijke man, was halfdood in de kofferbak van zijn eigen auto gevonden, die was achtergelaten aan de rand van een buurtje met oude sociale woningbouw. Een van de klanten van de kredietverstrekking had het gemeld in de hoop op gunstige voorwaarden bij een toekomstige lening. Er waren nog geen verdachten in beeld, maar de buurt werd al zorgvuldig uitgekamd. Er waren extra auto's op straat. Iedereen hield de ogen open.

Reacher en Abby verlieten de buurt van de Shevicks langs dezelfde weg die ze waren gekomen, uit het zicht van de geparkeerde Oekraïense auto. Ze namen zijstraten waar dat maar mogelijk was en namen pas de hoofdstraat langs het tankstation, in de richting van het centrum, toen het niet anders meer kon.

Tot dat moment voelden ze zich redelijk op hun gemak, maar vanaf nu waren ze genadeloos blootgesteld aan speurende blikken. De zon scheen, de lucht was helder. Ze konden zich nergens verbergen. Ze liepen door een straat zoals ze overal in steden voorkomen. Links bebouwing met twee verdiepingen, smerige ramen, vale deuren. Daarvoor het trottoir, de stoeprand, het asfalt, nog een stoeprand, een trottoir en weer bebouwing met twee verdiepingen, smerige ramen en vale deuren. Nergens dekking hoger dan een brandkraan of dikker dan een lantaarnpaal.

Een kwestie van tijd.

Abby's telefoon ging. Ze nam op. Het was Vantresca. Ze schakelde de luidspreker in. Ze bleef doorlopen met haar telefoon voor zich op haar vlakke hand. Ze zag eruit als een reliëf op een oude Egyptische graftombe.

'Ik heb Barton en Hogan,' zei Vantresca. 'Alles oké. Ze zitten hier bij me in de auto en ze hebben me verteld wat er gisteravond is gebeurd. Sindsdien is er niemand meer aan de deur geweest.'

'Waar ben je nu?' vroeg Reacher.

'We zijn op weg naar het huis van Abby. Barton weet waar het is.'

'Je moet ons eerst ophalen.'

'Ze zeiden dat je een auto had.'

'Helaas is die teruggevorderd, met de eigenaar nog in de kofferbak. Daarom maakte ik me zorgen dat ze bij Barton op bezoek zouden komen.'

'Er is niemand aan de deur geweest,' zei Vantresca nog een keer. 'Nog niet. Kennelijk heeft die man nog niets gezegd. Misschien kan hij ook niets zeggen. Barton heeft me verteld hoe jij zijn Fender bespeelde.'

'Een log instrument,' zei Reacher. 'Maar waar het om gaat is dat we open en bloot op straat lopen. We moeten zo snel mogelijk van de straat worden gehaald.'

'Waar zijn jullie?'

Dat was een lastige vraag. In de onmiddellijke omgeving waren geen leesbare straatnaambordjes. Wat er hing was verbleekt of verroest. De meeste ontbraken helemaal, waarschijnlijk geramd door een tram in het jaar dat de *Titanic* zonk, het jaar waarin het honkbalstadion Fenway Park werd geopend. Abby prutste met haar telefoon. Ze hield Vantresca aan de lijn, maar toverde ondertussen een plattegrond op het scherm. Ergens op het scherm stond te midden van pijlen en lijnen een pulserende blauwe stip. Abby las de straatnaam en de naam van de zijstraat af van het scherm.

'Vijf minuten,' zei Vantresca. 'Misschien tien. Het spitsuur begint. Waar moet ik jullie precies oppikken?'

Een goede vraag. Als ze niet wilden opvallen, konden ze moeilijk op de hoek blijven staan alsof ze probeerden een taxi aan te houden. Reacher keek om zich heen. Wat hij zag was niet erg bemoedigend. Kleine cafeetjes die nog niet open waren. Een en al vergane glorie, van het soort waar om tien uur eindelijk eens iemand met een grauwe gelaatskleur naar binnen schuifelt nadat hij nog een keer steels over zijn schouder heeft gekeken of hij niet wordt betrapt. Je hoefde Reacher niets meer te vertellen over steden. Verderop zag hij een zwart geschilderd sandwichbord op de stoep, waarop ongetwijfeld de lekkernijen van de dag met krijt werden aangeprezen. Dat moest een koffiebarretje zijn dat op dit uur al geopend was, maar misschien was het niet veilig. Bij zo'n zaak in zo'n straat zou geen uitsmijter bij de deur zitten, maar misschien werd het espressoapparaat bediend door een sympathisant die hoopte op gunstige voorwaarden bij een toekomstige lening.

'Daar,' zei hij.

Hij wees naar een smal pand, tien meter verderop aan de overkant. De gevel werd overeind gehouden met een constructie van schuin omhoogstaande balken, alsof het geheel dreigde in te storten. Rondom de constructie was een zwart net gespannen. Waarschijnlijk een bouwvoorschrift van de plaatselijke overheid om te voorkomen dat voorbijgangers of mensen die daar toevallig bleven staan, werden geraakt door vallende brokken baksteen. Wat dan ook de achterliggende gedachte mocht zijn, het net kon prima dienstdoen als geïmproviseerd camouflagenet waar je achter kon gaan staan zodat je min of meer onzichtbaar was vanaf de straat.

Misschien voor zestig procent onzichtbaar, want het was een net met dichte mazen. Misschien ook maar voor veertig procent, want het was een zonnige ochtend. Maar altijd beter dan niets.

Abby gaf door wat ze gingen doen.

'Vijf minuten,' zei Vantresca. 'Misschien tien.'

'Wat voor auto?' vroeg Reacher. 'We willen niet achter dat net weg voor de verkeerde mensen.'

'Het is een S-type R uit 2005 in antraciet met donkergrijs.'

'Weet je nog wat ik zei over lui van de pantserdivisies?' vroeg Reacher.

'We geven te hoog op van ons materieel.'

'Ik begreep net geen woord van wat je zei.'

'Het is een relatief oude Jaguar,' zei Vantresca. 'De basis van de sportversie van de eerste upgrade van het retromodel dat ze aan het einde van de jaren negentig hebben geïntroduceerd. Met de verbeterde nokvolgers en de uitgeboorde motor. En de supercharger natuurlijk.'

'Zegt me niets,' zei Reacher.

'Het is een zwarte personenwagen,' zei Vantresca.

Hij beëindigde het gesprek. Abby stopte haar telefoon weg. Ze staken schuin over naar het gestutte pand.

Een auto kwam de hoek om.

Met grote snelheid.

Een zwarte personenauto.

Te vroeg. Er waren vijf seconden verstreken, geen vijf minuten. Het was geen oude Jaguar, het was een nieuwe Chrysler. Een lage auto met een hoge heuplijn en smalle ramen. Gleuven bijna, die je deden denken aan de kogelvrije raampjes in pantservoertuigen.

34

De zwarte Chrysler reed op hen af, minderde snelheid, reed even stapvoets en trok weer op. Alsof de auto aarzelde, alsof de auto even moest nadenken, omdat het niet te bevatten viel wat daar op straat te zien was. Een kleine tengere vrouw en een grote lelijke kerel. Zomaar midden op straat, pal voor de voorruit. Levensgroot. Ogen openhouden.

De auto kwam abrupt tot stilstand. De beide voorste portieren vlogen open, vijf meter van Reacher en Abby verwijderd. Twee mannen. Twee pistolen, Glock 17. Beide mannen waren rechtshandig, iets kleiner dan Gezim Hoxha, maar groter dan gemiddeld. Geen schriele mannetjes van de Adriatische kust. Ze droegen allebei een zwarte broek en een zwart T-shirt met een zwarte stropdas. En een zonnebril. Ze hadden zich geen van beiden geschoren. Ongetwijfeld waren ze uit bed gesleurd en meteen de straat op gestuurd toen Hoxha's auto was gevonden.

Ze deden een stap vooruit. Reacher wierp een blik naar links en een blik naar rechts. Nergens dekking hoger dan brandkraan of dikker dan een lantaarnpaal. Hij stak zijn hand in zijn zak. De H&K waarvan hij zeker wist dat hij het deed, maar waarvan hij ook zeker wist dat hij hem niet wilde gebruiken. Pistoolschoten op straat midden in de nacht roepen een reactie op. Als 's ochtends vroeg de zon schijnt, is het nog tien keer zo erg. Overdag hebben meer agenten dienst dan 's nachts. Ze zouden allemaal uitrukken. Tientallen patrouillewagens met sirenes en zwaailichten. Helikopters van de media en omstanders die video's maakten met mobiele telefoons. Een hele papierwinkel. Eindeloze uren in een verhoorkamer met een politieman en een aan de vloer geschroefde tafel. Via het logboek van Abby's telefoon zouden Hogan en Barton en Vantresca erbij betrokken worden. Het zou een geweldige puinhoop worden. Het kon weken duren voordat het allemaal weer gladgestreken was. Dat wilde Reacher niet, want de Shevicks hadden er de tijd niet voor.

De mannen met de Glocks schuifelden om de geopende portieren heen, met gestrekte armen en beide handen om de greep van het pistool geklemd, een geconcentreerde blik in de ogen.

Nog een stap. En nog een. De man rechts van Reacher, de man die achter het stuur had gezeten, bleef lopen, terwijl de andere man bleef staan. De bijrijder. De strategie van schaapshonden. Een van beiden maakte een omtrekkende beweging om achter Reacher en Abby te komen en hen naar de ander te drijven, waarna ze samen Reacher en Abby naar het trottoir en de gevels zouden drijven, waar ze geen kant meer op konden. Een instinctmatige, voor de hand liggende tactiek.

Dat werkte alleen als Reacher en Abby zouden blijven staan waar ze stonden, zich vervolgens als makke schapen zouden omdraaien en achteruit zouden wankelen.

Dat was Reacher niet van plan.

'Abby, een stap achteruit,' zei hij. 'Met mij mee.'

Hij deed een stap achteruit. Abby deed een stap achteruit. Het speelveld voor de chauffeur was ineens groter geworden. Hij moest nu verder omlopen.

'Nog een stap,' zei Reacher.

Abby en hij deden een stap achteruit.

'Blijf staan,' zei de chauffeur, 'of ik schiet.'

Echt? dacht Reacher. Een van die grote levensvragen. De man had te maken met precies dezelfde principiële bezwaren die Reacher ervan weerhielden zijn pistool te gebruiken. De tientallen patrouillewagens met sirenes en zwaailichten. De helikopters van de media en de omstanders met hun mobiele telefoons. De papierwinkel. De eindeloze uren in de verhoorkamer, zonder in dit geval een gegarandeerde uitkomst. Het kon twee kanten op, geen garanties, *maak de kiezers niet bang*. Er kwam een nieuwe korpschef. Daarnaast speelden voor de man met de Glock nog professionele aspecten een rol. Er moesten vragen worden beantwoord. Ze dachten dat Reacher een agitator van buitenaf was. *We willen weten wie je bent*. Reacher zo pakken dat hij nog in staat was om vragen te beantwoorden, leverde bonuspunten op. Dood, in coma of dodelijk gewond zou strafpunten opleveren, want doden en mensen in een coma praten niet, en mensen die dodelijk gewond zijn, leven niet lang genoeg meer om vragen te beantwoorden als ze worden bewerkt met lepels, elektrische zagen, strijkijzers en accugereedschap, of wat ze ook maar hadden uitgevonden aan de oostkant van Center Street. Zou de man dus schieten? Waarschijnlijk niet, dacht Reacher, maar de mogelijkheid bleef natuurlijk altijd bestaan. De vraag was of Reacher bereid was zijn leven op basis van die aanname in de waagschaal te stellen. Waarschijnlijk wel. Hij had het eerder gedaan. Hij had eerder gegokt en gewonnen. Na tienduizend generaties werkte zijn instinct nog altijd. Hij was weggelopen en kon het navertellen. Uiteindelijk was het ook nog eens een kwestie van lood om oud ijzer, niemand was onsterfelijk.

Maar was hij bereid om Abby's leven in de waagschaal te stellen?

'Haal je hand uit je zak,' zei de chauffeur.

Dat zou einde verhaal betekenen. Het moment dat er geen weg meer terug was, kwam trouwens steeds dichterbij, want het speelveld had zich in Reachers nadeel ontwikkeld. De chauffeur en de bijrijder stonden onder een hoek van zo'n zestig graden, een uitstekende uitgangspositie voor kruisvuur. Het waarschijnlijke verloop van de gebeurtenissen was niet zo moeilijk te voorspellen. Reacher zou dwars door zijn zak de chauffeur neerschieten, één uitgeschakeld, nog een tweede te gaan. Geen probleem, maar die draai van zestig graden was onhandig en werkte vertragend, ook al omdat zijn hand nog gevangenzat in die jaszak en dat zou de bijrijder de kans geven te schieten, misschien wel twee of drie kogels, die Abby zouden raken, of hem, of allebei. Of geen van beiden natuurlijk, dat lag in de echte wereld nog het meest voor de hand. De man was al nerveus. Als Reacher zijn maatje neerschoot, zou hij schrikken en in paniek raken. De meeste handwapens missen hun doel, zelfs onder de meest gunstige omstandigheden.

Was hij bereid om op basis van die gegevens Abby's leven in de waagschaal te stellen?

'Haal je hand uit je zak,' zei de chauffeur nog een keer.

'Reacher?' zei Abby.

Tienduizend generaties fluisterden hem in dat het beter was om in leven te blijven en maar te kijken hoe de zaak zich zou ontwikkelen.

Reacher haalde zijn hand uit zijn zak.

'Trek dat jack uit,' zei de chauffeur. 'Ik kan van hier zien dat er een heleboel gewicht in die zakken zit.'

Reacher trok zijn jack uit en liet het op het asfalt vallen. De pistolen in de jaszakken maakten een metalig geluid op het wegdek. De Oekraïense H&K's en de Albanese Glocks. Zijn hele arsenaal.

Bijna zijn hele arsenaal.

'En nu in de auto,' zei de chauffeur.

De bijrijder schuifelde achteruit terug naar de auto. Reacher dacht dat hij een van de achterportieren zou openmaken, alsof hij de portier van een duur hotel was, maar dat gebeurde niet. De man maakte de kofferbak open.

'Dat was goed genoeg voor Gezim Hoxha,' zei de chauffeur.

'Reacher?' zei Abby.

'Het komt goed,' zei hij.

'Hoe?'

Hij gaf geen antwoord. Hij klom als eerste in de kofferbak, een beetje dwars, en vouwde zich dubbel. Abby kroop in de ruimte tussen zijn benen en zijn bovenlichaam en krulde zich op in een foetushouding, alsof ze lepeltje-lepeltje in een bed lagen. De bijrijder sloeg de klep van de kofferbak met een klap dicht. Het werd donker. Er was geen klein, in het donker opgloeiend hendeltje. De gangsters hadden het mechanisme onklaar gemaakt.

Op dat moment voerden Dino en Jetmir een telefoongesprek. Dino sommeerde Jetmir zich onmiddellijk te melden op Dino's kantoor. Kennelijk zat hem iets dwars. Jetmir was binnen drie minuten ter plekke en nam plaats tegenover Dino's bureau. Dino staarde naar het schermpje van zijn telefoon. Hij las de reeks berichten over Gezim Hoxha, die halfdood in de kofferbak van zijn auto was gevonden, aan de rand van een buurt met oude sociale woningbouw.

'Hoxha en ik kennen elkaar al heel lang,' zei Dino. 'Ik kende hem al toen hij nog bij de politie werkte in Tirana. Hij heeft me ooit een keer opgepakt, hij was de gemeenste klootzak in heel Albanië. Ik mocht hem. Hij was een man uit één stuk. Daarom heb ik hem hier aan werk geholpen.'

'Hij is goed,' zei Jetmir.

'Hij kan niet praten,' zei Dino. 'Misschien nooit meer. Hij heeft ernstig letsel aan zijn keel opgelopen.'

'We moeten er het beste van hopen.'

'Wie heeft dat gedaan?'

'Dat weten we niet.'

'Waar is het gebeurd?'

'Dat weten we niet.'

'Wanneer is het precies gebeurd?'

'We hebben hem bij het aanbreken van de dag gevonden,' zei Jetmir. 'Dat letsel heeft hij natuurlijk al eerder opgelopen, misschien een uur of twee daarvoor.'

'Toch begrijp ik het niet,' zei Dino. 'Gezim Hoxha is een man met een schat aan ervaring, met een achtergrond bij de politie in Tirana, en om die reden is hij dan ook niet de eerste de beste in onze organisatie. Ik heb hem persoonlijk zijn baan gegeven, hij werkt al heel lang voor ons. Hij heeft altijd prima werk geleverd en dus wordt hij alles bij elkaar beschouwd als een heel belangrijk man in de organisatie. Klopt dat?'

'Ja.'

'Waarom moest hij dan klusjes opknappen midden in de nacht?'

Jetmir gaf geen antwoord.

'Heb ik hem gevraagd iets te doen en ben ik dat vergeten?'

'Nee,' zei Jetmir. 'Ik geloof het niet.'

'Heb jij hem gevraagd iets te doen?'

Let op licht dat door kieren tussen de gordijnen naar buiten schijnt. Let op auto's en voetgangers. Bel maar aan en stel vragen als het nodig is.

'Nee,' zei Jetmir.

'Ik begrijp het niet,' zei Dino. 'Ik ga niet midden in de nacht lopen rondrennen. Daar heb ik mensen voor. Hoxha had lekker in bed moeten liggen. Waarom lag hij niet in bed?'

'Dat weet ik niet.'

'Wie renden er nog meer allemaal rond midden in de nacht?'

'Dat weet ik niet.'

'Dat moet jij weten. Jij bent mijn stafchef.'

'Ik kan eens een paar vragen gaan stellen.'

'Dat heb ik al gedaan,' zei Dino. Zijn stem kreeg een andere klank. 'Blijkbaar waren er een heleboel mannen aan het rondrennen vannacht. Er was kennelijk iets aan de hand wat ernstig genoeg was om een doorgewinterde klootzak als Hoxha een dichtgeramde keel te bezorgen. Als je daarover nadenkt en over het aantal mensen dat op straat was, moet het wel iets heel groots zijn geweest. Dan moet het iets zijn geweest waarvan ik op de hoogte had moeten zijn, op zijn minst bij de besprekingen vooraf. Het lijkt me dat het een zaak is geweest waarvoor mijn goedkeuring was vereist. Zo doen we de zaken hier.'

Jetmir reageerde niet.

Dino dacht lang na.

'Ik heb ook gehoord dat Gregory hier vanochtend is geweest,' zei hij uiteindelijk. 'Hij heeft weer eens een staatsbezoek gebracht. Vanzelfsprekend vraag ik me af waarom ik daarover niet ben geïnformeerd.'

Jetmir zei niets. In zijn hoofd speelde al een opname af van de rest van de conversatie, snel, ingekort, een potje snelschaken. Heen en weer. Dino zou eindeloos doorgaan, meedogenloos, tot het verraad met alle details op tafel lag. Misschien wist hij het al. *Ik kan eens een paar vragen gaan stellen. Dat heb ik al gedaan.* Hij wist in ieder geval iets. Jetmir kreeg het koud. Hij bedacht plotseling dat het misschien al te laat was. Hij vermande zich en bedacht dat er misschien toch nog iets te redden viel. Hij wist het domweg niet, maar in dat geval was het beter om eieren voor zijn geld te kiezen. Een oeroud instinct, tienduizend generaties overgeleverd van vader op zoon, noopte hem zijn hand onder zijn jas te laten glijden, weer tevoorschijn te laten komen met zijn pistool en er Dino mee in zijn gezicht te schieten. Van een meter afstand, slechts van hem gescheiden door het bureau. Dino's hoofd sloeg achterover. Bloed, hersenblubber en botsplinters kwakten tegen de muur achter hem. De knal van de negenmillimeterpatroon was luid in de kleine met hout afgetimmerde ruimte. Enorm luid. Alsof er een bom afging. Meteen erna daalde een diepe, suizende stilte neer die een volle seconde aanhield. Toen vloog de deur open en tuimelden allerlei mensen naar binnen. Mensen uit andere kantoren, luitenants van Dino, arbeiders die onder het zaagsel zaten, uitsmijters, geldophalers, bottenbrekers. Ze schreeuwden allemaal door elkaar, botsten tegen elkaar op en trokken pistolen, een scène uit een film waarin de president wordt neergeschoten. Verwarring, waanzin, chaos, paniek.

Op dat moment stopte de zwarte Chrysler met Reacher en Abby in de kofferbak voor de poort van de houthandel.

35

De chauffeur hield één voet op de rem. De poort was weliswaar open, maar er stond niemand op wacht. Dat was ongebruikelijk, maar de man was erop gebrand verder te rijden zodat hij zijn buit kon tonen, en sloeg er dus geen acht op. Hij reed het terrein op, keerde en reed achteruit naar de roldeur. De bijrijder stapte uit en gaf met vlakke hand een klap op de groene paddenstoelknop. De deur schoof begeleid door het geratel van kettingen en het gekletter van aluminium panelen langzaam omhoog. De chauffeur reed achteruit naar binnen. Hij zette de motor af, stapte uit en voegde zich bij de bijrijder achter de auto. Ze trokken hun pistolen en deden een flinke stap achteruit.

De chauffeur drukte op de knop van de afstandsbediening.

De klep van de kofferbak kwam omhoog, langzaam, gedempt, majestueus.

Ze wachtten.

Er gebeurde niets.

De geur van vers gezaagd grenenhout, maar geen jankende zagen. Het was stil in de werkplaats in de romneyloods van ijzeren golfplaten. Er was verder niemand. Van diep in het gebouw drong ineens rumoer door, stemmen die gedempt werden door muren en deuren, maar niettemin luid, paniekerig en verward klonken. En voetstappen, snelle voetstappen, een boel opwinding. Er werd doelloos heen en weer gerend, alsof er iets bijzonders gaande was in de kantoren dieper in het gebouw achter de houthandel.

Ze luisterden.

Misschien was het wel bij het kantoor van Dino.

Zo ongeveer de eerste acht mannen die het kantoor van Dino binnenstormden zagen precies hetzelfde. Ze zagen Dino die in elkaar gezakt in zijn bureaustoel hing, met een kapotgeschoten hoofd. Ze zagen Jetmir in de stoel voor het bureau met een Glock in zijn hand. Ze zagen en roken de kruitdampen. Drie van hen waren luitenants, die op zijn minst een vaag vermoeden hadden van wat er was gebeurd. De andere vijf waren mannen van een lager echelon. Die hadden geen idee. Hun gedachten tolden rond in een vicieuze cirkel zonder kop of staart. Het klopte niet. Jetmir was de op een na belangrijkste man op de wereld. Zijn woord was wet. Hij was onfeilbaar. Je gehoorzaamde hem, bewonderde hem en aanbad hem. Er deden verhalen over hem de ronde. Hij was een winnaar, een legende.

Maar hij had Dino gedood en Dino was de baas, de allerbelangrijkste man op de wereld. Je was hem al je loyaliteit en trouw verschuldigd. Dat was hun erecode. Een in bloed gedrenkte eed van trouw. Dino was een feodale leenheer, een middeleeuwse koning, aan wie je zonder meer dienstbaar was.

Een van de vijf was een bottenbreker uit een stad die Pogradec heette, aan de oever van het Meer van Ohrid. Zijn zuster was ooit gemolesteerd door een hoge partijfunctionaris. Dino had de eer van de familie gered. De bottenbreker was een eenvoudig man, zo trouw als een hond. Hij hield van Dino als van zijn eigen vader. Hij hield ervan dat hij van hem hield. Hij hield van de organisatie, de structuur, de hiërarchie, de regels, de codes en de ijzeren zekerheden die hij daaraan ontleende. Hij zwolg erin en hield het allemaal in ere. Hij trok zijn pistool en schoot Jetmir in de borst, drie keer, een oorverdovend lawaai in die kleine gesloten ruimte. Onmiddellijk werd hij zelf gelijktijdig door twee van de anderen neergeschoten. De een was een geldophaler die louter op de automatische piloot leek te fungeren en zijn nieuwe baas probeerde te verdedigen, ook al had die nieuwe baas net zijn oude baas doodgeschoten, en de andere schutter was een van de luitenants die wel een vaag vermoeden had wat er zich allemaal afspeelde, en die een vage hoop had nog iets te redden uit de puinhopen. Maar dat was vergeefse hoop, want zijn tweede schot ging dwars door de bottenbreker heen en trof een geldophaler die achter de bottenbreker stond. De uitsmijter die zich achter die geldophaler verschool, vuurde in paniek terug, een pure reflex, en trof de luitenant in het voorhoofd, zodat een tweede luitenant de uitsmijter doodschoot om dit te vergelden, waarop een voorman van de houtzagerij die overhooplag met zijn bazen, op hem schoot. Hij miste weliswaar, maar de ricocherende kogel trof de derde luitenant in zijn bovenarm. De man jankte het uit van de pijn en schoot zijn magazijn leeg, waarbij de loop van zijn Glock een geheel eigen spastische dans maakte, ongecontroleerd. De kogels vlogen alle kanten op en belandden ook in de tweede golf van dicht opeengedrongen mannen die probeerden het kantoor in te komen. Mannen zakten in elkaar, gleden uit over de met bloed besmeurde vloer en stierven, tot de Glock met een klik aangaf dat er geen kogels meer waren en er een luid sissende, bulderende stilte intrad, bonkend en zoemend, die echter meteen weer werd verstoord door een ander luid kabaal dat van veraf kwam.

Dat nieuwe kabaal was eveneens afkomstig van pistoolschoten. Twee maar. Doelbewust afgevuurd. Twee zorgvuldig gerichte aparte schoten, afgevuurd met een negenmillimeterpistool. De afstand dempte het geluid. Het klonk alsof het helemaal voor in de werkplaats, in de romneyloods van ijzeren golfplaten, gebeurde. In de buurt van het rolluik.

De chauffeur en de bijrijder stonden op ruime afstand van de kofferbak van de Chrysler, de pistolen er nog steeds op gericht, in dezelfde stand met de voeten iets gespreid en het pistool in een tweehandige greep. Net zoals ze eerder op straat van hun vaardigheid hadden blijkgegeven. Maar ze keken met gestrekte halzen over hun linkerschouder naar de deur in de hoek van de werkplaats, een heel eind verderop, waar de gang begon die naar de kantoren leidde, waar alle commotie zich afspeelde.

Ze hoorden het schieten. Een eind weg, gedempt, af en aan, maar zonder ophouden. Eerst een salvo van drie kogels, drie snelle schoten achter elkaar, daarna een kogelregen, verwarrend veel schoten, en nog meer, en nog meer schoten, en uiteindelijk alleen nog het geratel van een pistool dat ongericht en in woede werd afgevuurd tot het magazijn leeg was.

Er daalde een tweede stilte neer.

De chauffeur en de bijrijder keerden zich weer naar de kofferbak. Niemand stak zijn handen omhoog, niemand gluurde over de rand. Geen enkel teken van leven. De chauffeur en de bijrijder keken elkaar aan en maakten zich plotseling zorgen. Misschien waren er uitlaatgassen in de kofferbak gestroomd. Misschien was de uitlaat lek en waren de man en de vrouw gestikt.

De chauffeur en de bijrijder deden voorzichtig een stap vooruit. En nog een stap. Er gebeurde nog steeds niets.

Ze keken nog eens over hun linkerschouder naar de deur in

de hoek van de werkplaats. Het bleef daar stil. Ze deden nog een stap, zodat ze in de kofferbak konden kijken. Nerveus tuurden ze in de kofferbak. Wat ze zagen was geheel anders dan eerder. De man en de vrouw hadden van positie gewisseld. Oorspronkelijk was hij achterin gekropen en had zij zich opgekruld in de ruimte voor hem die hij had vrijgelaten. Nu lag hij voorin en lag zij achter hem, beschermd door zijn lichaam. Oorspronkelijk had hij in de kofferbak gelegen met zijn hoofd links, maar nu was zijn hoofd rechts. Dat betekende dat hij op zijn linkerschouder lag en dat betekende op zijn beurt weer dat zijn rechterarm zich vrij kon bewegen. Hij bewoog inderdaad zijn rechterarm. Heel snel. In zijn hand hield hij een pistool. De monding van de loop kwam gericht op het voorhoofd van de chauffeur tot stilstand.

Reacher schoot de chauffeur door zijn voorhoofd, zwaaide zijn arm naar links, richtte en schoot de bijrijder in zijn linkeroog. Met de Oekraïense H&K, die hij bij zijn hoge werkschoen had ingestopt toen hij de spullen in zijn zakken op een andere manier had verdeeld om alles weer een beetje in evenwicht te brengen, toen ze bij de Shevicks waren vertrokken. Twee pistolen links, twee rechts, en een in zijn sok. Kon geen kwaad.

Hij kwam een paar centimeter omhoog en gluurde voorzichtig uit de kofferbak. Hij zag een lange werkplaats in een romneyloods van ijzeren golfplaten waar het rook naar vers gezaagd grenenhout, maar waar niemand was. Dit zou wel het hoofdkwartier van de Albanezen zijn. Misschien was dit wel de houthandel waar ze al twee keer langs waren gekomen. Een keer in de auto en een keer te voet. Een dekmantel. Het doffe metaal deed hem er wel aan denken, en aan de installateur en de loodgieter.

Hij ging rechtop zitten om beter om zich heen te kunnen kijken. Hij zag nog steeds geen mensen. Hij rolde uit de kofferbak en landde op zijn voeten. Hij hielp Abby uit de kofferbak. Ze keek naar de beide dode mannen op de vloer. Geen aangenaam tafereel. De een had maar één oog, de ander had er drie.

Ze keek om zich heen in de lege werkplaats.

'Waar zijn we?' vroeg ze.

Hij kreeg geen kans haar te vertellen wat hij vermoedde, want er gebeurden twee dingen. Een groepje mannen rende naar binnen en koerste af op een hoek achter in de loods waar een soort poortje was waarachter een gang lag die naar allerlei ruimten leidde. Tegelijkertijd rende een tweede groep mannen in tegengestelde richting door het poortje naar de loods. Ze zagen bleek en hadden een verwilderde blik in de ogen, ze zwaaiden met pistolen. Kennelijk gierde de adrenaline door hun lijf. Beide groepen botsten op elkaar. Er werd over en weer geschreeuwd, vragen en onsamenhangende antwoorden, allemaal in een vreemde taal. Albanees, dacht Reacher. Toen duwde een van de mannen een ander tegen de borst. De ander duwde terug, iemand vuurde een pistool af, de eerste van de twee ruziezoekers zakte in elkaar, iemand anders drukte de loop van zijn pistool tegen het hoofd van de schutter en haalde de trekker over, zonder aarzeling, als een soort executie. Het hoofd van de eerste schutter explodeerde en het hele tafereel dreigde in een oogwenk in een chaos te ontaarden, ware het niet dat iemand luid begon te roepen en met gestrekte arm wees, dwars door die lange romneyloods. Plotseling viel iedereen stil, keerde zich om en keek.

Een kleine tengere vrouw en een grote lelijke kerel.

Reacher had eens in een boek dat hij in een bus had gevonden, gelezen dat mensen uren of zelfs dagenlang aan iets kunnen twijfelen, terwijl ze eigenlijk de waarheid in een flits hadden doorgrond. Hij had het een prettig boek gevonden omdat het zijn mening bevestigde. Hij had geleerd te vertrouwen op zijn eerste ingevingen. Nu wist hij dan ook meteen dat er nu geen vragen meer zouden worden gesteld. *We willen weten wie je bent.* Niet meer. De hele meute was verstrikt geraakt in een krankzinnige mallemolen van bloeddorst. Er zouden geen bonuspunten meer worden uitgedeeld voor het feit dat iemand nog in staat was om te spreken. Dat aanbod was al lang over de houdbaarheidsdatum.

Dus zelfs voordat de stem van de roepende en wijzende man was weggestorven, vuurde Reacher drie kogels af op de horde mannen daar achterin. Er gingen drie man onderuit. Je kon ze onmogelijk missen. De rest stoof uiteen als een stel kakkerlakken. Reacher dook achter de auto, links aan de passagierskant, en trok Abby met zich mee. Hij wierp een blik achter zich, door de roldeur naar buiten. Hij herkende de poort, de verlaagde stoeprand en de straat. Hij wist waar hij was.

De poort stond open.

'Duik in de auto, hou je gedekt en klim naar de andere kant om ons hieruit te rijden,' fluisterde hij. 'Je kunt gewoon keihard rechtdoor, voet op het gaspedaal, niet kijken. Zo laag mogelijk op je stoel.'

'Hoe laat is het?' vroeg ze.

'Deze telt niet. Mensen betalen er geld voor om zoiets als dit mee te mogen maken.'

'Om zich te laten bespetteren met verf, niet om zich te laten doorzeven met kogels.'

'Mooi, dit is veel echter. Dat maakt het duurder.'

Abby schuifelde gehurkt langs de flank van de auto, greep omhoog naar de portierkruk, stak haar vingertoppen onder de rand van de deur en trok hem net ver genoeg open om naar binnen te glippen, glibberend als een slang over de zitting van de stoel.

'De sleutel zit er niet in,' fluisterde ze.

Een van de mannen achter in de loods vuurde een kogel af. Hij vloog een halve meter over de kofferbak, een meter over Reachers hoofd. Het krakende schot zwol aan tot een luid dreunen, versterkt door het golfijzer dat als een enorm drumvel begon te vibreren.

'Ze hebben de sleutel in hun zak gestopt,' fluisterde Abby. 'Natuurlijk, want ze hebben de kofferbak met de afstandsbediening geopend.

'Prachtig,' zei Reacher. 'Dan zal ik hem wel moeten gaan halen.'

Hij legde zijn wang op de vloer en keek onder de auto de loods door. Hij zag vijf man op de vloer liggen. De twee die het met elkaar aan de stok hadden gekregen en de drie die hij had neergeschoten. Van die laatste drie lagen er twee doodstil, de derde bewoog. Een klein beetje maar. Niet heel erg levendig of enthousiast. Hij zou de komende twee dagen weinig bijdragen aan wat dan ook. Negen man waren nog overeind, weggedoken achter wat ze maar als dekking hadden kunnen vinden. Dat was niet veel. Er stond een piramide van vaten met een chemische inhoud. Misschien een conserveringsmiddel. Er lagen lage stapels hout, maar dat waren er niet veel. Een beperkte voorraad, het was maar een dekmantel. Serieus zakendoen in de houthandel was nooit de bedoeling geweest.

Reacher rolde op zijn rug, klopte het magazijn uit de H&K en telde het resterende aantal kogels. Twee, en één in de kamer, drie in totaal. Niet erg bemoedigend. Hij drukte het magazijn weer in het pistool, rolde op zijn zij en wurmde zich langs de flank van de auto tot hij bij de kofferbak was. De chauffeur en de bijrijder lagen nog eens anderhalve meter verder. Eénoog en Drieoog. Beide hoofden in een plas bloed. De chauffeur lag het dichtstbij. Dat was goed en hij was overgekomen als de man die de leiding had. Hij zou waarschijnlijk de sleutel hebben. In de zak van zijn jasje waarschijnlijk. Links, omdat hij rechtshandig was en zijn pistool al in de hand gehad zou hebben toen hij op de knop van de afstandsbediening drukte.

Een nieuwe kogel vloog over zijn hoofd en boorde zich in de muur op een hoogte van dertig centimeter. Het krakende schot, het dreunen van het golfijzer, de echo en de weerkerende stilte. Daarna voetstappen, schuifelend, haastig, weifelend. Iemand kwam dichterbij. Reacher gluurde opnieuw onder de auto door. De negen man die nog in leven waren maakten gebaren, ze zwaaiden met hun handen en wezen van alles aan. Handsignalen. Ze coördineerden een aanval. Ze waren van plan om met sprongen te naderen, steeds één, of twee, van de ene dekking naar de andere. Een breedgeschouderde man die een beetje leek op Gezim Hoxha, leek de leiding te hebben. Ongeveer dezelfde leeftijd, ongeveer dezelfde bouw. Hij bereidde zich voor om van de piramide met vaten naar een stapel in plastic verpakte planken te sprinten, een afstand van een meter of vijf. De anderen zouden hem volgen. Het zou ze weinig tijd kosten om dichterbij te komen. Structureel was er niets wat hun in de weg stond.

Tijd om ze af te remmen.

Dat kon maar op één manier overtuigend.

Reacher strekte zijn arm onder de auto en richtte zorgvuldig. Een klassieke positie om met één hand te schieten, zij het negentig graden gedraaid, omdat hij op zijn zij lag. Hij wachtte tot hij zag dat de man zijn rugspieren spande, en vuurde een paar centimeter vóór de man. De man stapte keurig in de vuurlijn en ving de kogel links, hoog in de borst op. Prima, dat was een plek waar allerlei essentiële apparatuur was ingebouwd die een mens in leven moest houden. Slagaders, zenuwen, enzovoort. De man klapte dubbel en de opmars stokte. De acht overgeblevenen doken diep in elkaar als schildpadden.

Nog twee kogels. Niet bemoedigend.

Reacher rolde om zodat hij op zijn buik lag en tijgerde iets verder tot zijn hoofd ter hoogte van de achterbumper was. Het onderdeel van de chauffeur dat het dichtst bij hem lag, was de rechtervoet. Reacher ging languit liggen en strekte zijn arm. Hij kwam ongeveer een meter tekort. Maar het plan was duidelijk. Hij kon de man beter eerst achter de auto slepen en dan pas zijn zakken doorzoeken. Veel veiliger. Hij haalde diep adem, zette zich af, gleed over de vloer, greep de enkel en rukte er hard aan. Binnen een enkele seconde was hij terug in zijn dekking. Het hoofd van de chauffeur liet een slakkenspoor van bloed achter op het beton. Reachers korte optreden ontlokte aan zijn tegenstanders een furieuze kogelregen, maar te laat. Niet één kogel trof doel.

Reacher schuifelde gehurkt nog een meter verder achteruit en trok de chauffeur mee. Hij rolde hem om. Op dat moment gebeurden er twee dingen tegelijkertijd. Reacher begon naar de autosleutel te zoeken, terwijl de acht overgebleven Albanezen zich begonnen af te vragen wat hij aan het doen was en waarom hij dat deed. Ze waren kennelijk niet dom, het drong vrij snel tot hen door. Zo ongeveer toen Reacher zijn hand in de linkerjaszak van de chauffeur had gestoken, openden de Albanezen het vuur op de auto. Het was een groot doelwit, bijna vijf meter lang en anderhalve meter hoog. Ze doorzeefden de auto. Eerst verbrijzelden ze alle ramen aan de chauffeurskant en sloegen de kogels met harde metalige klappen in het plaatstaal, daarna zakte de auto ineens scheef weg naar links toen de banden voor en achter lek werden geschoten. Een groene, olieachtige vloeistof begon op de vloer te druppen. Reacher kroop naar Abby die nog half over de passagiersstoel hing en trok haar uit de auto. Hij drukte het portier dicht en duwde haar voor zich uit naar het rechtervoorwiel dat samen met het motorblok onder de omstandigheden voor een relatief veilige plek zorgde. Het lawaai was oorverdovend. Kogels vlogen door de gaten aan de linkerkant waar de ramen hadden gezeten en verbrijzelden ook de ramen aan de chauffeurskant. Een regen van glaskorrels daalde op hen neer. Kogels sloegen nog steeds met harde metalige klappen in het plaatstaal. Van steeds dichterbij. De Albanezen rukten opnieuw op.

Reacher had nog twee kogels over. Niet bemoedigend.

Hij wierp een blik naar buiten door het rolluik. De zon scheen krachtig. De poort, open. De straat, verlaten. Het was een kleine dertig meter naar de verlaagde stoeprand en dan nog eens dik zestig naar de eerste straathoek. Tien seconden voor een getrainde hardloper. Voor hem minstens twintig, terwijl er acht mannen achter hem aan zaten. Niet goed. Al zou Abby het misschien in minder dan twintig seconden kunnen. Misschien was zij sneller. Ze zou een kleiner doelwit zijn en steeds kleiner worden naarmate ze verder weg rende, met hem achter haar aan als een veel groter en trager doelwit. Misschien zou zij het redden. Als ze ermee in zou stemmen om voor hem uit te rennen en dat zou ze natuurlijk niet doen, daar kon je gif op innemen. Ze zouden erover kibbelen waardoor het enige juiste moment waarop ze het zouden kunnen proberen zou voorbij glippen. Onvermijdelijk. De menselijke natuur en zo, vooral heel veel flauwekul, maar soms sneed het hout.

De poort stond open.

De menselijke natuur. De chauffeur was de loods binnengereden en terechtgekomen in wat eruitzag als een machtsstrijd. Zonder er verder bij stil te staan had hij meteen de kofferbak opengegooid omdat hij zo gretig was. Hij kon niet wachten. Hij snakte naar het applaus en de schouderklopjes. Hij wilde de gevierde man zijn. Met andere woorden, zijn ijdelheid had ervoor gezorgd dat hij de tactische handelingen die de situatie vereiste achterwege had gelaten. Hij was haastig en onvoorzichtig te werk gegaan. Reacher herinnerde zich nog dat hij zijn jack moest uittrekken. Hij herinnerde zich dat hij het op straat had laten vallen. Hij herinnerde zich het metalige geluid dat de pistolen in de jaszakken op het wegdek maakten. De twee Oekraïense H&K's en de twee Albanese Glocks. Allemaal geladen, waarschijnlijk bij elkaar opgeteld meer dan veertig kogels.

Wat zou iemand die haast had en onvoorzichtig te werk ging met dat jack hebben gedaan?

Reacher kroop naar het achterportier en maakte het open, op dezelfde manier waarop Abby het voorportier had opengemaakt. Hij reikte omhoog naar de portierkruk, zette zijn vingers onder de rand van het portier en trok het langzaam op een kier. Een waterval van glaskorrels stroomde naar buiten. Vlokken vulling van de bekleding wervelden rond.

Zijn jack lag op de achterbank.

Hij trok het naar zich toe. Het voelde zwaar aan, voor een deel vanwege al het glas dat erop lag, maar vooral vanwege de pistolen in de zakken. Ze zaten er allemaal nog in. Twee H&K's en twee Glocks. Hij ging met zijn rug tegen het achterwiel zitten en inspecteerde de pistolen. De H&K waarvan hij zeker wist dat hij het deed, had nog zes kogels in het magazijn en één in de kamer. Het magazijn van de tweede H&K was nog vol en er was een kogel in de kamer. Datzelfde gold voor de beide Glocks. In totaal tweeënvijftig kogels, stuk voor stuk mooie kleine negenmillimeter-Parabellums die naar hem knipoogden in het door kruitdampen gedempte licht. Voor acht tegenstanders die al met roekeloos veel plezier een groot deel van hun ammunitie in de Chrysler hadden gepompt.

Dat was bemoedigend.

Hij haakte een vinger door elk van de vier trekkerbeugels en kroop terug naar Abby.

36

Abby zat met haar rug tegen het voorwiel, de armen om de knieën geslagen en het hoofd zo diep als het maar kon tussen de knieën. Pal achter haar hing een massief motorblok van een v8, een paar honderd kilo ijzer, bijna een meter lang en een halve meter hoog. Een huzaar als Vantresca zou dat ongetwijfeld een belachelijk ineffectief schild vinden, maar onder de omstandigheden zouden ze het ermee moeten doen. Als verdediging tegen de vuurkracht van handwapens zou het volstaan.

Reacher posteerde zich tweeënhalve meter van het voorwiel in een aangepaste schiethouding. Hij zat met zijn achterwerk op het beton, het linkerbeen gebogen, de knie opgetrokken, een omgekeerde letter V, het rechterbeen ook opgetrokken, maar plat neergelegd, een driehoek die een andere kant op wees, de hak van zijn hoge schoen tegen zijn bil. Zijn linkerelleboog steunde op zijn linkerknie, de rechterarm was gestrekt vanuit de schouder, de linkerhand ondersteunde de rechteronderarm. Zo vormde hij een menselijke geodetische koepel, gestut en stijf langs elke vector. Regelrecht uit de leerboeken van het leger, net zo goed als zijn positie tweeënhalve meter achter het schild. Daardoor kon hij heel laag blijven. Het enige wat vanaf de andere kant van de auto gezien boven de motorkap zou uitsteken zouden de loop van zijn pistool, zijn ogen en de kruin van zijn hoofd zijn. Hij kon zijn kogels exact negen millimeter over de motorkap laten scheren langs een horizontaal, vlak traject. Prima. Het enige nadeel was misschien dat hij pal over Abby's hoofd zou schieten en dat ze de slipstream van de kogels door haar haar zou voelen.

Hij begon met een Glock. Dat leek hem toepasselijk omdat het een Albanees wapen was. Volgeladen bovendien. In totaal achttien kogels. Misschien kon hij daar de klus al wel mee klaren, maar hij legde toch de andere pistolen in een waaier voor zijn rechterknie op het beton. Je moest er het beste van hopen, maar je voorbereiden op het ergste. Deels om het pistool te testen en deels om het startsignaal voor het feestje te geven, schoot hij een kogel in de piramide met vaten, gericht op een vat op de tweede rij. Dat zou overeenkomen met een op de borstpartij van een staande man afgevuurde kogel. Het schot klonk krakend en de inslag produceerde een dof galmende dreun. Een dikke bruine vloeistof stroomde gorgelend uit het kogelgat dat min of meer op de plek zat waarop hij had gericht. De Glock werkte prima.

Rechts kwam een man achter een stapel planken omhoog. Hij vuurde een kogel af en dook weer omlaag. De kogel raakte de auto, misschien het portier aan de chauffeurskant. Belabberd schot, gehaast en paniekerig. Links leunde een andere man iets opzij uit zijn dekking en probeerde een beter schot af te vuren. Een halve seconde lang verroerde hij zich niet. Dat was een fout. Reacher schoot hem in de borst en joeg er toen de man gestrekt op de vloer lag voor de zekerheid een tweede kogel achteraan in het hoofd. Drie kogels afgevuurd, nog zeven man over. Ze hadden zich allemaal weer een meter teruggetrokken. Misschien krabden ze zich nog eens achter de oren of ze wel de juiste benadering van het probleem hadden gekozen. Er werd met zachte stemmen gecommuniceerd. Gefluister heen en weer. Er werd een nieuw plan gesmeed. Reacher vroeg zich af wat het waard zou zijn. Waarschijnlijk niet veel. Het lag natuurlijk voor de hand om twee groepen te vormen, waarvan de ene groep door een achterdeur zou vertrekken en een omtrekkende beweging zou maken, om weer binnen te komen door het rolluik. Dan zou Reacher te maken hebben met twee fronten. Zo zou hij het zelf hebben gedaan. Maar het leek erop dat niemand van de overgebleven zeven man zich opwierp als leider. Het leek erop dat de commandostructuur was ingestort. Misschien een machtsstrijd. Een coupe of een mislukte coupe. Een paleisrevolutie. Toen ze net waren aangekomen in de loods had hij het gedempte schieten gehoord. In eerste instantie zelfs dubbel gedempt omdat de kofferbak nog dicht was geweest. Het was duidelijk dat heel veel mensen last kregen van hoofdpijn. Ergens daarachter, in de kantoren van de grote bazen.

Het plan dat ze bekokstoofden bleek uiteindelijk een conventionele infanteriestormloop te zijn, gebaseerd op vuurkracht en beweging. Met andere woorden, er zouden een paar beginnen te schieten en een paar anderen zouden beginnen te rennen. Die laatsten zouden zich laten vallen en het vuur openen om de eerste schutters de gelegenheid te geven ook dichterbij te komen. Een soort haasje-over met kogels. Niet zoveel kogels echter, ze raakten door hun ammunitie en dat haalde de angel uit de stormloop. Het dekkende vuur diende een spervuur te zijn, dat moest afleiden, intimideren en verwarring zaaien. Op zijn minst moest het de verdedigende partij bezighouden. Reacher kon het echter min of meer negeren. Een tienduizend generaties oud instinct adviseerde hem nadrukkelijk om dekking te zoeken, maar het rationele deel van zijn brein bestreed die neiging met moderne wetenschap en kennis uit de hoek van de wiskunde, geometrie en kansberekening, om aan te geven dat het zeer onwaarschijnlijk was dat zeven willekeurige, opgefokte kerels een doelwit zouden kunnen raken dat niet groter was dan twee ogen en de kruin van een hoofd, van een afstandje, met pistolen, terwijl het vuur dat bedoeld was als dekking zo zwak was dat Reachers oeroude instinct het onderspit moest delven, en gestreken en opgevouwen terug de kast in kon, zodat de moderne man ongestoord zijn dodelijke werkzaamheden kon uitvoeren. Het leek wel eendjes schieten in de schiettent op de kermis. De mannen rechts openden het vuur. Twee mannen links kwamen overeind en begonnen te rennen.

Reacher schoot ze allebei neer.

Ze belandden met een bons op het beton, wat leidde tot een meer dan letterlijke uitvoering van het strijdplan om in beweging te komen zodra de anderen zich hadden laten vallen, want meteen sprongen rechts twee mannen op die volledig ongedekt en volstrekt prematuur in de richting van Reacher begonnen te rennen.

Reacher schoot ze allebei neer.

Ze gingen onderuit, slippend, de armen molenwiekend, en bleven levenloos op het beton liggen.

Nog drie man over.

Een schiettent op de kermis.

Maar toen ineens niet meer. Plotseling veranderde alles in een schouwspel dat Reacher nog nooit van zijn leven had gezien. Een schouwspel dat hij ook nooit van zijn leven een tweede keer hoopte mee te maken. Achteraf was hij blij dat Abby met het hoofd tussen de knieën had gezeten, de ogen stijf dichtgeknepen. Een moment dat een eeuwigheid leek te duren, hing er een onheilspellende stilte in de loods, toen sprongen de overgebleven drie mannen tegelijkertijd op, salvo's afvurend en woest krijsend, de hoofden in de nek, uitpuilende ogen, krankzinnig, primitief, woestelingen uit een oude legende, derwisjen uit een oeroude mythe. Ze stormden op de auto af, krijsend en gillend, wild om zich heen schietend, een waanzinnige actie, mannen op paarden die tanks aanvallen, drie volslagen doorgedraaide kerels die een zekere dood tegemoet renden, die wisten wat hun te wachten stond, die ernaar verlangden, die de dood nodig hadden, die de dood eisten.

Reacher schoot ze alle drie neer.

Het werd doodstil in de loods.

Reacher ontwarde zijn ledematen uit de zittende schiethouding en ging staan. Voor hem strekte zich een onregelmatig spoor van twaalf lijken uit, vijftien meter lang. Bloed op het beton. Bij de piramide met vaten lag een grote bruine plas conserveermiddel. Het spul drupte nog steeds uit het lekgeschoten vat.

'Het is gebeurd,' zei hij.

Abby keek naar hem op. Ze zei niets.

Hij schudde de glaskorrels uit zijn jack en trok het aan. Hij stopte de pistolen weer in zijn zakken. In gedachten maakte hij een aantekening: nog vierenveertig kogels over.

'We moeten even kijken wat er in die kantoren daarachter is gebeurd,' zei hij.

'Waarom?' vroeg Abby.

'Misschien hebben ze daar geld.'

Reacher en Abby slalomden om de lijken, het bloed en de plas conserveermiddel naar het poortje achter in de loods. Voor hen lag een lange smalle gang met deuren links en rechts. Achter de eerste deur links bevond zich een vertrek zonder ramen waarin vier tafels met een formicablad tegen elkaar waren geschoven. Een soort vergaderzaal. Achter de eerste deur rechts lag een eenvoudig kantoor met een bureau, een stoel en dossierkasten. Er was niets wat een indruk gaf van de functie van het vertrek. In de kasten vonden ze geen geld. In de bureauladen lagen alleen doorsnee kantoorspullen, een tiental sigaren en een doosje lucifers. Ook achter de andere deuren vonden ze niets bijzonders tot ze bij de laatste deur links kwamen.

Die deur gaf toegang tot twee achter elkaar liggende kantoorruimtes. Een soort kantoorsuite, een ruimte voor een CEO en een voor zijn secretaresse, een voor een bevelvoerend officier en een voor zijn adjudant. Op de drempel tussen beide kantoren lag een hoop lijken. In het achterste kantoor lagen nog meer lijken. Twaalf in totaal, waaronder een man achter een groot bureau, die in zijn gezicht was geschoten, en een man in de stoel ertegenover die drie keer in de borst was geschoten. Een bizar, statisch tafereel. Er heerste een absolute, doodse stilte. Het was onmogelijk om een reconstructie te maken van wat er was gebeurd. Het zag eruit alsof ze elkaar allemaal hadden doodgeschoten. Een onverklaarbare orgie van dood en verderf.

Abby bleef in het voorste kantoor. Reacher ging naar het achterste kantoor. Hij greep met beide handen de deurposten hoog vast en klauterde over de stapel lijken. Hij stapte op schouders, nekken en hoofden. Eenmaal in het kantoor liep hij om het bureau heen. De man die in zijn gezicht was geschoten, hing onderuitgezakt in een leren stoel met wielen. Reacher rolde hem aan de kant en inspecteerde de bureauladen. Hij vond vrijwel meteen in de onderste lade links een stalen geldkist, ongeveer zo groot als een gezinsbijbel, gespoten in harde metallic kleuren, een product uit een vervlogen tijd van boerenleenbanken en spaarbankboekjes. De kist zat op slot. Reacher trok de bureaustoel weer naar zich toe en beklopte de zakken van de dode man. Hij voelde sleutels in de rechterbroekzak. Een hele bos. Hij viste ze met duim en wijsvinger uit de zak. Er waren grote en kleine sleutels. Met het derde sleuteltje dat hij probeerde, ging de geldkist open.

In een bak die je eruit kon tillen, zaten alleen een paar vettige briefjes van één en vijf dollar en wat muntgeld. Niets waard. Maar eronder lag een pak biljetten van honderd dollar met een banderol eromheen. Spiksplinternieuw, zo van de bank. Honderd briefjes. Tienduizend dollar. Dicht in de buurt van wat de Shevicks nodig hadden. Nog duizend te weinig, maar beter dan niets.

Reacher stopte het geld in zijn zak, slalomde terug naar de deur en klom voor de tweede keer over de opeengestapelde lijken.

'Ik wil hier weg,' zei Abby.

'Ik ook,' zei Reacher. 'Maar ik moet nog één ding doen.'

Hij nam haar mee naar het eerste kantoor, aan het begin van de gang, achter de eerste deur rechts, tegenover de vergaderzaal. Het kantoor van de sigarenroker. Zeer onlangs overleden, vermoedde Reacher, maar niet door het roken. Hij pakte de doos lucifers van het bureau en verzamelde zoveel papier als hij maar kon vinden.

Hij streek een lucifer af en stak een vel papier aan. Hij hield het vast tot het flink brandde. Toen liet hij het in de prullenmand vallen.

'Waarom?' vroeg Abby.

'Winnen alleen is niet genoeg,' zei hij. 'Je moet de ander definitief duidelijk maken dat hij heeft verloren. Bovendien is dit veiliger. Wij zijn hier geweest en hebben waarschijnlijk sporen achtergelaten. Dit is de beste manier om verwarring achteraf te voorkomen.'

Ze streken de ene na de andere lucifer af, hielden ze bij vellen papier en lieten die in alle vertrekken achter. Er walmde al grijze rook de gang in toen ze die uitliepen, onder het poortje door, de loods in. Ze staken de krimpfolie rond stapels planken in brand. Reacher liet een lucifer in de plas conserveermiddel vallen, maar die doofde meteen sputterend. Niet brandbaar. Heel verstandig natuurlijk bij een houthandel. Maar benzine was wel brandbaar, daar hoefde je niet aan te twijfelen. Reacher haalde de dop van de benzinetank van de doorzeefde Chrysler en duwde zijn laatste vel brandend papier in de opening.

Toen haastten ze zich naar buiten. Bijna dertig meter naar de verlaagde stoeprand en nog eens meer dan zestig naar de hoek van de straat.

Op het scherm van Abby's telefoon stond een hele reeks gemiste oproepen van Vantresca. Hij meldde dat hij aan de overkant tegenover het gestutte pand met het zwarte net stond te wachten. Hij meldde dat hij er al een hele tijd had staan wachten en dat hij niet wist wat hij nu moest doen. Abby belde hem. Ze maakten een nieuwe afspraak. Hij zou de ene kant op rijden en zij zouden in tegengestelde richting lopen. Ergens onderweg zouden ze elkaar tegenkomen. Reacher keek nog één keer om. Een paar honderd meter achter hen kringelde rook omhoog. Toen hij even later een tweede keer keek, was het een dikke kolom rook. Daarna werd het een grote, omhoogkolkende zwarte massa waaruit vlammen kronkelden. Ze hoorden brandweerauto's, zware sirenes en luid getoeter, steeds meer, tot het net was alsof in de verte een massaal concert met zware bastonen werd gegeven. Ze hoorden de sirenes van patrouillewagens van de politie in de zijstraten aan de oostkant van de stad.

Toen kwamen ze Vantresca tegen in een zwarte auto. Breed, vierkant en zwaar. Op de motorkap stond een verchroomd beeldje van een springende kat. Dat zou dan wel een jaguar zijn, het logo van de autofabriek. Binnenin was de ruimte beperkt. Vantresca reed. Hogan zat naast hem voorin. Barton zat achterin. Er was nog maar één plaats over. Abby moest bij Reacher op schoot zitten. Daar had hij geen moeite mee.

'Er staat daarginds iets in brand,' zei Hogan.

'Dat is jouw schuld,' zei Reacher.

'Hè?'

'Jij zei dat de Albanezen de stad over zouden nemen als de Oekraïners het onderspit zouden delven. Dat wilde ik voorkomen. Dat voelde aan als een pyrrusoverwinning.'

'Wat staat er nu dan in brand?'

'Het hoofdkwartier van de Albanezen. Dat ligt achter een houthandel. Het kan nog dagen doorbranden.'

Hogan zei niets.

'Iemand anders springt wel in het gat,' zei Barton.

'Misschien niet,' zei Reacher. 'De nieuwe korpschef begint met een schone lei. Misschien is het wel gemakkelijker om te verhinderen dat er mensen binnenkomen dan het is om mensen eruit te gooien.'

'En nu?' vroeg Vantresca.

'Nu moeten we op zoek naar het Oekraïense zenuwcentrum.'

'Tuurlijk, maar eh... hoe doen we dat?'

'Ik denk dat we eerst moeten weten wat daar precies gebeurt. Misschien dat we dan gerichter kunnen zoeken. In zekere zin komt de vorm voort uit de functie. Als het bijvoorbeeld een drugslab zou zijn, hebben ze ventilatoren nodig, en gas en water, enzovoort, enzovoort.'

'Maar ik weet niet wat ze doen,' zei Vantresca.

'Bel die journaliste op,' zei Reacher. 'Die vrouw die je geholpen hebt. Misschien weet die het. Die weet misschien op zijn minst waarmee ze zich bezighouden. Zo nodig kunnen we van daaruit terugredeneren om te bedenken wat voort soort onderkomen ze nodig hebben.'

'Die praat niet met me. Ze was doodsbang.'

'Geef mij haar nummer maar,' zei Reacher. 'Dan bel ik haar.'

'Waarom zou ze tegen jou wel praten?'

'Ik heb een vriendelijke persoonlijkheid. De mensen praten altijd tegen me. Soms kan ik ze niet eens meer stil krijgen.'

'Dan moet ik eerst naar mijn kantoor.'

'Rijd maar langs de Shevicks,' zei Reacher. 'Ik heb iets voor ze. Ik wil ze een beetje geruststellen, dat hebben ze nodig.'

37

Gregory paste de stukjes van de puzzel in elkaar op grond van drie verschillende bronnen: een politieman die bij hem op de loonlijst stond, een brandweerman die hem nog geld schuldig was en een mol achter de bar ergens in het oosten van de stad. Hij riep meteen zijn luitenants bij elkaar in het kantoor achter het taxibedrijf.

'Dino is dood,' zei Gregory. 'Jetmir is dood. Alle luitenants zijn dood. De twintig man aan de top zijn weggevaagd, gewoon, zomaar. Misschien nog wel meer. De Albanezen zijn niet langer een partij om rekening mee te houden en dat zullen ze ook nooit meer worden. Ze hebben geen leiderspotentieel. De belangrijkste overlevende is een oude rouwdouwer die Hoxha heet, en die is alleen aan de dood ontsnapt omdat hij in het ziekenhuis ligt. Hij kan niet meer praten. Daar kan je de oorlog niet mee winnen.'

'Hoe is het gebeurd?' vroeg iemand.

'De Russen, natuurlijk,' zei Gregory. 'Een vernietigend offensief aan de oostkant van Center Street, waarbij ze de helft van het slagveld hebben schoongeveegd en een mogelijk definitief bondgenootschap op voorhand onmogelijk hebben gemaakt, zodat ze zich nu helemaal op ons kunnen richten.'

'Goede strategie.'

'Maar slecht uitgevoerd,' zei Gregory. 'Ze zijn heel onhandig te werk gegaan bij die houthandel. Elke smeris en elke brandweerman die deze stad rijk is, zit in het oosten, daar heeft niemand de komende maanden nog iets te zoeken. Elke steen wordt daar omgekeerd. Je kunt maar tot op zekere hoogte zaken afkopen. Sommige dingen kunnen ze niet negeren. Ik wil wedden dat het al breed uitgemeten op tv is. Letterlijk in het volle licht van de schijnwerpers. Daar wil niemand zijn. En dat maakt van het westen de kers op de taart. Nu zullen ze meer dan ooit hun zinnen op ons grondgebied zetten.'

'Wanneer denk je dat ze komen?'

'Dat weet ik niet,' zei Gregory. 'Maar we zullen klaarstaan. Vanaf nu gaan we naar situatie C. Dubbele wacht. Iedereen in stelling. Niemand mag erdoor.'

'We kunnen situatie C niet eindeloos volhouden. We moeten weten wanneer ze komen.'

Gregory knikte.

'Dat weet Aaron Shevick,' zei hij. 'We moeten het hem vragen.'

'We kunnen hem niet vinden.'

'Hebben we nog steeds mensen bij die oude vrouw voor de deur?'

'Ja, maar Shevick laat zich daar niet meer zien. Waarschijnlijk heeft die oude vrouw hem ingeseind. Ze is natuurlijk zijn moeder of een tante of zo.'

Gregory knikte opnieuw.

'Oké,' zei hij. 'Dan weet je wat er moet gebeuren. Bel die jongens van ons daar en laat ze haar maar ophalen. Als we met haar bezig zijn, kan ze Shevick bellen. Bij de eerste de beste gil die er uit haar strot komt, vliegt hij hierheen.'

Vantresca had hen anderhalve kilometer van de houthandel opgepikt, zodat het nog eens anderhalve kilometer was naar het huis van de Shevicks, meer naar het zuidwesten, twee zijden van een driehoek. De zwarte Jaguar reed grommend door de straten. De dag was ondertussen tot halverwege de ochtend gevorderd. De zon stond al hoog aan de hemel en verdeelde de straat in delen waar het felle zonlicht scheen en delen waar harde slagschaduwen vielen. Reacher vroeg Vantresca te stoppen bij het tankstation. Ze parkeerden aan de achterkant, naast de autowasstraat. Een witte personenwagen schoof er langzaam doorheen, gemarteld door nylon borstels. Overal blauw schuim en witte zeepbellen.

'Ik neem aan dat we de Shevicks nu wel in een hotel in het oosten van de stad kunnen onderbrengen. Ze hoeven zich niet meer te verstoppen. Er is niemand meer over die zich druk kan maken als wij met hen zo'n hotel binnenlopen.'

'Dat kunnen ze niet betalen,' zei Abby.

Reacher keek in de aardappelvormige portefeuille van Gezim Hoxha.

'Geen probleem,' zei hij.

'Ik wil wedden dat ze dat allemaal liever aan Meg besteden.'

'Een druppel op een gloeiende plaat en bovendien is het hier geen democratie. Ze kunnen niet langer in hun eigen huis blijven.'

'Waarom niet?'

'Ik wil de zaak in beweging krijgen, ik wil die capo van zijn stuk brengen. Gregory, toch? Ik wil horen dat hij aan onze deur klopt. Dus kunnen we maar het beste beginnen met die jongens die naar de voordeur zitten te kijken. Die hebben al lang genoeg in de weg gestaan. Maar dat zou wel eens een reactie kunnen oproepen en daarom moeten de Shevicks eerst hun huis uit. Voorlopig in ieder geval.'

'De auto zit vol,' zei Barton.

'We nemen de Lincoln van die jongens,' zei Reacher. 'We rijden de Shevicks naar een luxehotel in een Town Car. Dat vinden ze misschien wel aardig.'

'Ze wonen in een doodlopende straat,' zei Vantresca. 'We rijden recht op ze af, geen enkel verrassingselement.'

'Voor jou misschien niet,' zei Reacher. 'Maar ik ga weer achterom en dan kom ik door de voordeur naar buiten. Achter ze, terwijl zij proberen te bedenken wie jullie in hemelsnaam kunnen zijn. Dat lijkt me verrassend genoeg.'

De Jaguar reed terug naar de hoofdstraat, sloeg opnieuw vroeger dan nodig rechts af en nog eens links om de straat van de Shevicks in te rijden, en stopte waar Reacher en Abby 's ochtends vroeg de Chrysler hadden geparkeerd: voor het huis van de achterburen van de Shevicks, het huis van de informant die vanaf nu vergeefs zou bellen om iets te melden, omdat het toestel aan de andere kant van de lijn al lang en breed was gesmolten. Net als de Chrysler eerder stond de Jaguar parallel aan de Lincoln, de neus naast de neus, de achterbumper naast de achterbumper, met een meter of zestig ertussen. Twee stadspercelen, niet al te groot, met twee huizen en twee achtertuinen. Maar niet lang. Reacher stapte uit en de Jaguar reed weer verder.

Reacher liep door de voortuin van de achterburen en trok het deel van schutting dat als poortje fungeerde op een kier. Hij liep door de achtertuin van de achterburen naar de bouwvallige schutting. De schutting die eigendom was van de Shevicks of de achterburen, of gemeenschappelijk eigendom. Hij had niet veel zin om er nog eens overheen te klimmen en trapte hem dus om. Als de schutting eigendom was van de Shevicks, mocht Trulenko betalen voor een nieuwe. Als de schutting eigendom was van de achterburen, dan hadden ze pech gehad. Informant zijn had ook zo zijn nadelen. Als hij gemeenschappelijk eigendom was, gold voor beiden natuurlijk de helft van bovenstaande.

Hij liep door de tuin van de Shevicks, voorbij de plek waar de foto's waren gemaakt, naar de achterdeur. Hij klopte zacht op het glas. Geen reactie. Hij klopte nog een keer, iets harder. Nog steeds geen reactie.

Hij probeerde de deurkruk. Op slot, van binnenuit. Hij keek door het raam. Niets te zien, geen mensen, alleen het aanrechtblad met de dunne, golvende lijntjes van een hartmonitor en de goedkope plastic stoeltjes. Hij liep langs de muur, opnieuw langs de plek waar de foto's waren gemaakt, naar het volgende raam. De slaapkamer. Niemand te zien, alleen een opgemaakt bed en een gesloten kastdeur.

De deur naar de gang stond echter open en in de gang zag Reacher een gestalte. Een complexe gestalte met twee hoofden en vier benen. De ene helft groot, de andere helft klein. Een worsteling met kleine, ongecontroleerde bewegingen, alsof iemand tegenstribbelde maar gemakkelijk in bedwang werd gehouden.

Reacher stak zijn hand in zijn zak en koos de Glock met het volle magazijn. Zeventien kogels en één in de kamer. Hij haastte zich terug naar de achterdeur. Hij haalde een keer diep adem, en nog een keer, en stootte toen zijn elleboog door het glas, liet voorzichtig zijn hand naar binnen glijden en draaide in één vloeiende beweging het slot om. Hij stapte naar binnen. Het maakte natuurlijk allemaal lawaai, zodat net op dat moment iemand vanuit de gang zijn hoofd om de deurpost stak om te kijken wat er goddomme allemaal aan de hand was. Een bleek gezicht, lichte ogen, blond haar. Een zwart colbertje, wit overhemd, zwarte zijden stropdas. Reacher mikte een centimeter onder de knoop van de stropdas, maar hij was een man met een sterk ontwikkeld rechtvaardigheidsgevoel, dus schoot hij pas toen hij een hand met een pistool om de hoek zag komen en boorde een gat in de man dat groot genoeg was om je duim in te steken. De kogel ging dwars door de man heen en sloeg uiteindelijk in de muur achter hem. De man zakte rechtstandig in elkaar, als een marionet.

Het kabaal van het schot stierf weg. Het werd stil in de gang, maar die stilte werd doorbroken door een zwak gejammer, alsof een zwakke oude vrouw probeerde te gillen, terwijl een sterke man zijn hand over haar mond klemde. Een schoen schraapte over de vloer, zwakjes, nutteloos verzet. De dode man lekte bloed op het parket, het sijpelde weg in de naden. Wat een rotzooi. Reacher berekende dat er een paar vierkante meter zou moeten worden vervangen. Allemaal voor rekening van Trulenko. Ook pleisterwerk voor de muur met het kogelgat, en verf. En natuurlijk nieuw glas in de keukendeur. Maar het zou allemaal goed komen.

Stilte in de gang. Reacher sloop achterwaarts terug naar de achterdeur. *Het lag natuurlijk voor de hand om twee groepen te vormen, waarvan de een door een achterdeur zou vertrekken en een omtrekkende beweging zou maken.* Hij stapte over de glasscherven de tuin in. Hij ging rechts de hoek om, en nog eens. Voor het huis bleef hij even staan. Hij zag de Lincoln, er zat niemand in. Nog geen spoor te bekennen van de Jaguar. Hij volgde het traject in gedachten. Naar het noorden naar de doorgaande straat, dan naar het westen naar de hoofdstraat, naar het zuiden tot aan de straat waar je werkelijk in moest om in deze buurt te komen, met al zijn haakse bochten en smalle straatjes. Misschien vijf minuten, hooguit zes. Ze zouden niet verdwalen, want Abby kende de weg.

Hij liep langs de voorgevel, over het gras, een meter van de buitenmuur vanwege de struikjes die ertegen waren geplant. Hij keek schuin naar binnen door het gangraam en zag een tweede bleke man met een bleek gezicht. Zijn vlezige linkerhand hield hij over de mond van Maria Shevick geklemd. Met zijn rechterhand hield hij een pistool stevig tegen haar slaap gedrukt. Opnieuw een H&K P7, een verfijnd stalen instrument. Zijn vinger lag strak tegen de trekker. Aaron Shevick stond een meter verderop, verstijfd, de ogen wijd open, doodsbenauwd. Hij klemde zijn lippen op elkaar. Het was hem duidelijk te kennen gegeven dat hij geen kik mocht geven. Het was even duidelijk dat hij niet van plan was dat bevel te negeren zolang de loop van dat pistool tegen de slaap van zijn vrouw werd gedrukt.

Reacher keek nog een keer naar het begin van de doodlopende straat. Nog altijd geen Jaguar. De man die Maria Shevick gijzelde, keek door de gang in de richting van de keuken. Hij wachtte op wie zich daar zou vertonen en vervolgens geconfronteerd zou worden met een klassieke patstelling. Laat dat pistool vallen, of ik schiet de oude dame dood. Zij het dat hij de oude dame niet kon doodschieten, want een fractie nadat hij de trekker had overgehaald, zou hij zijn eigen hoofd verliezen. Een klassieke patstelling. Een vicieuze cirkel. Een dreiging die almaar rondcirkelde, een lus met eindeloze feedback, die jankend en krijsend nooit tot stilstand kon komen.

Reacher schatte de situatie in. De man was een kop groter dan Maria Shevick. Letterlijk. Hij hield haar tegen zich aangedrukt, haar rug tegen zijn borst, zijn linkerhand over haar mond, haar hoofd precies onder zijn kin. Het hoofd van de man, dat Reacher nu van opzij zag, stak dus boven het hare uit. Een witte wang, een klein roze oor, een schedel bedekt met kortgeschoren blond haar. De man was de dertig gepasseerd, maar misschien nog geen veertig. Zou hij oud en belangrijk genoeg zijn om te weten waar het zenuwcentrum zich bevond? Dat was de belangrijkste vraag die Reacher bezighield.

Nee, dacht hij. Net als eerder. *Wij doen niets anders dan in auto's zitten en naar voordeuren van huizen kijken. Je denkt toch zeker niet dat ze jongens zoals wij vertellen waar Trulenko is?* De man had geen enkele waarde.

Jammer.

Vooral voor hem.

Reacher liet zich op de grond vallen en tijgerde naar het betonpad en eroverheen naar de andere kant. De voordeur stond open, de man keek nog steeds in de richting van de keuken. Hij wachtte nog steeds. Reacher wurmde zich in een positie waardoor hij tegen het achterhoofd van de man aankeek. Een brede, bleke nek, dikke spierbundels, een schedel bedekt met wit oplichtend, kortgeschoren blond haar. Hij keek ernaar, schuin omhoog, omdat hij nog steeds buiten op de grond lag, lager dan de stoep, lager dan de drempel, lager dan de vloer van de gang. Hij richtte de Glock vrij steil omhoog, op het punt waar de ruggengraat van de man bij de schedel kwam. Hoger durfde hij niet te richten. Hij wilde dat de kogel zich diep in de hersenen zou begraven en niet zou afketsen op de schedel. Soms gebeurde dat, sommige mensen hadden een schedel van beton.

Hij telde tot drie en liet langzaam zijn adem ontsnappen.

Hij haalde de trekker over. Het hoofd van de man explodeerde als een watermeloen die van enige hoogte op harde grond viel. De kogel verliet het hoofd door de grote fontanel en boorde zich in het plafond direct boven de man. Er verspreidde zich een roze en paarse nevel. Onmiddellijke hersendood. Het leverde veel viezigheid op, maar dat was onvermijdelijk als iemand de vinger aan de trekker hield. Het was de enige manier om verder onheil af te wenden, medisch bewezen.

De man zakte achter Maria Shevick in elkaar alsof ze zich ontdeed van een zware winterjas en die op de vloer liet vallen. Ze bleef in haar eentje staan, een meter van haar man, beiden verstijfd en verstomd. Het krakende lawaai van het schot stierf weg. De roze nevel daalde neer, oneindig langzaam.

Op dat moment reed de Jaguar de straat in.

Reacher was van plan geweest om het verblijf in het hotel te presenteren als een leuk, avontuurlijk uitstapje en dat te bekronen met het overhandigen van die tienduizend dollar in briefjes van honderd, stuk voor stuk spiksplinternieuw en nog geurend naar de drukpers. Het liep anders. Maria Shevick had bloed en botsplinters in haar haar, Aaron stond te trillen als een espenblad, op de rand van een zenuwinzinking. Vantresca nam hen mee naar buiten en zette hen op de achterbank van de Jaguar. Abby pakte een tas met spullen voor hen in. Ze ging alle kamers door en nam alles mee wat ze nodig konden hebben. Reacher en Hogan droegen de lijken naar buiten en gooiden ze in de kofferbak van de Lincoln, nadat ze ze hadden ontdaan van hun geld, hun pistolen en hun telefoons. Het werd zo langzamerhand routine. Reacher gaf Vantresca geld uit de aardappelvormige portefeuille van Gezim Hoxha om de hotelkamer voor de Shevicks te betalen. Vantresca zegde toe dat hij de Shevicks naar een hotel zou brengen en inchecken. Hij zou met ze naar hun kamer gaan en bij hen blijven tot ze gesetteld waren. Reacher zou zich met de andere drie over de Lincoln ontfermen.

'Wat gaan we ermee doen?' vroeg Barton.

'We gaan erin rijden,' zei Reacher.

'Waarnaartoe?'

'Jullie moeten spelen. We moeten jullie bus ophalen en de spullen inladen.'

‘Met die lui in de kofferbak?’

‘Heb je wel eens in een vliegtuig gezeten?’

‘Tuurlijk.’

‘Dan stond er waarschijnlijk ook een doodskist in het ruim. Dode mensen worden aan de lopende band gerepatrieerd.’

‘Je weet dat we aan de westkant van Center Street moeten spelen.’

Reacher knikte. ‘In een lounge,’ zei hij. ‘Met een uitsmijter bij de deur.’

38

De bus van Barton stond op een stukje grond dat was afgesloten met scheermesprikkeldraad en een hek met een ketting. Hogan en Barton stapten uit en Reacher en Abby reden in de Lincoln achter de bus aan terug naar het huis van Barton. De bus was een krakkemikkig derdehands taxibusje. De banken waren eruit gesloopt en de ramen waren afgeplakt met zwart plastic. Reacher hielp met inladen. Sinds hij ontslag had genomen uit het leger had hij een wereld aan baantjes gehad, maar dit was de eerste keer dat hij dienstdeed als roadie bij een rock-'n-rollband. Hij droeg de dodelijke Fender Precision van Barton in een koffer naar de bus, daarna een reservegitaar, een versterker zo groot als een hutkoffer en de luidsprekerkast met acht woofers. Tot slot stouwde hij alle onderdelen van het drumstel van Hogan in de bus.

Abby en hij reden in de Lincoln achter het busje aan, in westelijke richting naar het territorium van de Oekraïners. Het liep tegen het middaguur. Reacher reed en Abby telde het geld dat ze hadden geïnd van de beide mannen in de kofferbak. Dat was niet veel. Tweehonderdtien dollar in totaal. *Wij zijn jongens die in auto's zitten.* Dat schoof kennelijk een stuk minder dan wat een oude vos als Gezim Hoxha in ontvangst nam. Op hun telefoons stonden dezelfde reeksen berichten als op de telefoons die ze eerder hadden bestudeerd, aangevuld met nieuwe berichten. Allemaal in het Oekraïens. Abby herkende sommige woorden die ze de vorige avond tijdens die bliksemcursus bij Vantresca had geleerd.

'Ze hebben weer een nieuwe situatie geactiveerd,' zei ze.

'Welke?'

'Dat kan ik niet lezen. Ik weet niet welke letter het is. Ze hebben opgeschaald naar C of afgeschaald naar A.'

'Niet omlaag,' zei Reacher. 'Dat kan ik me niet voorstellen onder deze omstandigheden.'

'Volgens mij geven ze de Russen de schuld. Ik geloof dat ze Aaron Shevick een Rus noemen.'

'Waar komen die berichten vandaan?'

'Allemaal van hetzelfde nummer, waarschijnlijk een geautomatiseerd verspreidingssysteem.'

'Een computer in het zenuwcentrum.'

'Waarschijnlijk.'

'Zoek eens in het logboek van de telefoon.'

'Waarnaar?'

'Het gesprek waarin ze de opdracht kregen om Maria Shevick mee te nemen.'

Abby tikte en scrolde door de recente oproepen.

'Het laatst binnenkomende gesprek was een uur geleden,' zei ze. 'Zevenenvijftig minuten geleden om precies te zijn.'

Reacher doorliep de gebeurtenissen van het afgelopen uur in gedachten, achterwaarts, als een stopwatch die achteruitliep. Achter de bus aan rijden naar het westen, de bus inladen, de bus ophalen, van huis vertrekken, zo'n vierenhalve minuut doorgebracht in het huis, de omtrekkende beweging om het huis, de keuken, de achtertuin van de Shevicks, de achtertuin van de achterburen, uitstappen uit de Jaguar, die parallel met de Lincoln geparkeerd stond, de neus naast de neus, de achterbumper naast de achterbumper, een meter of zestig ertussen. Zevenenvijftig minuten. Het kon best zijn dat die twee mannen uit de Lincoln waren gestapt op het moment dat hij uit de Jaguar stapte.

'Waar kwam dat gesprek vandaan?' vroeg hij.

Abby keek.

'Een vreemd telefoonnummer,' zei ze. 'Ik denk een wegwerptoestel.'

'Waarschijnlijk van een van de topjongens, misschien wel Gregory zelf. Het was een grote strategische beslissing. Ze willen weten wanneer de Russen komen. Ze denken dat ik ze dat kan vertellen en ze wilden Maria als breekijzer. Kennelijk denken ze dat zij en ik familie zijn.'

'Breekijzer?'

'Van het verkeerde soort. Bel dat nummer eens.'

'Echt?'

'Er zijn dingen die gezegd moeten worden.'

Abby schakelde de luidsprcker van de telefoon in en koos een van de opties in het menu van het logboek. De kiestoon klonk luid in de auto. Een stem reageerde met een woord in een vreemde taal. Misschien betekende het hallo, of ja, of wat is er, of zeg het, of wat mensen dan ook maar zeggen als ze de telefoon aannemen.

'Spreek Engels,' zei Reacher.
'Wie ben jij?' vroeg de stem.
'Jij eerst,' zei Reacher. 'Noem je naam.'
'Ben jij Shevick?'
'Nee,' zei Reacher. 'Je bent in de war. Dat geldt voor heel veel dingen.'
'Wie ben jij dan wel?'
'Jij eerst,' zei Reacher opnieuw.
'Wat wil je?'
'Ik heb een boodschap voor Gregory.'
'Wie ben jij?'
'Jij eerst,' zei Reacher voor de derde keer.
'Ik heet Danilo,' zei de stem.
Abby verstijfde.
'Ik ben de rechterhand van Gregory,' zei de man. 'Welke boodschap?'
'De boodschap is bedoeld voor Gregory,' zei Reacher. 'Verbind me door.'
'Niet zolang ik niet weet wie je bent. Waar kom je vandaan?'
'Ik ben geboren in Berlijn,' zei Reacher.
'Kom je uit Oost-Duitsland? Niet uit Rusland?'
'Mijn vader was een marinier in het leger van de Verenigde Staten. Hij werkte op de ambassade. Ik ben daar geboren. Een maand later zat ik ergens anders. Nu zit ik hier. Met een boodschap voor Gregory.'
'Hoe heet jij?'
'Jack Reacher.'
'Dat is die oude baas.'
'Ik zei al dat jullie in de war zijn. Ik ben geen achttien meer, maar ik ben ook geen oude baas. In grote lijnen gaat het prima met me. Verbind me nu door.'
De man die zich Danilo liet noemen, zweeg geruime tijd. De rechterhand, de stafchef. Een gewichtig besluit. Het dilemma van de uitvoerend officier. Je belastte de bevelvoerend officier niet met kleinigheden, maar je kon maar beter heel precies weten welke kleinigheden zich tot belangrijke zaken zouden ontpoppen. Uiteindelijk was het belangrijkste argument bij het nemen van zo'n besluit altijd de Grote Bureaucratische Vuistregel: op safe spelen.

Danilo speelde op safe. Er klonk een klik. Een tijdje bleef het doodstil, toen klonk een tweede klik, waarna een andere stem het gesprek overnam met een woord in een vreemde taal dat misschien hallo betekende, of ja, of wat is er, of zeg het, of wat mensen dan ook maar zeggen als ze de telefoon aannemen.

'Spreek Engels,' zei Reacher.

'Wat wil je?' vroeg Gregory.

'Heb jij nummerherkenning?' vroeg Reacher.

'Waarom?'

'Dan kun je zien door wie je wordt gebeld.'

'Je zei tegen Danilo dat je Reacher heet.'

'Maar met wiens telefoon bel ik?'

Geen reactie.

'Ze zijn dood,' zei Reacher. 'Waardeloze losers. Even waardeloos als al die losers van je tot nu toe. Ze gaan bij bosjes de pijp uit. Nog heel even en dan heb je niemand meer.'

'Wat wil je?'

'Ik kom naar je toe, Gregory. Je was van plan om Maria Shevick pijn te doen. Ik haat mensen zoals jij. Ik zoek je op en ik zal je aan het huilen maken als een klein meisje. Daarna trek ik je been van je romp en sla je ermee dood.'

Gregory zweeg even en zei toen: 'Denk je dat je dat kunt?'

'Ik weet het wel zeker.'

'Niet als ik jou het eerst zie.'

'Dat zal niet gebeuren,' zei Reacher. 'Tot nu toe heb je me niet gevonden en dat zal je ook nooit lukken. Je kunt me niet vinden. Je bent niet goed genoeg. Je bent een amateur, Gregory, en ik ben een professional. Je zult me nooit aan zien komen. Je kunt wat mij betreft opschalen tot Z, maar je zult er niets aan hebben. Ik raad je aan afscheid te nemen van je gezin en je testament te maken.'

Hij beëindigde het gesprek en gooide de telefoon uit het raam.

'Danilo,' zei Abby met een klein stemmetje.

'Wat is er met hem?' vroeg Reacher.

'Hij was het,' zei ze.

'Wat?'

'Hij deed dat met me.'

39

Abby begon haar verhaal te vertellen toen ze voor een rood stoplicht stonden te wachten en was er pas drie stoplichten verder mee klaar. Ze sprak zacht, met weinig stemverheffing. Beschroomd, onzeker, een stem vol pijn en schaamte. Reacher luisterde, hield zich stil. Dat leek hem het beste.

Ze zei dat ze dertien maanden geleden serveerster was geweest in een bar in het westen van de stad. Een nieuwe, hippe tent waar goed werd verdiend. Een toonbeeld van een goedlopende onderneming en dus stond er een uitsmijter bij de deur. Hij stond er vooral om het percentage te innen dat Gregory toekwam, maar soms trad hij ook op als beveiliger, als een echte uitsmijter. Zo deed Gregory dat. Hij bood graag een illusie in ruil voor de inkomsten. In principe had ze daar niets op tegen, zei Abby. Ze had haar hele leven als volwassene in bars gewerkt en ze wist dat er geen ontkomen aan was. Je betaalde voor bescherming en een uitsmijter was soms geen overbodige luxe, bijvoorbeeld als dronken kerels haar in de billen probeerden te knijpen en seksistische opmerkingen maakten. Meestal kon ze wel leven met dat pact met de duivel. Ze paste zich aan om te overleven en keek de ene keer een andere kant op, terwijl ze de andere keer van de constructie profiteerde.

Op een avond was er een jongen van net in de twintig vanwege een verjaardagsfeestje. Het was een beetje een onnozel type, mager, nerveus, voortdurend in beweging, iemand die steeds veel te hard lachte om niets, maar voor het overige volstrekt onschuldig was. Eerlijk gezegd, zei Abby, had ze gedacht dat hij misschien geestelijk niet helemaal in orde was, en dat hij zo opgewonden deed omdat er een schroefje bij hem loszat. Want dat hij veel te opgewonden was, viel niet te ontkennen. Eigenlijk had niemand daar last van behalve een vent in een pak van duizend dollar die misschien een iets andere ambiance had verwacht. Een beetje verfijnder. Hij werd vergezeld door een vrouw die een jurk van duizend dollar aanhad en ze maakten voortdurend op allerlei manieren hun ontevredenheid met de situatie kenbaar. Zuchtend en steunend, gebarentaal en betekenisvolle blikken, steeds overdrevener tot het zelfs de uitsmijter begon op te vallen.

Dat leidde er uiteindelijk toe dat de uitsmijter deed wat hij behoorde te doen. Hij hield de betrokken partijen een tijdje in de gaten en schatte ze in op hun waarde, in termen van toekomstige revenuen. De balans sloeg vanzelfsprekend door naar het stel in de dure kleren, dat prijzige cocktails dronk. Ze waren druk bezig een rekening van een paar honderd dollar op te bouwen. Het onnozele jongetje dronk een lokaal biertje, op zijn dooie gemak. Ze zouden niet meer dan tien dollar aan hem overhouden, dus vroeg de uitsmijter de jongeman om te vertrekken.

'Daar had ik op dat moment nog steeds geen moeite mee,' zei Abby. 'Ik bedoel, ja... Het was triest, en klote, maar zo gaat dat nou eenmaal in die wereld. Iedereen probeert overeind te blijven. Toen ze tegenover elkaar stonden, kon ik aan het gezicht van de uitsmijter zien dat hij geweldig de pest aan die jongen had. Dat kwam waarschijnlijk omdat er echt een steekje los was aan die jongen. Daar reageerde de uitsmijter op, heel primitief. Alsof die jongen een rivaal was die moest worden uitgeschakeld. Misschien was die uitsmijter diep vanbinnen ook wel bang. Dat hebben sommige mensen als ze geconfronteerd worden met iemand die niet helemaal spoort. Hoe dan ook, hij sleepte die jongen mee naar de achteruitgang en sloeg hem halfdood. En dat bedoel ik letterlijk. Schedelbasisfractuur, gebroken arm, gebroken ribben, nieren kapot, gebroken been. Daar had ik wel moeite mee.'

'Wat heb je gedaan?' vroeg Reacher.

'Ik ben naar de politie gegaan. Natuurlijk wist ik dat Gregory iedereen daar op zijn loonlijst had, maar ik ging ervan uit dat ze hun grenzen hadden, dat hij niet te ver mocht gaan.'

'Maak de kiezers niet bang.'

'Wat zoiets als dit kennelijk niet deed, want er gebeurde niets. De politie negeerde me volledig. Ongetwijfeld heeft Gregory het achter de schermen allemaal gladgestreken, met één enkel telefoontje of zo. Maar ik had ondertussen wel mijn nek uitgestoken en niemand nam me in bescherming.'

'Wat gebeurde er?'

'De eerste dag niets. De volgende dag moest ik voor een soort tuchtcollege verschijnen. Ze houden van dergelijk vertoon. De georganiseerde misdaad is bureaucratischer dan een postkantoor. Er zaten vier mannen achter een tafel. Danilo was de voorzitter. Hij zei niets. Hij keek alleen. In het begin zei ik ook niets. Ik bedoel, het sloeg nergens op, ik werk niet voor ze. Zij bepalen niet wat ik wel en niet kan doen. Wat mij betreft konden ze met hun hele tuchtcollege naar de hel lopen. Maar toen legden ze me uit hoe het werkte. Als ik niet zou meewerken kon ik het wel schudden, dan zou ik nooit meer een baan krijgen in het westen van de stad. En daar zit de helft van mijn werk natuurlijk. Ik kon me niet permitteren om dat kwijt te raken. Er moet brood op de plank. Dan had ik de stad uit gemoeten en ergens anders opnieuw moeten beginnen. Dus uiteindelijk zei ik: oké, toe maar.'

'Hoe ging dat?'

Ze haalde haar schouders op, schudde haar hoofd en antwoordde niet rechtstreeks. Niet met een enkel woord dat alles duidelijk maakte. 'Ik moest mijn misdaad in detail opbiechten. Ik moest uitleggen waarom ik het had gedaan en precies aangeven op welk moment ik achteraf had ontdekt dat ik me had vergist. Ik moest heel oprecht mijn excuses aanbieden, steeds maar opnieuw, voor het feit dat ik naar de politie was gegaan, voor het feit dat ik het gezonde oordeel van de uitsmijter in twijfel had getrokken, voor het feit dat ik had gedacht dat ik het beter wist. Ik moest ze beloven dat ik mijn leven had gebeterd. Ik moest ze verzekeren dat het veilig was om me te laten werken. Ik moest een formeel verzoek indienen. Ik moest zeggen: ja, meneer, mag ik alstublieft in uw helft van de stad werken. Met een lief stemmetje, als een braaf klein meisje.'

Reacher zei niets.

'Toen kwamen we in de fase van de strafmaat. Ze legden uit dat straf noodzakelijk was, iets wat duidelijk zou maken dat ik het oprecht meende. Ze brachten een videocamera op een statief binnen. Ik moest rechtop staan, mijn kin vooruit, de schouders recht. Ze zeiden dat ze me in mijn gezicht zouden slaan, dat was de straf. Veertig keer. Twintig keer links en twintig keer rechts. Dat gingen ze opnemen. Ik moest dapper kijken en proberen niet te huilen. Ik moest niet in elkaar krimpen, maar me trots en bereidwillig aanbieden, omdat ik mijn straf verdiende.'

Reacher zei niets.

'Ze startten de camera. Het was Danilo die me sloeg. Het was vreselijk. Met zijn vlakke hand, maar heel hard. Hij mepte me tien keer omver. Dan moest ik weer opstaan, glimlachen en zeggen: het spijt me, meneer. Dan moest ik weer gaan staan, bereidwillig en verlangend naar meer. Ik moest tellen. Eén, meneer. Twee, meneer. Ik weet niet wat erger was, de pijn of de vernedering. Toen hij halverwege was, hield hij op. Hij zei dat ik er een einde aan mocht maken, maar dat ik dan mijn rechten zou verliezen. Dan moest ik de stad uit. Ik zei nee. Ik moest het hem hardop vragen. Ik moest zeggen: alstublieft, meneer, ik wil dat u me blijft slaan. Toen hij uiteindelijk klaar was, was mijn hele gezicht gezwollen en rood, het suisde in mijn hoofd en ik bloedde in mijn mond. Maar ik denk nu aan die camera. Het was vast bedoeld voor internet. Moet wel, een of andere pornosite. Subgenre Vernedering en Onderwerping. De hele wereld kan tot in het oneindige genieten van hoe ik in mijn gezicht word geslagen.'

Voor hen ging de bus van Barton langzamer rijden.

'Oké,' zei Reacher. 'Danilo. Goed om te weten.'

40

De lounge was in de kelders van een groot bakstenen pand dat een paar straten van de eerste hoogbouw in het centrum lag. Op de begane grond waren koffiebarretjes en winkeltjes gevestigd, op de verdiepingen daarboven andere ondernemingen. Een stuk of twaalf in totaal. Ze deelden een goedereningang aan de achterkant van het gebouw. Daar parkeerde Barton de bus. Reacher zette de Lincoln ernaast. Ze sleepten de spullen naar de lift. Toen Vantresca arriveerde zette hij zijn Jaguar aan de andere kant naast de bus. Hij stapte uit en zei: 'Ik hoor bij de band.'

Barton en Hogan gingen met de lift naar de kelder. Reacher en Abby bleven buiten op straat. Abby vroeg Vantresca hoe het met de Shevicks ging.

'Ze houden zich staande,' zei Vantresca. 'Ze hebben een kamer op een van de bovenste verdiepingen van het hotel. Dat voelt veilig en ver weg. Ze gaan onder de douche en halen slaap in. Ik heb ze laten zien hoe de roomservice werkt. Ze redden zich wel. Het zijn taaie ouwelui. Ze zijn te oud om zich aan te stellen. Ze kunnen nu tenminste tv-kijken en daar zijn ze heel blij mee, al probeerden ze dat niet te laten merken.'

Abby gaf hem de tweede Oekraïense telefoon, de telefoon die Reacher niet uit het raam had gegooid. Vantresca las de reeks nieuwe berichten. 'Ze weten dat de Albanezen van de kaart geveegd zijn. Ze denken dat ze allebei worden aangevallen door de Russische maffia. Ze hebben opgeschaald naar situatie C. Dubbele wacht. Ze betrekken defensieve stellingen. Niemand mag er nog door. Met een uitroepteken. Allemaal heel dramatisch. Het klinkt als propaganda op een oud aanplakbord in het Oostblok.'

'Wordt Trulenko nog genoemd?' vroeg Reacher.

'Nee. Je mag aannemen dat die dubbele wacht ook met hem te maken heeft.'

'Maar ze zetten hem niet op non-actief.'

'Daar hebben ze het nergens over.'

'Dat betekent dat ze wat hij doet niet zomaar kunnen onderbreken. Zelfs niet tijdens een oorlog met de Russen. Dat zegt genoeg.'

'Hoezo?'

'Dat weet ik niet,' zei Reacher. 'Ben je bij je kantoor langs geweest?'

Vantresca knikte. Hij haalde een briefje uit zijn achterzak en gaf het aan Reacher. Een naam en een nummer. Barbara Buckley. *The Washington Post*. Een netnummer in Washington D.C.

'Verspilde tijd,' zei Vantresca. 'Die zegt niets tegen je.'

Reacher koos het nummer op de buitgemaakte telefoon. De telefoon ging over. Er werd opgenomen.

'Mevrouw Buckley?' zei hij.

'Is er niet,' zei een stem. 'Probeer het later nog maar een keer.'

Het gesprek werd beëindigd. Het liep tegen het middaguur. De dag was half voorbij. Ze namen de lege goederenlift naar de kelder waar Barton en Hogan bezig waren hun instrumenten te installeren, samen met twee vrienden, een man die gitaar speelde en een vrouw die zong. Een reguliere klus voor alle vier, eens in de week tijdens de lunch.

Reacher zocht een rustig plekje achterin. De ruimte was groot en laag. Geen ramen want het was een kelder. Langs de hele rechterwand was een bar. Er was een vierkante dansvloer met parket, er stonden tafeltjes met stoelen en er was ruimte waar je kon staan. Op dat moment bestond het publiek al uit een man of zestig. Meer mensen kwamen binnen. Langs een man in een pak op een kruk. Hij zat linksachter in de ruimte in de hoek. Niet echt als een uitsmijter, meer als iemand die de trap in de gaten hield. Maar hij vervulde dezelfde rol. Hij telde de koppen en straalde uit dat hij van wanten wist. Hij was groot. Brede schouders, een stierennek. Zwart pak, wit overhemd, zwarte zijden stropdas. Voorin links in de hoek begon een brede gang die naar de toiletten, een nooduitgang en de goederenlift voerde. Langs die kant waren ze binnengekomen. Aan de zoldering hingen grote bogen met gekleurde spotlights, gericht op het podium. Verder was er weinig verlichting. Boven de ingang van de brede gang hing een zwak verlicht bordje om aan te geven dat daar de nooduitgang was. Achter de man op de kruk hing nog zo'n bordje.

Reacher nam het allemaal in zich op en slenterde toen terug naar het podium. Alle spullen stonden nu gereed, zacht zoemend en brommend. De Fender Precision van Barton leunde tegen de gigantische luidsprekerkast, klaar voor gebruik. Zijn reservebas stond er op een standaard naast, klaar voor noodgevallen. Barton zelf zat aan een tafeltje in de buurt te eten. Zijn lunch bestond uit een hamburger. De band kreeg gratis eten, zei hij. Wat ze maar wilden van het menu, tot een maximum van twintig dollar.

'Wat gaan jullie spelen?' vroeg Reacher.

'Voornamelijk covers,' zei Barton. 'Misschien een paar eigen nummers.'

'Maken jullie veel lawaai?'

'Als we dat willen.'

'Dansen de mensen ook?'

'Als we dat willen.'

'Zorg dat ze bij het derde nummer gaan dansen,' zei Reacher. 'En maak veel lawaai. Zorg dat alle ogen op jullie gericht zijn.'

'Dat doen we meestal pas tegen het einde.'

'We hebben de tijd niet om daarop te wachten.'

'We hebben een set met rock-'n-rollnummers. Daarop danst iedereen. Daar zouden we mee kunnen beginnen, denk ik.'

'Vind ik prima,' zei Reacher. 'Bedankt.'

Het grote licht werd gedoofd en de op het podium gerichte spotlights gingen aan. De band zette het openingsnummer in, een rocknummer in mid-tempo met een droevig couplet en een uitbundig refrein. Reacher en Abby slenterden naar de hoek voorin rechts, diagonaal tegenover de man op de kruk. Ze slenterden tussen de mensen bij de bar door naar de hoek rechts achterin. Daar kwamen ze op het moment dat de band het tweede nummer inzette, sneller en gedrevener dan het openingsnummer, een opwarmertje voor het publiek. Een aanloop naar de rock-'n-rollnummers die gingen komen. Ze waren behoorlijk goed. Ze raakten de juiste snaar. Het was absurd, maar Reacher kreeg ineens zin om te dansen. Hij zag dat Abby hetzelfde ervoer. Ze liep voor hem en hij zag het aan het bewegen van haar heupen. Ze wilde dansen.

En hoe absurd het ook was, ze dansten. In het donker, even buiten de dansvloer, langs de muur, swingend op weg naar de andere kant van de ruimte, zoiets van twee stappen vooruit, één stap terug, maar ze beleefden er vooral plezier aan. Een soort bevrijding, dacht Reacher. Ontspanning, afleiding of misschien zelfs troost. Of gewoon iets wat twee mensen die elkaar net hebben leren kennen, zouden doen.

Rondom hen dansten veel meer mensen. Steeds meer. Toen de band het derde nummer inzette, werd het publiek wild. Iedereen drong naar de parketvloer en stond daar te swingen en te springen. Ook eromheen, gewoon op de vloerbedekking. Ze botsten tegen tafeltjes, drankjes gingen omver, iedereen werd gek. *Zorg dat ze bij het derde nummer gaan dansen en maak veel lawaai. Zorg dat alle ogen op jullie gericht zijn.*

Reacher en Abby stopten met dansen. Ze slopen verder langs de muur achter in de ruimte, achter de dansende menigte langs naar de hoek waar de uitsmijter op zijn kruk zat. Reacher en Abby wachtten anderhalve meter achter de man in het halfduister tot een groepje laatkomers de trap af stommelde. Reacher deed een stap vooruit en sloeg de uitsmijter vriendschappelijk op de schouder. Bedoeld als grapje misschien, een beetje keten zoals sommige mannen dat doen. Dat was in ieder geval de indruk die Reacher wilde wekken naar de laatkomers toe. Wat zij niet zagen was dat Reacher zijn vingers onder de boord van het overhemd van de uitsmijter schoof en die strak trok. Wat ze ook niet zagen was dat hij de loop van het pistool dat hij in zijn andere hand hield, hard tegen de ruggengraat van de uitsmijter drukte. Echt hard, hard genoeg om een wond te veroorzaken zonder dat de trekker werd overgehaald.

Reacher boog voorover naar het oor van de uitsmijter.

'Kom op, we gaan een eindje wandelen,' zei hij zacht.

Hij trok met links en duwde met rechts en manoeuvreerde de uitsmijter achteruit van zijn kruk. Hij liet hem rechtop staan. Hij snoerde de boord nog strakker om de hals van de man. Abby kwam erbij, fouilleerde de uitsmijter en nam zijn pistool en zijn telefoon in beslag. Nog een stalen P7. De band zette het tweede nummer van de set met rock-'n-rollnummers in. Harder en sneller. Reacher boog zich opnieuw naar het oor van de uitsmijter.

'Hoor je die drums? Dat is een vierkwartsmaat. Ik kan je vier kogels in één maat in je lijf pompen en dan is er niemand die er hier iets van hoort. Doe dus precies wat ik je zeg.'

Hij duwde de man langs de linkerwand voor zich uit, stijf, onhandig, iets op vier benen, net zoiets als wat hij in de gang bij de

Shevicks had gezien. Abby liep een meter naast hen, soms iets voor hen uit, dan weer bleef ze iets achter, alsof ze de optocht met de grootst mogelijke zorg begeleidde. De band zette het vierde nummer in van de set. Nog harder en nog sneller. Reacher duwde de uitsmijter vooruit naar de gang achterin, naar de goederenlift. Naar boven, naar de straat, naar het daglicht. Hij sleurde de uitsmijter mee naar de kofferbak van de Lincoln, zette hem rechtop zodat hij kon kijken.

Abby drukte op de knop van de afstandsbediening om de klep van de achterbak te openen.

Twee dode mannen. Zelfde pak, zelfde stropdas, levenloos, bloederig en stinkend.

De uitsmijter keek weg.

'Zo lig jij er over een minuut ook bij,' zei Reacher, 'tenzij je een paar vragen beantwoordt.'

De man zei niets. Hij kon niets zeggen. Zijn keel werd door zijn boord dichtgesnoerd.

'Waar werkt Maxim Trulenko?' vroeg Reacher.

Hij verslapte zijn greep iets. De man zoog gierend een paar keer lucht in zijn longen. Hij keek naar links, naar rechts en omhoog, alsof hij zijn opties op een rijtje zette. Alsof er überhaupt opties waren om op een rijtje te zetten. Toen keek hij nog een keer omlaag, naar de mannen in de kofferbak.

Hij staarde.

'Dat is mijn neef,' zei hij.

'Welke?' vroeg Reacher. 'Die ene die ik in zijn kop heb geschoten of die ene die ik in zijn strot heb geschoten?'

'We zijn hier samen gekomen vanuit Odessa. Naar New Jersey.'

'Jij hebt vast niet door dat dat mij geen bal interesseert. Ik vroeg je iets. Waar werkt Maxim Trulenko?'

De man sprak het woord uit dat ze in de sms-berichten hadden gelezen. Biologisch vaag, een korf of nest of hol, voor iets wat zoemt of gonst of bromt.

'Waar is dat?' vroeg Reacher.

'Dat weet ik niet,' zei de man. 'Dat is geheim.'

'Hoe groot is het?'

'Dat weet ik niet.'

'Wie werkt daar nog meer?'

'Dat weet ik niet.'
'Werken Danilo en Gregory daar?'
'Nee.'
'Waar werken die?'
'In het kantoor.'
'Is dat ergens anders?'
'Anders dan waar?'
'Anders dan waar dat woord is dat je net zei. Dat nest.'
'Natuurlijk.'
'Waar is het kantoor?'

De man noemde een straat en een zijstraat. 'Achter het taxibedrijf, tegenover het pandjeshuis naast een bedrijfje waar ze leningen verstrekken voor borgstellingen.'

'Daar zijn wij geweest,' zei Abby.

Reacher knikte. Hij zocht met zijn vingers onder de boord naar de stropdas. Een zijden stropdas, op die plek zo'n vier centimeter breed. Meer treksterkte dan staal. Zijde glanst omdat de vezels driehoekig zijn, langwerpige prisma's. Dat levert bij een bepaalde lichtinval heel aardige effecten op, maar zoals ze in elkaar grijpen, zijn ze ook zo sterk dat het resultaat in de lengterichting praktisch niet stuk te trekken is. Een staalkabel begeeft het eerder.

Reacher pakte de stropdas in zijn vuist. Alsof hij met één hand aan de sport van een ladder hing. Toen draaide hij zijn vuist een halve slag, alsof hij probeerde de ladder te roteren als een vliegtuigpropeller, of een paard met de teugel een signaaltje wilde geven om bij te sturen. Wat in ieder geval tot gevolg had dat de stropdas, sterker dan een staalkabel, strak trok tegen de keel van de man. Zo hield Reacher zijn hand even. Daarna draaide hij zijn vuist iets verder, en nog iets verder. De uitsmijter was rustig en bleef rustig. Alle druk werd op weerszijden van de hals uitgeoefend, niet zozeer op de keel en de nek. De man stikte niet en vocht niet om adem te kunnen halen. Hij schopte niet om zich heen in blinde paniek. De slagaders in zijn hals werden afgeknepen en vers bloed bereikte zijn hersenen niet meer. Dat werkte ontspannend als een verdovend middel. Warm en zacht.

Je werd er slaperig van.

Bijna gebeurd.

Bijna klaar.

Reacher hield de man voor de zekerheid nog een minuut langer in zijn greep en liet hem toen bij zijn neef in de kofferbak vallen. Hij sloeg de klep dicht. Abby keek hem aan alsof ze wilde zeggen: vermoorden we ze allemaal? Maar het was niet verwijtend of afkeurend. Eerder een verzoek om informatie, dacht hij, dat hoopte hij tenminste.

'Ik moet *The Washington Post* nog een keertje bellen,' zei hij.

Abby gaf hem de telefoon van de uitsmijter. Op het scherm stond een net binnengekomen bericht. Nog niet gelezen. Het ging vergezeld van een foto met het portret van Reacher. De foto die was genomen toen hij voor de Shevicks geld kwam lenen in de kroeg voor kredietverlening. De bleke man die zijn telefoon ineens omhooghield. Onder de foto stond een tekst in cyrillisch schrift. Een hele preek.

'Wat willen ze goddomme nu weer?' vroeg hij.

'Dat horen we wel van Vantresca,' zei Abby.

Hij koos het nummer van *The Washington Post*, uit zijn hoofd, omdat hij dat net nog had gebeld. De telefoon ging over. Iemand nam op.

'Mevrouw Buckley?' zei Reacher.

'Ja?' zei een stem.

'Barbara Buckley?'

'Wat wilt u?'

'Ik heb twee dingen voor u,' zei Reacher. 'Goed nieuws en een verhaal.'

41

Op de achtergrond hoorde Reacher geroezemoes en drukte. Een grote open ruimte, misschien wel met een laag, hard plafond. Geratel van toetsenborden. Tientallen gesprekken door elkaar. 'Het lijkt me dat u aan uw bureau op de redactie van de krant zit,' zei hij.

'Da's knap, Sherlock,' zei Barbara Buckley.

'Ik wil wedden dat u midden tussen de telexmachines en tv's met nieuwszenders zit.'

'Honderden.'

'Misschien dat een van die nieuwszenders op dit moment toevallig verslag doet van een enorme brand in een houthandel in een stad waar u bent geweest.'

Het bleef stil.

'Het goede nieuws is dat in die houthandel het hoofdkwartier van de Albanese maffia was gevestigd. Het brandt af tot op de grond. De meeste Albanezen liggen binnen dood mee te branden. De rest is gevlucht. De Albanezen zijn verleden tijd. Wat ze allemaal tegen u hebben gezegd, is niet langer van kracht. Die ene keer, een paar maanden geleden, toen ze met u hebben gesproken, in dat achterkamertje van dat restaurant. Al die bedreigingen zijn voorgoed verleden tijd. Met ingang van vandaag. We dachten dat u dat zo snel mogelijk diende te weten. Het maakt deel uit van ons protocol voor slachtofferhulp.'

'Bent u van de politie?'

'In strikte zin niet, nee.'

'Maar u hebt wel iets te maken met rechtshandhaving?'

'Een verschijnsel in onze samenleving dat op allerlei niveaus opereert.'

'Op welk niveau opereert u?'

'Mevrouw, met alle respect, u bent journalist. Sommige dingen kunnen beter niet hardop worden gezegd.'

'U bedoelt dat u het me wel zou kunnen vertellen, maar dat u me daarna het zwijgen op zou moeten leggen?'

'Mevrouw, zo drukken wij ons nooit uit.'

'Bent u nu daar?'

'Ik noem liever geen specifieke locaties, maar ik wil wel kwijt dat het hier erg warm is.'

'Wacht,' zei ze. 'Hoe hebt u mij gevonden? Ik heb nergens gemeld dat ik ben bedreigd.'

Reacher haalde adem om te beginnen met het tweede deel van zijn script, maar ze was hem voor. Ze was niet voor niets onderzoeksjournalist. Ze verbond razendsnel een aantal veronderstellingen, gokjes en verbanden met elkaar, wat leidde tot een beeld dat Reacher ook zo ongeveer bij haar had willen oproepen. 'Wacht,' zei ze, 'de enige die hier iets vanaf zou kunnen weten, is de man die me toen naar de luchthaven heeft gereden, een privédetective die daar woonde en die ik had ingehuurd. Die was militair geweest met een redelijk hoge rang, dat wist ik vooraf natuurlijk al, omdat ik hem had nagetrokken, dus die moet het hebben gerapporteerd, waarschijnlijk aan een vriend of een kennis die daar belang bij had, misschien wel in het Pentagon, en daar komt u dus waarschijnlijk ook vandaan. Van een of ander geheim bureau met een naam van drie letters waarvan nog nooit iemand heeft gehoord.'

'Mevrouw, ik wil dit graag bevestigen noch ontkennen,' zei Reacher.

'Maakt niet uit,' zei ze. Ze haalde een keer diep adem. Haar stem klonk iets anders toen ze verderging. 'Ik stel het op prijs dat u hebt gebeld. Dank u. Dat protocol van u werkt goed.'

'Voelt u zich nu beter?'

'U zei dat u een verhaal voor me had. Is dat het verhaal? Dat de Albanezen er niet meer zijn?'

'Nee,' zei Reacher. 'Het is iets anders. Iets waarin u ook een rol speelt.'

'Ik wil geen publiciteit. Ik heb het verhaal laten vallen, al had ik dat als onverschrokken verslaggever natuurlijk nooit mogen doen.'

'Het gaat om de andere kant van de medaille,' zei Reacher. 'Dit gaat over de onverschrokken verslaggever die met haar publicaties de zaak wagenwijd openbreekt. Met het onderzoek dat ze heeft gedaan. U kwam hier met een bepaald doel. En dat waren niet de Albanezen. U wekte de indruk dat u meer in de Oekraïners was geïnteresseerd. Wij zouden er heel erg mee geholpen zijn als u ons kon vertellen wat die interesse bij u heeft opgewekt.'

'Ik begrijp het niet.'

'Waar waren de Oekraïners volgens u mee bezig?'

'Ik begreep de vraag, maar ik begrijp niet waarom u hem stelt. U werkt bij een geheim bureau met een naam van drie letters, dus dan weet u vast wel waarom u daar bent. Of besteedt uw bureau het eigenlijke onderzoek uit aan de onderzoeksjournalisten van de kranten?'

Reacher haalde adem en begon aan het derde deel van zijn script. 'Het is duidelijk dat u op de een of andere manier in het bezit bent gekomen van informatie. Net als wij, natuurlijk. Maar uw bron was niet dezelfde als onze bron. Dat kan ik u eigenlijk wel verzekeren. Dat betekent dat wij op de achtergrond kunnen blijven opereren als we u de ster van de show maken. We leiden alle eventuele argwaan de verkeerde kant op. We beschermen onze bronnen, zodat ze nog een toekomst hebben, want dat zou best wel eens belangrijk kunnen zijn. Maar we kunnen dit alleen doen als een geloofwaardige bron de vinger op de zere plek legt. We kunnen niet zomaar iets verzinnen. Wij worden ook gecontroleerd.'

'Neemt u dit gesprek op?'

'Daar zouden we uw toestemming voor nodig hebben.'

'U zou bevestigen dat ik de zaak heb opengebroken?'

'Sterker, ik denk dat we het wel zo zouden moeten spelen. Dat zou het beste voor iedereen zijn. Dan blijven onze jongens helemaal buiten beeld. Daar komt bij dat de publiciteit ons niet interesseert. Ik wil niet op tv.'

'Ik ben journalist,' zei Barbara Buckley. 'Niemand beschouwt mij als een geloofwaardige bron.'

'Het gaat puur om een formulier dat moet worden afgevinkt. We zouden ook een waarzegster kunnen nemen.'

'Het begon met een gerucht dat ik te horen kreeg van een vriend van een vriend. Het verhaal ging dat, wat ook door de politiek werd beweerd, de mensen van de inlichtingendiensten het spoor van nepnieuws op internet hadden gevolgd tot de hoogste regionen van de Russische overheid in Moskou en dat ze er ondertussen ook al heel goed in waren om dat nepnieuws te blokkeren. Maar toen ging er iets fout, waardoor de Russen toch toegang hadden gekregen. Ze werkten namelijk vanuit de Verenigde Staten zelf, waar de blokkades geen nut hadden.'

'Oké,' zei Reacher.

'Maar ik begon na te denken. Dat kon natuurlijk niet uit hun ambassade komen, want dan zouden we het weten. Elektronisch houden we elke vierkante centimeter van de ambassade in de gaten. En ze hebben ook niet het hele project hiernaartoe verhuisd, want ze bewerken niet alleen ons. Ze hacken de hele wereld. Dat moet betekenen dat ze het Amerikaanse deel hebben uitbesteed aan mensen die hier al zijn. Gewoon een heel normale zakelijke overeenkomst. Een soort franchise. De vraag is alleen: aan wie hebben ze het uitbesteed? De Russische maffia in de VS is niet goed genoeg, en daar komt bij dat het Kremlin onder geen enkele omstandigheid zaken met hen zou willen doen. Ik heb geprobeerd het uit te zoeken. Ik had een klein beetje informatie. De nerds bij de krant houden zich met dit soort dingen bezig. Ze hebben zelfs scoretabellen, alsof het om een sport gaat. Al die oude Sovjetstaten zijn technologisch behoorlijk ver ontwikkeld. Estland bijvoorbeeld, en Oekraïne ook, dachten ze. Maar Moskou en Kiev kunnen niet door één deur. Die liggen voortdurend met elkaar overhoop. Dat neemt niet weg dat Moskou natuurlijk wel met de Oekraïense maffia kan praten. Zelfde soort mensen, evenveel talent, maar een andere positie. En een perfecte dekmantel. Niemand brengt ze met elkaar in verband. Volgens de nerds zouden de Oekraïners het technologisch net aan kunnen. Dus ik ging ervan uit dat het zo was gegaan. Een jaarcontract tussen de Russische overheid en de georganiseerde Oekraïense misdaad in de Verenigde Staten, waar waarschijnlijk wel enige tientallen miljoenen dollars mee gemoeid waren. Bewijzen heb ik niet, maar ik denk dat het klopt. Noem het maar journalistieke intuïtie.'

'Oké,' zei Reacher nog een keer.

'Een paar maanden geleden nam de kwaliteit ineens enorm toe. Ineens was het niet meer een kwestie van "het technologisch net aan kunnen". Het gebeurde min of meer van de ene op de andere dag. Plotseling gingen ze heel subtiel te werk. Volgens de nerds kon dat alleen maar als ze nieuw talent hadden ingeschakeld. Misschien een consultant uit Moskou. Dus ging ik daarnaartoe om de zaak uit te zoeken. Ik was zo naïef dat ik dacht dat ik misschien wel op straat tegen een Rus op zou botsen die de weg was kwijtgeraakt.'

'Dus u was al van plan om het verhaal te publiceren.'

‘Maar dat heb ik niet gedaan.’

‘Waar wilde u zoeken?’

‘Ik had geen idee. Dat moest de volgende stap zijn, maar zover ben ik nooit gekomen.’

‘Oké,’ zei Reacher. ‘Dank u wel.’

‘Is dat alles?’

‘Geloofwaardig persoon, geloofwaardig verhaal. Ik heb de vinkjes op het formulier gezet.’

‘Nogmaals bedankt voor het eerste deel van het gesprek. Ik voel me echt beter.’

‘Een geweldig gevoel, toch?’ zei Reacher. ‘Dat u nog leeft terwijl zij dood zijn?’

Na hun sessie van een uur kwamen Barton en Hogan bezweet en met de armen vol apparatuur met de goederenlift weer boven. Vantresca hielp mee. Hij las het nieuwe bericht met de foto van Reacher. ‘Dit is absurd,’ zei hij.

‘Hij verraste me,’ zei Reacher.

‘Ik bedoel niet de foto, maar het bericht. Het komt van Gregory zelf. Hij zegt dat jij de voorhoede bent van een invasieleger waarvan hij niet langer met zekerheid kan zeggen waar het vandaan komt. Hij acht het zelfs mogelijk dat je een agent bent van de centrale regering in Kiev. Daarom moeten ze je koste wat het kost te pakken krijgen en levend naar hem toe brengen.’

‘Dat is beter dan het alternatief, denk ik.’

‘Heeft die uitsmijter je nog iets verteld?’

‘Zat,’ zei Reacher. ‘Maar die journaliste heeft me nog veel meer verteld.’

‘Wilde ze met je praten?’

‘Het gaat om nepnieuws op internet. Dat kwam uit Rusland, maar nu komt het van binnenuit, hier uit de Verenigde Staten. We kunnen het niet meer tegenhouden. Ze vermoedt dat de Russen de Oekraïners hebben ingehuurd als stromannen. Twee maanden geleden ging het niveau ineens omhoog. Ze zei dat de nerds bij de krant vermoedden dat er nieuw talent was aangetrokken. Ze konden het niet op een andere manier verklaren.’

‘Trulenko verdween ongeveer twee maanden geleden van de straat.’

'Precies,' zei Reacher. 'Hij kan goed uit de voeten met computers. Hij voert het contract uit. Het Kremlin betaalt Gregory en Gregory betaalt Trulenko, nadat hij zelf eerst een redelijk percentage in zijn zak heeft gestoken, neem ik aan. Alsof een stinkend rijke oom cadeautjes uitdeelt. De journaliste zei dat het misschien wel om een contract van tientallen miljoenen dollars ging.'

'En wat heeft die uitsmijter je verteld?'

'Dat het een geheime operatie is die ergens anders dan in het hoofdkwartier wordt gerund. Hij wist niet waar of hoe omvangrijk die was, wie er werkte, zelfs niet hoeveel.'

'En dan zeg je dat hij je veel heeft verteld?'

'Als je één plus één optelt, kunnen we vaststellen wat ze precies nodig hebben. Beveiliging, accommodatie, betrouwbare elektriciteit, een betrouwbare, snelle internetverbinding, isolement, maar wel toegankelijk genoeg voor bevoorrading.'

'Dat kan elke kelder in de stad zijn. Met nieuwe bekabeling en een paar veldbedjes.'

'Meer dan een paar veldbedjes,' zei Reacher. 'Dit is een jaarcontract, dat ongetwijfeld kan worden verlengd. Het kan best een langetermijnproject zijn.'

'Oké, dan hebben ze niet alleen nieuwe kabels getrokken, maar ook gipsplaat op de muren gespijkerd, alles geverfd en vloerbedekking gelegd. Misschien staan er wel kingsize bedden.'

'Laten we maar gaan zoeken,' zei Abby.

'Eerst iets anders,' zei Reacher. 'Die afgrijselijke foto van mij deed me ergens aan denken. Ik wil nog een keer bij die man op bezoek. Het is ondertussen twaalf uur geweest, dus ik wil wedden dat hij zijn zakken al vol heeft zitten met afbetaalde leningen. De Shevicks hebben vandaag geld nodig. We komen nog duizend dollar tekort.'

Dit keer reed Abby. Reacher voelde al het dode gewicht in de kofferbak. De auto drukte zwaar op de achteras. Er lag meer dan driehonderd kilo in de kofferbak. Misschien hadden ze met die mogelijkheid nooit rekening gehouden bij de ontwikkeling van de Lincoln.

Ze stopten een eindje voor de kroeg in een zijstraat. Vereiste situatie C overal dubbele bewaking? Reacher dacht het niet. Te weinig mankracht. Ze zouden de manschappen concentreren daar waar ze die het meest nodig hadden, rondom de belangrijkste activiteiten. Viel de kredietverstrekking daar ook onder? Geen idee. Reacher stapte uit en gluurde met één oog om de hoek.

De straat was verlaten. Er stond niets geparkeerd voor de kroeg. Nergens waren mannen in pakken te zien die achteloos tegen een muur leunden.

Hij stapte weer in en ze reden verder, voorbij de straat met de kroeg en met een omweg naar de steeg erachter. Het was het oude deel van de stad, gebouwd in de tijd dat Alexander Graham Bell de telefoon uitvond. Alles wat van later datum was, leek er zonder enig plan lukraak aan toegevoegd. Aan scheefgezakte palen hingen bundels kabels en draden, met aftakkingen alle kanten op. Op willekeurige plaatsen waren watermeters, gasmeters en elektriciteitsmeters aan de gevels geschroefd. Er stonden twee manshoge afvalcontainers.

Achter de kroeg stond een zwarte Lincoln geparkeerd. Er zat niemand in. Ongetwijfeld de auto van de bleke man. Klaar voor de trip naar huis aan het einde van de werkdag. Abby zette hun eigen Lincoln erachter stil.

'Kan ik je helpen?' vroeg ze.

'Wil je dat?' vroeg Reacher.

'Ja,' zei ze.

'Loop maar om naar de voorkant en ga maar naar binnen als een doorsnee klant. Als je binnen bent, moet je even aarzelen bij de deur. De man zit in de hoek rechts achterin. Jij loopt door de zaak naar achteren.'

'Waarom?'

'Ik wil dat die man wordt afgeleid. Hij zal naar je blijven kijken. Voor een deel omdat je misschien een nieuwe klant bent, maar vooral omdat je het aangenaamste schouwspel vormt dat hij vandaag onder ogen heeft gekregen. Misschien wel het mooiste wat hij in zijn hele leven heeft gezien. Negeer de kroegbaas, wat hij ook zegt. Dat is een klootzak.'

'Ik snap het,' zei ze.

'Wil je een pistool?'

'Is dat beter?'

'Het kan geen kwaad,' zei Reacher.

'Oké.'

Hij gaf haar de H&K van de uitsmijter bij de lounge. In zijn hand leek het net een speelgoedpistooltje, in haar hand oogde het als een kolossaal wapen. Ze woog het op haar hand, hield het een paar keer in de aanslag en stopte het in haar zak. Ze liep weg door de steeg. Reacher liep naar de achterdeur van de kroeg. Een plaatstalen geval, dof en oud, vol krassen en deuken onderaan waar steekkarretjes met biervaten en kratten ertegenaan waren gestoten. Hij voelde aan de deurkruk. De deur zat niet op slot. Ongetwijfeld voorschrift. Het was per slot van rekening ook een nooduitgang.

Reacher glipte naar binnen. Voor hem strekte zich een kort gangetje uit met links en rechts toiletten. Vervolgens een deur alleen voor personeel, waarschijnlijk met een kantoortje of een opslagruimte erachter. Of allebei. Aan het einde van de gang begon de gelagkamer van de kroeg, vanuit omgekeerde richting gezien. De vierkante bar nu rechts in de hoek, het lange pad tussen de tafeltjes voor vier personen. Er was niets veranderd. Het licht was nog steeds gedempt en het stonk er nog steeds naar verschaald bier en schoonmaakmiddel. Deze keer waren er vijf klanten, stuk voor stuk alleen aan een tafel, hun glas of fles angstvallig beschermend, en allemaal even sjofel en afgetobd. Achter de bar stond dezelfde dikzak, nu met een baard van zes dagen. Over zijn schouder lag wel een schone handdoek.

De bleke man zat op zijn post links in de hoek, net als de vorige keer. Een bleke vlek in het halfduister. Oplichtend haar. Dikke bleke polsen, grote bleke handen, een dik zwaar kasboek. Hetzelfde zwarte pak, hetzelfde witte overhemd, dezelfde zwarte zijden stropdas. Dezelfde tatoeage.

Abby kwam vanaf de straat de kroeg binnen. Ze bleef even staan terwijl ze de deur achter zich dichtduwde. Performancekunst. Alle ogen waren op haar gericht. Het zwakke neonlicht van de reclames voor het raam zorgde voor een zacht tegenlicht rond haar contouren. Fijngebouwd, ondeugend en jongensachtig, tenger en helemaal in het zwart gekleed. Kort haar, levendige donkere ogen. Een verlegen, maar aanstekelijk glimlachje. Een onbekende die even binnenwipte en hoopte vriendelijk te worden ontvangen.

Die vriendelijke ontvangst kreeg ze niet. Alle vijf de klanten keken weg. De kroegbaas niet, evenmin als de bleke man. Abby begon te lopen, hun ogen volgden haar en lieten haar geen moment los.

Reacher deed een stap. Hij was twee meter achter en twee meter opzij van de bleke man en ongetwijfeld zichtbaar vanuit diens ooghoek, maar hij gokte erop dat Abby het enige was wat de bleke man bezighield. Ze liep in alle rust verder. Reacher deed nog een stap.

'Hé,' riep de kroegbaas.

De kroegbaas had hem ook vanuit een ooghoek gezien, twee meter achter en twee meter opzij. Op dat moment gebeurden er allerlei dingen tegelijkertijd, alsof er een gecompliceerd ballet werd opgevoerd, een situatie bij honkbal waarbij de verdedigende partij in één klap drie spelers probeert uit te schakelen. De bleke man keek om en maakte aanstalten om overeind te komen. Reacher deed een stap opzij in de richting van de bar, greep met beide handen het vette hoofd van de kroegbaas, sprong op en sloeg het hoofd op het mahoniehout, alsof hij een dunk met een basketbal in gedachten had met een enorme zweefduik hoog door de lucht. Toen hij neerkwam, zakte hij een eindje door zijn knieën en zette hij zich opnieuw af, zodat hij zich omkerend met twee stappen bij de bleke man was, die hij op een kolossale rechtse directe midden in zijn gezicht trakteerde, al zijn gewicht erachter, precies op het moment dat de man half overeind was gekomen. De man vloog achteruit alsof hij door een kanon was afgeschoten. Hij gleed met wijd gespreide armen en benen over de vloer, plat op zijn rug. Bloed spoot uit zijn neus en mond.

Alle vijf de klanten stonden op en haastten zich de deur uit. Dat kon wel eens een lokale traditie zijn, onder omstandigheden als deze. Een gewoonte die Reacher stilzwijgend toejuichte. Geen getuigen. Op de bar lagen bloed en tanden, maar de kroegbaas zelf was onderuitgegaan en uit beeld verdwenen.

'Blijkbaar bleef hij toch niet de hele tijd naar me kijken,' zei Abby.

'Dat zei ik al,' zei Reacher. 'Het is een klootzak.'

Ze hurkten neer bij de bleke man, namen zijn pistool, zijn telefoon, zijn autosleutels en een bedrag van zo'n achtduizend dollar in beslag. Zijn neus was er niet best aan toe. Hij ademde door zijn mond. Bloedspetters bubbelden in zijn mondhoeken. Reacher herinnerde zich dat de man met een lijkbleke vinger tegen zijn stekelige hoofd had getikt. Het gebaar had iets dreigends gehad. Hoogmoed komt voor de val, dacht Reacher.

'Ja of nee?' vroeg hij.

Abby dacht na.

'Ja,' zei ze.

Reacher klemde zijn hand om de mond van de man. Het viel niet mee om die greep vol te houden want het gezicht was glibberig van het bloed, maar hij hield vol. Tevergeefs graaide de man naar zijn jaszak, op zoek naar zijn pistool, dat daar niet meer was. De rest van zijn leven besteedde hij aan zaken die even zinloos waren. Hij trappelde met zijn hakken op de vloer en klauwde wanhopig naar Reachers pols. Na verloop van tijd verslapte hij en bleef hij roerloos liggen.

Ze namen de Lincoln van de bleke man, omdat de kofferbak van die auto leeg was. Dat kwam de wegligging absoluut ten goede. Ze reden naar het centrum en parkeerden bij een brandkraan om de hoek van het hotel van de Shevicks. Abby inspecteerde de nieuwe telefoon. Er stonden geen nieuwe berichten op. Geen nieuws na de complottheorie van Gregory.

'Kwam dat van zijn eigen nummer?' vroeg Reacher.

Abby vergeleek het bericht met eerdere berichten.

'Ik denk het,' zei ze. 'Het is niet het gebruikelijke nummer.'

'Dan moeten we hem nog een keer opbellen. Hem even bijpraten over de ontwikkelingen.'

Abby tikte op het scherm van de telefoon en schakelde de luidspreker in. Ze hoorden het toestel aan de andere kant van de lijn overgaan. Ze hoorden dat er werd opgenomen. Gregory zei één woord, kort en gejaagd, waarschijnlijk geen vriendelijk hallo. Waarschijnlijk iets van: spreek, of ja, of wat.

'Spreek Engels,' zei Reacher.

'Jij weer.'

'Je bent er net nog twee kwijtgeraakt. Ik kom naar je toe, Gregory.'

'Wie ben jij?'

'Ik kom niet uit Kiev.'

‘Waar kom je dan vandaan?’

‘Van het 110th Special MP.’

‘Wat is dat?’

‘Daar kom je heel binnenkort achter.’

‘Wat moet je van me?’

‘Je hebt een fout gemaakt.’

‘Een fout?’

‘Je bent over de schreef gegaan. Dus zorg maar dat je klaarstaat, tijd om je koffer te pakken.’

‘Jij bent een Amerikaan.’

‘Zo Amerikaans als de appeltaart van mijn grootmoeder.’

Gregory bleef lange tijd stil. Ongetwijfeld dacht hij na. Ongetwijfeld over het uitgebreide netwerk met omgekochte loyale vazallen, over al het smeergeld dat links en rechts in zakken was verdwenen, over vriendendiensten die waren verleend, over mensen die hem nog iets verschuldigd waren en over struikeldraadjes die zorgvuldig zo waren geplaatst dat ze in een vroeg stadium een alarm lieten afgaan. Dat hele systeem had hem allang wakker moeten schudden en hem moeten waarschuwen, maar hij had niets gehoord. Uit geen enkele hoek.

‘Je werkt niet bij de politie,’ zei hij. ‘Je werkt niet voor de federale overheid. Je werkt solo. Klopt dat?’

‘Dat zal het voor jou nog moeilijker te verteren maken dat je organisatie in elkaar stort, dat je mannen een voor een de pijp uit gaan en dat jij als enige bent overgebleven als ik bij je over de drempel stap.’

‘Je komt niet eens bij me in de buurt.’

‘Wat vind je van mijn vorderingen tot dusverre?’

Geen antwoord.

‘Zorg dat je er klaar voor bent,’ zei Reacher. ‘Ik kom eraan.’

Hij beëindigde het gesprek en gooide de telefoon uit het raam. Ze reden verder, de hoek om en parkeerden voor het hotel van de Shevicks, op een plek waar je tien minuten mocht staan.

42

Reacher en Abby namen de lift naar de verdieping waar de Shevicks hun kamer hadden. Redelijk dicht bij de begane grond, gemeten naar de maatstaven van New York of Chicago, maar gemeten naar lokale maatstaven was het het hoogste punt in de wijde omgeving. Ze klopten aan. Maria Shevick keek door het spionnetje en liet hen binnen. De kamer was in feite een suite met een aparte woonkamer. Alles was helder en fris, nieuw en schoon. De rechterhoek bestond uit twee enorme ramen van het plafond tot de vloer. Het was vroeg in de middag en de zon stond hoog aan de hemel. De lucht was helder. Het uitzicht was spectaculair. De hele stad lag aan hun voeten, alsof de plattegrond van de stad die Reacher had bestudeerd tot leven was gekomen.

Abby legde het geld op tafel. Tienduizend dollar met banderol uit het knekelhuis achter de houthandel en bijna achtduizend dollar uit de kroeg voor kredietverstrekking. Het was zo'n dik pak dat het op de tafel stuiterde en uit elkaar viel. Een paar bankbiljetten dwarrelden naar de vloer. De Shevicks barstten bijna in lachen uit van pure blijdschap. Het probleem van de dag was opgelost. Aaron besloot dat hij het geld op zijn bankrekening zou storten en vervolgens naar het ziekenhuis zou overmaken wat ze verschuldigd waren, op de gebruikelijke manier. Een laatste flikkering van persoonlijke waardigheid. Abby bood aan met hem mee te lopen naar het filiaal in het centrum. Gewoon om hem gezelschap te houden, geen enkele andere reden. Dat was ook niet nodig. Inmiddels liep Aaron al weer een stuk beter en de oostkant van de stad was nu een honderd procent veilig gebied. Dus gewoon om hem gezelschap te houden. Ze vertrokken samen. Reacher ging voor het raam staan. Maria zat achter hem op een smal bankje.

'Heb jij kinderen?' vroeg Maria.

'Ik geloof het niet,' zei Reacher. 'Niet dat ik weet, in ieder geval.'

Hij keek naar de stad daar beneden. Het bolle deel van de peer. Door het hoekraam kon hij het hele noordwestelijke deel van de stad zien, zo ongeveer vanaf negen uur tot twaalf uur. Hij zag Center Street min of meer direct onder zich. Iets daar voorbij, een beetje naar links, stonden twee kantoortorens en een tweede hoteltoren. Ze zagen er splinternieuw uit. Ze torenden manmoedig uit boven een uniform, uitgestrekt tapijt van panden met twee, drie verdiepingen, de meeste oud, opgetrokken uit baksteen en een beetje vervallen. Panden met platte daken, zichtbaar op veel plaatsen gerepareerd en zilverkleurig geverfd. Op ijzeren bokken stonden airconditioners. Door de daken staken aluminium buizen omhoog van restaurantkeukens en her en der stonden satellietschotels zo groot als een trampoline. Ook waren er diverse parkeergarages waarvan de bovenste verdieping niet overkapt was. De straten waren smal en waren hier en daar verstopt met auto's, terwijl het in andere straten stil was. Kleine poppetjes liepen op de trottoirs, sloegen links af en rechts af, liepen winkels binnen en kwamen weer naar buiten. Het panorama strekte zich uit tot in de nevelige verte. *Het kan elke kelder in de stad zijn*, had Vantresca gezegd.

'Ben je getrouwd?' vroeg Maria.

'Nee,' zei Reacher.

'Wil je niet trouwen?'

'Dat is maar voor vijftig procent mijn besluit,' zei hij. 'Dat verklaart al heel veel, denk ik.'

Hij keek weer naar buiten, op dezelfde manier waarop hij de plattegrond had bestudeerd. Waar zou een capabele capo een geheime nevenoperatie huisvesten? In wat voor soort onderkomen? Beveiliging, accommodatie, elektriciteit, internet, isolement, gemakkelijk te bevoorraden. Hij keek of hij mogelijke locaties zag. Een tapijt van kleine bruine bakstenen panden. Zilverachtig knipogende daken. Verkeer.

'Abby mag jou graag,' zei Maria.

'Misschien,' zei Reacher.

'Wil je dat niet toegeven?'

'Ik geef toe dat ze heel erg haar best doet. Ik neem aan dat daar een reden voor is.'

'Maar je denkt niet dat jij die reden bent?'

Reacher glimlachte.

'Ben jij mijn moeder?' vroeg hij.

Ze gaf geen antwoord. Reacher keek uit het raam. Zoals altijd hing het er maar van af. Als het zuidwestelijke kwart net zo was als het noordwestelijke, dan waren er ofwel minder dan tien, ofwel meer dan honderd mogelijke locaties. Het hing af van de eisen die je zou stellen aan beveiliging, accommodatie, elektriciteit, internet, isolement en bevoorrading.

'Hoe gaat het met Meg?' vroeg hij.

'De stemming is nog steeds positief. Die scan morgenvroeg zou dat moeten bevestigen. Dat denkt iedereen. Ikzelf denk dat we aan het gokken zijn. Het is erop of eronder. We boeken een enorme winst of we lijden een verschrikkelijk verlies.'

'Dergelijke opties zou ik accepteren. Winnen of verliezen. Ik hou van de eenvoud.'

'Het is wreed.'

'Alleen als je verliest.'

'Win jij altijd?'

'Tot nu toe.'

'Hoe kan dat?'

'Dat kan niet,' zei Reacher. 'Ik kan niet altijd winnen. Er komt een dag dat ik verlies. Dat weet ik, maar dat is niet vandaag. Dat weet ik ook.'

'Ik zou willen dat jij arts was.'

'Ik heb alleen maar militaire academie gedaan.'

Maria aarzelde even. Toen vroeg ze: 'Je zei dat je hem kon vinden.'

'Ik vind hem ook,' zei Reacher. 'Vandaag, voor het einde van de middag.'

Ze troffen elkaar weer bij Frank Barton thuis, diep in wat ooit het territorium van de Albanezen was. Er hing nog rook in de lucht, van de brand bij de houthandel. Barton en Hogan waren weer thuisgekomen van hun optreden. Vantresca was blijven hangen, en Reacher en Abby waren net terug van hun bezoek aan de Shevicks. Ze zaten met z'n allen op elkaar gepakt in het voorkamertje, dat weer helemaal vol stond met apparatuur dat niet in de bus kon blijven omdat het dan zou worden gestolen.

'Het eerste waar je achter moet zien te komen, is of je te maken hebt met een slimme kerel, een verrekt slimme kerel of een genie. Want dan heb je het meteen over drie verschillende locaties.'

'Gregory maakte een slimme indruk op me,' zei Reacher. 'Hij beschikt ongetwijfeld over een bepaald soort sluwheid, maar ik vraag me af of hij wel degene is geweest die de keuze voor een locatie heeft gemaakt. Dat zal niet zo zijn als het om een officieel contract gaat dat tientallen miljoenen dollars waard is, ondertekend door een buitenlandse mogendheid. Je zou zeggen dat dat een typische kopersmarkt is. Ongetwijfeld zijn er allerlei clausules en voorwaarden en inspecties en vereiste goedkeuringen ingebouwd. Moskou zou geen genoegen nemen met minder dan het allerbeste, en daar zijn ze niet bepaald dom. Als ze een slecht voorstel zien, herkennen ze dat meteen. Dus in termen van locaties kunnen we maar het beste meteen zoeken op het niveau van genialiteit.'

'Beveiliging, accommodatie, elektriciteit, internet, isolement en bevoorrading,' zei Vantresca.

'Laten we eens bij het laatste beginnen,' zei Reacher. 'Bevoorrading. Hoe ver mag het voor een gemakkelijke bevoorrading van hun hoofdkwartier liggen?'

'Ik zou zeggen dat het hele centrum in aanmerking komt,' zei Hogan. 'Overal waar winkels zijn. Daar gebeurt voortdurend van alles en nog wat. Dat valt niemand op. Heel anders dan in een woonwijk. Ik zou zeggen dat je binnen de grenzen van het centrum moet zoeken, ten westen van Center Street natuurlijk.'

'Daar vind je geen isolement,' zei Barton. 'Daar is het de hele dag een en al bedrijvigheid.'

'Het is zoiets als je verstoppen waar iedereen je kan zien. Misschien gaat het niet om een puur fysiek isolement, maar meer om de anonimiteit. Er komt en gaat van alles en nog wat, maar het valt niemand op. De mensen kennen elkaar niet.'

'Wat hebben ze nodig voor internet?' vroeg Reacher.

'Een robuuste verbinding met een serviceprovider via glasvezel, of via satelliet. Waarschijnlijk satelliet, omdat zoiets moeilijk te traceren is.'

'Er zijn zat satellietschotels in de stad.'

'Een heleboel mensen hebben een schotel.'

'En wat hebben ze nodig voor de elektriciteitsvoorziening?'

'Modern spul met overcapaciteit voor de zekerheid, en een noodinstallatie met een generator die automatisch wordt ingeschakeld bij een stroomstoring. Ze kunnen zich geen storingen veroorloven. Dat zou funest kunnen zijn voor de apparatuur.'

'En de accommodatie?'

'Slaapkamers, badkamers, een eetzaal, misschien een tv-kamer, misschien een recreatieruimte met een pingpongtafel of zo.'

'Het klinkt als een federale gevangenis.'

'Ramen, denk ik,' zei Abby. 'Niet in een kelder. Het kan best een langlopend contract zijn. Trulenko is een superster. Hij mag dan wat tegenslag hebben gehad, hij eist wel niveau. Hij zal zijn normale leven zo veel mogelijk willen voortzetten.'

'Oké, ramen,' zei Reacher. 'Dat brengt ons automatisch bij beveiliging.'

'Tralies voor de ramen,' zei Barton.

'Of anonimiteit,' zei Hogan. 'Er zijn miljoenen ramen. Soms is het licht aan en soms is het uit. Niemand let daarop.'

'Ze hebben één centrale toegangsweg nodig,' zei Vantresca. 'Camerabewaking in een vooruitgeschoven post en een plek om zich te verschansen als het moet. Misschien moet je door een kelder naar binnen en dan langs een achtertrap naar boven. Zoiets. Voortdurend in het oog gehouden. Alsof je door een lange tunnel loopt. Figuurlijk, niet letterlijk.'

'Dus waar?'

'Er zijn wel duizend panden die in aanmerking komen. Je hebt ze gezien.'

'Die bevallen me niet,' zei Reacher. 'Omdat ze allemaal aan elkaar vastzitten. Te gemakkelijk voor de SEALS. Hogan heeft uitgelegd hoe die te werk gaan. Ze zoeken naar nooduitgangen, naar laadstations, ventilatieschachten, waterleidingen en riolen, enzovoort, maar ze zoeken vooral naar plaatsen waar ze zich toegang kunnen verschaffen door muren op te blazen tussen twee aangrenzende panden. Je weet hoe dat werkt. Ze schudden een bejaarde ambtenaar bij Ruimtelijke Ordening van de gemeente wakker en die produceert vervolgens een stoffige oude blauwdruk waarop te zien is dat er een verbinding is tussen de kelder van de een en die van de ander, die in 1920 door iemand is dichtgemetseld met een halfsteens muurtje en cement met een kwaliteit uit het jaar nul. Eén keer blazen en de hele muur valt eruit. Of ze komen binnen vanaf de zijkant op de begane grond, of door een raam, of via de bovenverdieping. Of ze laten zich afzakken van het dak aan touwen. Vergeet niet dat we ervan uitgaan dat het een project is dat in hoge kringen in Moskou is bedacht. Het was big business, misschien wel een contract met een looptijd van jaren. Dus willen ze precies de goede plek en ze hebben kwaliteit genoeg in huis om zoiets te beoordelen. Ze kennen al onze trucjes. Ze weten dat onze special forces niets anders doen dan trainen in stedelijke omgevingen.'

'Maar een locatie buiten de stad levert bevoorradingsproblemen op. Het is het een of het ander.'

'Onzin, dat is gewoon een kwestie van planning. Ik denk dat ze hebben gevonden wat ze zochten. Volgens mij heel dichtbij, zodat het geen probleem is om even een doos suikerklontjes langs te brengen als ze zonder zitten, maar toch heel geïsoleerd. Waarschijnlijk tientallen meters van de eerstvolgende mens. Honderd procent betrouwbare infrastructuur als het gaat om draden en kabels en automatische generators en mechanisch robuuste verbindingen. Luxueuze accommodaties met volop zon en daglicht. Per definitie niet toegankelijk door scheidingswanden met aanpalende panden. Zelfs niet toegankelijk door aangrenzende panden. Niet van boven en ook niet van onderen. Nul komma nul penetratie langs waterleidingen en ventilatieschachten. Eén enkele toegangsweg met camerabewaking in een vooruitgeschoven post en een plek om zich te verschansen als het nodig is. Ik denk dat Moskou een locatie heeft gespecificeerd waar je alleen maar van kunt dromen, en ik denk dat ze die nog gevonden hebben ook.'

'Waar dan?' vroeg Abby.

'Ik stond er zo maar naar te kijken door het hotelraam in de kamer van Maria Shevick. Toen ze me vroeg of ik wel wilde trouwen.'

'Met haar?'

'Ik denk dat ze bedoelde in het algemeen.'

'Wat zei je?'

'Ik zei dat je niet in je eentje kunt trouwen.'

'Waar is Trulenko?'

'In zijn korf of zijn hol of zijn nest. Hoog boven de grond. Ze hebben drie verdiepingen gehuurd van een van die nieuwe kantoortorens. Er staan er twee aan de westkant van Center Street. De bovenste en de onderste verdieping gebruiken ze als bufferzones, terwijl ze op de middelste wonen en werken. Je komt er onmogelijk via de zijkant, van boven of van onderen in.'

43

Ze bekeken het van alle kanten, heel zorgvuldig. Beveiliging, accommodatie, elektriciteit, internet, isolement en bevoorrading. Drie van de hoogste verdiepingen in een van de nieuwe torens voldeden aan alle eisen. Ze konden de liften opnieuw programmeren. Een fluitje van een cent voor Trulenko. Ze zouden slechts één lift gebruiken. Ze konden de deuren van de andere liften dichtlassen. Aan de buitenkant. De deuren van het trappenhuis idem dito. Ze konden om de enige lift die toegang bood een kooi bouwen, bijvoorbeeld van harmonicagaas, in de hal. Met een hek met een hangslot. Mannen met wapens eromheen. De liftdeuren schuiven achter de bezoeker dicht, zodat die opgesloten zit achter het gaas. Tijd genoeg om eens te informeren wat hij komt doen.

Als de bezoeker al zo ver zou komen. Beneden in de lobby zouden ze mannen hebben, misschien wel pal naast de knoppen van de lift. Misschien wel een heleboel, vanwege situatie C. Mannen die opdracht hadden uit te kijken naar onbekende gezichten.

'Welke toren?' vroeg Abby.

'Ergens moet iets op papier staan,' zei Reacher. 'Bij de een of andere afdeling van de gemeente. Drie verdiepingen, verhuurd aan een onbekend bedrijf met een doorsnee naam die je zo weer bent vergeten. We zouden ook met conciërges kunnen gaan praten en vragen of er wel eens iets merkwaardigs is bezorgd. Steigermateriaal of zo, of een hondenkennel, zoiets, voor de kooi.'

'En dat is het probleem,' zei Hogan. 'Ik zie niet hoe we binnen moeten komen.'

'We?'

'Vroeg of laat houdt jouw geluk op, dan heb je de mariniers nodig om je te redden. Zo gaat het altijd bij alles wat jullie bij de landmacht doen. Het is veel efficiënter als ik ervoor zorg dat ik je niet hoef te redden door de hele operatie vanaf het begin in goede banen te leiden.'

'Ik doe ook mee,' zei Vantresca. 'Eigenlijk om dezelfde reden.'

'Ik ook,' zei Barton.

Er viel een stilte.

'Even voor de goede orde,' zei Reacher. 'Het kan best heftig worden.'

Niemand protesteerde.

'Waar beginnen we mee?' vroeg Vantresca.

'Barton en jij zoeken uit welke toren het is, en welke drie verdiepingen. Met de rest gaan we een bezoekje brengen aan het hoofdkwartier, achter het taxibedrijf, tegenover het pandjeshuis, naast het bedrijfje dat leningen verstrekt voor borgstellingen.'

'Waarom?'

'Omdat een aantal van de grootste fouten in de geschiedenis van de mensheid zijn begaan door geheime nevenoperaties als de verbinding met het moederschip werd lamgelegd. Geen commandostructuur meer, geen greep op de gebeurtenissen. Geen informatie, geen orders, geen leiderschap. De bevoorrading hapert. Compleet isolement. En dat is precies wat ik voor die lui wil. Dat kan het snelst door het moederschip uit te schakelen, daar hoef je niet moeilijk over te doen. De tijd om de zaken met fluwelen handschoentjes aan te pakken is voorbij.'

'Je hebt echt een hekel aan die mensen,' zei Vantresca.

'Je was zelf ook niet zo over ze te spreken.'

'Ze hebben overal wachtposten lopen.'

'En nu zelfs twee keer zoveel,' zei Reacher. 'Ik heb Gregory opgebeld en hem een beetje gevoerd. Ongetwijfeld is hij een grote dappere vent, maar toch, ik vermoed dat hij wel enige versterking heeft laten aanrukken. Voor de zekerheid.'

'Dan was het niet zo slim om hem te voeren.'

'Jawel, ik wil ze allemaal op één plek hebben. Of eigenlijk op twee plekken, het moederschip en de nevenoperatie. Nergens anders, geen losse eindjes. Niemand die je zomaar ergens tegen het lijf zou kunnen lopen. Noem het maar situatie D. Veel aangenamer. Het is altijd veel efficiënter om te opereren tegen samengeklonterde doelwitten dan achter eenzame individuen aan te rennen. Dat kost dagen in zo'n stad als deze. We zouden de hele boel moeten uitkammen, en dat kunnen we maar beter voorkomen want we hebben haast. We moeten hen eigenlijk alvast een beetje van ons werk laten doen.'

'Jij bent gestoord, wist je dat?'

'Zegt de man die er niet voor terugdeinsde om met veertig kilometer per uur recht op antitankartillerie met atoomkoppen af te rijden.'

'Dat lag anders.'
'Hoe dan?'
'Dat weet ik niet precies,' zei Vantresca.
'Zoek die toren maar,' zei Reacher, 'en zoek maar uit op welke verdiepingen ze zitten.'

Ze namen opnieuw de Lincoln van de bleke man. Een onopvallende verschijning aan de westkant van Center Street. Bovendien ongenaakbaar. Abby reed. Hogan zat naast haar voorin. Reacher hing op de achterbank. Het was stil op straat, weinig verkeer. Geen politieagent te zien. Die zaten gegarandeerd allemaal in het oosten van de stad. Zo rond deze tijd was de brandweer waarschijnlijk drukdoende knisperig verkoolde skeletten uit de rokende puinhopen te trekken. De een na de ander. Sensatie tot en met. Iedereen zou dat willen zien. Grote verhalen voor de kleinkinderen.

Abby parkeerde bij een brandkraan, vier straten achter het pandjeshuis, dat direct tegenover het taxibedrijf lag. Een rechte lijn op een plattegrond. Een simpele lineaire opmars.

'Hoe ver zouden ze de buitenste wachtposten van het hoofdkwartier hebben geplaatst?' vroeg Reacher.

'Niet heel ver,' zei Hogan. 'Ze moeten de complete cirkel van driehonderdzestig graden afdekken en ze kunnen zich niet permitteren daar achteloos extra manschappen voor vrij te maken. Dus dat moet een kleine ring zijn. De vier hoeken van het blok waarin het hoofdkwartier zich bevindt, zou ik denken. Misschien houden ze verkeer aan, maar meer zal het niet zijn.'

'Zodat ze de ingang van het pandjeshuis en het taxibedrijf kunnen zien.'

'Vanaf beide einden van de straat. Waarschijnlijk op iedere hoek twee man.'

'Maar ze kunnen de achterkant van het pandjeshuis niet zien?'

'Nee,' zei Hogan. 'Als je rondom nog een zijstraat erbij pakt om in de gaten te houden, kost het je drie keer zoveel manschappen. Simpel rekensommetje. Dat kunnen ze zich niet permitteren.'

'Oké,' zei Reacher. 'Goed om te weten. Dan gaan we achterom bij het pandjeshuis. Daar moeten we toch even zijn. We moeten de erfstukken van Maria ophalen. Ze hebben haar belazerd met hun tachtig dollar. Zoiets maakt me boos. We moeten laten weten dat we dat afkeuren. Misschien speelt hun geweten op en zijn ze bereid een ruime donatie te doen voor een medisch goed doel.'

Ze stapten uit en lieten de auto bij de brandkraan staan. Reacher schatte in dat Gregory wel iets anders aan zijn hoofd had dan een boete voor foutparkeren. Ze liepen tot aan de eerste zijstraat, en verder tot aan de tweede zijstraat, steeds behoedzamer. Misschien stond er geen wachtpost bij de derde zijstraat, maar stond hij bij de vierde, op een plek met zicht op de derde. Dat kon makkelijk. Het was een kwestie van zo nu en dan even verder in de verte turen. Op die afstand kon je gezichten herkennen, iets afleiden uit de snelheid waarmee iemand liep, inschatten hoe doelbewust dat was, om nog maar te zwijgen van lichaamstaal die boekdelen sprak. Dus bleef Reacher dicht bij de winkelpuien, in de harde slagschaduwen van de middag, terwijl Abby vijf meter achter hem liep, en Hogan daar nog weer achter. Ze liepen alle drie op hun dooie gemak, bleven zo nu en dan onafhankelijk van elkaar even stilstaan om in een etalage te kijken en deden hun best om elke indruk weg te nemen dat ze iets met elkaar te maken hadden.

Reacher sloeg de hoek om, de derde zijstraat in, uit beeld. Hij wachtte. Abby voegde zich bij hem en even later ook Hogan. Samen liepen ze verder, niet meer dan tien meter. Ze bleven opnieuw stilstaan, want de achterdeur van het pandjeshuis bevond zich schuin verderop aan de overkant, maar dat gold ook voor een aantal andere achterdeuren die allemaal op elkaar leken. Bij geen enkele deur hing een bordje. In totaal waren het er twaalf. Een voor elk bedrijfje in de straat erachter.

Reacher groef in zijn geheugen naar beelden van de vorige keer dat ze er waren geweest, toen ze in Abby's oude Toyota Maria waren gaan zoeken. Een groezelig pandjeshuis tegenover een taxibedrijf en een bedrijfje waar ze leningen voor borgstelling verstrekten. Maria die naar buiten kwam, Abby die stopte en Aaron die zijn raampje liet zakken en haar riep.

'In mijn herinnering was het midden in de straat,' zei hij.

'Jammer genoeg heeft twaalf geen midden,' zei Abby. 'Twaalf heeft zes links en zes rechts, maar niks in het midden.'

'Omdat het een even getal is. Het midden is een keuze uit twee. Het laatste van de eerste zes, of het eerste van de tweede zes.'

'Voor mijn gevoel was het niet midden in de straat,' zei Abby.

'Voor het midden of er voorbij?'

'Misschien er voorbij. Het kan ook wel op twee derde van de straat zijn geweest. Ik herinner me dat ik haar zag en de auto langs het trottoir zette.'

'Goed,' zei Reacher. 'Dan beginnen we met de nummers zeven, acht en negen.'

Alle panden waren tegen elkaar aan gebouwd, alle achtergevels waren identiek, hoog en kaal en smal, opgetrokken uit honderd jaar oude baksteen. Hier en daar zat op ogenschijnlijk willekeurige plaatsen een getralied raam. Langs de gevels hingen kabels en draden, doorzakkend en soms met opgebonden lussen en aftakkingen. Bepaald niet mechanisch robuust. Alle achterdeuren waren identiek. Stuk voor stuk stevige, honderd jaar oude exemplaren die naar binnen opengingen, oorspronkelijk van hout, maar vijftig jaar geleden had iemand stalen platen voor de onderste helft geschroefd, zodat ze langer mee konden. Een nieuwe huisbaas die de boel wilde opkalefateren. De stalen platen vertoonden de tekenen van een halve eeuw gebruik en misbruik, van ladingen goederen die naar binnen en naar buiten moesten, van opentrappen en dichttrappen, van steekkarren en hondjes en plateauwagens.

Reacher inspecteerde de deuren. Hij vond minder sporen op de deur van nummer acht dan op die van nummer zeven en negen.

Veel minder eigenlijk. Eigenlijk zag die deur er na vijftig jaar nog helemaal niet zo slecht uit.

Nummer acht, precies twee derde van twaalf.

'Volgens mij is het hier,' zei hij. 'Er gaat weinig een pandjeshuis in of uit op een steekkar of een hondje. Misschien zo nu en dan eens iets, bijvoorbeeld als Barton die luidsprekerkast van hem zou verpanden. Het meeste wat er binnenkomt en weer weggaat, past in een broekzak of een handpalm.'

De deur zat van binnenuit op slot. Het was geen nooduitgang. Geen bar, geen restaurant. Iets anders. Het hout van de deur was solide, maar dat gold in mindere mate voor het hout van het kozijn. Een zachtere houtsoort, minder vaak goed in de verf gezet en hier en daar misschien wel een beetje sponzig en verrot.

'Hoe zouden de mariniers dit aanpakken?' vroeg hij.

'Bazooka,' zei Hogan. 'Altijd de beste manier om binnen te komen. Trekker overhalen en naar binnen stappen door het rokende gat.'

'En als je geen bazooka bij je hebt?'

'Dan zouden we natuurlijk die deur moeten intrappen, maar dan wel in één keer. Er staan tien man klaar om in actie te komen als er iemand help roept, dus we kunnen hier niet blijven hangen.'

'Hebben ze je bij de mariniers ook geleerd hoe je deuren moet intrappen?'

'Nee, we kregen allemaal een bazooka.'

'Kracht is gelijk aan massa maal versnelling. Je neemt een aanloop en ramt je voet door de deur.'

'Ga ik dat doen?'

'Net onder de kruk.'

'Ik dacht dat het boven de kruk moest.'

'Zo dicht mogelijk bij het sleutelgat. Daar steekt de schoot in de deurpost. Daar is het meeste hout weggebeiteld. Het zwakste deel van de deurpost. Dat moet je zoeken, want bij het intrappen van een deur gaat altijd het kozijn kapot en niet de deur.'

'Nu?'

'We komen meteen achter je aan.'

Hogan deed een paar stappen achteruit. Hij wiegde een paar keer vooruit en achteruit en toen zette hij af, met net zo'n grimmige vastberadenheid als Reacher bij hoogspringers op tv had gezien. Hogan was een muzikant en hij was jonger en had een lenig en energiek lijf. Daarom liet Reacher hem de deur intrappen. Een goed besluit. Hogan vloog op de deur af, sprong, kantelde zich in volle vaart om zijn as en ramde met zijn hak tegen de deur, net onder de deurkruk, zoals de kok in een goedkope vreetschuur op een kakkerlak stampt, hard, krakend en perfect getimed. De deur sloeg open, Hogan stuiterde struikelend over de drempel met wild rondmaaiende armen en probeerde tot stilstand te komen, terwijl Reacher en Abby na hem naar binnen stormden, een kort gangetje in, naar een deur met een ruit erin waarop in spiegelschrift PRIVÉ stond.

Geen enkele reden om in te houden. Daar was ook weinig gelegenheid voor. Hogan barstte als eerste door de deur met de ruit, gevolgd door Reacher en daarna Abby. Ze kwamen in de winkel zelf, achter de toonbank, pal naast de kassa, waar een klein wezelachtig mannetje stond, dat zich geschrokken en verbijsterd naar hen toekeerde. Hogan ramde zijn schouder tegen de borst van de man, die terugkaatste van de toonbank, recht in de armen van Reacher, die hem een slag omkeerde en een H&K tegen zijn slaap drukte. Hij wist niet precies welk wapen het was deze keer. Hij had er blindelings een uit zijn zak getrokken. Het was ook niet belangrijk meer, want hij wist inmiddels dat ze het allemaal deden.

Abby viste het pistool van de man uit diens zak. Hogan vond zijn kasboek. Een groot kasboek, met de hand bijgehouden. Misschien voorschrift van de gemeente, maar misschien ook gewoon een traditie onder pandjesbazen. Hogan liet zijn vinger langs een aantal regels glijden.

'Hier staat het,' zei hij. 'Maria Shevick, trouwringen, kleine losse diamantjes, een horloge met een barst in het glas. Tachtig dollar.'

'Waar zijn die spullen?' vroeg Reacher.

'Ik kan ze voor je pakken,' zei de man.

'Vond je tachtig dollar wel een eerlijke prijs?'

'Eerlijk is wat de markt ervoor overheeft. Dat is afhankelijk van hoe wanhopig mensen zijn.'

'Hoe wanhopig ben jij op dit moment?' vroeg Reacher.

'Ik zou zeker die spullen voor je kunnen pakken.'

'En wat nog meer?'

'Ik zou er misschien nog wel iets bij kunnen doen. Iets moois. Misschien een paar diamanten die iets groter zijn.'

'Heb je ook geld?'

'Zeker, zeker, ja natuurlijk.'

'Hoeveel?'

'Ongeveer vijfduizend, denk ik. Dat kun je allemaal meenemen.'

'Dat weet ik,' zei Reacher. 'Dat is vanzelfsprekend. We kunnen meenemen wat we willen. Maar dat is wel het minste waar jij je zorgen om hoeft te maken, want dit gaat om meer dan alleen maar een schofterige transactie. Je bent naar de overkant gerend en hebt die oude dame verlinkt. En daarmee heb je allerlei problemen veroorzaakt. Waarom deed je dat?'

'Komen jullie uit Kiev?'

'Nee,' zei Reacher. 'Maar ik heb ooit een keer kip Kiev gegeten en dat was heel lekker.'

'Wat wil je van me?'

'Gregory gaat het loodje leggen. Ik wil dat jij een besluit neemt of je met hem meegaat.'

'Als ik een bericht krijg, moet ik daarnaar handelen. Ik heb geen keus. Dat zijn de voorwaarden, man.'

'Voorwaarden?'

'Dit was ooit mijn eigen zaak. Hij heeft hem van me afgepakt en nu moet ik de zaak van hem huren. Er zijn allerlei ongeschreven voorwaarden.'

'Dat je naar de overkant moet rennen.'

'Geen keus.'

'Hoe is het daar aan de overkant?' vroeg Reacher.

'Wat bedoel je?'

'Hoe ziet het eruit?'

'Je gaat door een gang links naar binnen. Rechts is een deur naar het kantoor voor de taxi's. Dat bedrijf bestaat echt, maar je loopt rechtdoor naar achteren, naar een vergaderzaal. Achter in de hoek van die vergaderzaal begint een tweede gang en dan kom je bij de kantoren. Het laatste kantoor is van Danilo. Door het kantoor van Danilo kom je in het kantoor van Gregory.'

'Hoe vaak kom jij daar?'

'Alleen als ik er per se moet zijn.'

'Je werkt voor ze, maar met tegenzin.'

'Zo zit het.'

'Dat zeggen ze allemaal.'

'Vast wel, maar ik meen het.'

Reacher zei niets.

'Nee,' zei Abby.

'Nee,' zei Hogan.

'Ga die spullen maar halen waarover we het hebben gehad,' zei Reacher.

De man haalde de spullen – trouwringen, de kleine diamantjes, het horloge met de barst – en stopte alles in een envelop. Reacher stopte de envelop in zijn zak, samen met het geld dat hij in de kassa vond, ongeveer vijfduizend dollar. Hopelijk maar een fractie vergeleken bij wat komen ging, maar Reacher had graag contant geld in zijn zak. Hij hield van dat dode gewicht. Hogan zocht op de planken van het pandjeshuis en trok de snoeren van stoffige, oude stereoapparatuur. Hij bond er de man stevig en oncomfortabel mee vast, zonder dat die bang hoefde te zijn dat hij het niet zou overleven. Na verloop van tijd zou hij door iemand worden gevonden en bevrijd. Alles wat er daarna gebeurde, moest hij zelf maar bedenken.

Ze lieten hem achter op de vloer achter de toonbank. Ze liepen door de winkel naar de etalage en keken naar de overkant, naar het taxibedrijf.

44

Ze inspecteerden de gevels van het hele blok aan de overkant door vanuit diverse hoeken de straat in te kijken. Er stonden twee mannen op het trottoir voor de ingang van het taxibedrijf. Een eindje verder, op de straathoek links, stonden ook twee mannen, en iets verder rechts in de straat nog eens twee. Zes man direct in het vizier. Waarschijnlijk nog eens zes binnen. Minstens. Bijvoorbeeld twee in de eerste gang die de pandjesbaas had beschreven, dan twee in de vergaderzaal en nog eens twee bij de gang die naar de kantoren achterin voerde. Ongetwijfeld stuk voor stuk mannen die hun sporen verdiend hadden, een pistool in de zak en een reserve ergens in een la.

Niet aantrekkelijk. Op militaire academies zouden ze het een 'tactische uitdaging' noemen. Een frontale aanval op een tegenstander die numeriek in de meerderheid was in een krappe, precies afgebakende ruimte. Bovendien zouden de lui buiten op straat zich ermee bemoeien en een tweede front vormen. Boeven recht vooruit en boeven achter je, geen pantser, geen granaten, geen automatische wapens, geen shotguns, geen vlammenwerpers.

'De vraag waar alles om draait, is of Gregory Danilo vertrouwt,' zei Reacher.

'Maakt dat wat uit?' vroeg Hogan.

'Waarom zou hij hem niet vertrouwen?' vroeg Abby.

'Om twee redenen,' zei Reacher. 'In de eerste plaats omdat hij niemand vertrouwt. Je komt alleen maar op die positie als je niemand vertrouwt. Zoals de waard is vertrouwt hij zijn gasten. En de tweede reden is dat Danilo zijn grootste bedreiging vormt. De rechterhand. De kroonprins. Het is iedere dag in het nieuws. De generaals worden afgezet en de kolonels nemen het over.'

'Hebben wij daar iets aan?'

'Je moet door het kantoor van Danilo om bij Gregory te komen.'

'Dat is normaal,' zei Hogan. 'Dat doen ze allemaal zo. Zo werkt een stafchef.'

'Maar draai het eens om. Als Gregory naar buiten wil, moet hij door het kantoor van Danilo. Gregory is achterdochtig, en terecht. Hij leeft nog. In zijn beleving is dit iets anders dan in een film waarin de CEO aan het eind van de dag tegen zijn secretaresse "Tot morgen, schat" zegt. Hij ervaart het keer op keer alsof hij een dodelijke hinderlaag inloopt. Hij verwacht doodseskaders achter het bureau van Danilo. Of anders opstandige troepen die eisen stellen. Misschien nemen ze er genoegen mee als hij vrijwillig afstand doet van zijn positie, om hem gezichtsverlies te besparen.'

Abby knikte. 'De menselijke natuur en zo.'

'Hè?' zei Hogan.

'Hij heeft een nooduitgang gebouwd.'

Ze keerden terug achter de toonbank en gingen op de vloer zitten tegen de wandkasten, een eindje uit de buurt van de vastgebonden pandjesbaas. Een stafvergadering op hoog niveau, altijd gehouden achter de linies. Hogan speelde de rol van de sombere marinier, voor een deel omdat hij een sombere marinier was, maar ook als een soort morele verplichting die voortvloeide uit zijn hoedanigheid als marinier. Elk plan moest van alle kanten aan een stresstest worden onderworpen.

'In het ergste geval komen we hetzelfde nog een keer tegen, maar dan honderdtachtig graden gedraaid,' zei hij. 'Kerels op het trottoir, die de achteringang in de gaten houden, en binnen nog meer in smalle gangetjes. Daar bestaat een woord voor.'

'Symmetrie,' zei Reacher.

'Zoiets.'

'De menselijke natuur en zo,' zei Abby. 'Vooral heel veel flauwekul, maar soms snijdt het hout.'

'Hoezo?'

'Dat zou er niet goed uitzien,' zei ze. 'Een vluchtluik zou suggereren dat Gregory een angsthaas is. In het gunstigste geval wekt hij de indruk dat hij geen vertrouwen heeft in de beveiliging die hij koopt, of het leger van loyale voetsoldaten dat tussen hem en de buitenwereld staat. Dergelijke gevoelens kan hij zichzelf niet toestaan. Hij is Gregory. Hij kent geen zwakke plekken. Zijn organisatie kent geen zwakke plekken.'

'Dus?'

'De nooduitgang is geheim. Niemand staat er op wacht omdat niemand weet dat hij bestaat.'

'Zelfs Danilo niet?'

'Vooral Danilo niet,' zei Reacher. 'Danilo vormt de grootste bedreiging. Dit is allemaal uitgevoerd achter de rug van Danilo. Ik wil wedden dat je wel ergens in de logboeken een periode van twee weken zou kunnen vinden waarin Danilo om de een of andere reden ergens naartoe is gestuurd. En ik durf ook te wedden dat net voordat Danilo terugkeerde een paar bouwvakkers op een gruwelijke manier bij een tragisch ongeluk zijn omgekomen.'

'Zodat nu niemand behalve Gregory van het bestaan van een geheime tunnel op de hoogte is.'

'Precies.'

'Dat geldt ook voor ons. Wij weten ook niet waar hij is.'

'Ergens is een kelder die in verbinding staat met een andere kelder.'

'En dat is jouw plan?'

'Bekijk het eens vanuit het standpunt van Gregory. Dat is iemand die niet heeft bereikt wat hij heeft bereikt door elk risico te mijden. Hij denkt ongetwijfeld na over hoe hij een aanslag op zijn leven moet verijdelen en daarna gaat hij er zo snel mogelijk vandoor. Stress, stress en nog eens stress. Hij kan zich geen vergissingen permitteren. Alles moet helder en duidelijk zijn. Misschien staan er wel pijlen op de muren. Misschien noodverlichting, zoals in een vliegtuig. Wij hoeven alleen maar te zoeken naar de nooduitgang die op straat uitkomt. Daar gaan we naar binnen en dan volgen we de pijlen in omgekeerde richting. Misschien komen we dan wel uit achter een mooi olieschilderij in zijn kantoor.'

'Dan hebben we nog steeds al die mensen voor ons, alleen in omgekeerde volgorde. Die komen meteen dat kantoor binnen.'

'We kunnen er alleen maar het beste van maken.'

'Ik zie de voordelen niet.'

'Twee,' zei Reacher. 'We hebben niemand achter ons en we schakelen ze uit van hoog naar laag. Veel efficiënter.'

'Wacht,' zei Hogan. 'Er staan mannen op de hoeken van de straat. Symmetrie. De hoeken aan de achterkant worden hoeken aan de voorkant. Het wordt niet gemakkelijk om binnen te komen.'

'Als ik uit was geweest op een makkie, had ik me wel aangemeld bij de mariniers.'

Ze verlieten het pandjeshuis langs dezelfde weg die ze hadden genomen om binnen te komen, door het gangetje, de achterdeur uit, naar de straat die parallel liep. Eerst voorzichtig, daarna haastig keerden ze terug naar de auto. Hij stond er nog. Zonder boete. Zelfs de parkeerwachten waren in het oosten van de stad. Abby reed. Zij kende de weg. Ze maakte een ruime omweg, zodat ze uit het zicht van het taxibedrijf bleven. Twee straten achter het taxibedrijf parkeerde ze de auto voor een winkeltje dat wasmachineslangen verkocht. Ze liet de motor draaien. Hogan stapte uit, Abby schoof naar de passagiersstoel. Hogan liep om de auto en stapte weer in achter het stuur. Reacher bleef achterin zitten.

'Klaar?' vroeg hij.

Hogan knikte stug.

Abby knikte vastberaden.

'Oké, dan gaan we,' zei Reacher.

Hogan reed de straat uit en sloeg aan het einde links af. Bij het volgende kruispunt stonden twee mannen op het trottoir aan de overkant. Zwarte pakken, witte overhemden. Net was dit nog de hoek aan de overkant links, nu de hoek aan deze kant rechts. Symmetrie. Ze stonden met hun rug naar het blok dat ze bewaakten en hielden alles rondom zorgvuldig in het oog.

Wat ze zagen was een Lincoln, een van hun eigen auto's, die naar hen toe kwam rijden. Een zwarte Lincoln. Onduidelijke gezichten achter de voorruit. Getint glas achterin. Voor hen sloeg de Lincoln links af, de zijstraat in, het vastgoed van Gregory rechts, vastgoed van burgers links, en veel verder recht vooruit nog twee mannen bij het volgende kruispunt. Daarnet nog verder weg rechts, nu dichterbij links.

De auto remde af en kwam langs de stoeprand tot stilstand. Het raampje achterin schoof omlaag en een hand werd uit het raam gestoken die hen dichterbij wenkte. De mannen op de hoek deden automatisch een stap in de richting van de auto. Een reflex. Toen bleven ze staan en begonnen ze zich van alles af te vragen. Zonder dat ze zich bedachten overigens, want waarom zouden ze? Dat was een auto van hen en iemand die belangrijk genoeg was om op straat te zijn terwijl situatie C van kracht was, kon je maar beter niet laten wachten. Dus kwamen ze weer in beweging en haastten ze zich naar de auto.

Fout.

Het voorportier ging open toen ze nog drie meter te gaan hadden. Abby stapte uit. Het achterportier ging open toen ze bij de auto waren. Reacher stapte uit. Hij vloerde de eerste met een kopstoot, vrijwel zonder enige inspanning of beweging, meer een kwestie van timing en momentum, een knallende kopbal van een spits na een voorzet vanaf de flank. De man tuimelde in de goot en zijn hoofd sloeg krakend op het asfalt. Hij had zijn dag niet.

Reacher richtte zich op de tweede man. Die had een gezicht dat Reacher herkende. Het was de man in de bar met de kleine pizza's, waar Abby als serveerster had gewerkt. De uitsmijter. *Tijd om te vertrekken, meisje*, had hij tegen Abby gezegd. *Ik spreek je nog wel*, had Reacher gezegd. *Hoop ik.*

Geduld is een schone zaak.

Reacher plaatste een korte linkse op zijn gezicht, een tik, meer niet, om hem rechtop te krijgen, zodat hij een tweede korte linkse kon plaatsen, dit keer in de maagstreek, zodat hij dubbel zou klappen en zijn hoofd omlaag zou komen op een geschikte hoogte, dat wil zeggen, op borsthoogte voor Reacher, misschien iets lager, zodat hij dat hoofd kon vastpakken en met een ruk kon omdraaien met alle kracht die in hem huisde. De nek brak en de man zakte in elkaar. Naast zijn maat. Reacher hurkte bij hen neer en haalde het magazijn uit hun pistolen.

De Lincoln reed weg.

Reacher keek. De mannen op de andere hoek van de straat waren dichterbij gekomen. Onvermijdelijk. Symmetrie. Om dezelfde redenen. Ze kwamen nog steeds dichterbij. Rennend. Hogan gaf plankgas, reed het trottoir op en ving hen frontaal op de motorkap op. Geen aangenaam schouwspel. Ze vlogen door de lucht en voldeden aan alle clichés: als lappenpoppen tolden ze door de lucht. Waarschijnlijk waren ze al dood door de klap. Ze deden in ieder geval geen enkele poging om hun val te breken. Ze klapten domweg neer, glijdend, rollend, schuivend, armen en benen alle kanten op. Hogan zette de auto stil en stapte uit. Reacher kwam overeind en zette zich in beweging.

Halverwege de straat ontmoetten ze elkaar. Abby was er al. Ze wees in de richting waaruit Hogan was gekomen.

'Het is die kant op,' zei ze.

'Hoe weet je dat?' vroeg Reacher.

De straat was niet zoals hij die had verwacht, anders dan de straat achter het pandjeshuis. Hier geen saaie baksteen, geen getraliede ramen, geen wirwar van kabels en draden. In deze straat stonden keurig gerenoveerde panden, net zoals in de straat met de rechtswinkel. Helder en fris. In dit geval huisde in de panden vooral detailhandel. Mooier en beter dan de rij panden waarin het taxibedrijf en het bedrijfje dat leningen verstrekte voor borgstelling gevestigd waren. Het blok had twee gezichten: een van aftakeling en een van vooruitgang.

'Het lijkt me dat hij van buiten naar binnen zal hebben gewerkt,' zei Abby. 'Onmogelijk om het geheim te houden als hij binnen was begonnen. Hij kon natuurlijk niet voortdurend bouwvakkers door het taxibedrijf heen en weer laten lopen zonder dat iemand vragen zou gaan stellen. Dus moet hij hier begonnen zijn, toen de boel werd gerenoveerd, een prachtige dekmantel. Hij had toegang tot alle plattegronden en bouwtekeningen, zodat hij precies kon zien welke panden met elkaar in verbinding stonden. Zo heeft hij het gedaan. De achterkant van een van deze winkels staat in verbinding met de achterkant van zijn kantoor.'

'Symmetrie,' zei Hogan.

'Alleen in principe,' zei Abby. 'Ik wil wedden dat het in werkelijkheid een doolhof van gangen en gangetjes is. Deze huizen zijn meer dan honderd jaar oud.'

'Welke winkel?' vroeg Reacher.

'De menselijke natuur,' zei Abby. 'Hij kon zich niet veroorloven het pand te verhuren. Hij wilde absoluut zeker van zijn zaak zijn en niet het risico lopen dat iemand misschien een zware vitrinekast voor zijn geheime deur zou zetten. Hij wilde greep op de zaak houden. Dus heb ik naar leegstaande panden gekeken. Er is er maar één. De etalage is met kranten afgeplakt. Die kant op.'

Ze wees nog een keer in de richting van waaruit Hogan was gekomen.

De leegstaande winkel was een klassiek winkelpand, in traditionele stijl gebouwd met een etalageruit die van het trottoir tot het plafond liep en naar binnen boog bij een portiek van een meter of drie diep voor de winkeldeur. Op de vloer een tegelmozaïek.

In de houten winkeldeur zat een groot raam dat was afgeplakt. Reacher vermoedde dat het slot niet veel zou voorstellen, gewoon een ouderwets huis-tuin-en-keukenslot. Draai de deurkruk, trek eraan en je kunt naar buiten. Geen sleutel vereist. Een sleutel zou op het kritieke moment in de verkeerde broekzak kunnen zitten. Sleutels leveren bovendien vertraging op. Gregory zou elke vorm van vertraging willen vermijden als hij moest vluchten en voor zijn leven vreesde. Het moest een kwestie zijn van aan de knop draaien, opentrekken en wegwezen.

'Is er een alarm?' vroeg Hogan. 'Die man is paranoïde. Hij wil het vast weten als er hier iemand met het slot zit te knoeien.'

Reacher knikte. 'Ik wil wedden dat hij dat graag zou willen weten,' zei hij. 'Maar ik denk dat hij toch uiteindelijk zijn gezonde verstand zou gebruiken, want hij wil natuurlijk niet dat dat alarm begint te piepen als hij niet in zijn kantoor zit. De kans bestaat dat Danilo er dan toevallig is en het hoort. In dat geval zouden er natuurlijk vragen worden gesteld. Het geheim zou binnen de kortste keren geen geheim meer zijn. Dus geen alarm, denk ik, al zal het hem wel moeite hebben gekost dat idee los te laten.'

'Oké.'

'Klaar?'

Hogan knikte stug.

Abby knikte vastberaden.

Reacher haalde zijn pinpas tevoorschijn, het beste instrument als het op huis-tuin-en-keukensloten aankwam. Hij wurmde de kaart in de kier, prutste net zo lang tot de kaart boog en houvast kreeg op de schoot. Hij rukte de deur naar zich toe in de sponning en een plotselinge combinatie van krachten maakte het eenvoudige mechaniek duidelijk dat er iets in gang was gezet wat de schoot moest beantwoorden door zich terug te trekken uit het kozijn.

Reacher duwde de deur open en stapte naar binnen.

45

De winkel was wel gerenoveerd, maar daarna nooit als zodanig gebruikt. Er hing nog altijd een vage geur van bouwmaterialen. Gips, pleisterwerk, verf. Door het papier op het raam viel een zacht, getemperd licht naar binnen. De winkel was niet meer dan een lege witte ruimte. Een enorme kale kubus. Zonder inrichting. Reacher had geen verstand van winkelinrichting. Kennelijk moest een winkelier die het pand huurde, zelf zorgen voor alles wat nodig was. Toonbanken, kassa's, stellingen en planken.

In de achterwand zat één enkele deur. Keurig omlijst, witgeschilderd en voorzien van een grote messing deurkruk. Geen geheime deur. Erachter lag een korte donkere gang, links een toilet, rechts een kantoortje. Achter in de gang een tweede deur. Ook keurig omlijst, witgeschilderd en voorzien van een grote messing deurkruk. Geen geheime deur. Daar weer achter opnieuw een niet-ingerichte ruimte over de volle breedte van het pand, een meter of zes diep. Links was een opslagruimte, rechts fungeerde als een soort ketelhuis. Er stond een ketel van een heteluchtverwarming, een boiler en een airconditioningsunit. De heteluchtverwarming en de airco deelden hetzelfde buizensysteem. De buizen waren nieuw en glansden. De naden waren afgeplakt met ducttape. Daar was ducttape oorspronkelijk ook voor bedoeld. Er kwamen waterleidingen en gasleidingen omhoog uit de betonvloer. In de achterwand was een grote regeleenheid voor verwarming, ventilatie en airconditioning gebouwd. Reacher had veel van dergelijke installaties gezien in hotelkamers, hoge, smalle eenheden waarmee je alles in één keer kon regelen. Panelen van zekeringenkasten stonden open in de schemer. Geen van de schakelaars was gelabeld.

Geen nieuwe deuren.

Abby zei niets.

Reacher draaide zich om en keek nog een keer. Alles klopte tot hier. Je kon in een rechte lijn door het gangetje, door de winkel naar de buitendeur. Knop omdraaien, deur opentrekken en weg, de straat op. Snel, zonder obstakels. Niets wat je kon hinderen. Helemaal goed, maar geen nieuwe deuren.

'Hij is paranoïde,' zei Hogan. 'Al heeft hij die winkel dan ook nooit verhuurd, hij wist natuurlijk dat er van tijd tot tijd mensen binnen zouden komen. Inspecteurs van de gemeente, ongediertebestrijding, misschien een loodgieter om een lek te repareren. Hij wilde natuurlijk niet dat die mensen een deur zouden zien en zich zouden afvragen wat erachter zat. Misschien zouden ze gaan kijken uit professionele nieuwsgierigheid. Dus heeft hij die deur op de een of andere manier verborgen. Misschien is het niet eens een deur. Misschien alleen maar een paneel of een stuk gipsplaat dat hij er zo van de andere kant kan uitdrukken. Geen regelwerk erachter.'

Kloppend op het gipsplaat liep hij langs de wand. Het geluid veranderde niet, het hield het midden tussen massief en hol, overal.

'Wacht,' zei Reacher. 'Daar staat een ketel voor heteluchtverwarming en daar een airco, en die maken allebei gebruik van hetzelfde buizensysteem. Er zal wel ergens een ingewikkelde thermostaat aan de muur hangen die dat allemaal regelt. Spiksplinternieuw, glanzend en blinkend.'

'Nou, en?' vroeg Hogan.

'Waarom hebben ze dan ook nog zo'n eenheid voor de hele toestand in de achterwand? Ventilatie, airco en verwarming? Als ze hier meer lucht of verwarming nodig hadden, konden ze toch ook gewoon een paar extra roosters in het plafond maken? Dan ben je voor een paar tientjes klaar.'

Ze stonden naast elkaar voor de eenheid en keken ernaar alsof het een beeldhouwwerk in een museum was. Het toestel was ongeveer even groot als Abby. Het onderste twee derde deel was een paneel dat met spanschroeven was vastgezet. Daarboven zaten twee grote knoppen, een voor de keuze tussen verwarmen of koelen, de andere voor het instellen van de temperatuur, van koud naar warm, wat werd duidelijk gemaakt met een dikke rondlopende lijn boven de knop die van blauw naar rood ging. Boven de knoppen zat een rooster waar de lucht uit kwam, verwarmd, dan wel gekoeld, al naar gelang de instelling met de knoppen.

Reacher haakte zijn vingers in het rooster en trok eraan. Rooster en paneel kwamen in één keer los, het paneel kletterde op de vloer. Je hoorde magneten loslaten. De opening die vrijkwam was het begin van een rechte gang die verdween in de duisternis.

Er stonden geen pijlen op de wanden. Er was geen noodverlichting. Abby schakelde de zaklantaarn op haar telefoon in en in het gedempte licht konden ze een meter of drie voor en achter zich kijken. De gang was bijna een meter breed en even nieuw als de gerenoveerde winkel. Gipsplaat, pleisterwerk en verf. Hij liep een eindje rechtdoor, maakte een haakse bocht naar rechts en weer een naar links, alsof hij zich een weg zocht langs en om ruimten van andere mensen heen. Toiletten, kantoren, opslagruimtes, die hier en daar merkwaardigerwijze een meter kleiner waren dan ze volgens de tekeningen zouden moeten zijn. Reacher zag Gregory voor zich met de gedetailleerde bouwtekeningen, hier en daar een halve meter inpikkend, niet-bestaande muren schetsend en alles op elkaar aansluitend. Een tracé als in een doolhof, maar niettemin duidelijk en overzichtelijk. Geen obstakels waarover je kon struikelen, geen dwarsgangen die verdwalen mogelijk maakten. Reacher stelde zich voor dat aan het begin van de gang een zaklantaarn hing, dat Gregory die greep en van de ene haakse bocht naar de volgende rende, met de schouder rooster en paneel van de nepeenheid voor verwarming en airco eruit knalde en door de winkel naar buiten vluchtte.

Behoedzaam liepen ze verder. Door alle haakse bochten en het continu van richting veranderen, was het moeilijk in te schatten hoe lang de gang in werkelijkheid was. In Reachers herinnering was het hele blok vrij groot voor begin twintigste-eeuwse normen. Misschien honderdtwintig meter in het vierkant. Daarvan namen het taxibedrijf en de vergaderzaal en de kantoren erachter misschien een meter of dertig voor hun rekening, misschien vijfenveertig afhankelijk van de vraag hoe ruim alles was opgezet, maar dan hadden ze hemelsbreed in ieder geval nog zo'n vijfenzeventig meter te gaan. In werkelijkheid zou het dan door al dat draaien en keren misschien wel het dubbele zijn. Een minuut of zes, dacht Reacher, als ze zo behoedzaam bleven opereren als ze deden.

Het kostte hun vijfenhalve minuut. Nadat ze een laatste keer een haakse bocht waren omgeslagen, zagen ze in het zwakke schijnsel van Abby's telefoon het einde van de gang. Ze liepen tegen een plaat staal aan die de gang van boven tot onder en van links naar rechts volledig afsloot. Er was een luik in aangebracht, ongeveer zo groot als het paneel van de regeleenheid aan het andere einde van de gang. Een gat waar je gebukt doorheen moest terwijl je je voeten hoog optrok, alsof je aan boord van een onderzeeër was. Aan de rechterkant waren zware scharnieren aan het staal gelast. Het staal was verkleurd door de hitte die daarbij was vrijgekomen. Links zat een zware grendel, die nu niet in de beugels was geschoven. Gregory zou door het gat stappen, het luik achter zich dichtgooien en de grendel in de beugels schuiven. Geen achtervolgers. Geen sleutel. Veel sneller. Aan de muur hing een zaklantaarn, vlak bij de grendel.

Ze trokken zich een eindje terug, twee haakse bochten om en overlegden zo zacht dat ze elkaar amper konden verstaan. 'Waar het om gaat, is de vraag of de scharnieren zullen piepen. Zo ja, dan doen we het snel. Zo niet, dan doen we het langzaam. Oké?'

Hogan knikte stug.

Abby knikte vastberaden.

Ze liepen opnieuw naar het einde van de gang, twee haakse bochten om. Abby hield haar telefoon dicht bij een scharnier. Het zag eruit als een kwaliteitsproduct. Smeedstaal, glanzend, maar geen spoor van vet of olie. Je kon er geen zinnig woord over zeggen. Het luik had geen echte handgreep, alleen twee dikke beugels waarin de grendel werd geschoven. Reacher haakte een vinger achter een van de beide beugels. In gedachten repeteerde hij wat de volgende stap moest worden, langzaam of snel. Aan de andere kant van de muur zou het luik ongetwijfeld achter iets schuilgaan, een eenvoudige vorm van camouflage waarvoor je geen bouwvakkers nodig had die zouden opvallen. Niets waardoor het vertrek er anders uit zou zien. Niets wat Danilo kon zijn opgevallen bij zijn terugkeer. Waarschijnlijk iets wat er al aanwezig was. Zo groot als Abby. Waarschijnlijk een boekenkast. Reacher zou het luik open moeten maken en de boekenkast opzij moeten schuiven, langzaam of snel.

Het bleek snel te moeten. Reacher trok het luik heel voorzichtig naar zich toe, maar al voordat het een centimeter open was, produceerden beide scharnieren een snerpend gekrijs. Dus rukte hij het luik in één keer helemaal open. Het schijnsel van Abby's telefoon viel op het ruwe hout van de achterkant van een of ander zwaar meubelstuk. Reacher duwde er uit alle macht tegenaan en het gevaarte viel met veel gekraak voorover. Uiterst instabiel. Een boekenkast, dat was zeker. Reacher krabbelde eroverheen, het vertrek in.

Gregory had aan zijn bureau gezeten, in zijn groenleren stoel, peinzend over allerlei belangrijke zaken. Hij hoorde de scharnieren vlak achter zich krijsen en had zich half omgedraaid op zijn stoel toen de boekenkast op hem neerstortte. De kast was gemaakt van massief Baltisch eiken, geen meubelplaat met fineer. Hij stond vol boeken en trofeeën en ingelijste foto's. Eerst brak de rand van een van de planken Gregory's schouder. Een fractie van een seconde later barstte zijn schedel onder het geweld waarmee de rand van een tweede plank erop viel, en daarna bezweek hij onder het gewicht van de hele kast. Zijn stoel viel om, zodat hij met zijn slaap tegen de rand van het bureaublad viel, terwijl de rest van zijn lichaam door de massa van de boekenkast onherroepelijk verder naar beneden werd gedrukt, zodat zijn nek in een groteske stand werd gedwongen en als een twijgje brak. Hij was meteen dood. Het extra gewicht dat Reacher eraan toevoegde toen hij over de boekenkast klauterde, deed er verder niet meer toe.

Reacher klauterde over de boekenkast, die als een soort hellingbaan tegen het bureau aan was gevallen. Aan de andere kant van het vertrek zag hij een stel dubbele deuren en daarachter een tweede kantoor waar iemand aan een bureau zat, die nu half overeind kwam, geschokt en verbijsterd. Dat moest Danilo zijn, dacht Reacher. In zijn kantoor was een tweede deur, die ook openstond. Er lag een gang achter. Vanuit die gang klonk het geluid van schrapende stoelpoten en haastige voetstappen op het linoleum. Het snerpende gekrijs en de krakende klap hadden de aandacht getrokken.

Reacher had een Glock in zijn rechterhand en een Glock in zijn linkerhand. Met de Glock in zijn rechterhand hield hij Danilo onder schot. Met de Glock in zijn linkerhand bestreek hij de gang. Hogan klauterde achter hem over de boekenkast, gevolgd door Abby.

'Gregory ligt dood onder de boekenkast,' zei ze.

'Hoe kwam dat?' vroeg Reacher.

‘Hij zat aan zijn bureau. De boekenkast is boven op hem gevallen. Ik denk dat die zijn nek gebroken heeft.’

‘Ik heb die boekenkast omgeduwd.’

‘Technisch gesproken zal dat wel kloppen.’

Reacher dacht even na.

‘Hij heeft geluk gehad,’ zei hij.

Hij knikte naar Danilo en zei tegen Hogan: ‘Arresteer die man. Houd hem heel. Hij en ik moeten nog een belangrijk gesprek voeren.’

‘Waarover?’

‘Dat is wat we zeggen in het leger als we iemand de hersens in gaan slaan.’

‘Begrepen.’

Daarna ontvouwden de zaken zich op een manier die Reacher achteraf deels onvermijdelijk toescheen, alsof de voorzienigheid er een hand in had gehad, maar ook deels cultureel bepaald, deels gedreven door groepsprocessen, blinde loyaliteit en een hopeloos gebrek aan alternatieven. Het was moeilijk precies te duiden, maar het deed hem wel beter begrijpen hoe die stapel lijken op de drempel van het kantoor achter de houthandel had kunnen ontstaan. Ze bleven maar komen. Eerst een grote kerel die zijn blik door het vertrek liet gaan en zijn pistool trok. Reacher wachtte tot hij het in zijn hand had en gaf hem de tijd om zijn bedoelingen duidelijk te maken. Toen schoot hij hem in de borst. Een enkele kogel. Een tweede man stormde naar binnen, kennelijk gedreven door het mallotige idee dat hij dit varkentje wel eens even zou wassen. Dat kon hij niet. Reacher schoot hem neer. Hij viel boven op de eerste aanvaller. En zo was het fundament voor de stapel gelegd. Het bracht niemand op andere gedachten. Ze bleven maar komen. De een na de ander. *Dan hebben we nog steeds al die mensen voor ons, alleen in omgekeerde volgorde*. Hogan had absoluut gelijk. Eerst kwamen de mannen van het hogere echelon uit de kantoren, daarna de spierballen met genoeg hersens om een positie binnen de muren te verdienen, en tot slot de domme spierballen die buiten op straathoeken patrouilleerden. Ze kwamen allemaal, zonder ophouden, allemaal gedoemd het loodje te leggen. In eerste instantie beschouwde Reacher hun offer als iets middeleeuws, maar gaandeweg stelde hij dat beeld bij naar primitievere tijden, naar de dageraad van de mensheid, honderdduizend generaties geleden, de volstrekt irrationele drang zich op te offeren voor instandhouding van de stam, de absolute doodsangst er alleen voor te staan.

Dat had hen destijds doen overleven, maar nu niet. Uiteindelijk klonken er geen haastige voetstappen meer. Reacher wachtte een volle minuut. Voor de zekerheid. Het geluid van zijn pistolen die steeds maar schoten afvuurden maakte plaats voor een diepe, suizende stilte.

Hij keerde zich om naar Danilo.

46

Vergeleken met Reacher was Danilo maar een klein mannetje, bijna een meter tachtig en eerder pezig dan zwaargebouwd. Hogan had hem zijn jasje laten uittrekken en hem van zijn pistool ontdaan en bijgevolg zag hij er naakt en kwetsbaar uit. Hij had al verloren. Hogan had hem opgedragen naast het bureau in het kantoor van Gregory te gaan staan. Dat bureau was een log gevaarte van karamelkleurig hout. De gigantische omgevallen boekenkast lag er schuin overheen. Het gevaarte woog een paar honderd kilo. Boeken en andere spullen lagen her en der verspreid. Vanaf de plek waar Reacher nu stond kon hij Gregory op de vloer zien liggen. Hij lag in de vorm van een letter Z. Ietwat in elkaar gedrukt, maar voor het overige leek hij gezond. Groot en sterk. Maar dood. Jammer.

Reacher haakte een wijsvinger achter de knoop in Danilo's stropdas en manoeuvreerde hem naar een plek met meer ruimte. Hij draaide hem om zijn as, trok zijn schouders recht en tilde zijn kin op.

Hij deed een stap achteruit.

'Vertel eens wat over jullie pornosites op internet,' zei hij.

'Onze wat?' vroeg Danilo.

Reacher sloeg hem. Met vlakke hand, maar bepaald niet zacht. Danilo verloor zijn evenwicht, maakte een halve salto en landde als een oude voddenbaal half op de vloer, half tegen de muur.

'Sta op,' zei Reacher.

Danilo drukte zich langzaam, trillend, eerst op handen en voeten, en toen met zijn handen langs de muur omhoog tot hij stond.

'Probeer het nog eens,' zei Reacher.

'Het is maar bijzaak,' zei Danilo.

'Waar zijn ze?'

Danilo aarzelde.

Reacher sloeg hem een tweede keer met vlakke hand. Zijn andere hand, nog harder dan de eerste keer. Danilo ging opnieuw onderuit, molenwiekend klapte hij met zijn hoofd tegen de muur.

'Sta op,' zei Reacher.

Danilo drukte zich voor de tweede keer langzaam, trillend, eerst op handen en voeten, en toen met zijn handen langs de muur omhoog tot hij stond.

'Waar zijn ze?' vroeg Reacher opnieuw.

'Nergens,' zei Danilo. 'Overal. Het is internet. Er staan stukjes en beetjes op servers over de hele wereld.'

'Waar worden ze beheerd?'

Danilo keek naar Reachers rechterhand. Het patroon begon hem te dagen. Dat was niet zo moeilijk. Rechts, links, rechts. Hij wilde geen antwoord geven, maar hij zou het wel doen.

Hij zei het woord. Niet korf of hol, maar nest, hoog boven de grond. Toen klemde hij zijn kaken op elkaar. Het was een kwestie van door de hond of de kat gebeten worden. Hij kon onmogelijk vertellen waar het was. Het was hun grootste, best bewaarde geheim. Zijn blik bleef gefixeerd op Reachers rechterhand.

'We weten al waar het is,' zei Reacher. 'Je hebt ons niets meer te bieden.'

Danilo antwoordde niet. In de stilte ging plotseling een telefoon over. Een gedempt geluid verderop bij de deur. Een telefoon in een van de zakken van de stapel lijken. De telefoon klingelde zes keer. Toen werd het weer stil. Even later ging een andere telefoon over. Even gedempt en even ver weg. Daarna nog twee.

Het bleef stil. Het geluid van het moederschip dat niet reageerde.

'Het spijt me,' zei Danilo.

'Wat?' vroeg Reacher.

'Wat ik gedaan heb.'

'Maar je hebt het gedaan. Daar valt niets aan te doen.'

Danilo zei niets.

'Ja,' zei Abby.

'Ja,' zei Hogan.

Reacher schoot Danilo een kogel in zijn voorhoofd met de H&K P7 die Hogan hem had afgenomen. Standaard politiewapen in Duitsland, identiek aan die andere. Misschien zelfs wel opeenvolgende serienummers. Misschien in het groot ingekocht voor een mooi prijsje bij een corrupte Duitse politieman. Danilo zakte in elkaar. Wat er van zijn hoofd was overgebleven, kwam tot rust in zijn eigen kantoor, de rest van zijn lichaam in het kantoor van Gregory. Reacher keek om zich heen. *We schakelen ze uit van hoog naar laag. Veel efficiënter*. De lijken lagen verspreid als een organogram. Gregory, Danilo, de stapel luitenants. Overal rinkelden nu mobiele telefoons.

Ze vertrokken langs dezelfde weg waarlangs ze waren gekomen, de gang van de vluchtweg. Ze liepen door de gerenoveerde, nietingerichte winkel, draaiden de deurkruk om, trokken aan de deur en stonden toen buiten op het trottoir. De mannen die op de straathoeken hadden gepost, lagen nog op dezelfde plek. Geen mens zou het in zijn hoofd halen om de politie te bellen bij het zien van lijken in de buurt van een Town Car in het westen van de stad. Zoiets moest je zien als iemands privézaken.

'En nu?' vroeg Abby.

'Gaat het?' vroeg Reacher.

'Zeker. En nu?'

Reacher keek naar de skyline van de stad. Zes torens. Drie kantoorgebouwen, drie hotels.

'Eigenlijk moet ik afscheid gaan nemen van de Shevicks, want misschien krijg ik straks de kans niet meer.'

'Waarom niet?'

'Die houthandel brandt niet eeuwig. Vroeg of laat komt de politie ook weer naar het westen van de stad. Ze zijn hun duizend dollar per week kwijt. Dat maakt ze kwaad. Ze gaan vragen stellen. Dan kun je maar beter niet meer in de buurt zijn.'

'Ga je weg?'

'Ga maar mee.'

Ze gaf geen antwoord.

'Bel Vantresca op en zeg hem dat we naar de Shevicks gaan.'

Ze lieten de Lincoln staan waar hij stond. Een soort verzekering. Een soort verkeersbord: *Geen Vragen Stellen* in plaats van *Verboden te Parkeren*. De zon scheen, geen wolkje aan de hemel. Het was halverwege de middag. Ze liepen terug naar het hotel en namen de lift naar de verdieping waar de Shevicks hun kamer hadden. Maria gluurde naar hen door het spionnetje en liet hen binnen. Barton en Vantresca waren er al.

Vantresca wees uit het raam naar de linker van twee kantoortorens in het westen. Die was ongeveer twintig verdiepingen hoog, had een strakke, rechthoekige vorm, en een glazen pui die het zonlicht weerkaatste. Boven de bovenste rij ramen stond een onopvallende, nietszeggende naam. Misschien van een verzekeringsmaatschappij, maar het zou ook een laxeermiddel kunnen zijn.

'Zeker weten?' vroeg Reacher.

'Het enige nieuwe huurcontract dat past binnen het tijdsbestek. De bovenste drie verdiepingen. Een onderneming waarvan nog nooit iemand heeft gehoord. Er is allerlei raar spul met de lift omhooggegaan.'

'Goed gedaan.'

'Bedank Barton maar. Hij kent iemand die saxofoon speelt, die overdag op ruimtelijke ordening werkt.'

Kennelijk had Vantresca bij aankomst roomservice gebeld, want er klopte een ober aan de deur met een karretje vol eten en drinken. Sandwiches, cupcakes, een schaal koekjes, warm uit de magnetron. Water, frisdrank, ijsthee, gewone thee, en bovenal koffie. Een grote roestvrijstalen thermosfles die schitterde in de zon. Ze aten en dronken samen. Vantresca vertelde dat hij al een schoonmaakploeg, een stukadoor en een schilder naar het huis van de Shevicks had gestuurd en dat ze de volgende ochtend weer naar huis zou kunnen, als ze dat wilden. Dat wilden ze heel graag. Ze bedankten hem dat hij de gaten had laten repareren.

Daarna keken ze Reacher verwachtingsvol aan.

'Eind van de middag,' zei hij. 'Een overschrijving.'

Aaron aarzelde even, beleefd, en vroeg toen: 'Hoeveel?'

'Ik hou eigenlijk van afgeronde getallen. Als het te veel is, moet je de rest maar weggeven aan mensen die in hetzelfde schuitje zitten. Of aan die advocaten, Julian Harvey Wood, Gino Vettoretto en Isaac Mehay-Byford. Die doen goed werk, ondanks die namen.'

Hij haalde de envelop van de pandjesbaas tevoorschijn en gaf de trouwringen, de diamantjes en het horloge met de barst in het glas aan Maria. 'De zaak is opgeheven,' zei hij.

Daarna vertrokken ze. Reacher, Abby, Barton, Hogan en Vantresca namen de lift naar beneden en liepen het hotel uit, de straat op.

Een klein eindje voor de ingang naar de lobby van de kantoortoren was een klein koffiebarretje met een paar tafeltjes achterin. Ze zaten met zijn vijven dicht op elkaar gepakt, met de knieën tegen elkaar om een tafeltje voor vier. Vantresca en Barton vertelden wat ze te weten waren gekomen. De toren was drie jaar geleden opgeleverd. Boven de begane grond lagen negentien verdiepingen, in totaal veertig kantoorsuites. Tot nu toe was het een commerciële flop. De lokale economie haperde. Het onbekende bedrijf had een fantastische slag geslagen met het contract voor de zeventiende, achttiende en negentiende verdieping. De enige andere huurders waren een tandarts, op de tweede, en een makelaar in zakelijk vastgoed op de eerste verdieping. De rest van het gebouw stond leeg.

'Wat zouden de mariniers doen?' vroeg Reacher aan Hogan.

'Waarschijnlijk zouden ze de tandarts en de makelaar evacueren en daarna het gebouw in brand steken. De bewoners van de bovenste verdiepingen zouden dan langs de brandtrappen naar beneden komen, of bovenin mee fikken. In beide gevallen win-win zonder veel inspanning.'

'Wat zouden de pantserdivisies doen?' vroeg Reacher aan Vantresca.

'Standaarddoctrine voor confrontaties in stedelijk gebied is de gevels op de begane grond in puin schieten, zodat het gebouw implodeert. Je moet proberen de straten puinvrij te houden. Alles wat een minuut later nog beweegt, leg je het zwijgen op met een mitrailleur.'

'Oké,' zei Reacher.

'Wat zouden jullie bij de MP doen?' vroeg Vantresca.

'Ongetwijfeld iets heel subtiels en ingenieus, gezien ons gebrek aan materieel.'

'Zoals?'

Reacher dacht even na en vertelde het hun toen.

47

Vijf minuten later verliet Barton het koffiebarretje op weg naar een fictieve afspraak met de tandarts. Reacher en de anderen bleven waar ze waren. Het was een handige uitvalsbasis. Dichtbij. Ongetwijfeld was de man achter de counter een informant van de Oekraïners, maar er waren geen Oekraïners meer die zich lieten informeren. Reacher zag dat de man twee keer iemand probeerde te bellen, maar er werd blijkbaar niet opgenomen. De man staarde verbaasd naar zijn telefoon.

Vervolgens vertrokken Vantresca en Hogan om eens een goed gesprek te gaan voeren over zakelijk vastgoed. Reacher en Abby bleven in het koffiebarretje achter. Hun portretten waren via Oekraïense telefoons verspreid. Het leek hun verstandig om niet te vroeg mee te doen aan het feest.

De man achter de toonbank probeerde een derde keer te bellen.

Er werd niet opgenomen.

'Volgens mij kunnen we vanavond weer terug naar mijn huis,' zei Abby.

'Ik kan geen enkele reden bedenken waarom niet,' zei Reacher.

'Tenzij jij voor het einde van de dag vertrekt.'

'Het hangt ervan af wat er gebeurt. Misschien moeten we alle vijf op de vlucht.'

'Maar veronderstel eens van niet.'

'Dan gaan we vanavond naar jouw huis.'

'Voor hoelang?'

'Wat zou jouw antwoord op die vraag zijn?' vroeg Reacher.

'Niet voor altijd, denk ik,' zei Abby.

'Dat is ook mijn antwoord, zij het dat ik sneller dan de meeste mensen het gevoel krijg dat het gras aan de andere kant van de heuvel groener is.'

'Hoeveel sneller?'

Hij keek uit het raam, naar de bakstenen en de harde schaduwen van de tweede helft van de middag. 'Ik heb inmiddels het gevoel dat ik hier al eeuwen ben,' zei hij.

'Dus je vertrekt toch.'

'Ga mee.'

'Wat is er mis met hier blijven?'

'Wat is er mis met niet hier blijven?'

'Niets,' zei ze. 'Ik klaag niet, ik wil het alleen graag weten.'

'Wat wil je weten?'

'Hoelang wij nog bij elkaar zullen zijn, zodat ik er maximaal van kan genieten.'

'Wil je niet met mij mee?'

'Ik kan tussen twee dingen kiezen. Aan de ene kant een fijne herinnering met een begin en een einde, aan de andere kant iets wat langzaam uitdooft, waarbij ik langzamerhand moe word van motels en liften en lopen. Ik kies voor de herinnering, of voor een geslaagd experiment. Dat komt minder vaak voor dan je denkt. Het klikte tussen ons, Reacher.'

'Het is nog niet voorbij. Je moet niet op de zaken vooruitlopen.'

'Maak je je zorgen?'

'Ik ben beroepsmatig op mijn hoede.'

'Maria heeft me verteld wat je tegen haar hebt gezegd, dat er een dag komt dat je zult verliezen, alleen niet vandaag.'

'Ik probeerde haar op te vrolijken. Meer niet. Dat had ze nodig. Ik had wel van alles kunnen zeggen.'

'Ik denk dat je het meende.'

'Het is iets wat je in het leger leert. Het enige waar je zelf greep op hebt is hoe hard je je best doet. Met andere woorden, als je echt je stinkende best doet en als je over de juiste inlichtingen beschikt en als je goed plant en alles perfect uitvoert, alles helemaal honderd procent precies zoals het moet, dan win je.'

'Dat klinkt bemoedigend.'

'Zo zijn ze in het leger. Wat ze eigenlijk bedoelen is dat het helemaal je eigen schuld is als het fout gaat.'

'Tot nu toe gaat alles goed vandaag.'

'Maar het wordt nu een ander spel. We vechten nu tegen Moskou, niet tegen een stelletje pooiers en kruimeldieven.'

'Ook mensen van vlees en bloed.'

'Maar beter georganiseerd, gegarandeerd. Een betere planning, de beste kwaliteit. Minder zwakke schakels, minder fouten.'

'Dat klinkt niet bemoedigend.'

'Ik denk dat het ongeveer fiftyfifty is. Winnen of verliezen, maar dat vind ik prima, ik houd van eenvoudige plaatjes.'

'Hoe gaan we het doen?'

'Inlichtingen, planning, uitvoering. Eerst gaan we net zoals zij denken, dat is niet moeilijk. We hebben ze eindeloos bestudeerd. Vantresca weet daar alles van. Het zijn slimme mensen, goed georganiseerd, bureaucratisch, behoedzaam, zorgvuldig, geneigd goed na te denken en pijnlijk rationeel.'

'Hoe kunnen we dan ooit winnen?'

'We gaan misbruik maken van dat rationele,' zei Reacher. 'We gaan iets doen wat een rationeel denkend mens nooit in zijn hoofd zou halen, iets wat compleet waanzinnig is.'

Op dat moment kwam het eerste inlichtingenrapport binnen. Barton stapte over de drempel, knikte naar hen en liep naar de counter. Hij bestelde koffie en kwam ermee naar hun tafeltje. Hij ging zitten, maar nog voordat hij van wal kon steken, kwam het tweede inlichtingenrapport binnen. Hogan en Vantresca stapten over de drempel. Ze kwamen direct naar de vergadertafel. Iedereen deed zijn best om voldoende ruimte te maken zodat ze zich ertussen konden wurmen. Met zijn vijven aan een tafeltje voor vier.

'De lobby heeft aan de straatkant alleen maar glas,' zei Barton. 'Je gaat naar binnen door een draaideur. In de achterwand van de lobby zitten links en rechts twee deuren naar een trappenhuis en daartussenin drie liften. Daarvoor draaihekjes en een balie met bewaking. Achter die balie zit volgens mij iemand van een ingehuurd beveiligingsbedrijf.'

'Is dat alles?' vroeg Reacher.

'Ik neem aan dat de man achter de balie door de eigenaar van de toren wordt geleverd,' zei Barton. 'Maar er staan ook vier man met een pak aan en een stropdas om. Ik neem aan dat die door iemand anders worden betaald. Twee staan pal achter de draaideur. Ze vroegen wat ik kwam doen. Ik zei dat ik voor de tandarts kwam. Toen stapten ze opzij en wuifden ze me verder, naar de balie van de beveiliging. Die ingehuurde bewaker wilde alles nog een keer weten.'

Reacher keek Hogan en Vantresca aan. 'Bij jullie net zo?' vroeg hij.

'Precies zo,' zei Vantresca. 'Een behoorlijk adequate vooruitgeschoven post, maar daarna wordt het nog beter. Die andere twee in het pak staan achter de draaihekjes, bij de liften. Die liften zijn voorzien van een nieuw bedieningspaneel. Van die panelen die je in echt hoge torens ziet waar duizenden mensen komen. Je drukt op de knop van de etage waar je naartoe wilt en dan wordt op het scherm aangegeven bij welke lift je moet wachten. Vervolgens ga je met die lift naar die verdieping. In de lift zelf zitten geen knoppen. Een heel efficiënt systeem, maar volstrekt overbodig voor zo'n klein torentje, al hebben ze er natuurlijk een reden voor, en dat is dat die twee bewakers je niet zelf op een knop laten drukken. Dat doen zij voor je. Ze vragen je waar je moet zijn, jij vertelt het ze, zij drukken op een knop en zeggen waar je moet wachten. Dan stap je in de lift en er weer uit als de deuren opengaan. Je hebt geen enkele andere keuze.'

'Hangen er camera's in de lobby?'

'Er zit een klein glazen pukkeltje op het bedieningspaneel. Dat is ongetwijfeld een fisheye-lens, waarvan de beelden boven live te zien zijn.'

Reacher knikte. Hij keek Barton aan.

'Hoe was het bij de tandarts?'

'De tweede verdieping bestaat uit allemaal kleine kantoorruimtes aan een gang die rondom de kern van het gebouw loopt. Die kern is aan drie kanten een blinde muur. Ik ben de trap op gelopen naar de derde verdieping, daar was het hetzelfde. Op de vierde verdieping waren er aan de achterkant twee grotere kantoorsuites. Daar kon ik niet helemaal rond de kern lopen. De blinde muur aan de achterkant van de kern zal daar wel een wand van de kantoorsuites zijn.'

'We zijn met de trap naar de vijfde gegaan en hebben daar gekeken,' zei Hogan. 'Hoe hoger je komt, hoe groter de kantoorsuites worden. Je kunt er rustig van uitgaan dat de achttiende verdieping één grote kantoortuin is. De liften komen in het midden uit. Dat heeft de architect ze aangereikt. Ik wil wedden dat ze de rest er allemaal zelf in hebben gebouwd, precies zoals ze het wilden hebben.'

'Om te beginnen die kooi,' zei Reacher.

'Gegarandeerd,' zei Vantresca. 'Het is nog eenvoudiger dan we dachten, omdat het gebouw wel hoog is maar niet uitzonderlijk veel vloeroppervlak heeft. Er is maar één kern met alle servicevoorzieningen en per verdieping vijf structurele openingen. Die zitten allemaal naast elkaar, met één kooi beheers je ze allemaal. Je hoeft helemaal niets dicht te lassen. Je hebt genoeg aan een kooi van een meter of twee diep vanaf de deur van het ene trappenhuis tot voorbij de deur van het andere trappenhuis. Dan heb je alle deuren, liftdeuren en deuren van trappenhuizen in de kooi. Eén langwerpige ontvangstruimte. Daar sta je dan een minuut niets te doen terwijl gewapende mannen naar je staan te kijken door het gaas. Bij het hek waardoor ze je naar binnen laten staan nog meer mannen met wapens. Misschien zit er een elektronisch slot op dat hek. Misschien is het een dubbel hek, een soort luchtsluis.'

'Vloeren en plafonds?'

'Beton, nergens duidelijke openingen. Alles wat omhoog- en omlaaggaat, zit in de kern bij de liftschachten.'

'Oké,' zei Reacher.

'Hoezo oké?'

'Behoedzaam, zorgvuldig, geneigd goed na te denken en rationeel. Dat zei ik tegen Abby.'

'En paranoïde. Je kunt er donder op zeggen dat ze op de zeventiende en de negentiende verdieping dezelfde voorzieningen hebben getroffen met een vrijwel ondoordringbare bufferzone als resultaat.'

Reacher knikte. 'Het is van een bijzondere schoonheid,' zei hij. 'Je kunt er op geen enkele manier in.'

'Hoe gaan we het dan doen?'

'We gaan eerst maar eens winkelen.'

'Hè?'

'Bij een bouwmarkt.'

De dichtstbijzijnde bouwmarkt was een filiaal van een grote keten, vol wervende reclame over de handen ineenslaan en niet tot morgen wachten. Moskou zou welwillend hebben ingestemd met de keuze. De winkel was groot genoeg om hun te bieden wat ze zochten, maar weer niet zo groot dat er veel keuze was. Dat maakte het des te gemakkelijker. Per slot van rekening was een leermes een leermes en een afkortzaag is een afkortzaag, enzovoort en zo verder. Ze kochten allemaal een eigen gereedschapstas. Daar stond weliswaar de naam van de winkel op, maar ze zagen er professioneel uit. Gezim Hoxha betaalde vanuit het ziekenhuis voor de aankopen en had voor dat doel zijn aardappelvormige portefeuille afgestaan.

Ze pakten de tassen zorgvuldig in en sloegen ze over de schouder. Ze liepen terug in de richting van de toren, maar stopten dit keer niet bij het koffiebarretje. Dit keer liepen ze met z'n allen ook het laatste stukje naar de ingang van de toren.

48

Zoals Barton had verteld, was de pui van de lobby van glas. Dat betekende dat de mannen in de lobby hen zagen aankomen toen ze nog een meter of tien te gaan hadden, een paar seconden in dit tempo. Reacher hoopte maar dat het net genoeg was om tot besluiteloosheid en verwarring te leiden. Vijf mensen die ietwat gehaast komen aanlopen, was vanzelfsprekend verdacht. Maar vijf mensen met een gereedschapstas iets minder, want het konden loodgieters zijn die gebeld waren voor een haastklus, zoals het repareren van een gesprongen leiding. Of elektriciens. Maar één van hen was een vrouw. Alhoewel, dat kon natuurlijk wel, toch? In Amerika. En die ene kerel leek wel erg op de man uit Kiev van wie Gregory de foto had verspreid voordat hij niets meer van zich had laten horen. Was de man uit Kiev een loodgieter? Niet meer dan kleine opborrelende gedachten, die net genoeg beslag op het denkvermogen legden om de reactiesnelheid met een fractie van een seconde te doen afnemen.

Want tegen de tijd dat de mannen in de lobby eruit waren, draaide de draaideur op volle toeren en spuugde hij achtereenvolgens Reacher, Hogan en Vantresca uit. Daarna Barton en tot slot Abby. Allemaal diepten ze pistolen op uit hun tas. Ze verspreidden zich. Hogan en Vantresca sprintten recht vooruit, Abby rende achter hen aan. Reacher en Barton staken de loop van hun pistool onder de kin van de twee mannen bij de ingang en drongen hen achteruit. Hogan, Vantresca en Abby sprongen over de draaihekjes. Hogan en Vantresca kegelden de beide mannen bij de liftdeuren omver, terwijl Abby slippend tot stilstand kwam voor het bedieningspaneel van de liften.

Klaar voor de close-up. Ze bleef heel even roerloos staan, een silhouet in het tegenlicht dat vanaf de straat naar binnen viel. Fijngebouwd, ondeugend en jongensachtig, tenger en helemaal in het zwart gekleed, een gekantelde heup en een Glock 17 in haar hand. Performancekunst. Een schim uit een nachtmerrie.

Toen boog ze voorover en spoot met een spuitbus verf over het kleine vissenoog. Matzwarte verf uit de bouwmarkt. Op datzelfde moment begon Barton de glazen pui wit te spuiten, alsof de lobby werd voorbereid op een ingrijpende verbouwing, vergelijkbaar met het met krantenpapier beplakte, gerenoveerde winkelpand met de nooduitgang van Gregory. De vier mannen in pakken stonden dicht bij elkaar, onder schot gehouden door Vantresca en Reacher. Hogan zocht in zijn tas de kabelbinders die ze in de bouwmarkt hadden gekocht om de mannen te boeien.

De ingehuurde bewaker achter de balie keek nerveus toe.

'Werk je voor die lui hier?' riep Reacher naar hem.

'Nee, meneer, absoluut niet,' riep de man terug.

'Maar je zit hier wel. Je hebt een verantwoordelijkheid, op zijn minst naar de eigenaar van het gebouw. Misschien heb je zelfs wel een ambtseed afgelegd. Als we je laten lopen, ben je min of meer verplicht de politie in te lichten. Je lijkt me een man van principes. Daarom kunnen we jou maar het beste ook vastbinden. Misschien zelfs blinddoeken. Dan laten we je op de vloer achter de balie liggen. Achteraf kun je alles ontkennen. Hoe klinkt dat?'

'Dat is waarschijnlijk het beste,' zei de man.

'Doe eerst de buitendeur maar eens op slot.'

De man stond op.

Dat was het moment dat het fout ging, dat het plan dat tot dan toe zo voorspoedig was verlopen, ontspoorde. Alhoewel Reacher achteraf, als hij er goed over nadacht, vond dat alles zich toen juist precies ontwikkelde zoals hij dat het liefste zag. Iets waarop hij stiekem had gehoopt en waarvoor de afkortzagen noodzakelijk waren.

Iets wat compleet waanzinnig is.

Hogan bukte zich om de enkels van de eerste van de vier mannen met een kabelbinder te boeien. De man raakte misschien in paniek, of hij werd overvallen door een soort wanhopige heldenmoed, of het was een combinatie van beide, misschien hoopte hij ook wel dat hij de anderen zou inspireren zich te verzetten, maar hoe dan ook, hij schoot plotseling overeind, recht op Vantresca af, met een woeste blik in de ogen en met de wilde kracht van doodsnood. Hij wierp zich min of meer direct op de loop van Vantresca's pistool.

Vantresca deed alles goed. Vanuit een ooghoek zag Reacher hoe Hogan opzij wegrolde, zoals het een goede marinier betaamt om de stampende voeten van de woesteling te mijden en uit de vuurlijn van Vantresca te komen. Vantresca zag dat zich niemand achter de woesteling bevond, dat er geen gevaar was dat een kogel die dwars door de woesteling heen zou gaan iemand anders zou raken die zich daarachter bevond. Hij wist dat ze in een uit beton opgetrokken toren waren en besefte dat er ook geen gevaar was dat een kogel zich door een muur zou boren en per ongeluk een slachtoffer in een ander vertrek zou maken. Hij wist zelfs dat het schot relatief weinig lawaai zou maken omdat de borstkas van de woesteling als een enorme geluiddemper zou fungeren.

Vantresca haalde de trekker over.

Niemand raakte geïnspireerd om zich te verzetten. De andere drie mannen verroerden zich niet.

'O, shit,' zei de ingehuurde bewaker.

'Jij komt zo aan de beurt,' zei Reacher. 'Doe eerst maar de deur op slot.'

Op de achttiende verdieping viel het iemand op dat het scherm met beelden uit de lobby op zwart was gegaan. Niemand wist hoelang het al zo was. In eerste instantie dachten ze dat het een storing was, tot iemand opmerkte dat het zwart niet het volstrekte zwart was van een storing, niet het zwart van elektronica die niet meer met stroom wordt gevoed. Het was iets anders. Dus spoelden ze de opname op de harde schijf terug en zagen ze bij de herhaling een jonge vrouw die de lens zwart spoot met een spuitbus, nadat ze eerst nog even met een pistool had geposeerd. Nadat ze nog eerder vanaf de draaideur naar de liften was gerend, in het kielzog van vier andere mensen, allemaal verschillend gekleed, maar wel met dezelfde gereedschapstas. Een team, een speciale eenheid. Geleid door een vrouw. Het was per slot van rekening Amerika.

Natuurlijk hadden ze meteen naar de lobby gebeld. Voor de zekerheid. Vier aparte telefoonnummers, vier keer geen gehoor. Waar ze al bang voor waren, omdat het was wat ze verwachtten. Het was overal hetzelfde de afgelopen uren. Ze probeerden zelfs de ingehuurde bewaker van het gebouw aan de lijn te krijgen. Ze hadden het nummer van zijn vaste lijn op die belachelijke balie van hem.

Geen gehoor.

Volledig afgesneden van de buitenwereld. Geen informatie over wat dan ook. Nu zelfs niet meer uit de lobby. Geen idee wat er aan de hand was. Niets op tv, niets op het nieuws. Geen items over de inzet van mobiele eenheden of SWAT-teams. Geen woordvoerders die in afwachting waren van nieuwe persberichten.

Ze probeerden nog een keer alle hun bekende nummers.

Geen gehoor.

Toen hoorden ze het gerommel van een van de liften. De middelste.

De liftcabine arriveerde met een sissend geluid.

De deuren schoven open, soepel en ruisend.

Op de achterwand van de cabine had iemand met een spuitbus het Oekraïense woord voor *loser* gespoten. Onder de druipende cyrillische letters zat een van hun eigen mannen, een van de mannen uit de lobby, in zijn zwarte pak met zijn stropdas, onderuitgezakt, de benen gespreid, de armen wijduit. Hij was in zijn borst geschoten.

Zijn hoofd was van zijn romp gezaagd. Zijn hoofd was klemgezet tussen zijn dijen.

De deuren schoven weer dicht, soepel en ruisend.

De lift rommelde.

De cabine begon aan zijn terugtocht naar de lobby.

Afgesneden van de buitenwereld. Geen contact. Iedereen die niet belast was met een heel specifieke taak die continu aandacht vereiste, kwam naar de liften. Buiten de kooi. Dicht bij het gaas. Ze staarden door het gaas en stonden daar alsof ze zo meteen weddenschappen zouden afsluiten. Sommigen recht voor de middelste lift, alsof ze verwachtten dat hij opnieuw omhoog zou komen met dat vreselijke schouwspel. Anderen stonden bij de linkerlift en de rechter. Een paar stonden dichter bij de deuren van de trappenhuizen. De wildste theorieën deden de ronde.

Ze wachtten.

Er gebeurde niets.

Sommige mensen wisselden van plaats, alsof het wachten op de een of andere manier iets veranderde in de verwachtingspatronen, alsof door het wachten het ene scenario aan overtuigingskracht won ten koste van het andere. Of juist andersom.

Ze wachtten.

Ze probeerden nog maar eens drie nummers te bellen. Een laatste keer. Eerst dat van Gregory, daarna dat van Danilo, en tot slot het nummer van de wachtcommandant beneden in de lobby. Ze verwachtten er niet veel van.

Geen gehoor.

Ze wachtten en wisselden zo nu en dan van plaats.

Ze luisterden.

De lift rommelde. Dit keer de linkerlift.

De cabine arriveerde met een sissend geluid.

De deuren schoven open, soepel en ruisend.

Op de vloer van de cabine lag een van de vier mannen uit de lobby. Zwart pak en stropdas. Hij lag op zijn zij, aan handen en voeten geboeid, polsen en enkels op zijn rug bij elkaar gebonden met kabelbinders. Hij had een prop in zijn mond die met een zwarte om zijn hoofd geknoopte lap op zijn plaats werd gehouden. Hij wurmde en trappelde, smeekte wanhopig met zijn ogen, probeerde de prop uit zijn mond te persen, probeerde erdoorheen te schreeuwen, *haal me hieruit, haal me hieruit*. Hij knikte met zijn hoofd alsof hij wilde zeggen: *toe dan, ja, ja, het is veilig, kom me halen*. Hij begon met zijn lichaam te hoppen alsof hij probeerde de drempel te bereiken.

De deuren schoven dicht, soepel en ruisend.

De cabine begon aan zijn terugtocht naar de lobby.

In eerste instantie zei niemand iets.

'We moeten hem helpen,' zei iemand uiteindelijk.

'Hoe dan?' vroeg een ander.

'We hadden sneller moeten reageren. Op de een of andere manier is hij daar beneden ontsnapt. We hadden hem moeten helpen.'

'Er was niet genoeg tijd.'

De man die als eerste iets had gezegd keek om zich heen. Eerst van waar hij stond naar het hek, van het hek naar het toetsenbord met de code om het hek te openen, en vanaf daar naar de deuren van de linkerliftschacht, in de kooi. Hij timede het in gedachten. Deuren die openschuiven, deuren die weer dichtschuiven. Nee, te weinig tijd. Vooral als je er rekening mee hield dat je niet meteen in actie kon komen omdat je even verstijfde van schrik.

Het was niet te doen.

'Jammer,' zei hij. 'Hij was ontsnapt en we hebben hem zo weer naar beneden gestuurd.'

'Ontsnapt? Hoe dan?'

'Misschien stonden ze op het punt om zijn hoofd eraf te zagen, maar is het hem gelukt om weg te rollen, de lift in, en kwam die lift naar boven en wilde hij dat we hem zouden redden. Hij was maar twee meter van ons vandaan.'

Niemand zei iets.

'Luister,' zei de man.

De lift rommelde.

Opnieuw kwam de linkerlift omhoog.

'Maak het hek open,' zei de man.

'Dat mag niet.'

'We moeten deze keer op tijd zijn.'

Niemand zei iets.

De lift rommelde.

'Ja...' zei iemand anders. 'Maak dat kuthek open. We kunnen die arme klootzak geen tweede keer weer naar beneden sturen.'

Van de wereld afgesneden. Geen orders, geen leiding.

'Maak dat hek open,' zei een derde.

De man bij het hek toetste de code in. Na de ingeprogrammeerde vertraging klikte het slot. Het hek zwaaide open. Vier mannen stapten erdoorheen, het pistool getrokken, behoedzaam, tot het uiterste gespannen. De anderen bleven achter het gaas staan wachten en keken toe.

De lift rommelde.

De cabine arriveerde met een sissend geluid.

De deuren schoven open, soepel en ruisend.

Op de vloer van de cabine lag dezelfde man. Zwart pak en stropdas. Aan handen en voeten geboeid, een prop in zijn mond, wurmend en trappelend en wanhopig smekend met zijn ogen, knikkend met zijn hoofd en hoppend met zijn lichaam.

De vier mannen vlogen op hem af om hem te helpen.

Het was echter niet dezelfde man. Het was Vantresca. Doorsnee bouw. Hij paste in het pak. Hij was niet geboeid. Hij hield twee Glocks 17 in zijn handen achter zijn rug. Die haalde hij nu tevoorschijn. Hij vuurde vier keer, snel, gericht en doelbewust.

Op dat moment schoven de deuren van de rechterlift open. Reacher stapte uit de cabine, gevolgd door Hogan, Barton en Abby. Vier pistolen. Hogan vuurde als eerste. *Mensen die dicht genoeg bij het toetsenbord staan waarmee het hek wordt bediend, moeten koste wat het kost als eerste worden uitgeschakeld*, had Reacher gezegd. Daar had Hogan drie kogels voor nodig. Ondertussen schiep Reacher ruimte bij het gaas. Hij vuurde in de ruggen en half naar hem toegekeerde ruggen van al die mensen die als verlamd toekeken hoe Vantresca liggend op de vloer van de liftcabine hun maten onder vuur nam. Barton hield de ene helft van de gang onder schot. Abby de andere helft.

Het was al bijna voorbij voordat het goed en wel was begonnen. Het kon ook niet anders. Als oefening een fluitje van een cent. De aanvallende partij maakte gebruik van het verrassingselement en beheerste vervolgens vanuit één punt een breed uitwaaierend vuur in een rechthoekige ruimte. De enige van de eigen partij die zich in het schootsveld bevond, lag in een kogelvrije betonnen schacht en verzorgde vanuit die hoek een effectief kruisvuur. Aan alle eisen voor een eenvoudige overwinning was voldaan. De hoofdprijs was de verovering van het hek. Het stond nog steeds open. Het was een of ander gecompliceerd slot, misschien elektronisch bediend, op dat moment uitgeschakeld. Er hing een toetsenbord aan het gaas.

Reacher stapte door het hek en betrad de geheime ruimte erachter, gevolgd door Hogan, Abby, Barton en tot slot Vantresca in zijn geleende pak, dat hij afklopte na zijn optreden op de vloer van de lift.

49

Ergens in een verloren hoekje van Reachers brein werden ingewikkelde berekeningen uitgevoerd, waarbij het totale aantal vierkante meters vloeroppervlak van de achttiende verdieping werd gedeeld door het totale aantal gesneuvelden bij de kooi voor de liften, wat een uitkomst opleverde die, rekening houdend met het feit dat er ongetwijfeld ruimere accommodatie was voor de belangrijke nerds, terwijl het voetvolk waarschijnlijk dicht op elkaar gepakt gebruik moest maken van accommodatie met een barakachtige kwaliteit, erop neerkwam dat de achttiende verdieping al behoorlijk ontvolkt was. Dat moest wel. Heel veel meer manschappen konden er niet meer zijn, tenzij ze met drie man een bed hadden gedeeld, of op de grond sliepen. Eenvoudig rekensommetje.

Tegelijkertijd dacht Reacher dat het niet uitmaakte. *Het is helemaal je eigen schuld als het fout gaat.* Hij drukte zich tegen een muur van het kantoor en gluurde met één oog om een hoek. Voor hem lag een tweede gang. Even breed, links en rechts deuren. Misschien kantoren of slaapkamers, met badkamers ertegenover. Of bergruimte, een laboratorium, een zenuwcentrum, een nest of een korf of een hol.

Hij vervolgde zijn weg, gevolgd door Hogan en dan Abby. Barton en Vantresca sloten de rij. Het eerste vertrek links was een soort wachtpost, nu leeg, verlaten. Er stond een bureau met een stoel erachter, maar er was niemand. Op het bureau stonden twee flatscreens. Op een ervan was een etiketje geplakt met *Lobby*. Het scherm was zwart, omdat de lens beneden zwart was gespoten. Op de andere flatscreen was een etiketje geplakt met *18*. Het scherm vertoonde het beeld van een camera die hoog aan de muur tegenover de liftdeuren was opgehangen en naar beneden was gericht. Er waren een heleboel lijken te zien, meer dan tien.

Dat zei ik al, gaf zijn brein te kennen.

Reacher vervolgde zijn weg. Het eerste vertrek aan de rechterkant was ook verlaten. Er was een raam van de vloer tot het plafond, op het noorden, met uitzicht op de stad beneden. Er stonden vier leunstoelen en een zoemende koelkast. Op een tafeltje stond een koffiezetapparaat. Een soort wachtkamertje, of een rustkamertje, handig voor de wacht, zo dicht bij de liften.

Ze slopen verder. Ze kwamen niemand tegen en zagen niets. Geen mensen en geen technische apparatuur. Reacher had geen idee wat hij zich bij dat laatste moest voorstellen. Hij was blijven steken bij de beschrijving die Abby er in het begin van had gegeven. *Net als in de film. Een krankzinnige professor in een laboratorium vol knipperende en blinkende machines en het geknetter van elektrische ladingen.* Bij het woord server dacht Reacher aan iemand die serveerde bij tennis, of een soort mannelijke serveerster. Vantresca dacht dat de hele installatie niet omvangrijker zou zijn dan een stuk of vijf laptops. 'Cloud based' noemde hij dat. Hogan voorspelde een gekoeld, kil vertrek vol wit laminaat.

Ze slopen verder.

Ze zagen niets.

'Wacht,' fluisterde Reacher. 'We verknoeien onze tijd. Dit is geen standaard operatie. Dit is de laatste ronde van het gevecht. Ik denk dat de gruwelijke krijgsheer iedereen die hij maar kon missen naar die kooi bij de liften heeft gestuurd. Alleen wie daadwerkelijk aan het werk was op dat moment, is achtergebleven en heeft het tot nu toe overleefd. Dus houden ze zich nu schuil. Ze zullen zich doodvechten.'

'Hoeveel, denk je?' vroeg Hogan.

'Dat interesseert me niet,' zei Reacher. 'Als Trulenko er maar bij zit.'

'Als ze niet meer dan zes laptops hebben, zijn het misschien maar een paar mannen.'

'En bewakers,' zei Reacher. 'Zoveel als er in opdracht van Moskou permanent in de ruimte moeten zijn. Of in ieder geval diegenen die gedisciplineerd genoeg waren om te blijven. En dan zijn het er waarschijnlijk minder.'

'Moskou zou orders hebben gegeven voor een heel regiment,' zei Vantresca.

'Het zal wel afhangen van de afmetingen van de ruimte.'

'Als ze niet meer dan zes laptops hebben, kan het wel een bezemkast zijn. Waar dan ook, hier op deze verdieping. Misschien wel achter een geheime deur in een bezemkast.'

'Nee, want Trulenko wil ramen,' zei Abby. 'Vooral zulke ramen als in dit gebouw. Ik wil wedden dat hij verliefd is op het uitzicht.

Ik wil wedden dat hij niets liever doet dan voor het raam staan en naar buiten kijken en zich heer en meester voelen over die nietige onderkruipsels daar beneden. Ook al is hij een mislukkeling en in alle opzichten gewoon een gevangene.'

'Wacht,' zei Reacher nog een keer. Hij keek Barton aan. 'Jij zei dat je op de derde verdieping helemaal om de kern van het gebouw kon lopen. Aan drie kanten langs een blinde muur, maar dat kon niet op de vierde, omdat er aan de achterkant grotere kantoorsuites waren, waar die blinde muur een muur van het kantoor zou zijn.'

'Ja,' zei Barton.

'Dat lijkt me een goede muur om gebruik van te maken,' zei Reacher. 'Toch? Dichter bij al het op en neer gaande kabel- en leidingwerk achter de liften kun je niet komen.' Hij keek Vantresca aan. 'Als jullie destijds bekabeling moesten aanleggen, maakte het je dan ook iets uit hoe lang de kabels werden?'

'Ja,' zei Vantresca. 'Hoe korter hoe beter.'

'Want?'

'Kabels zijn kwetsbaar.'

Reacher knikte.

'Mechanisch niet robuust,' zei hij. 'Bovendien krijgt die muur als eerste wat water en elektriciteit te bieden hebben, en als de generator in een noodgeval aanslaat, is die muur ook als eerste aan de beurt. Ik wil wedden dat Moskou verordonneerd heeft dat ze daar gebruik van moesten maken.' Voor hun nest, of hun korf of hun hol waarin alles zoemt of gonst of bromt, dacht Reacher. 'Dat nest hebben ze tegen die achterwand van de kern gebouwd, tot aan de ramen, omdat Moskou die muur voorschreef en Trulenko het uitzicht eiste. Wat moesten ze anders?'

'Dat is een grote ruimte,' zei Vantresca.

Reacher knikte.

'Even groot als de lobby op de begane grond,' zei hij. 'Precies dezelfde ruimte, maar dan honderdtachtig graden gedraaid en achter de kern geschoven.'

'Groot genoeg voor een heel regiment.'

'Op zijn minst voor een paar pelotons infanteristen.'

'Misschien voor helemaal niemand,' zei Abby. 'Vanwege de menselijke natuur. Deze lui komen uit Oekraïne. Moskou is een bevoogdende big brother. Ze bedenken hun eigen regels. Wat maakt het nu uit of ze wel of niet daadwerkelijk in die ruimte zijn? Ze hebben toch hun kooi? Het is overal even veilig. Misschien wil Trulenko helemaal niet dat ze hem steeds maar op de vingers kijken in de ruimte waar hij werkt. Dat is ook de menselijke natuur.'

'Situatie C,' zei Hogan. 'Er moet iemand zijn.'

'Misschien niet meer,' zei Abby. 'Ze zijn al twee uur volledig afgesneden van de buitenwereld. Ik denk dat ze zonder erbij na te denken naar buiten zijn gekomen om op de barricades te vechten, bij het gaas. Ik denk dat ze de neiging om dat te doen niet konden weerstaan. Vanwege de menselijke natuur. Je gaat niet ergens in een gangetje zitten wachten op het onvermijdelijke.'

'De knappe koppen op de academie zouden dit een breed scala aan vooronderstellingen noemen, variërend van nul personen tot een heel regiment in één vertrek.'

'Hoeveel denk jij?'

'Dat interesseert me niet,' zei Reacher. 'Als Trulenko er maar bij zit.'

'Nee, echt.'

'Het draait om verhoudingen. Het hangt ervan af hoeveel nerds ze hebben. Misschien zitten er wel hele rijen.'

'Nee,' zei Vantresca. 'Hier zitten de specialisten. Het werkvolk zit elders, in de cloud.'

'Of bij mama thuis, in de kelder.'

'Waar dan ook,' zei Vantresca. 'Trulenko is de artiest. Hij zit daar met een handjevol anderen, misschien maar één of twee.'

'Oké,' zei Reacher. 'Dan gaat het om vier bewakers, of om één. Waarschijnlijk vereist situatie C permanent een team van vier man binnen handbereik. In het ergste geval zijn ze zo gedisciplineerd dat ze zich daaraan houden. In het gunstigste geval heeft Abby gelijk en is Trulenko daar niet van gediend. In dat geval hebben ze misschien onderling iets geregeld. Dat heb ik verschillende keren meegemaakt. De wachtcommandant zit onopvallend in een hoekje alsof hij bij het meubilair hoort. Soms worden het vrienden. Je zou de filmrechten moeiteloos kunnen verkopen. Ondertussen doden de andere wachtposten de tijd samen met anderen die vanwege situatie C paraat moeten zijn.'

'Wat wordt het: vier of één?'

Reachers intuïtie zei één.

'Vier,' zei hij hardop.

Ze gluurden om de volgende hoek. Barton wees naar de deur die op de vierde verdieping de ingang was geweest van de grote kantoorsuites aan de achterkant van de toren.

50

De korte zijde van de liftkoker bevond zich aan Reachers linkerzijde. De deur naar de kantoorsuite was recht vooruit en lag buiten het verlengde van die korte zijde. Dat betekende dat die deur niet rechtstreeks toegang bood tot de ruimte met de kern van het gebouw als achterwand. Waarschijnlijk was er eerst een ontvangsthal, een soort lobby. Reacher duwde de deur open, met wijd uitgespreide vingertoppen, voorzichtig, langzaam.

Een soort portaal. Leeg, op drie achteloos neergezette stoelen na. Hier doodden de andere drie wachtposten de tijd, zei Reachers intuïtie. Terwijl ze hier zaten, hoorden ze alle commotie bij de liften. Ze renden ernaartoe en nu zijn ze dood. Het rationeel functionerende deel van zijn brein registreerde een tweede deur, voor hem, iets naar links, in de zijwand, precies in het verlengde van de korte zijde van de liftkoker. Dat moest de deur naar de ruimte zijn.

Het was een indrukwekkend exemplaar. Vrijwel zeker geluiddicht. Een deur zoals Reacher ze in films had gezien in opnamestudio's of de studio's van radiostations. Hij ging naar buiten open, groot en zwaar. Hij zou moeizaam in beweging komen, eigenlijk op zich al een beveiligingssysteem. Je zou één hand op de wand moeten zetten en met de andere honderd kilo naar je toe moeten trekken, terwijl je je borst in een steeds kwetsbaardere positie manoeuvreerde als de kier steeds breder werd. Zoiets vond je nergens in de handboeken. En of er nu één man daarbinnen op scherp stond of vier, die deur werd onder schot gehouden. Daar kon je donder op zeggen.

Reacher maakte door middel van gebarentaal duidelijk wat hij van plan was. Hij tikte op zijn borst, *ik doe dit*. Hij deed alsof hij de deur met een ruk opentrok, met alle kracht die hij bezat. Hij tikte Abby op haar schouder, knielde en richtte op de opening die zou ontstaan als de deur opengaing. Hij tikte Vantresca op de schouder, hurkte en richtte over Abby's hoofd. Daarna Hogan, over Vantresca's hoofd. Hij zette Barton op een positie van waaruit hij kruisvuur kon leveren, mocht dat nodig blijken.

De anderen namen hun positie in. Ze knielden, hurkten en bleven rechtop staan. Reacher pakte de deur met beide handen vast,

zette zich schrap en haalde diep adem. Hij knikte, één, twee, drie.
Hij rukte aan de deur.

Abby schoot, Vantresca schoot en Hogan schoot. Alle drie tegelijkertijd, alle drie één kogel. Daarna bleef het even stil, toen klonk het gekletter van een pistool dat op de vloer viel en nog weer iets later de doffe bons van een omvallend lichaam. Daarna alleen suizende stilte.

Reacher keek om de hoek. Eén man. De wachtcommandant. Hij zat niet langer onopvallend in een hoekje alsof hij bij het meubilair hoorde. Geen vrienden meer. Zo-even nog had hij paraat gestaan en de deur onder schot gehouden, waarschijnlijk met beide handen om de greep van zijn pistool. Maar het wachten had lang geduurd. De tijd kroop voorbij. Hij raakte afgeleid, hij verloor zijn scherpte. Zijn armen werden moe. De loop zakte een beetje omlaag.

Achter de dode man lag een ruimte die veel weg had van het beeld dat Hogan had beschreven. Wit laminaat in een kille zaal. Een enorme zaal, even groot als de lobby op de begane grond. Ramen van de vloer tot het plafond, over de hele breedte. Werktafels en stellingen, zoals iemand had bedacht dat een technische outillage eruit moest zien. Vorig jaar, of vorige week, maar sindsdien was de ene na de andere update uitgevoerd en was de apparatuur overwoekerd door een woud van kabels, en dozen en kasten zonder duidelijk doel. Het hart van de hele installatie leek nog minder om het lijf te hebben dan Vantresca had gedacht. Er stonden vijf laptops, niet zes. Op een rijtje naast elkaar, op een werktafel.

Aan die werktafel zaten twee mannen. Reacher herkende Trulenko onmiddellijk van de beschrijving die Abby van hem had gegeven, van de foto's in de kranten. Een schriel mannetje. Jong, maar zijn haar werd dunner. Hij droeg een bril. *Die staat geen stenen te hakken in een steengroeve*. Hij droeg een chinobroek en een T-shirt. Naast hem zat een man die een jaar of vijf jonger was. Langer, maar mager als een riet. Nu al met gebogen schouders, vanwege veel te lange uren boven een toetsenbord.

Trulenko zei iets in het Oekraïens.

'Hij zei net tegen zijn maat dat die zijn mond moet houden,' zei Vantresca.

'Geen goed begin,' zei Reacher.

Barton en Hogan voerden de beide mannen weg van hun toetsenborden. Reacher keek uit het raam naar de nietige onderkruipsels.

'Ik neem aan,' zei hij tegen de beide mannen, 'dat jullie een programma aan het schrijven waren. Dit moeten jullie weten over onze kant van de streep. Wij hebben geen banden met welke overheid of welke dienst dan ook. Dit is een louter particuliere onderneming. Wij hebben twee heel specifieke persoonlijke doelstellingen. Verder zijn we nergens in geïnteresseerd. Als je precies doet wat wij vragen, gaan we daarna weg en zie je ons nooit meer terug.'

Geen reactie.

'Voorspelt die onfeilbare software van jullie ook wat er nu gaat gebeuren?' vroeg Reacher.

Geen reactie.

'Juist,' zei Reacher. 'Wij hebben geen banden met welke overheid of welke dienst dan ook en dat betekent dat we ons niet aan bepaalde regels hoeven te houden. We hebben net een heel leger met de grootste krachtpatsers die jullie ooit in je leven hebben gezien in de pan gehakt en we zijn doorgedrongen tot het heilige der heiligen van jullie organisatie, wat betekent dat wij nog veel grotere krachtpatsers zijn. Waarschijnlijk zijn we dus ook veel meedogenlozer. Volgens jullie onfeilbare logica zullen jullie dus nu zwaar lijden als jullie niet doen wat wij vragen. Op weg hiernaartoe zijn we bij de bouwmarkt langsgegaan. We kunnen er een potje schaak van maken. We beginnen natuurlijk met de jongste van jullie beiden. Ik kan me moeilijk voorstellen dat jullie zullen winnen. Uiteindelijk doen jullie wat we vragen. Wie een beetje logisch nadenkt, slaat alle tussenliggende stappen over. Dat bespaart iedereen een heleboel moeite.'

'Ik hoor niet bij die mensen,' zei Trulenko.

'Maar je werkt wel voor ze.'

'Ik had niet zoveel keus meer, maar, hé, het is niet mijn zaak. Misschien kunnen we het op een akkoordje gooien. Ik moet twee dingen doen en dan kan ik gaan en staan waar ik wil. Zei je dat?'

'Ja, maar geen rare trucjes,' zei Reacher. 'Wij weten er genoeg van om te zien waar je mee bezig bent. We hebben een glassnijder gekocht bij de bouwmarkt. Daarmee kunnen we een hele mooie cirkel uit het raam snijden om je doorheen te gooien, alsof we een brief posten.'

'Welke twee dingen?'

'Om te beginnen de porno. Alle websites.'

'Komen jullie daarvoor?'

'Twee heel specifieke persoonlijke doelstellingen,' zei Reacher. 'De eerste is de porno.'

'Dat is bijzaak, man.'

'Wissen. Verwijderen. Hoe je het ook maar wilt noemen.'

'Alles?'

'Definitief.'

'Oké,' zei Trulenko. 'Wow, ik denk dat ik dat wel kan. Eigenlijk ben ik best nieuwsgierig, is dit een soort morele kruistocht?'

'Waarom denk je dat onze werkwijze een morele lading heeft?'

Trulenko gaf geen antwoord. Reacher liep naar hem toe en ging naast hem staan. Barton en Hogan deden een stap achteruit. Trulenko liep naar de computers. 'Vertel eens wat dat allemaal is,' zei Reacher.

Trulenko wees. 'De eerste twee laptops zijn gericht op social media. Een constante stroom van verzonnen verhalen. Die gaan naar de websites waarop onzin wordt verkondigd en die stuk voor stuk zo dom zijn dat ze alles geloven. Ze gaan ook naar de tv-zenders, maar daarvan zijn er maar een paar heel dom. Die derde laptop doet identiteitsfraude. De vierde van alles en nog wat.'

'En de vijfde?'

'Het geld.'

'Waar is de porno?'

'Op de vierde,' zei Trulenko. 'Van alles en nog wat, het is een bijzaak.'

'Aan de slag,' zei Reacher. 'Je eerste klus.'

De anderen kwamen eromheen staan. In werkelijkheid beschikten ze maar over een uiterst elementaire kennis van zaken. Ze wisten niet meer dan de gemiddelde computergebruiker, maar dat wist Trulenko niet. Hun aanwezigheid alleen al leek hem in het gareel te houden. Hij toetste lange reeksen programmacode in. Steeds maar weer beantwoordde hij veiligheidsvragen met ja, ja, en nog eens ja. Regels tekst rolden over het scherm tot het uiteindelijk ophield.

Trulenko deed een stap achteruit.

'Alles is weg,' zei hij. 'Alle content is voor honderd procent gewist en de domeinnamen zijn weer te koop.'

Niemand maakte bezwaar.

'Oké,' zei Reacher. 'Op naar nummer vijf. Laat ons het geld eens zien.'

'Welk geld?'

'Alle liquide middelen.'

'Dus dat is de bedoeling.'

'Geld houdt de wereld aan de gang.'

Trulenko deed een stap naar rechts.

'Wacht,' zei Reacher. 'Nog even terug naar vier. Haal je eigen bankrekening eens op.'

'Dat is niet relevant, man. Ik heb geen enkele band met die mensen. Zij opereren helemaal voor hun eigen rekening. Ik ben hier vanuit San Francisco naartoe gekomen.'

'Laat toch maar even zien. Zet de onfeilbare software maar aan het werk.'

Trulenko aarzelde even.

'Mijn bedrijf was een bv,' zei hij.

'Je bedoelt dat ze iedereen het vel over de oren trokken, behalve jou.'

'Mijn persoonlijke vermogen was afgeschermd. Zo werkt dat. Dat is bedoeld om het ondernemerschap te stimuleren. Het moedigt het nemen van risico's aan. Daar valt succes te behalen.'

'Laat je persoonlijke vermogen eens zien,' zei Reacher.

Trulenko aarzelde opnieuw, maar trok uiteindelijk toch de onvermijdelijke conclusie. Kennelijk was hij iemand die snel en doelgericht kon denken. Misschien was dat een gevolg van het feit dat hij zijn hele leven in de weer was geweest met computers. Hij ging weer voor de computers staan en tikte en klikte. Het scherm werd vernieuwd. Een rustgevende kleur. Een lijst getallen. Maxim Trulenko, bankrekening, vier miljoen dollar.

Maria Shevick had de ringen van haar moeder verpand voor tachtig dollar.

'Laat dat scherm maar openstaan,' zei Reacher. 'Schuifel maar naar nummer vijf en laat eens zien wat Gregory allemaal had.'

Trulenko schuifelde opzij. Hij tikte en klikte. Het scherm werd vernieuwd. 'Dit is de enige rekening met liquide kapitaal. Een soort kleine kas.'

'Hoeveel staat er op dit moment op die rekening?'
Trulenko keek.
'Op dit moment negenentwintig miljoen dollar.'
'Zet jouw geld er ook bij,' zei Reacher. 'Maak het maar over naar Gregory.'
'Wat?'
'Je hebt gehoord wat ik zei. Maak het saldo van je bankrekening over naar de rekening van Gregory.'
Trulenko gaf geen antwoord. Hij deed niets. Hij dacht na. Razendsnel, want dat kon hij. In een paar seconden had hij het stadium bereikt waarin hij zich bij de situatie neerlegde. Reacher las het af op zijn gezicht. Beter blut de straat op dan helemaal niet meer de straat op. Het kon erger. Hij verzoende zich heel snel met het idee. Beter één gebroken been dan allebei.
Hij ging terug naar laptop vier en tikte en klikte. Ja, ja, en nog eens ja op beveiligingsvragen. Hij deed een stap achteruit. Het saldo sprong met een tinkelend belletje van vier miljoen naar nul. Op nummer vijf sprong het saldo naar drieëndertig miljoen.
'Nu een overschrijving naar het volgende nummer,' zei Reacher. Hij somde de cijfers op van het bankrekeningnummer van de Shevicks, die hij een paar dagen geleden uit het hoofd had geleerd toen hij naar de kroeg voor kredietverstrekking ging. *Die man met zijn gevangenistatoeage denkt dat jij Aaron Shevick bent. Jij moet dat geld voor ons gaan lenen.* Die keer was het achttienduizendnegenhonderd dollar geweest.
Ik hou eigenlijk van afgeronde getallen.
Trulenko herhaalde de cijfers ter controle.
Geen fouten.
'Maak maar over,' zei Reacher.
'Hoeveel?'
'Alles.'
'Wat?'
'Je hebt gehoord wat ik zei. Al het geld op de rekening van Gregory gaat naar het rekeningnummer dat ik je net heb gegeven.'
Trulenko aarzelde opnieuw even. Het moment van de waarheid. Hij stond op het punt zijn persoonlijke vermogen weg te sluizen naar een rekening waarover hij geen controle had. Maar één gebroken been was beter dan allebei. Hij tikte en klikte. Ja, ja, en

nog eens ja. Hij deed een stap achteruit. Het saldo op het scherm tikte terug naar nul. Drieëndertig miljoen dollar op sjouw.

Reacher keek de anderen aan. 'Ga maar vast,' zei hij. 'Ik zie jullie zo bij de lift.'

Ze knikten. Alleen Abby wist waarom hij achterbleef, dacht hij. Achter elkaar liepen ze de ruimte uit, langs de dode wachtcommandant. Vantresca als laatste. Hij keek nog even om en verdween toen ook in de gang.

Reacher ging naast Trulenko staan.

'Ik moet je iets vertellen,' zei hij.

'Wat?' vroeg Trulenko.

'Over hoe het nu verder gaat, dat je een vrije aftocht zou krijgen.'

'Wat is daarmee?'

'Dat was nepnieuws.'

Reacher schoot Trulenko een kogel in zijn voorhoofd en liet hem liggen waar hij neerviel.

51

Ze brachten de nacht door bij Abby thuis. In de warm ingerichte woonkamer met de gedempte kleuren en het versleten en comfortabele meubilair, in de keuken bij het koffiezetapparaat en de witte porseleinen bekers en het tafeltje onder het raam, maar toch vooral in de slaapkamer. Eerst stonden ze lang onder een hete douche, vooral heel erg symbolisch natuurlijk, maar toch ook verwarmend en troostend en noodzakelijk en praktisch. Daarna geurden ze fris, schoon en aangenaam. Onschuldig. Naar bloemen. Tot dat moment had Reacher nog geen uitsluitsel gegeven, niet de ene kant op en niet de andere, maar Abby leek het te beschouwen als hun laatste nacht samen. Ze leek nergens spijt van te hebben. *Niet voor altijd, denk ik*. Ze was driest. Ze was grappig. Ze was lenig en ze experimenteerde. Ze was kunstzinnig. Tussendoor nestelde ze zich tegen hem aan, maar ze zocht geen geborgenheid. Ze rekte zich zo nu en dan uit als een kat. Ze glimlachte breed en onbevangen. *Een geweldig gevoel, als je zelf leeft terwijl zij dood zijn.*

’s Ochtends werden ze gewekt door de telefoon. De Shevicks. Abby schakelde de luidspreker in. Eerst kwam Maria Shevick aan de lijn. Ze vertelde dat de scan een honderd procent positief beeld had laten zien. De vooruitgang was miraculeus. Hun kleine meisje werd beter. De artsen deden de polonaise. Daarna kwam Aaron aan de lijn. De bankoverschrijving had hem bijna een hartaanval bezorgd. Reacher zei nog een keer wat hij eerder had gezegd. Geef de rest maar weg aan mensen die in hetzelfde schuitje zitten. Geef ook maar wat aan die advocaten. Maar koop eerst het huis terug van de bank. Misschien kan Meg tijdelijk bij jullie intrekken als ze herstellende is. Misschien kunnen jullie een nieuwe tv kopen. En een nieuwe auto. Een oldtimer. Iets moois, of iets interessants of iets leuks. Een Jaguar misschien? Dan kreeg je waar voor je geld, had Reacher uit betrouwbare bron vernomen.

Daarna vertrok hij. Hij doorkruiste het centrum, stak Center Street over, liet de duurdere wijken links liggen en arriveerde een kilometer verder bij het busstation. Hij liep naar binnen, bestudeerde de dienstregeling en kocht een kaartje. Hij had nog steeds vijfduizend dollar in zijn zak. Het geld van de pandjesbaas. Daar was hij blij mee. Hij hield van het dode gewicht in zijn zak. Genoeg om op zijn minst een paar weken van te leven, maar misschien wel langer als hij het een beetje kalm aan deed.

Tien dagen later zwierf hij met de zomer mee naar het noorden. Bij toeval vond hij in een bus een exemplaar van *The Washington Post*. Op een van de binnenpagina's stond een groot artikel over de georganiseerde misdaad in een stad die een kwalijke reputatie had. De maffia was er weggevaagd. Een hardnekkig probleem, eindelijk opgelost. Twee rivaliserende bendes, beide ontmanteld. Niemand werd meer afgeperst. Weg drugs, weg wijdverspreide zedendelicten. Geen willekeurige geweldsmisdrijven meer. Niet langer een regime van terreur. De nieuwe korpschef ging met de eer strijken. Hij noemde zichzelf een nieuwe bezem, een man met nieuwe ideeën, met nieuwe energie. Het gerucht ging dat hij zich in de toekomst verkiesbaar wilde stellen. Voor het burgemeestersambt, of wie weet lonkte hij zelfs naar het gouverneurschap. Waarom ook niet? Tot nu toe verliep zijn carrière op rolletjes.

De Jack Reacher-thrillers van Lee Child zijn:

1 *Jachtveld*
In een stadje in Georgia stapt Jack Reacher uit de bus. En wordt in de gevangenis gegooid voor een moord die hij niet gepleegd heeft.

2 *Lokaas*
Jack Reacher zit in een vrachtwagen opgesloten met een vrouw die beweert dat ze van de FBI is. Hij komt in een heel ander deel van Amerika terecht.

3 *Tegendraads*
Terwijl Jack Reacher een zwembad graaft in Key West, komt een detective allemaal vragen stellen. Later wordt die dood gevonden.

4 *De bezoeker*
Twee naakte vrouwen liggen levenloos in een bad. Het daderprofiel van de FBI wijst richting Jack Reacher.

5 *Brandpunt*
Midden in Texas ontmoet Jack Reacher een jonge vrouw. Zodra haar echtgenoot uit de gevangenis komt, zal hij haar doden.

6 *Buitenwacht*
Een vrouw in Washington roept Jack Reachers hulp in. Haar baan? Ze beschermt de vicepresident van Amerika.

7 *Spervuur*
Een ontvoering in Boston. Een politieagent sterft. Heeft Jack Reacher zijn gevoel voor goed en kwaad verloren?

8 *De vijand*
Er was een tijd dat Jack Reacher in het leger zat. Eens, toen hij wachtliep, werd er een generaal dood aangetroffen.

9 *Voltreffer*
Vijf mensen worden doodgeschoten. De man die beschuldigd wordt van moord, wijst naar Jack Reacher.

10 *Bloedgeld*
Het drinken van koffie op een drukke straat in New York leidt tot een schietpartij vijfduizend kilometer verderop.

11 *De rekening*
In de woestijn van Californië wordt een van Jack Reachers oude maten dood aangetroffen. De legereenheid van toen moet weer bij elkaar gebracht worden.

12 *Niets te verliezen*
Jack Reacher gaat de onzichtbare grens tussen twee steden over: Hope en Despair, hoop en wanhoop.

13 *Sluipschutter*
In de metro van New York telt Jack Reacher af. Er zijn twaalf aanwijzingen voor een zelfmoordterrorist.

14 *61 uur*
In de vrieskou staat Jack Reacher te liften. Hij stapt uiteindelijk op een bus die regelrecht op de problemen afrijdt.

15 *Tegenspel*
Een onopgeloste zaak in Nebraska. Jack Reacher kan de vermissing van een kind niet van zich afzetten.

16 *De affaire*
Een halfjaar voor de gebeurtenissen in *Jachtveld* is Jack Reacher nog in dienst van het leger. Hij gaat undercover in Mississippi om een moord te onderzoeken.

17 *Achtervolging*
Na anderhalf uur wachten in de kou van Nebraska krijgt Jack Reacher eindelijk een lift, en komt in heel fout gezelschap terecht.

18 *Ga nooit terug*
Jack Reacher gaat terug naar zijn oude hoofdkwartier in Virginia. Hij wil de nieuwe commandant wel eens ontmoeten – maar ze is spoorloos.

19 *Persoonlijk*
Iemand heeft op de Franse president geschoten. Er is maar één man die dat gedaan kan hebben – en Jack Reacher is de enige die hem kan vinden.

20 *Daag me uit*
Jack Reacher belandt in het vreemde plaatsje Mother's Rest en treft een vrouw aan die wacht op een vermiste privédetective. Weglopen zou tegen Jack Reachers principes zijn.

21 *Onder de radar*
Hamburg, 1996. Jack Reacher is naar Duitsland vertrokken voor een zeer geheime missie. Een jihadistische cel daar heeft een boodschap gekregen: *de Amerikaan wil honderd miljoen dollar*. Wat is er gaande?

22 *Nachthandel*
Toevallig ziet Jack Reacher een bijzonder sieraad liggen in de etalage van een pandjeshuis, een damesring van de militaire academie West Point. Jack Reacher gaat op zoek naar de eigenaresse...

23 *Verleden tijd*
Jack Reacher maakt een ommetje naar de geboortestad van zijn vader. Daar is geen spoor van een Reacher te bekennen. Wel stuit hij op een dodelijk tijdverdrijf.

24 *Blauwe maan*
Als Jack Reacher een medereiziger redt die slachtoffer dreigt te worden van een straatroof, raakt hij verwikkeld in de meedogenloze machtsstrijd tussen Albanese en Oekraïense gangsters.

De Jack Reacher-verhalen zijn:

1 *James Penney*
Uit wraak steekt James Penney zijn huis in brand nadat hij is ontslagen en hij slaat op de vlucht. Dan komt hij iemand in een groene Chevrolet tegen. Het blijkt Jack Reacher.

2 *Heethoofd*
In een hete zomernacht ziet de bijna 17-jarige Jack Reacher dat een jonge vrouw in het gezicht wordt geslagen. Als dappere zoon van een Amerikaanse marinier besluit hij in te grijpen.

3 *Tweede zoon*
Op de nieuwe school van de 13-jarige Jack Reacher is iets aan de hand. Wat volgt is keiharde actie van de jongen die ooit de beroemdste thrillerheld zonder vaste verblijfplaats zal zijn.

4 *Iedereen praat*
Een rechercheur raakt aan de praat met het slachtoffer van een schietincident. Het blijkt Jack Reacher te zijn. Hij is ernstig gewond, maar een paar uur later is hij verdwenen.

5 *3 kogels*
Jack Reacher doet onderzoek naar de executie van een kolonel. Hoe meer hij te weten komt, hoe sterker hij het vermoeden krijgt dat zijn broer meer met de zaak te maken heeft.

6 *Uit Rusland*
Jack Reacher loopt een bar in New York binnen. Meteen wordt zijn aandacht getrokken door een jong Russisch meisje, dat in gevaar lijkt te zijn. Hij is vastbesloten haar te helpen.

7 *Diepgang*
Jack Reacher moet ontdekken wie van de vier MI-stafofficieren vuil spel speelt. Het zijn alle vier vrouwen, en het leidt tot een diepgaand onderzoek.

8 *Geen oefening*
Jack Reacher neemt een lift richting de Canadese grens en strandt in het stadje Naismith. Daar wemelt het opeens van de militairen en niemand lijkt te weten waarom...

9 *Traditie*
Het sneeuwt te hard om door te lopen. Op goed geluk klopt Jack Reacher aan bij een groot huis; daar komt hij als geroepen voor een merkwaardig karweitje.

10 *Eenzaam*
Jack Reacher is in hartje New York. De straten zijn leeg en stil, ongewoon voor zo'n warme zomeravond. Dan houdt een vrouw hem staande. Tijd voor Reachers goede daad van de dag.

11 *Witte kerst*
Het is kerstavond. Jack Reacher wil nog wel wat eten en ergens onderdak, en kiest het motel dat er het goedkoopst uitziet.

12 *Te veel tijd*
Jack Reacher is getuige van een diefstal. Hij gaat mee naar het bureau, maar daar wordt hij gearresteerd wegens medeplichtigheid. Uiteindelijk grijpt hij terug op een van zijn vuistregels.

Alle Jack Reacher-verhalen zijn gebundeld in *Op doorreis, verschenen als paperback en als e-book. De afzonderlijke verhalen zijn als luisterboek en als e-book beschikbaar.*